説経節研究

物語編「三庄太夫」

せりか書房

東京都指定無形文化財保持団体
説経節の会 編

はじめに

私はよく「なぜ写真家なのに、説経節に関わったのか?」「なぜ説経節を語らないのか?」と問われます。

私は地域に根ざした写真家であろうと、テキ屋のお兄さんから市長まで、人を選ばず交わる努力をしました。人と人のつながりは不思議なもので、十代目薩摩若太夫に出会い、格好な写材に思えたのでした。でも、若太夫は説経節を語り続け弟子を育てるにはあまりにも高齢でした。他に語る人もなく説経節という芸能は、風前の灯火だったのです。写材である前に、保存活動が急務でした。しかし、私は糊口を凌ぐのに精一杯でした。それでもなんとか説経節の会を結成、会長になりました。時間の余裕があって会長職を引き受けたわけではなかったので、会員の持てる力を、発揮してもらうことが、精々私の職分と自分に言い聞かせて、なんとか会の活動を保持してきたのです。説経節を語る余裕などありませんでした。

こんな言い訳で前の質問にお答えできただろうか、このような自分の戯言は、緒言として不遜だと思っていますが、説経節は私を引き留める魅力を秘めていたのと、多くの会員の努力を見ていたために、三十数年関わることになってしまいました。そして、今なお命脈を保っている説経節には何かがあると私は考えています。

説経節「さんせう(三庄)太夫」は古浄瑠璃、浄瑠璃、瞽女唄、のぞきからくり唄、歌舞伎に、或いは森鷗外の『山椒太夫』など多くの芸能や文学に影響を与えました。「さんせう太夫」の題名では、「山椒太夫」「山荘(庄)太夫」或いは「山桝」「山升」「三庄」とあります。同音の「散所」が、はばかられ表意文字を避けたとも考えられています。「物語」も「題名」も、或いは「語り手」も、中世の複雑な社会構造を反映しています。そして物語は、民衆のエネルギーを内包しています。

説経節は民衆の中で作られた、猥雑な芸能です。十代目薩摩若太夫らの説経本を解読する中で、地域や時代、人によって、物語の内容に変化が見られ、果たして初代薩摩若太夫の芸そのままに伝承されたのか疑問を持つところです。しかし、私達は、十代目薩摩若太夫の説経節の中から、薩摩派説経節の残すべき型を見いだし、受け継いでいくのが、説経節の会の仕事だと考えています。民衆の中で作られ、育ったものは、たとえ猥雑であったとしても、それを含めて、日本文化の特質、アイデンティティであると思っています。「三庄太夫」の解読は、薩摩派説経節を理解し、伝承してゆく上で意義のあることと考えています。

二〇一七年三月

東京都指定無形文化財保持団体
説経節の会　名誉会長　宮川孝之

説教節研究・物語編　「三庄太夫」　目次

一、説経節の歴史

よこやま光子

前置き

説経節は、江戸時代前期に三味線を伴奏とし、人形芝居と結びついて人気を呼んだ。その後すっかり廃れたが、江戸後期にまた流行った。

その説経節が江戸末期から明治にかけて、東京の八王子に伝わっている。

八王子では、説経節の保存・継承のために、昭和六一年に「説経節の会」が結成され、平成五年には、「東京都指定無形文化財保持団体」の指定を受け、現在に至っている。

説経節の会では技芸の継承、並びに説経節についての研究を行ってきた。今回の『物語編』では、八王子に残る説経節手書き本のうち、「三庄太夫」を取り上げ、その読み下しと現代表記を載せる。

また荒木繁氏による薩摩若太夫正本『三庄太夫』の翻刻もあわせて掲載し、中央で流行った芸能が八王子に伝播し、どのように変化したかも調べられるように構成した。

説経節の歴史を簡単ではあるが淵源にまで遡り、八王子へ伝播するに至った有様を述べたい。

一、経典を説く「説経」から、唱導《しょうどう》の「説経」へ

奈良時代、説経は僧が仏の教えや経典《きょうてん》をわかり易く説くことであった。直接的に「説経節」につながるものではないが、同じ「説経」という言葉が使われている。『続日本書紀』（天平勝宝五年　七五三）に、「この日飄風《つむじかぜ》が起こり、（東大寺で）説経できず」とあるのが、「説経」という言葉の初出と言われる。

仏教の儀式や法要で僧の唱える声楽は、古代インドから中国を経由して日本に伝わり、「声明《しょうみょう》」と総称され、声明が日本で唱えられた最初は、東大寺大仏開眼供養（七五二年）という。平曲や説経節、浄瑠璃などの語り物のルーツは、声明の「表白《ひょうびゃく》」や「講式《こうしき》」にあるという。

平安時代になると、仏教は貴族の間に広まっていき、説経の聴聞もよくなされた。

清少納言は『枕草子』で、「説経の講師《こうじ》は顔よき。講師の顔をつと目守《まも》らへたるこそ、その説く言《こと》の尊さも、おぼゆれ」（説経の講師の顔がいいと、その僧をじっと見つめて精神が集中し、講説も尊く思われる）と記し、また、若い時によく説経を聞きに行ったとも書いている。

平安時代末の『今昔物語集』や『宇治拾遺物語』には、説経を行う僧たちの滑稽味のある話がいくつも載っていて、説経僧の存在はけっこう身近だったことがわかる。

平安時代末期に比叡山東塔安居院《あぐい》にいた澄憲《ちょうけん》は、説経の名手として知られている。澄憲や子聖覚、その子孫らは安居院の法印《ほういん》と呼ばれ、頓智や歌論議を交えたり、俳優《わざおぎ》に近い技巧をこらして、説経を行ったという。ここに、説経が芸能化していった萌芽が見られる。

安居院流唱導について「澄憲法師ひとたび高座に昇らば四衆耳を澄ます。人心を感じしめんと欲して、先だって自ら泣く。流れて詐偽俳優《さぎはいいう》の伎となる」（『元亨釈書《げんこうしゃくしょ》』）と記され、また「澄憲の説経に竜神感応を垂れ、甘露の雨を降らせた」（『源平盛衰記』）とも喧伝された。

鎌倉時代になると、没落していく貴族階級に代わって庶民に仏教を広めるため、経文の内容を例話を引いたりしてわかりやすく説く必要があった。こうした仏教講話は「唱導《しょうどう》」と呼ばれ、安居院流唱導のほかには、園城寺（三井寺）の定円らによる三井寺派の唱導もあった。

鎌倉時代に広まった『平家物語』は、軍記物語であるが、同時に唱導文芸でもあった。平家一門の滅亡していった有様を、時代の思潮であった浄土教的思想をベースにして、仏教的因果応報観で捉えた『平家物語』は、唱導としての役割も担っていたのである。

『平家物語』は、読み物として読み継がれていくが、何より琵琶法師によって語られる語り物で、のちに「平曲」と呼ばれ、享受されていった。

中世の唱導文学のテキストとして、『神道集』（南北朝時代～一三〇〇年代半ば）があげられる。神仏の本地や諸社の縁起（熊野権現、上野山児持山明神、諏訪大明神、赤城大明神など）が五十編ほど集められ、神がこの世で人間であった時、数々の苦難を克服して生き抜いていった姿が語られている。

中世、このような神仏の話を諸国を遊行しながら語って廻ったのは、下級宗教芸能者とも言える熊野比丘尼《びくに》・歩き巫女・勧進聖《かんじんひじり》・念仏聖・説経聖・御師《おし》・神人《じんにん》・修験者・絵解《えとき》法師などであった。

説経聖は、仏菩薩の霊験奇瑞譚や因縁譚、寺社の縁起、本地などを語り歩いたが、漂泊の旅を重ねるうち、少しずつ芸能者化がすすみ、またいつしか、ささらという素朴な楽器を伴って語るようにもなっていった。

ささらという言葉の初出は、平安時代の『栄華物語』に見られる。藤原道長が娘上東門院彰子のもてなしに、田楽衆を招いた時、農耕儀礼の歌や踊りが披露され、腰鼓、笛、ささらで囃したとある。

簓《ささら》は、竹の先を細かく割って束ねたものをいい、簓子《ささらこ》（刻みを入れた竹や木）を摺《す》って、音を出す。サラサラという音から名がついたという。古くから民俗楽器として使われた。他に、木片を多数つなげ音を出す編木（ビンザサラ）があり、どちらも簓《ささら》と呼ばれ、混同されることも多いが、説経の語りに使われたのは、スリササラの方である。

『近世日本芸能記』（青磁社昭和十八年）の「説経の研究」で、黒木勘蔵氏は、「今日散見する文献のみに依っては、説経の起源変遷について、断定的のことを云うのは頗る危険であるが、若し私の推断を許すならば、音曲としての説経は唱導に和讃、平曲等も加味されて、足利時代の初頭に及んで行われ始めるようになったものと考え度いのである」と述べている。

「法然上人絵伝」腰鼓、小鼓、ささらで田植を囃す。鎌倉時代

二、「唱導」の「説経」から、芸能の「説経」へ

室町時代に、観阿弥（一三三三〜一三八四）、世阿弥（一

三六三?〜一四四三?）親子は、足利義満の庇護愛護を受け、「田楽」（南北朝時代に歌舞化）や「猿楽」（鎌倉時代に演劇化）を取り入れ、「申楽《さるがく》」を「能」として大成させ、それは現在の能楽となっているが、能の演目の中に、ささらが出てくるものがある。

観阿弥作『自然居士《じねんこじ》』で、喝食《かっしき》（半僧俗の青年僧）の居士は、説法の際、羯鼓《かっこ》を打ち、ささらを摺って舞った。

寺院に属しながら、芸能者のふるまいをする僧がいた一方、寺院から離れ、漂泊の旅でささらを摺って語った僧もいた。

その他、ささらが出てくる能に『花月《かげつ》』がある。花月も喝食で、清水寺でささらを摺って舞い、「よっぴきひょう」と矢を射る。説経『をぐり』では、「矢取の段」で、小栗判官は三本の矢を「よっぴきひょう」と放ち、照手姫は水仕女《みずしめ》の小萩となって、「えいさらえい」と土車を曳く。能『百万』で、百万が「えいさらえい」と謡う詞章と同じである。

バチを鞨に見立て舞う花月

また室町時代、「幸若舞《こうわかまい》」が流行ったが、説経は、その題材や詞章にも影響を受けている。

世阿弥の子、観世元雅《もとまさ》（一四〇〇?〜一四三二）は、巷間に流布していた語り物（説経、またはその祖型となるもの）に関心があったようで、説経と素材を同じくする能を作っている。

元雅の作った能『弱法師《よろぼし》』は、説経『しんとく丸』と重なるところがある。しんとく丸も親に捨てられ、四天王寺で周りから「よろよろ歩きの弱法師」と囃される。元雅作の能『隅田川』も、梅若丸の説話を元にしていて、説経にも『角田川』（『梅若』）がある。

能の方は、室町幕府以降支配階級に好まれ、徳川幕府では式楽となった。ささらを摺って語る者は、「説経とき」「説経師」、ただ単に「せっきょう」などと呼ばれ、語り物芸能として下層民や庶民に親しまれていった。

中世末期から近世初頭にかけて、河原では種々の芸能、能や説経、人形芝居などが行われた。

「歌舞伎図巻」（徳川美術館蔵）には、江戸時代初期の頃、都の河原で説経師とみられる男が、頭上には大傘を立て、ささらを手にして語っている様子が見える。周りには、人が集まり、あるいは熱心にあるいはうなだれ、また泣きながら聞き入っている。周りには女性がいて、こうした語り物の享受層に女性がいたことがわかる。

この「歌舞伎図巻」に、出雲の阿国《おくに》の「かぶき踊」や女歌舞伎も描かれているが、こうした歌舞伎で三味線がいち早く使われた。

三味線は、一六世紀末琉球貿易で堺にもたらされたものが元になり、短期間のうちにに改良された。なかなか高価なものだったが、その音色の豊かさに人々は魅了され、三味線は流行の楽器となった。

三、中世のささら説経から、江戸前期の説経節へ

ささらを摺って語っていた説経は、江戸時代の初期には最新流行の三味線を取り入れ、操《あやつ》り人形芝居とも結びついて、「説経節」となり、新しい芸能、娯楽として大いに人気を呼んだ。

「歌舞伎図巻」　慶長の頃四条河原の賑わい。簓を摺って説経を語る。鉦を叩いて語る者もいる。

こうした説経の操り芝居は、まず京で、続いて大阪、江戸の三都で盛んに興業され、隆盛をみた。

まず京では、四条河原に早くから日暮《ひぐらし》小太郎、説経与八郎などの説経座があって栄えた。今に残る説経正本の一番古い物は、寛永八年（一六三一）刊の『せつきやうかるかや』で、版元は京の「しようるりや喜衛門」である。

大阪では寛永年間、生玉神社境内で説経与七郎《よしちろう》が興行した。

寛永一六年（一六三九）頃刊の『さんせう大夫』には、太夫名に説経与七郎と記されている。

江戸では佐渡七太夫が活躍した。正保五年（一六四七）の『せつきやうしんとく丸』には、天下無双佐渡七太夫と太夫名があり、明暦二年（一六五六）刊、『せつきやうさんせう太夫』にある天下一説経佐渡七太夫と同じ人物と思われる。

元禄期に活躍した太夫としては、天満八太夫、結城孫三郎などがあげられる。

また名古屋には、日暮小太郎や天満八太夫など、名高い太夫達が出向いて興業したことが、『尾陽戯場事始《びょうぎじょうことはじめ》』に記されていて、今に知ることができる。

ところで、中世の頃の説経は、文字で残されていないために、どういう内容であったかわからないのだが、こうした江戸初期の台本によって、中世の説経を察することができる。

江戸時代の初め頃までは、元々の「語り物」としての用語や語り口が保たれていたと、荒木繁氏は『説経節』（平凡社　東洋文庫　昭和四八年　一九七三）の解説で書いている。また佐渡七太夫の『せつきやうさんせう太夫』までを「これに古説経という名を与えたい」とある。

古説経としては他にも、室町時代の写本『絵入本　かるかや』（サントリー美術館蔵）もあげられ、また小栗判官の物語としては、御物《ぎょぶつ》絵巻『をぐり』や奈良絵本『おくり』があり、共に古型を残していて、説経の正本から詞章を得ていると言われている。

「古説経という名を与えたい」とある佐渡七太夫正本『さんせう太夫』の冒頭には、「ただいま語り申す御物語、国を申さば丹後の国金焼地蔵の御本地をあらあら説きたてひろめ申すに、これも一度《ひとたび》は人間にておわします」とあり、

「本地語り」の型を持っていることがわかる。

　これ以降の寛文板『さんせう太夫』の冒頭は、「それ、親子兄弟のわりなき事は、蒼海より深し」とあり、正徳板『山庄太輔』は「さてもそののち、つらつら世間を鑑みるに、おごる者久しからず」とあり、唱導文芸に源をもつ古説経にあった本地語りの型が、なくなっていることがわかる。

　古説経には、他の語り物には見られない卑俗な日常語が用いられ、独特のリズムがあって、語り口に魅力がある。

　その語り口には、「お〜ある」の型（例「流涕焦《りゅうていこ》がれてお泣きある」）や、「〜の」（例「給われの」）、「〜よ」（例「拝まいよ」）、「〜てに」（例「思うてに」）などが頻用され、「あらいたわしや」や「〇〇この由聞こし召し」とか「国を申さば〇〇の国」など、決まり文句も多用され、道行にも説経独特のスタイルがあり、語りにリズムを作っている。

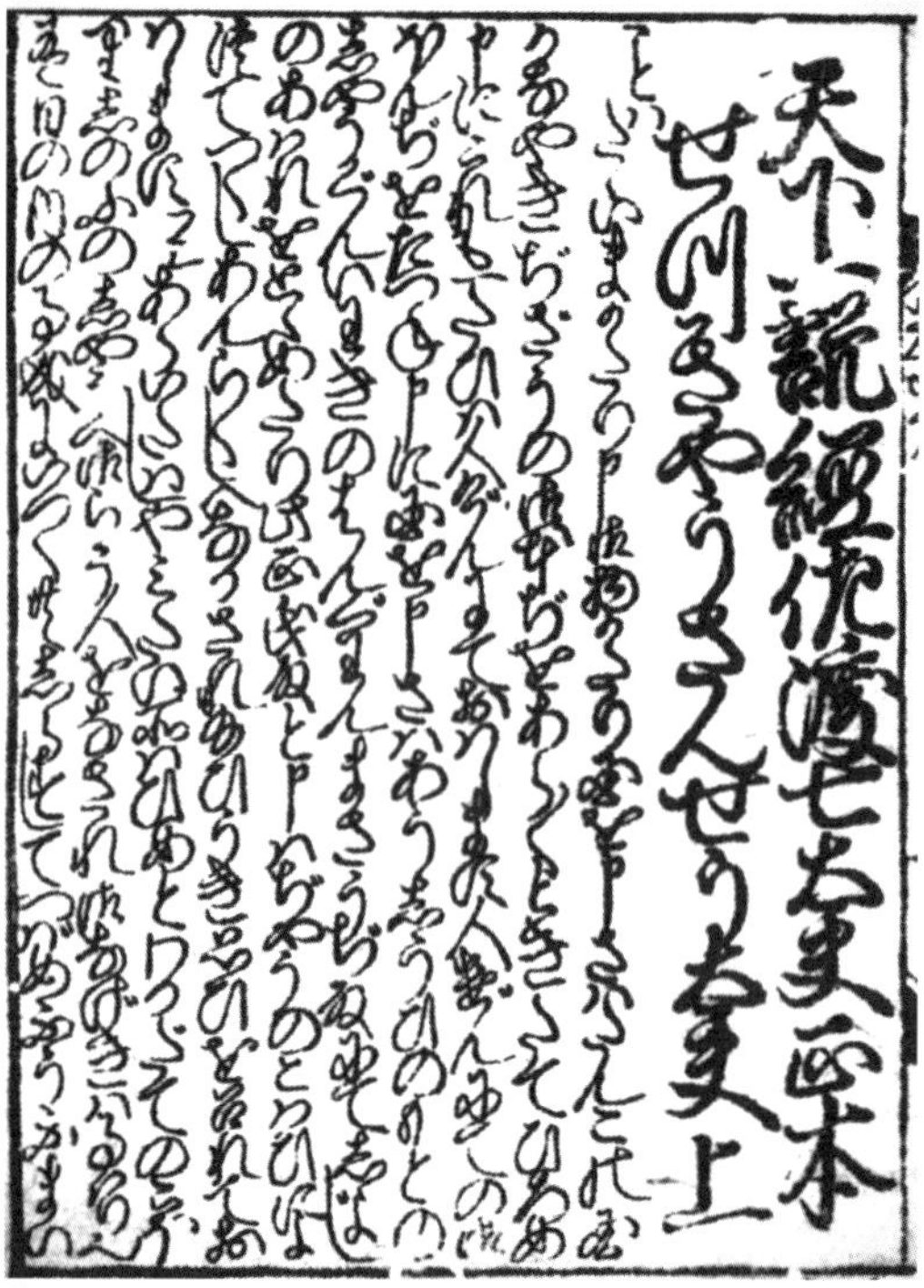
天下一説経佐渡七太夫正本
せつきやうさんせう太夫 上

『せつきやうさんせう太夫』　佐渡七太夫正本

　前出の『説経節』（平凡社　東洋文庫）には、山本吉左右氏による「説経節の語りと構造」も収められている。

　氏は、「同一語句や類似語句や決り文句の頻用は説経節正本の文体の特徴であって（略）、説経節は棒暗記されたテキストの単なる再演ではなく、正本として文字に書きとめられる以前には、音声を伴った生きた言語現象であり、文字を用いないで口から耳へと伝承され、演奏の際には、聴衆を前にしてその都度その都度その場で新しく、しかも急速に物語が構成されるものであった」と解説し、また、説経節の文体的特徴とは、口頭的構成法による口語りの伝統によるものであると述べている。

　そこには、口承といったことが、どのようにして可能であるかの示唆がある。

—古説経『さんせう太夫』のあらすじ—

奥州五十四郡の主、岩城判官政氏《いわきのはんがんまさうじ》は御門《みかど》の勘気を蒙り、筑紫に流罪となる。残された御台《みだい》は安寿姫つし王丸の姉弟を連れ、乳母を供に、所領安堵を願いに京へ上る。途中、越後国《えちごのくに》直井の浦で山岡太夫に謀《たばか》られ、人買いの船に乗せられ、乳母は海中に身を投げるが、母は蝦夷島へ、姉弟は丹後国《たんごのくに》由良のさんしょう太夫の元に売られる。

下人《げにん》となって、汐汲み柴刈りに難渋する姉弟は、太夫の三男三郎に逃亡の話を立ち聞きされ、焼金《やきがね》を当てられる。正月十六日初山の日、姉弟共に山入をし、膚《はだ》の守りの地蔵菩薩に祈ると霊験で傷が消え、姉は弟を逃がしたが、自らは火責めの折檻により惨死する。

つし王は太夫らに追われるが、丹後国分寺でお聖に匿われ、追っ手は地蔵菩薩の霊験によって撃退された。つし王はお聖に背負われ、都の朱雀権現堂《しゅしゃかごんげどう》にのぼるが、足腰の立たぬ身となっていた。乞丐人《こつがいにん》（乞食）となったつし王は都童《みやこわらんべ》によって、土車《つちぐるま》で天王寺まで運ばれ、石の鳥居にすがると足腰が立つ。

つし王は、都の貴族の養子となって参内し、御門より奥州五十四郡の所領が安堵され、丹後の国をも給わったが、安寿の死を知って、丹後国分寺にさんしょう太夫を呼び寄せた。つし王は、太夫の子三郎に父の首を竹鋸《たけのこぎり》で引かせ、三郎にも極刑をもって報いる。

つし王は、母を探して蝦夷島に渡り、再会した母の、盲目となった目も地蔵の霊験で開く。

安寿の菩提のために、丹後国に祀った膚の守りの地蔵菩薩は、今の世にまで金焼《かなやき》地蔵として崇められている。

説経『さんせう太夫』では、姉の安寿は弟つし王のために、身を挺し、我が身は死んでも弟を助ける。

「さんせう太夫」安寿つし王の山別れ

古説経では、苦しい運命を切り開くのは安寿だけでなく、『をぐり』の照手姫や『しんとく丸』の乙姫も意思が強く、愛と献身、勇気をもって行動する。その姿に、辻で耳を澄ました女性達は勇気づけられたことだろう。

古説経に出てくる女達の生き生きとしていることについて、研究者からの言及も多いが、柳田国男は『妹《いも》の力』で、「姉妹に兄弟の身を守護する霊力がある」と書いている。ここでの「妹」は「女」であろう。古来よりの、叔母が甥を助ける話、姉が弟を守る話などが浮かぶ。『さんせう太夫』でも、奴婢《ぬひ》・伊勢の小萩が、下人の辛さに自害しようとする安寿つし王に「私を姉と思いなさい」と二人を支える。優しさと強さをもつ小萩にも、「姉の力」が見て取れる。

中世には人買いが横行し、それによって引き離された家族の話や、父の不在による家族崩壊の話も多い。安寿つし王だけでなく『かるかや』の石童丸も父を探し求めたが、一所不住の語り手や、聞き手の下層民にとっても、こうした物語は、我が身に重なったと思われる。

説経には、「受けた恩は恩で返し、仇《あだ》には仇をもって報いる」といったいわば信賞必罰の論理が見られ、社会で辛苦をなめている聞き手にとって、強欲で生殺与奪権を持つさんしょう太夫や三郎の罰せられる結末には、熱い喝采を送ったことだろう。

説経は物語性が豊かで、波瀾万丈、時に荒唐無稽な展開をみせるが、時代がどう変わろうと変わらない「人の心」が語られ、それは、現代の私達の心情にも届く。

説経『さんせう太夫』には、いくつもの「中世的世界」ともいうべきトポス（特定の連想や情念を喚起する場）が見られる。乞丐人の身に落ちたつし王は、「天王寺」という場で、「賤より貴へ」の転換がなされる。こうした「説経における場の構造」については、岩崎武夫著『さんせう太夫考』に詳しい。また境界や周縁を表す場としては、母子が野宿した逢岐《おうぎ》の橋や、朱雀権現堂などがある。

説経は、寺社の門前や人の多い辻などで語られていた。「江戸名所遊楽図」（細見美術館蔵）には、浅草寺の仁王門の前で、大傘を立てささらを持って語っている男の姿がある。増上寺門前での「ささら説経」の様子も

寛永期、浅草寺門前で、説経を語る

「江戸名所図屏風」（出光美術館蔵）に見られる。元和から寛永期に入ると「洛中洛外図」や「京名所遊楽図屏風」などのあちこちに、ささら説経の姿が描かれている。

寛永期（一六二四～一六四四）というのは、『さんせう太夫』の正本も刊行され、操り芝居が盛んになった頃だが、江戸時代の初期には、まだまだ大道芸の説経語りが、江戸市中でなされていたことがわかる。

説経は、流し歩く「門付《かどづけ》」でも語られ、「人倫訓蒙図彙《じんりんくんもうずい》」（元禄二年）には、「門《かど》せっきょう」の絵があり、ささら、三味線、胡弓を持つ三人組が描かれている。

現存する説経正本については、横山重氏による『説経正本集』一、二、三に集められ、貴重な資料となっている。

そこには、「さんせう太夫」「かるかや」「しんとく丸」「をぐり」のほかに、「熊野之御本地」「まつら長者」「あいご若」「目蓮記」「法蔵比丘」「中将姫御本地」「鎌田兵衛正清」「しだの小太郎」「角田川物かたり」「梵天国」などが納められている。

こうして刊行された説経正本は、木版印刷の技術向上もあって、絵入りの読み物としても、喜ばれた。

「しんとく丸」の挿絵

「かるかや」の挿絵

江戸の前期に大いに隆盛となった説経節だったが、元禄期の頃から、世の中はもっとわくわくする面白いものを見たい聞きたいと、より娯楽性を求めるようになっていった。

文化が多種多様に開花していく中、演目が少なかった「説経節」は廃れていき、取って代わったのは「浄瑠璃《じょうるり》」（「牛若丸と浄瑠璃姫の物語」よりの名）の操り芝居だった。

上方の近松門左衛門は「出世景清」などの時代物や、最新の話題を取り込んだ「曾根崎心中」など、世話物の台本を次々に書き、それを竹本義太夫が語り、「義太夫節」の浄瑠璃は、たちまち人気の娯楽となっていった。

それは人形浄瑠璃「文楽《ぶんらく》」として今に受け継がれている。

説経節は人気を挽回しようと、浄瑠璃風を真似たりしたがうまくいかず、だんだんに顧みられなくなり、元禄の頃には三座あった説経の座も、享保のころにはなくなった。

その様子のわかる雑俳に、「いたわしや　浮世のすみに天満節」（宝暦十年　一七六〇）があり、流行遅れとなった天満八太夫の説経節を、その常套文句「いたわしや」の冠付けで詠んでいる。

儒学者の太宰春台は、随筆『独語』の中で、説経は「いつも古きことのみ語りて、新しき事を作り出さず」と評し、「浄瑠璃の淫声に比べて」説経は「云わば哀れみて傷《やぶ》るという声なり」と、好意的な見解を述べている。が、世の中の大勢は、刺激性のある浄瑠璃を歓迎していたので、説経節が凋落《ちょうらく》するのも無理からぬことであった。

しかし説経節は形を変えて、生き続けていった。

それは、文楽や歌舞伎に素材を提供し、たとえば、「しんとく丸」は「摂州合邦辻《せっしゅうがっぽうがつじ》」、「しのだ妻」は「蘆屋道満大内鑑《あしやどうまんおおうちかがみ》」、「小栗」は「当流小栗判官」、「さんしょう太夫」は「由良湊《ゆらのみなと》千軒長者」などとなって、現在まで生き続けている。

「かるかや」は、今でも高野山の刈萱堂などで「絵解き」されている。また「石童丸」や「さんしょう太夫」の話は、越後や北陸地方で瞽女唄《ごぜうた》となって親しまれてきた。

初代薩摩若太夫画像。代々の薩摩若太夫が「門弟控」と共に所持。八王子市郷土資料館蔵

四、江戸時代後期に、再流行となった説経節

江戸後期の考証家・喜多村信節《のぶよ》は、「江戸時代後期寛政の頃、錫杖《しゃくじょう》を振り法螺貝《ほらがい》を吹いて説経節を語る山伏がわずかにいて、この山伏の「祭文《さいもん》」を取り入れたのが、江戸本所《ほんじょ》の米屋、通称米千で、これに三味線で節をつけたのは、隣家の盲人の按摩《あんま》で、京屋五鶴《きょうやごかく》と名乗り、米千は若太夫となった」（『嬉遊笑覧《きゆうしょうらん》』文政十三年　一八三〇）と書いている。

また、初代の薩摩若太夫（生年不詳～文化八年）は、浅草広小路の千代鶴近八《ちよつるきんぱち》とも言われている。喜多村信節の書いた「米千」と「千代鶴近八」が同一人かは不明だが、千代鶴近八は、堺町にあった操り芝居小屋、薩摩座で語るようになった。その興業は人気となり、近八は座元の名を取って、薩摩を名乗ったので、以来一派の太夫は薩摩を名乗るようになったという。

　この薩摩若太夫によって、江戸後期寛政や享和の頃、説経節がよみがえった。それを江戸前期の説経節（古説経）に対し、「後期説経節」と呼びたい。

　薩摩座は、本建築を目指すほど勢いがあり、初代、二代の頃に、説経節の正本も刊行された。

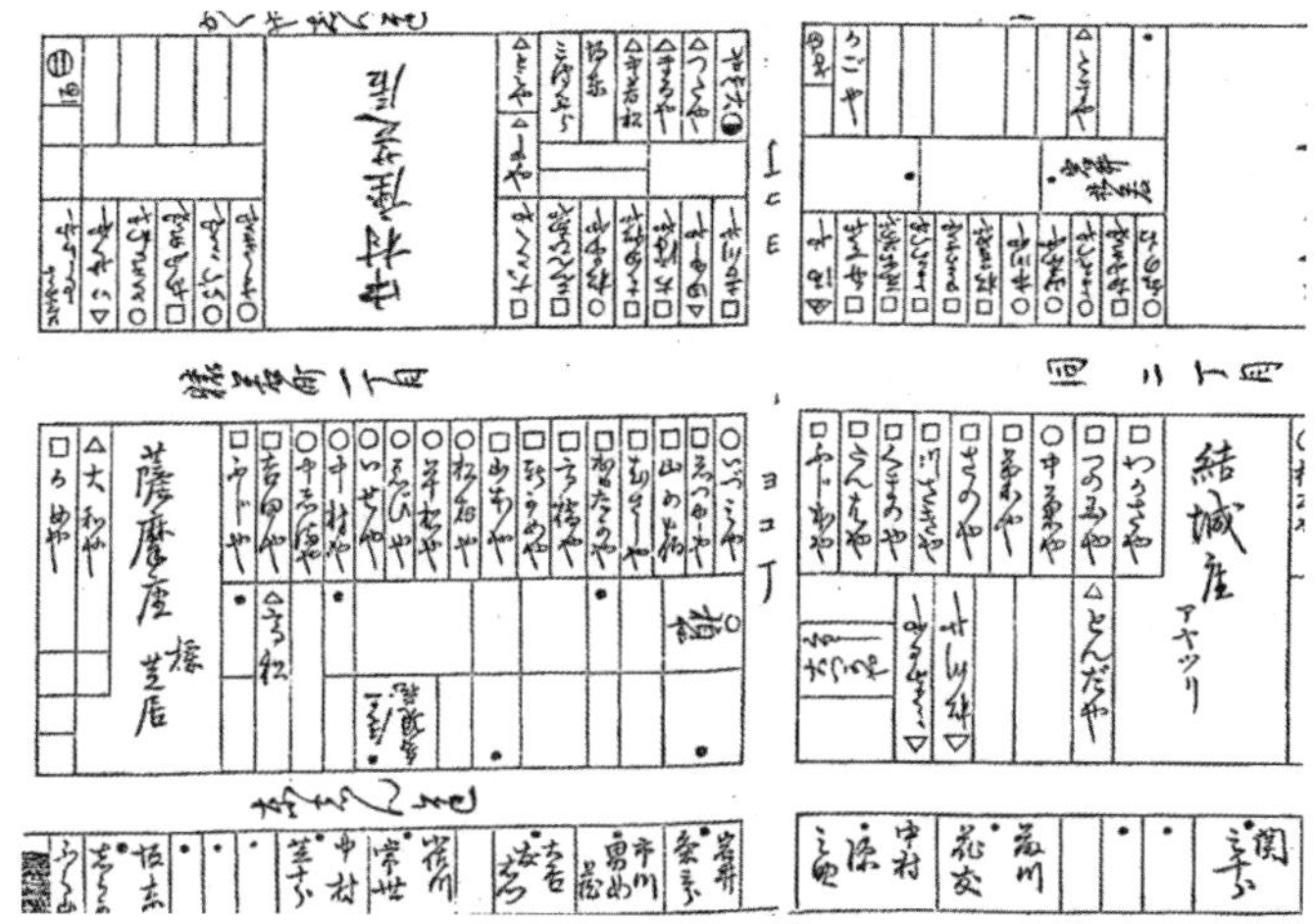

弘化３年、猿若町一廓之図。「薩摩座」「結城座」「中村座」など。

『三庄（荘）太夫』は三六段、『小栗判官』は三三段あり、細部を詳しくして、聞き手の好むように娯楽性をもたせ、長くなっているのがわかる。これらの正本の表紙には、「若太夫直伝」とあり、また題名の横には「説経祭文」、「説経浄瑠璃」などとある。


　この頃他には、所謂「五説経」と呼ばれたりもする『信田妻《しのだつま》』、『隅田川』、『愛護《あたご》』（愛護《あいご》の若）、『石塔丸《いしどうまる》』などの正本も刊行されている。

　『山椒太夫』といえば、明治の文豪森鷗外の書いたものがよく知られている。鷗外は、後期説経節の正本を元にしたというが、焼金の消えたのは地蔵菩薩の霊験ではなく姉弟の見た夢でのこと、安寿の死は惨殺死でなく自らの入水、国分寺でつし王を助けたのはお聖でなく、国より遣わされた権威ある高位の律師、つし王が太夫の首を三郎に竹鋸で挽かせた結末は、太夫の一族は奴婢《ぬひ》を解放し前にも増して富み栄えた、などのように改変がなされている。

　中世に共感を呼んだ視点は失せ、近代小説になっているといえよう。

　この物語の題に、鷗外は「山椒」という漢字を宛てたが、「さんしょう」とは何か、「さんしょう太夫」はどういう者なのかについても、いろいろな説がある。民俗学者柳田国男は『物語と語り物』の「山荘太夫考」で、この話は本来長者伝説であったとして、この長者譚を語ったのが算所《さんじょ》―散所《さんじょ》の太夫（芸能者）と捉えて、述べている。

酒向伸行は、『山椒太夫伝説の研究』で「説経節山椒太夫」について、「幸若舞」（中世の語り物芸能の一つ）の『信田《しだ》』との類似があるとし、「貴種流離譚、復讐譚、立身出世譚」の男子の物語であると指摘し、それとは別にあった安寿を主人公とする女の物語と一つになったのが、「説経節系の山椒太夫」という考えを述べている。

津軽のイタコの語った祭文「お岩木様一代記」では、「あんじゅが姫《しめん》」が主人公で、佐渡や丹後などの伝承でも、安寿が母を尋ね、その目を開けるとなっていて、「女の物語」の特徴があり、今でも佐渡の文弥節人形芝居では、安寿と母の物語として演じられている。

中世、「さんしょう太夫」の底には宗教性があったが、近世には、儒教的な価値観に取って代わられ、明治の小説では合理性をもって書かれた。しかしこの物語の古層には、私たちを引きつけてやまない要素があるように思える。

五、説経節の伝播《でんぱ》と八王子の説経節

一八六八年に明治維新となる。

江戸時代後期に再興となった説経節だったが、だんだん江戸市中で流行らなくなり、中央での人気凋落により太夫や三味線方は地方への転出をこころみ、それによって説経節は周辺部に進出し、薩摩派説経節の伝播となった。

江戸の末に、三代目薩摩若太夫を継いだ板橋の千代太夫（紺屋幾蔵）は、もう薩摩座を離れ、秩父の湯治場に長期滞在した時、近郷の人達に説経節を教え、この地に説経節が伝わることになった。

多くの者が門弟となり、中でも高弟の薩摩佐登太夫は、明治に入って、若松辰太夫（漆原四郎次）に師事し、若松佐登太夫と名乗った。

その説経節は、埼玉県横瀬町で受け継がれ、江戸薩摩派の色濃い若松派、「横瀬若松派」となって、現在に至っている。ここでの指人形系の人形芝居は、「袱紗《ふくさ》人形」とも呼ばれ、立派な回り舞台を持ち、今も説経節と共に演じられている。

活路を求め、周辺部へ伝播していった説経節は、四代目を駒込の下駄屋七右衛門が継ぎ、五代目を板橋宿《しゅく》の諏訪仙之助が継いだ。

その五代目薩摩若太夫が明治六年東京府知事宛に出した

「説経語渡世願《せっきょうがたりとせいねがい》」を見ると、弟子の名とその在所が記され、周辺部（豊島郡、足立郡、多摩郡、高麗郡、入間郡、児玉郡、葛飾郡、横浜など）に多くの弟子（四十四名記載）を持った事がわかる。

この五代目の弟子には、説経の上手な者が多く、西多摩の君太夫、八王子の駒木太夫、豊島区雑司が谷の三代目浜太夫（その弟子小浜太夫によって八王子川口に伝播）、埼玉県騎西の辰太夫（漆原四郎次、のちに日暮竜卜《ひぐらしりゅうぼく》を名乗る）らがいた。

この辰太夫は、実力があって六代目を継ぐのではないかと目されていたが、六代目薩摩若太夫を継いだのは、「五十八人の喉競べ」の結果、西多摩二宮《にのみや》（あきる野市）の神楽師君太夫（古谷平五郎）だった。

地域の古社二宮神社は、神事を担うだけではなく、神楽はもとより、明治十二年に「車人形使創業願」を出していることでもわかるように、説経節や車人形などの芸能面にも優れた力をもっていて、現在多摩の山間部に残る神楽舞や、川野の車人形の指導にも関わったという。

襲名の叶わなかった辰太夫は、このあと若松派を作った。弟子の松崎大介は講道館嘉納治五郎ら名士の支援を受け、明治半ば若松若太夫を名乗って、一派をなした。

この初代若松若太夫は、美声の三味線弾き語りで、人気を呼んだが、その説経節は、曲節に義太夫、新内、講釈などを入れたので、「改良説経節」とも呼ばれた。

西多摩の地は説経節が盛んで、六代目以降当地で薩摩若太夫の名跡が受け継がれていったが、七代目は、若松派の人気に刺激を受けてか、説経に義太夫を取り入れ、三味線は説経節の二上がりで、詞《ことば》は義太夫のように本調子にしたので、西多摩の説経節は「義太夫説経」とも呼ばれるようになった。

五代目の弟子、薩摩駒木《こまき》太夫は八王子恩方《おんがた》の人で、その弟子薩摩駒和《こまわ》太夫は同上戸吹《かみとぶき》、その弟子薩摩駒次《こまじ》太夫は同加住《かすみ》、というように八王子の地でも説経節が受け継がれ、盛んになった。

駒次太夫（本名内田総淑《ふさよし》　明治二七〜昭和五九年）は、今津太夫、小若太夫を経て、のちに十代目薩摩若太夫を襲名する。

この五代目からの流れの他に、八王子には違う流れでも伝播している。それは、初代若太夫の高弟薩摩津賀太夫によう流れで、この初代津賀太夫は、入間郡の神官石山美濃守《みののかみ》（世襲名）だったが、その娘は八王子大横町の小泉因幡守《いなばのかみ》（神職、神楽師）に嫁ぎ、息子の小泉信久（津賀太夫の孫に当る）は、母から説経節を習って、雀屋妻三郎《すずめやつまさぶろう》を名乗った。

江戸薩摩派の説経節が八王子に伝わったもう一つの流れである。

六、説経節と車人形

『三田村鳶魚《えんぎょ》全集』の二一巻には「車人形と説経節」という項目があり、津賀太夫に説経を習っていた者に山岸柳吉（入間の在、後に西川古柳）がいて、「車人形の創意者は、津賀太夫だとも聞いたが、実演したのは古柳である」と書いている。

柳吉（古柳）の「腰に付けたろくろ車」の工夫によって、それまで三人遣いだった人形が一人で扱えるようになり、何より経費を軽減することができた。

雀屋妻三郎は三味線も弾けば人形も遣って、一座は、柳吉と共に明治半ばまで東京の寄席をまわった。なかなかの人気で、興業は成功だったという。この小泉信久の一座は、写し絵も手がけた。

車人形は、遣い手が腰掛ける箱の中に、轆轤《ろくろ》―回転する三つの車―が仕掛けてあって緩急自在に動け、人形の足は遣い手の足の甲に固定され、力強い動きもできた。また芝居小屋や寄席のような設備もいらず、ある程度の広さがあれば演じられたので、民家の座敷や村の神楽堂などで、説経節を地《じ》の語りとして、農村の人々を大いに楽しませる娯楽となっていった。八王子や埼玉などでは、車人形などの人形座がいくつも作られた。

三田村鳶魚（明治三年～昭和二七年）は、八王子生まれの江戸文化研究家である。「説経は昔から家元などというものはない。また家元のあるべき筋合のものでもないが、大阪与七郎以来の人形にもありつかせた若太夫の功績は、彼を一派の権威として、昔はなかった家元に押し立てる理由もあろう」（「車人形と説経節」）と述べている。

八王子では養蚕にあわせて絹織物業も盛んで、旦那衆も説経節を習って喉を競い合い、一節《ひとふし》語れないようじゃ幅がきかないと言われるほどであった。また戸吹には、天然理心流の道場があったが、門弟にも説経をたしなむ者達がいた。農家の人達も畑を打つリズムとあうのか、農作業をしながら語ったそうで、説経節は八王子に根付いていった。

七、写し絵と説経節

八王子やその周辺部で、車人形と共に大いに親しまれた芸能に「写し絵」がある。「写し絵」は当時、影絵とか幻燈とも呼ばれ、明治の初めに八王子に入ってきて、その語りも説経節が担っていた。

写し絵は、木製の「風呂《ふろ》」という装置に、「種板《たねいた》」を挟んで、美濃紙などのスクリーンに後ろから絵を映した。

「風呂」の装置

種板は、五cm角ほどのガラス板で、そこに色鮮やかに絵を描き、何枚かの種板を素早くスライドさせたり、五台ほどの「風呂」を、スクリーンに近づけたり、遠ざけたりして、場面に変化をもたせることができた。現在のアニメの源流とも言われている。

玉川馬蝶使用の種板。八王子市郷土資料館蔵（久保喜一氏寄贈）

演目の一部
・日高川
・ミゾロケ池
・二度対面
・矢取・本復
・子別・狐別
・火責・山別
・裸嫁・豆金
・ダルマ　等

「写し絵」の原型は、長崎経由で輸入された十七世紀オランダの「幻燈機」にあり、都屋都楽《みやこやとらく》は自ら装置を工夫し、享和三年（一八〇三）、神楽坂の茶屋で初めてやってみせた。それが評判となり、以来寄席や座敷、屋形船などでも盛んに興行され、人気の芸能となった。

写し絵は多摩地方へも伝播し、多くの写し絵師達が生まれ、八王子では明治十年前後より、上川口村の玉川馬蝶（久保新蔵）が活躍した。

説経節の弾き語りもできた馬蝶は、数名を率いて各地に出向き、千回を超える興行をした。明治九〜三一年については、馬蝶の記した興行日誌が残されている。それは、馬蝶の孫（久保喜一）によって、『写し絵日記』として翻刻され、貴重な資料となっている。

　そこには、興行年月日、興行先（西多摩や奥多摩、入間や所沢、相模原、遠くは藤沢などへ計五五〇回以上）、演目（百種ほど）、報酬額（符牒も使っている）が記載されている。山間部などではどんなにか楽しみの娯楽だったろうと、想像される。

　『写し絵日記』に、「明治十七年は武相困民党が決起した年で、八王子署へ押しかけた全員（馬蝶の親戚・戸長の久保善太郎も）が逮捕されたが、このような時代にも写し絵は続けられた」とある。

　同郷で自由民権運動家に身を投じた者に、北村透谷と親交を結んだ秋山国三郎がいる。国三郎は天然理心流の剣士でもあったが、若い頃は義太夫語りとして江戸で活躍し、帰村後は人形芝居の座を持ち、興行をした。今も残る、金糸で「自由」と刺繍のある人形の衣装は、自らの理念をこめて、自らの手で刺繍したものと言われる。

　写し絵は、明治の後半には活動写真・映画に押され、廃れていくが、八王子の由木《ゆぎ》、遣水《やりみず》辺りでは昭和に入るまで、説経節と影絵（写し絵）で、物日などに近在の人が集まって楽しむことが続いたという。

　近年（平成十八年）、「第四回八王子車人形と民俗芸能の公演」で説経節の会は、劇団「みんわ座」による写し絵「信太妻《しのだづま》―葛の葉」の地語りを勤め、平成二七年には、逍遙博士記念早稲田大学演劇博物館主催で、「御菩薩池《みぞろがいけ》」（写し絵みんわ座）の地語りを神楽坂の神社にて勤めた。思えば、馬蝶の日誌に何度も出ていた「ミゾロケ池」が、百数年後に写し絵発祥の地で再演となったのだった。

八、坪内逍遙の聞いた説経節

明治二十年ころまで寄席などで興行されていた車人形は、それ以降東京ではすっかり影をひそめてしまった。

　シェイクスピア全集の翻訳をした小説家・評論家の坪内逍遙は、演劇にも造詣が深く、「消滅したと思っていた車人形が八王子にある」と三田村鳶魚に聞いて、大正十三年に八王子を訪れた。

　三田村鳶魚は、地元の機業家平《たいら》音二（次）郎らと計らって、平宅で、小泉信久（雀屋妻三郎）一座の車人形を見せ、説経節を聞かせた。
その時の新聞記事（東京日日新聞大正十三年五月）を見ると、見出しは、「廃滅の江戸芸術／車人形／逍遙博士に見いだされ／来月上旬東京で公演」とあり、翌月には東京芝の増上寺で公演がなされた。
昭和二六年、薩摩小若太夫（昭和三八年に十代目若太夫を襲名）は、戸部銀作との対談で、「坪内逍遙先生や三田村鳶魚先生に『八王子の（説経節）が純粋である』と言われ、やっと自信を抱くようになりました」と述べている。（『若松若太夫藝談』戸部銀作、山口平八共著）
坪内逍遙は、「八王子の説経節は、江戸の説経の名残をとどめている」と正統の折紙をつけ、車人形には「文楽を呼んで練習するといい」とアドバイスを行い、江戸文楽最後の一人者吉田冠十郎を紹介した。

九、昭和以降の説経節

三田村鳶魚の助言もあり、平音二郎は引き続き説経節や車人形の保存活動に力を入れていた。しかし大正時代から昭和に入ると、時代の趨勢もあり、説経節や車人形は八王子での娯楽の座から少しずつ退いていった。

昭和二〇年、終戦の直前に八王子大空襲があり、馬蝶一座が八王子の演芸館に貸し出してあった写し絵道具一式は、館もろともすべて消失し、この空襲により、車人形の首《かしら》なども、ずいぶん焼けてなくなったという。

戦前から車人形や説経節関連の研究・調査を続けた久米井亮江は、『武蔵車人形』を著し、そこには初代西川古柳のこと、二六〇名に及ぶ説経の太夫や車人形遣いの一覧などが記されている。手書き本も多数集め、今は八王子市郷土資料館に収められている。

多摩に伝播した説経節については、小澤勝美氏による「多摩地方の説経浄瑠璃の系譜」（『多摩のあゆみ』第五七号平成元年　多摩中央信用金庫）に詳しい。

八代目薩摩若太夫（沢田良助）が昭和三年に亡くなったあと、吉永卯助（小春太夫）を会長に、「薩摩説経節保存会」が結成され、多摩地方の説経節の運営を一手に担うことになる。戦後、九代目（加藤健次郎）が亡くなって空位となった十代目の継承問題が生じ、会は先ず九代目の甥・浜中平治に、次いで小若太夫であった内田総淑にもこの名称を授けた。

詳細は、小澤氏の「多摩地方の説経浄瑠璃の系譜」、並びに梅田和子氏の「二人目の家元　十代薩摩若太夫」（『多摩のあゆみ』八十号「十代目薩摩若太夫の芸とその系譜」平成七年　たましん地域文化財団）に譲る（共に『説経節研究　歴史資料編』に再掲）が、結果として浜中平治と内田総淑、二人の十代目が存在することになった。

この頃（昭和三十年代）になると、薩摩派説経節は門弟も急速に減少し、次第に衰退していく。二人の十代目の時代は、薩摩派説経節がいわば最期の光芒を放った時代といえよう。とりわけ、自ら語る説経節が正統であると自負する内田総淑は、昭和の名人と謳われた。

二人の十代目は昭和五十年代後半に相次いで亡くなり、十一代目は石川浪之助が継いだ。ここまでは、若太夫の名跡継承は家元継承でもあったが、その後、この名跡は他の薩摩派のいくつかの名跡とともに、「説経節の会・預かり」となった。十二代目は古谷要平に、同会の認定により追贈された。十三代目は渡部雅彦が認定を受けたが、その後退会し、名跡は会に返上され、現在空位である。

十、「説経節の会」発足

昭和四一年に、久米井亮江が世話役になって、「説経浄瑠璃保存会」設立の運びとなったが、昭和四七年にこの会は消滅した。

八王子の中にあった説経節保存の願いを元に、のちに「説経節の会」を設立することになる宮川孝之らが奔走し、昭和五七年、『説経浄るりを聞く会』が八王子労政会館で実現した。

この会で、当代の両名人である薩摩若太夫十代目（内田総淑）と若松若太夫二代目（松崎寛）との顔合わせ公演が実現することとなり、画期的な取り組みと

八王子車人形「小栗判官一代記」で地方《じかた》を務める十代目薩摩若太夫（右から二人目）

昭和58年「説経浄瑠璃と写し絵の会」　　撮影宮川孝之

なった。

翌五八年には、「八王子車人形・説経浄瑠璃の会」が発足し、『説経浄瑠璃と写し絵の会』が、八王子大丸（百貨店）で開催された。

前年に続き、薩摩派、若松派両若太夫による説経節の競演が人気を呼び、十代目薩摩若太夫の地語りで西川古柳座の車人形が演じられた。

佐渡の霍間《つるま》幸雄氏による説経節弾き語り、『説経節』の編注者・荒木繁氏や写し絵研究家の小林源次郎氏の講演もあり、あわせて解説書『説経浄瑠璃・車人形・写し絵』が作られ、頒布された。

この会の二ヶ月後、十代目若太夫は、後世に残すべく薩摩派四十八節の録音をし、翌年九十歳で逝去。（録音は『日本文化の伏流　民衆芸能　説経節集』のCDにある）

昭和六一年に、「説経節の会」が発足し、その七年後に、「東京都指定無形文化財保持団体」の指定を受けた。

平成七年に、各地に残る小栗伝説に共鳴する人達によって結成された「をぐりフォーラム」の要請を受け、八王子で「第五回全国をぐりサミット　八王子人形劇フェステバル」が開催されることになった。

説経節の会は、八王子市民の協力を得、八王子市や東京都などの後援を受け、総力をあげて取り組み、市民だけでなく全国から研究者や説経関連の芸能者を迎えられるようにと企画をすすめた。

研究者によるシンポジウムや講演があり、サブテーマ「小栗判官をめぐる芸能」にそって、八王子車人形の新作、川野の車人形、佐渡広栄座や横瀬の人形芝居、みんわ座による写し絵等々が演じられ、多彩なプログラムの二日間となった。

—奥多摩の川野に伝わる車人形は、七代目薩摩若太夫の流れを汲むものであり、六代目薩摩若太夫の娘が嫁いだ埼玉の竹間沢《ちくまざわ》の地にも車人形は伝わっていて、今も演じられている。佐渡には、多摩に伝播する以前の古い型の説経節が伝わり、三味線の曲節は多くはなく、琵琶の弾法に似ている特徴を持つ。佐渡の広栄座では、説経人形やのろま人形が演じられている—

八王子で「第五回全国をぐりサミット」が開催されたことにより、説経節の会の存在を、市民や研究者に知ってもらうことができた。また会としての自覚も高まった。この催しに合わせ、資料集『小栗判官の世界』が出された。

十一、「説経節の会」の活動

発足の頃は後継者問題など、なかなか先行きを見通すことが難しい状況であったが、八王子市の助力も得て、会員も少しずつ増え、活動の幅が徐々に広がってきている。

「第１３回八王子車人形と民俗芸能公演」説経節の会　撮影宮川孝之

平成六年には、「八王子車人形と民俗芸能公演」の第一回目が開催され、以来三代目雀屋妻三郎（安藤俊次）、十一代目薩摩津賀太夫（園部誠児）、京屋純（生沼純子）を中心に、技芸部員によって車人形の地方《じかた》を勤めている。

この公演は、平成二八年度で十四回を数え、市の内外から来場する大勢の人に、薩摩派の説経節を聞いていただく機会ともなっている。

八王子市の肝煎りで始められた「伝統芸能後継者育成講座」は、現在「伝統芸能ふれあい講座」となって、毎年度、説経節の講座もあり、貴重な後継者育成の取り組みとなっている。

説経節の会・技芸部では、十代目薩摩若太夫の芸を継承すべく、三味線や語りの稽古を重ね、機会あるごとに演奏活動を行っている。

研究部では、説経節に関する資料の収集、整理、手書き本の翻刻、音源のデジタル化など地道な活動に取り組んできた。『説経節研究』の刊行も、こうした何年にもわたる活動から生まれたものである。

また、「説経散歩」が企画され、説経の物語を育んだゆかりの地へ足を運び、風土を体感し、実地に学習する旅もなされてきた。

説経節の会は、これからも薩摩派説経節の保存・継承を目指して、さらなる活動を目指したいと願っている。

この稿を書くに当たって参考にした文献

『説経節研究　歴史資料編』　説経節の会
『説経節』　平凡社　東洋文庫　荒木繁・山本吉左右編注
『新潮日本古典集成　説経集』　新潮社　室木弥太郎校注
『新日本古典文学大系　古浄瑠璃　説経集』
　　岩波書店　信多純一・坂口弘之校注
『多摩のあゆみ』　五七号、八〇号　たましん地域文化財団
『日本文化の伏流　民衆芸能　説経節集』　法政大学多摩研センター
『説経正本集』　一、二、三　横山重編　角川書店
『中世説話集』　西尾光一・貴志正造編　角川書店
『近世日本芸能記』「説経の研究」　黒木勘蔵　青磁社
『三田村鳶魚全集』　二二巻「車人形と説経節」　中央公論社
『さんせう太夫考』　岩崎武夫　平凡社　平凡社ライブラリー
『語り物（舞・説経・古浄瑠璃）の研究』　室木弥太郎　風間書房
『翁の座』「さゝらとさゝら説経」　山路興造　平凡社
『定本　柳田國男集』「三荘太夫考」「妹の力」　筑摩書房
『山椒太夫伝説の研究』　酒向伸行　名著出版
『下人論』　安野眞幸　日本エディタースクール出版部
『日本の伝統芸能』　本田安次　錦正社
『写し絵日記』　久保喜一　自家版
『武蔵車人形』　久米井亮江　自家版
『日本文学全集』「山椒太夫」　森鷗外　新潮社

二、古説経、若太夫正本、八王子説経節手書き本＊

安藤俊次

説経節の詞章を記述したものに三つのグループが存在する。一は、所謂古説経（又は、前期説経節）の正本で、木版印刷による版本が残されている。二は、所謂後期説経節薩摩若太夫（初代、又は二代目）正本で、これまた木版印刷による版本である。一は、『説経正本集』（角川書店）、東洋文庫『説経節』（平凡社）、『新潮日本古典集成　説経集』（新潮社）、新日本古典文学大系『古浄瑠璃　説経集』（岩波書店）に、二は、本書に翻刻、掲載されている。どちらも手書き本の存在は確認されていない。三が、説経節手書き本で、後期説経節が江戸から多摩地区へ伝播し、それぞれの地区で太夫自身が詞章を手書きし、節名などを朱で記し、演じる際に実際に使用した台本である。八王子には、この説経節手書き本が数多く残っている。

＊以下、文脈に依って、「八王子手書き本」、「八王子本」、「手書き本」と略す。

八王子説経節手書き本の演目

五説経と呼ばれている演目がある。古くは『刈萱』、『信（俊とも）徳丸』、『小栗判官』、『三庄（三荘、山庄なども）太夫』、『梵天国』、享保の頃には『刈萱』、『三庄太夫』、『愛護若』、『信田妻』、『梅若』を五説経というと『芸能辞典』（東京堂）にある。八王子郷土資料館所蔵の手書き本は＊＊百冊であるが、これを見る限り、五説経に含まれているのは、『三庄太夫』、『小栗判官』、『刈萱』、『志ん（信）徳丸』で、『梵天国』、『愛護若』、『梅若』は見当たらない。『刈萱』、『志ん（信）徳丸』も、それぞれ三冊、二冊に過ぎず、『信田妻』は、義太夫節『蘆屋道満大内鑑』の書き換えで、五説経以外は大半が義太夫節の演目である。

それでも、『三庄太夫』と『小栗判官』は冊数の多さで一、二を争う。この点だけを見れば、八王子の説経節は、僅かながらも古説経を伝えているように見えるが、内容は大いに異なり、一口に言えば古説経が本地物、縁起物なのに対して、八王子説経節は仏教色がほぼ完全に拭い去られている。

＊＊ 久米井亮江氏寄託コレクションを除く。

古説経から後期説経節へ

江戸時代前期に版本を残す程栄えた古説経は、宝永、正徳（一七〇四～一六）から凋落の一途を辿り、殆ど廃絶した。それは、仏教を根本に置く古説経の終焉だった。薩摩若太夫が出て所謂後期説経節を語り始めるのは八十年程後のことである。この間、世に持て囃されたのは、義太夫節や豊後節系の浄瑠璃で、仏教色のない、あるいはあっても薄い、人情を中心にした語り物だった。後期説経節がそうした浄瑠璃に倣ったのも当然だろう。古説経の正本は版本が残されていたが、若太夫正本に果たして影響を与えたかどうかは定かではない。因みに古説経には段立てがないが、若太夫正本も八王子手書き本も段立てされている。

版本の若太夫正本で『三庄太夫』は三十六段、『小栗判官』は三十三段、どちらも全巻が現存する。古説経正本と内容を比較してみると、省略されたり、縮小されたり、膨らまされたり、あらたに加えられたり、時には極めて卑俗な、あるいは猥雑な詞章まで入れられて、様々な改変が行われている。その内容の変化は、民衆の好みの変化を反映したものであった。

古説経正本と若太夫正本

古説経から若太夫正本への推移を、『三庄太夫』の冒頭と寺探しの場面で見てみたい。先ず、古説経の東洋文庫版（説経与七郎、寛永末年頃刊）の冒頭と、若太夫正本の初段「旅立段《たびだちのだん》」を翻刻との重複を厭わず、但し読み易さを考慮し、できる限り現代表記に改めて、左に掲げる。なお、八王子手書き本に初段は欠如している。

【古説経】（東洋文庫版より）段立てなし

ただいま語り申す御物語、国を申さば、丹後《たんご》の国、金焼《かなや》き地蔵の御本地《ごほんじ》を、あらあら説きたてひろめ申すに、これも一度《ひとたび》は人間《にんげん》にておわします。人間にての御本地を尋ね申すに、国を申さば、奥州、日の本の将軍、岩城《いわき》の判官、政氏殿《まさうじ》にて、諸事のあわれをとどめたり。この政氏殿と申すは、情《じょう》の強《こわ》いによって、筑紫《つくし》安楽寺へ流され給い、憂き思いを召されておわします。

あらいたわしや御台所《みだいどころ》は、姫と若、伊達《だて》の郡《こおり》、信夫《しのぶ》の庄へ、御浪人をなされ、御嘆きはことわりなり。

【若太夫正本（版本）】「一　旅立段《たびだちのだん》」冒頭

さればにやこれはまた、おく、奥州は、五十四郡の御主《おんあるじ》、岩城の判官政氏とて、めでたき国主《こくしゅ》のおわせしが、少しの筆の誤りにて、帝《みかど》の御勘気蒙りて、筑紫の博多へ、御《おん》流罪。跡にも残る御台様、忘れ形見の御兄弟、姉姫君は安寿姫、弟若君を対王丸《つしおうまる》。

冒頭から、古説経と若太夫正本の違いがはっきりと分かるだろう。古説経は、他の演目の多くに見られる常用の文章、文句で語り出す。また、これが「丹後の国の金焼き地蔵」の本地物であることを謳う。金焼き地蔵は、宮津市由良の由良山如意寺に現在も祀られている。古説経でも若太夫正本でも、親の形見として安寿に譲られ、安寿と対王丸の額の焼き鉄《かね》傷をその身に移し（ために、身代わり地蔵とも呼ばれる）、国分寺では対王丸の危機を救い、佐渡（古説経では、蝦夷）では盲いた母の両眼を開く。

古説経、若太夫正本、両者の間には、語り口の顕著な相違も認められる。古説経の語り口は、古風であるのは当然として、台詞以外の叙述の部分においても、三味線の節に乗るというよりも、語るに近いものではなかったか。古説経正本には、「コトバ」や「フシ」などが付されているものもあるが、基本は「コトバ」にあり、旋律、リズムに重点はないように思われる。

一方、若太夫正本は、古説経常用の文章、文句は勿論、本地物という要素も消えている。また、読んで明らかな如く七五調のリズムを基本としている。その意味では、殆どの段が「説経祭文」、一部「説経浄瑠璃」と称しているのも合点がいくだろう（八王子正本では、「二上り浄瑠璃」ともいう）。

次いで、寺探しの場面であるが、古説経の寺探しに当たる部分と、若太夫正本「寺譏段《てらさがしのだん》」一段すべてを、これも現代表記にして左に掲げる。

【古説経】（東洋文庫版より）段立てなし

身の軽き三郎が、尋ぬる所はどこどこぞ。内陣、長押《なげし》、庫裏《くり》、眠蔵《めんぞう》、仏壇、縁の下、築地《ついじ》の下、天井の裏、板はずいて尋ぬれども、童の姿は、見えざりけり。コトバ「あら不審やな。背戸《せど》（裏門）へも門《かど》へも行き方《がた》ののうて、童のないは不審なり。いずれお聖の、心の中《うち》に御ざあるは一定《いちじょう》なり（確かだ）。童を御出しあれ。童を御出しないものならば、身にも及ばぬ、大誓文《だいせいもん》を御立てあらば、由良《ゆら》の湊《みなと》へ、戻ろう」との御諚なり。

【若太夫正本（版本）】「二十四　寺譏段」全段

さればにやこれはまた、なかにも三郎ひろはるは、先ず本堂の御本尊様の弓手馬手《ゆんでめて》、あなたこなたと探せども、さらに童《わっぱ》の見えざれば、「さてさて不思議の童しめ」と、台所《だいどこ》さして飛んで行く。はや台所になりぬれば、大黒柱の真ん中に、大きな節穴を見《め》つけ出し、「この節穴が合点ゆかぬ」と言うままに、人差し指と中指を二本突っ込み掻き回す。蝿《はい》取り蜘蛛めがにろっと出る。「おのれにゃ用はござない」と、さてそれよりも台所の箱と名が付きゃ何ならん。椀箱膳箱箸箱火口《ほくち》箱。鼠入らずの引き出しや、飯櫃までも掻き回し、残るかたなくたずぬれど、さらに在処《ありか》も知れざれば、地蔵堂へと乱れ行く。地蔵堂になりぬれば、小《こ》暗い所に石の地蔵笠をかぶって立っている。三郎童と心得て、しっかと捕らえて見てあれば、「石の地蔵か、一杯喰った」と腹を立ち、握り拳を振り上げて、地蔵の頭を張り倒す。その時地蔵の申すには、「これこれ申し三郎様、私は芯まで石だから、いくら喰らあされても痛くない。お手は痛みはいたさぬか」と、言われて三郎あきれ果て、「世の中の譬えにも地蔵の顔も三度撫でれば腹を立つというのに、握り拳を振り上げて、二つ三つ喰らわしても、腹も立たざる馬鹿地蔵、おのれに用はござない」と、地蔵堂を立ち出でて、閻魔堂を訪ねられ、鐘楼《しゅろう》堂へと飛んで行く。鐘楼堂になりぬれば、軒の下に大きな熊《くまん》蜂の巣を見つけ出し、なんでもこいつは童が頭と心得て、墓場掃除の竹箒をたずね出だして持ち来たり、やたらに下から突っつけば蜂は大きに腹を立ち、皆一同に飛んで出て、三郎目掛けて刺さんとす。刺されちゃならぬと逃げ出だす。蜂は頻りに追い来たる。いかがはしけん三郎は、仰《あお》のけ様に滑って転ぶと見えけるが、なかにも一つの熊《くまん》蜂、かの三郎が内股へ、入ると見えたるが、お金玉なぞちょいと刺す。刺されてその時三郎は、痛いとも言わず、痒《かい》いとも言わず、ただべそべそと泣いている。三庄太夫は駆け来たり、「やい三郎おぬしは蜂にお金玉を刺されたな。蜂に刺されたには歯糞が薬」と言うままに、六十年来溜めたる歯糞をしこたま取って付けてやる。やれやれ恐ろしや毒虫見ているうちに、おぬしがお金玉が鉢瓢《ふくべ》のように腫れ上がった。そのように金玉がでっかくなっては、もう由良が湊へは戻られまい。さりながら金玉のでっかくなったも、勿怪重宝《もっけちょうほう》。大方今年の暮れあたりは、ごいのたまさき新田《しんでん》の方から、百両の持参で三郎を、金玉望みの嫁が来る。てめへも喜べ」と、言えばそのとき三郎は、「ああこれはしたり父上、地口どころじゃござりませぬ。ひりひりひりついて堪《こた》えられませぬ。まだ尋ね残したは、あれ本堂の縁の下」。太夫は聞いて、「なるほど、如才のない所に気の付く奴。縁の下へ俺が入って、童しめを尋ね出さん」と、太夫殿、このくにに帯とくとくと、越中のどしふん（褌）一つの丸裸で、犬の潜った穴よりも、無理無体に潜り込めば、あとから三郎同じく裸で潜り込む。親も潜れば子も潜るとはこの時初めて歌い出す。あなたこなたへ這い回れど、さらに童も見えざれば、蜘蛛の巣だらけな頭にて、元の穴から這い出だす。聖《ひじり》はそれと見るよりも、茶を五つ六つ盆に載せて、持ち来たり、「当寺は至って貧《ひん》ゆえ去年の暮れにはろくろく煤掃きもいたさぬに、初春早々由良の湊から、親子六人にて、煤掃きの手伝い。そしてまあ縁の下までの掃除。大きにお世話。お茶でも上がれ」と差し出だす。三郎は盆も茶椀も投げ出だし、

（「二十五　聖誓文神おろしの段」へ続く）

先ず長さの違いが目を引く。古説経は三庄太夫の三男三郎が対王丸を探した場所を列挙するだけで、見つけられずに聖に対王丸を出すか、大誓文を立てるかと迫る。若太夫正本は対王丸探索の様子を長々と語る。長いだけではない。

滑稽な要素をふんだんに取り入れ、下掛かりも交えながら、笑いを取ろうとする。三庄太夫や三男三郎は、憎まれ役と言うよりも、所謂半道敵《はんどうがたき》（歌舞伎や人形浄瑠璃に登場する滑稽な敵役。茶利敵とも）と言うべきで、段全体が浄瑠璃で言うチャリ場となっている。八王子本（三七頁参照）は、当然この若太夫正本を基に更に長く滑稽な要素も増えている（国分寺の聖も、「聖欠落乃段《ひじりかけおちのだん》　下」では笑いを誘う役を演じている）。古説経の簡潔な文章とこれ程かけ離れてしまったのは、初代若太夫が後期説経節を興す前に好んで語っていたと言われる（『嬉遊笑覧』）山伏による祭文が大きな影響を与えたためと考えられよう。また、この段ばかりではなく、他の演目も含めて、台詞以外の地が七五調であるのは、三味線と合わせるに当たって、義太夫節など浄瑠璃の影響も考えられる。

この後、どちらの正本も、聖が誓文を立てれば妄語戒を、対王丸を出せば殺生戒を犯すことになると、悩んだ末に誓文を立てる決意をし、先ずはお経の数々を、次いで全国の神仏の名を言い立てる場面となる。古説経は、延々とその名を並べ立てているのに対して、若太夫正本では、多くが省かれている。古説経は、この言い立てこそ聞かせどころであり、神仏信仰の未だ強かった時代を反映していたと言えよう。なお、言い立ては語り物において、講談の修羅場、落語の言い立て、浄瑠璃の道行、更には露天の啖呵売などにその名残を見ることも可能だろう。

若太夫正本から八王子説経節手書き本へ

一時期江戸にて上々の人気を誇った後期説経節も、幕末にかけて衰退し、やがて地方へと都落ちをする。若太夫正本も江戸から各地にもたらされた。八王子にもその版本は伝えられた。これを手本としている八王子手書き本は、書き写す段階で、あるいは演じる段階で更に改変が行われている。

改変は主に字句にあって、ただ版本を書き写しただけであれば、起こり得ない。版本の字句を読み間違えたか、読めずに適当に宛てたかとも考えられるが、数の多さを見ると、聞き書きによる音の取り違い、同音の宛字から生じたものだろう。

八王子のかつての農村部に住み、自身説経節を語っていた、駒木太夫の孫である故飯室金次氏はよく言っていた、「説経節は鍬を振り上げ下ろす調子に合っているんだ」と。大都市江戸から土の匂いのする地方都市八王子へ、説経節は内容は同じでも、それなりに詞章も変化し、恐らくは節も多少は変化したのだろう。

三、八王子説経節手書き本「三庄太夫」翻刻

編集部

(一) 八王子説経節手書き本の翻刻に当たって

八王子本は手書きのため、翻刻には文字の判読、語句の解釈など様々な点で困難がつきまとった。それには、「い」列と「え」列などの混同、仮名遣いの不統一、方言と思われる語句、漢字の間違い乃至は怪しげな崩しといった単純なものも含まれる。

前述したように、八王子本は若太夫正本を基としているが、若太夫正本と異なる部分も少なからず存在するし、その相違の多くは語句にあって、単なる間違いなのか、改変なのかは判然としない場合もある。何故そのような違いが生じたのか。版本が容易には手に入らなかったため、口承や転写に依ったためか。いずれにせよ、演者自身にも、聴衆にも、実際に演じる際には殆ど問題ではなかった。語る度に改変することもあっただろう。手書き本にはその痕跡も度々認められる。そうして、八王子本は若太夫正本から徐々に離れていったものと推測できる。語りに用いる本は、元来太夫が師匠、先輩から受け継いだ詞章を手書きするものである。義太夫節では、詞章が改変されることはまずない。しかし、説経節の場合、そこにある程度自由があったと思われる。事実、ここにその多くを翻刻した十代目薩摩若太夫（前名、総太夫、駒次太夫、今津太夫、小若太夫）の本と、その師匠駒和太夫の同じ段の本とでは、異同が見られる。

いずれにしても、八王子説経節手書き本は、古説経との違いはもとより、若太夫正本との違いも、独自の語句も、明らかな間違いも、八王子の説経節がどのように演じられてきたか、どのように伝承されてきたかを如実に示す貴重な証言になるはずである。本来なら、手書きのままに供すべきであろうが、翻刻でその趣を味わって欲しい。

(二) 八王子説経節手書き本「三庄太夫」原本一覧

外題・段名	＊本主（筆者） 筆写日付	現所蔵者（機関）	若太夫正本当該段名
（欠落段）			一　旅立段
三庄太夫一代記　**山岡住家の段** （「三の柴の段」、「対王丸母対面之段」と合冊）	駒和太夫	八王子市郷土資料館	二　扇ヶ橋乃段上下
（欠落段）			三　山岡住家の段 〜十四　二ノ柴刈段
三庄太夫一代記　**安寿姫浜難儀の段**	駒木太夫	個人蔵	十五　汐汲の段
（参考）由良美名登千軒長者 三庄太夫一代記　**安寿対王身投之段** （「安寿姫浜難儀の段」とほぼ同内容。後半欠落）	今津太夫 昭和拾一年一月	八王子市郷土資料館	十五　汐汲の段 〜十六　浜難儀乃段上
（欠落段）			十六　浜難儀のたん下 〜十九　船伏乃段

三庄太夫一代記　**三の柴の段** （「山岡住家の段」、「対王丸母対面之段」と合冊）	駒和太夫	八王子市郷土資料館	二十　兄弟道行乃段
三庄太夫一代記　**山別の段**	若都太夫 昭和拾一年八月吉日	八王子市郷土資料館	二十一　水盃段上下
三庄太夫一代記　**安寿姫火責の段**	小若太夫 昭和二十五年	八王子市郷土資料館	二十二　炮烙罪科段上下
三庄太夫一代記　**寺入之段**	小若太夫	八王子市郷土資料館	二十三　国分寺段上下
（参考）三庄太夫一代記　**逃込の段** （「寺入之段」とほぼ同内容。「寺探の段」へ続く）	駒和太夫 大正八年四月三十日	八王子市郷土資料館	二十三　国分寺段上下
三庄太夫一代記　**寺探の段** （「逃込の段」から続く）	駒和太夫	八王子市郷土資料館	二十四　寺譏段
（欠落段）			二十五　聖誓文神おろしの段 〜二十七　骨拾段

三庄太夫一代記 **朱雀詣之時梅津広忠公** **対王丸松並木ニテ拾ヒ上之段** （「対王丸拾上られ大内参内之場」へ続く）	今津太夫 昭和九年四月一日	八王子市郷土資料館	二十八　朱雀詣段上　朱雀拾段下
三庄太夫一代記 **対王丸拾上られ大内参内之場** （前段から続く）	今津太夫	八王子市郷土資料館	二十九　参内段
（欠落段）			三十　国順見乃段
三庄太夫一代記　対王丸母対面之段	小若太夫	八王子市郷土資料館	三十一　対王丸母対面乃段上下
（参考）三庄太夫一代記 **対王丸母対面之段** （小若太夫本とほぼ同内容）	駒和太夫	八王子市郷土資料館	三十一　対王丸母対面乃段上下
（欠落段）			三十二　そとがゑふ次郎仕置段～三十六　大尾・親子鋸挽段

＊駒木太夫（小室太十郎）、駒和太夫（松崎常蔵）、今津太夫と小若太夫は後の十代目若太夫（内田総淑）。駒木太夫は駒和太夫の師、駒和太夫は十代目若太夫の師で、三者は同一系統。若都太夫（峰尾輝雄）は都太夫の系統。

（三）八王子説経節手書き本翻刻

ここに掲載する八王子説経節手書き本「三庄太夫」の翻刻は、重複分を含め十三段（九冊）である。若太夫正本は三十六段（上、下二冊の段が六割近くあり、冊数はその分増える）であるから、三割に届かない。翻刻を掲載するだけでは、物語が途切れ途切れになる。

そこで、翻刻の各段の前後に粗筋を加えることとする。粗筋は、八王子本の基となっている若太夫正本の各段（段名も）から採ったが、古説経と大幅に異なる部分は〈 〉内に古説経の該当部分を紹介し、対比できるように努めた。

主要登場人物（登場順）

御台所《みだいどころ》
岩城判官政氏の妻、安寿姫対王丸の母。山岡太夫に拐かされ、外海府の次郎に買われ、盲目となって佐渡で鳥追いをさせられる。

うわ竹
岩城家の局（乳母）。山岡太夫に拐かされ、海上で入水し、怨霊となって太夫を殺害する。八王子本では「うば竹」が多い。

安寿姫
岩城判官政氏の娘。山岡太夫に拐かされ、弟と共に宮崎の三郎に、さらに三庄太夫に買われ、汐汲みをさせられる。三男三郎により火責めにされて死ぬ。

対王丸
同、息子、安寿姫の弟。山岡太夫に拐かされ、姉と共に宮崎四郎に、さらに三庄太夫に買われ、柴木を刈らされる。太夫宅を逃れ、梅津大納言に拾われ、出世し、佐渡、丹後の国主となって三庄太夫と三郎への復讐を果たし、母と再会する。

山岡太夫権藤太
母子と乳母を拐かし、宮崎四郎と外海府の次郎に売り渡す。うわ竹の怨霊に復讐される。

宮崎四郎
山岡太夫から安寿対王を買い取り、三庄太夫に売り渡す。

外海府の次郎（右衛門）

山岡太夫から御台所を買い取り、佐渡島で鳥追いに使う。

三庄太夫

由良千軒の長者、安寿対王丸を買い取り酷使する。最後は対王丸の命により、自身の息子三郎に竹鋸で首を挽き落とされる。

三庄太夫次男次郎

太夫の次男だが、心優しい人物。安寿対王兄弟を庇う。

三庄太夫三男三郎

太夫に劣らず悪逆非道の人物。最後は対王丸により牛裂きの刑に処せられる。

伊勢の小萩

太夫に買われて働く娘。姉弟が身投げするのを引きとどめ、陰で姉弟を助ける。

国分寺の聖

八王子本のみ、法名を「ゑんかい」とする。三庄太夫の許を逃れてきた対王丸を匿い、都まで送る。

梅津大納言広忠

都に逃れてきた対王丸を拾い上げ、世継ぎとする。

凡例

一、各頁の上段（明朝体）に【原文】の表記、下段に（ゴシック体）に【現代表記】を掲げ、比較対照の便を図った。【原文】の各頁末には、※印を付し、次頁上段に続くことを示した。

二、【原文】の漢字、仮名は、できる限り元の表記（漢字や仮名の明らかな間違いも）を残すよう心掛けたが、漢字の旧字体、変体仮名は、現代の字体、仮名（「ゑ」を除く）に改めた。

三、間違いであると思われる字句には、ルビに「ママ」を付した。
また、欠落字句は、【現代表記】で補填し、「　」で表した。

四、不明な語句は、【現代表記】でも【原文】のまま表記したが、推定できるものは、編集部の判断で暫定的にその語句を用いた。

五、【原文】の節名（△、□、ノリ、大半など）、台詞（詞、言、三郎など）は、右上に小文字で付し（【現代表記】では省略）、台詞の始めの小さい片仮名で記されている字句は、ポイントを落として表記した。

〈例〉「△越後」△が節名。「詞中御台様」詞が台詞であることを示す。「詞イエ〳〵中母上様」詞は同上、イエ〳〵は台詞の文句。

六、判読不能の節名などは、×印で表記した。

七、【原文】の切れ目（スペース）は【現代表記】では恣意に句読点で表した。

[粗筋一]「一　旅立段《たびだちのだん》」（若太夫正本）

奥州五十四郡の国主、岩城の判官政氏は、帝の勘気を蒙り、筑紫の博多〈太宰府安楽寺（古説経、以下同）〉に流罪となる。残された御台所、娘安寿、息子対王丸は、安寿十五歳、対王丸十二歳となった年、政氏を慕って、局うわ竹と共に筑紫の博多へ旅立つ〈所領安堵を願い出るために都へ旅立つ。同行者は乳母うわたき〉。

越後直江の浦に着き宿を乞うが、悉く断られる。人を拐かす者のいるため宿を貸すことならぬの触れが出ているという。浜から戻る女からは、黒森の扇が橋〈逢岐が橋〉を勧められ、御台所は嘆きつつ、そこを一夜の野宿の場とする。

［この後、若太夫正本では「二　扇ケ橋乃段《あふぎがはしだん》　上下」であるが、八王子本では同じ内容で、段名だけが「山岡住家の段」となる。若太夫正本の「三　山岡住家の段《やまおかすみかだん》　上下」の内容は、八王子本には欠如している。掲載部分は「山岡住家の段」の前半分で、続きの後半部がおそらくあったのだろう］

三庄太夫一代記（合冊）

山岡住家の段

（三の柴の段）

（母対面の段）

説教浄瑠璃

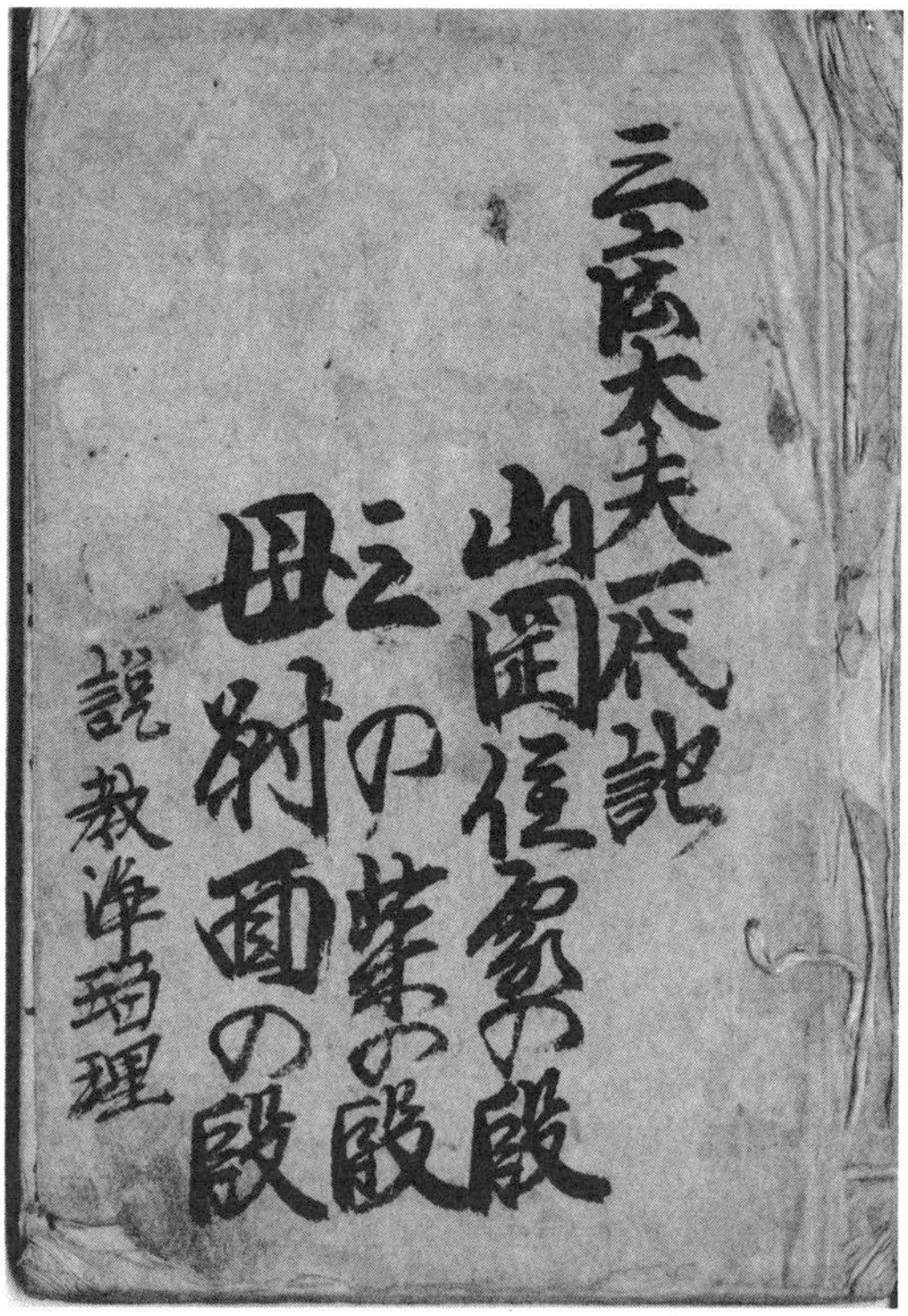

表紙

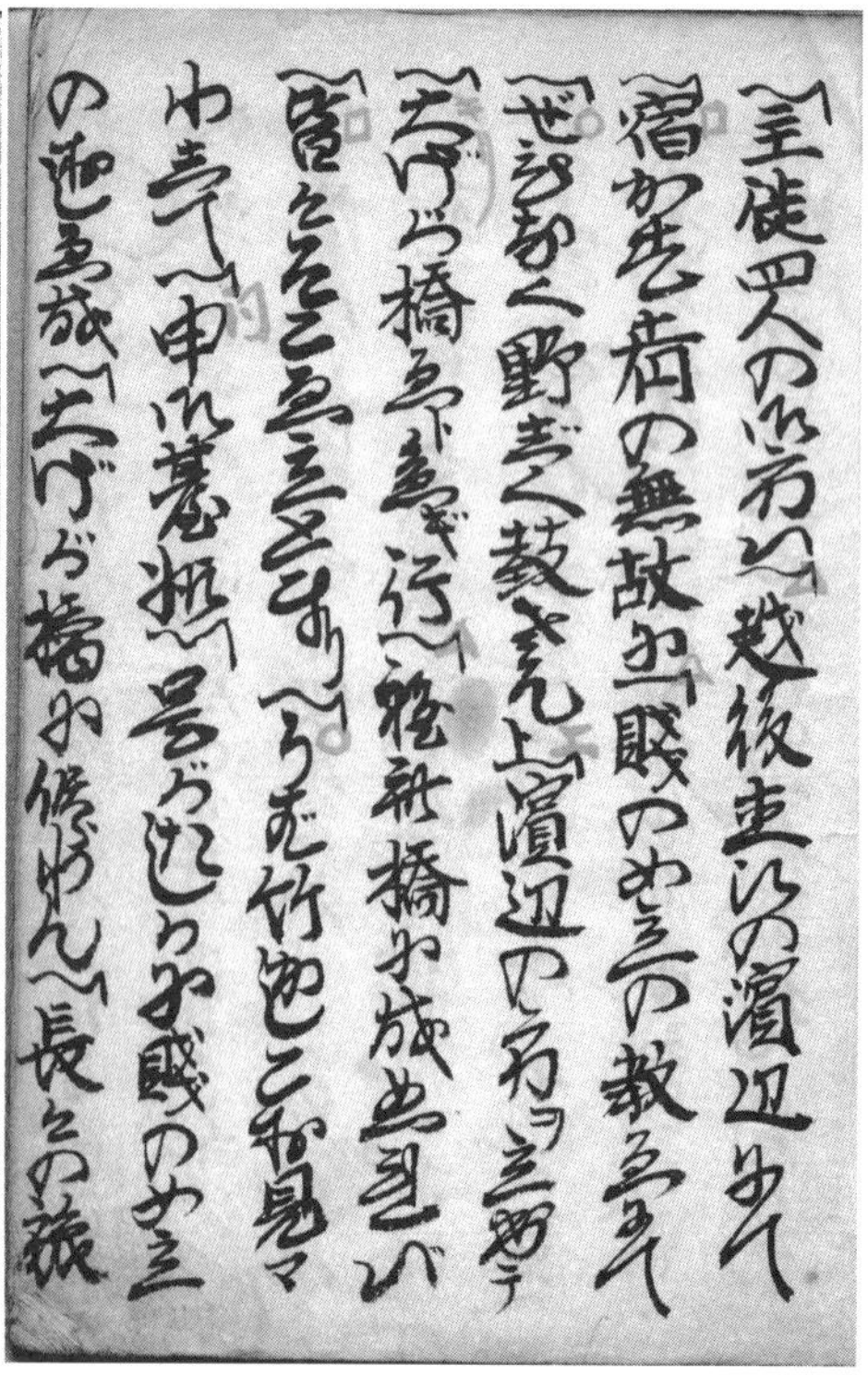

第一頁

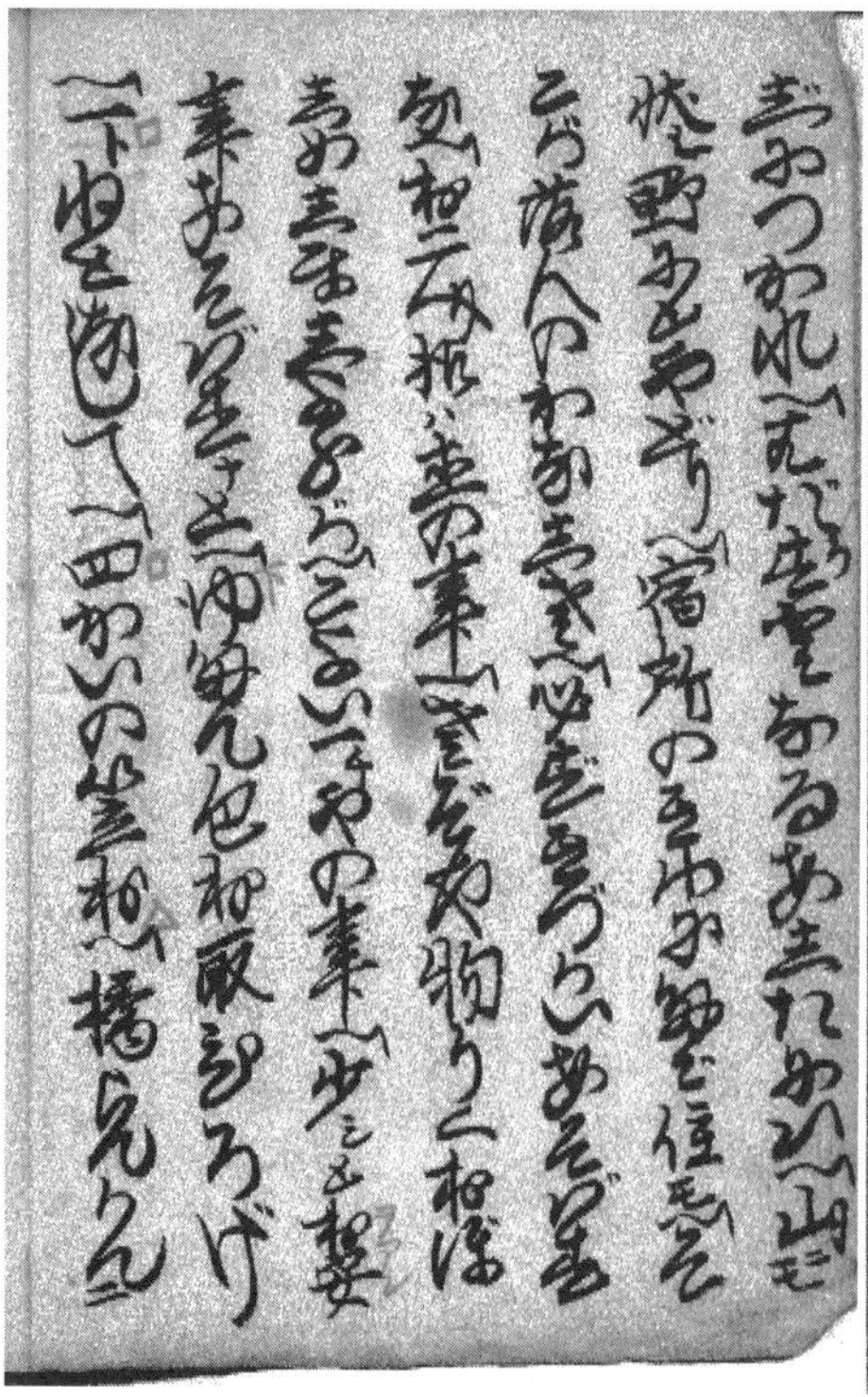

第二頁

【原文】

主従四人の御方は　△越後直江の浜辺にて　□宿かす者の無故に　△賤の女立[ママ]の教ゑにて　○ぜひなく野じく[ママ]致さんと　上浜辺の方を立出て　キリ大げ①が橋ゑと急ぎ行　△程無橋に成ぬれば　□皆々そこゑ立とまり　○うば②竹かしこお見まわして　詞申御台様　是がたしかに賤の女立[ママ]のおしゑ成　大げが橋に候らわん　長々の旅じにつかれ　はだうすとなるあしたには　山にも伏し野にもやどり　宿所のきわにたゞ住[ママ]も　そこが落人のかなしさ　必ずきづかいあそばすな　お二人り様は直の事[ママ]　さぞや物うくおぼしめしましよふが　こよい一チやの事　すこしもお安事[ママ]あそばすなと　下ゆ③たん包お取ひろげ　□一トね[ママ]となして□四④かいの笠お　△橋らんかんに持せかけ　○御めしかゑの一トねおば　上御兄弟にまいらせて　キリ夜つゆは四海の笠でよけ　ヤ山よりおろすさよ嵐シ　上御台所がしのがる丶　中浜より吹くるしお風を※（次頁上段へ）

【現代表記】

主従四人の御方は、越後直江の浜辺にて、宿貸す者の無き故に、賤《しず》の女《め》達の教えにて、是非なく野宿致さんと浜辺の方を立ち出でて、扇ヵ橋《おうぎがはし》へと急ぎ行く。程なく橋になりぬれば、皆々そこへ立ち止まり、うば竹かしこを見まわして、「申し御台様、これがたしかに賤の女達の教えなる、扇ヵ橋に候らわん。長々の旅路に疲れ、肌薄となる朝《あした》には、山にも伏し野にも宿り、宿所の際に佇むも、そこが落人の悲しさ、必ず気遣いあそばすな。お二人様はなおの事、さぞやもの憂くおぼしめしましょうが、今宵一夜の事、少しもお案じあそばすな」と、油単包みを取り広げ、褥《しとね》となして、四かいの笠を、橋欄干に持たせかけ、お召し替えの褥をば、御兄弟に参らせて、夜露は四海の笠でよけ、山より下ろす小夜嵐、御台所が凌がるる。浜より吹き来る潮風を、上うば竹つぼねがいとわる丶　キリ野じく[ママ]なす事あわれ成　△入相つぐる鐘のこい　□時はむ[ママ]浄にくれて行ク　○かなしさこわさふびんさに　キリ御台は二人りに打向い　詞コレ兄弟や　人家はなれし　かく物すごき此橋に　野宿お致すも親ゑの孝々　一日行ば一日だけ　恋しき父のおわし舛　つくしのはかたへちこうなる　一トよと云うてもわづかの内　さぞこわからうがこらゑてたもヤ　詞イエ〳〵申母上様　一ト[ママ]やの野宿はおろかな事　又此上にどの用な[ママ]つらい浮きめ[ママ]にあゑば迚　父上様におふ事なら　何ンで此身おいといましよう　お心いためあそばすなと　上詞を揃ゑて母のきお　キリなだむる心のすしよう[ママ]なり　ヤかわいの者やいとしやと　入しばらく泪にくれにける　○おんいたわしの兄弟は　ヤ様で[ママ]に心はこめけるが　上旅のつかれが重りて　中母のひざに身おもたれ　キリ其まゝすや〳〵ねむらる丶　○御台は夫れと見るよりも　上おくれの髪の毛なで上げて　中是見て給ゑうば竹や　キリ夫れよの中のたとへにも※

うば竹局が厭わるる。野宿なす事あわれなり。入相告ぐる鐘の声、時は無情に暮れて行く。悲しさ怖さ不憫さに、御台は二人に打ち向かい、「これ兄弟や、人家離れし、かく物凄きこの橋に、野宿を致すも親への孝行。一日行かば一日だけ、恋しき父のおわします、筑紫の博多へ近うなる。一夜《ひとよ》と言うてもわずかの内、さぞ怖かろうが堪《こら》えてたもや」「いえいえ申し母上様、一夜《ひとや》の野宿は愚かな事、又この上にどのような、辛い憂き目にあえばとて、父上様に会う事なら、なんでこの身を厭いましょう。お心痛めあそばすな」と、言葉を揃えて母の気を、宥むる心の殊勝なり。「かわいの者やいとしや」と、しばらく涙に暮れにける。おんいたわしの兄弟は、さまでに心はこめけるが、旅の疲れが重なりて、母の膝に身をもたれ、そのまますやすや眠らるる。御台はそれと見るよりも、後《おく》れの髪の毛撫で上げて、「これ見て給えうば竹や、それ世の中の譬えにも、詞かわいゝ子には旅おさせよトとは実の事　忍びの里にていくとせや　忠ぎ一チずに其方のひいき　細き煙りのやせゝたい　女子ながらもは⑤げしなき　心一ツの其たんせい生長なしたる此二人り　○すきまの風もいとふ身が　ヤ年はも行ぬはつ旅じ　上其つかれにてこの用に　中かく物さびしい此橋で　キリ野宿なす供いとわずに　詞ね入ル心のふびんサかわいサ　上是ハいかなる先のよの　入むくいか罪［ママ］か情内［ママ］や　八丁すいりよふしてたべうば竹と　ノリなげゝバ供に泪ぐみ　ノリ是のふ申御台様　詞其お歎きハ御尤にハ候へど　是皆君の御為なり　どの用にかんなんしんくお致す供　つくしのはかたへたづね行　かりにも対面致させ申さば　うバ竹が忠ぎもたつ　御台様や御兄弟が　さぞ御本もう　其よろこびお　思ひまわせバうバ竹ハ　野じ［ママ］くはおろかイヤモウ　かなしい事ハどこへやら　ホゝ、いやモウほんにこの用ナ［ママ］うれしい事ハござりませぬ　夫レになんぞやあなたハマア　其用になげきたもうて　御兄弟がお目がさめ　なげかせたまへばいかゞせん※

かわいい子には旅をさせよとは実《まこと》の事。忍びの里にて幾年《いくとせ》や、忠義一途にその方の贔屓、細き煙の痩せ所帯《せたい》、女子《おなご》ながらもはげしなき、心一つのその丹誠、生長なしたるこの二人、隙間の風も厭う身が、年端も行かぬ初旅路、その疲れにてこのように、かく物寂しいこの橋で、野宿なすとも厭わずに、寝入る心の不憫さかわいさ。これはいかなる先の世の、報いか罰か情けなや、推量してたべうば竹」と、嘆けばともに涙ぐみ、「これのう申し御台様、そのお嘆きは御尤もには候えど、これ皆君のおん為なり。どのように艱難辛苦を致すとも、筑紫の博多へ尋ね行き、かりにも対面致させ申さば、うば竹が忠義も立つ。御台様や御兄弟が、さぞ御本望、その喜びを、思い回せばうば竹は、野宿はおろかいやもう、悲しい事はどこへやら、ほほほほいやもうほんにこのような嬉しい事はござりませぬ。それになんぞやあなたはまあ、そのように嘆き給うて、御兄弟がお目が覚め、嘆かせ給えばいかがせん。

モウさつぱりと泪おバ　詞そうならうバ竹　詞御台様　チイ、
あじけなき浮よじやなアート　×歎く御台の心ねお　中ひ
らけん為にうば竹が　キリゑ顔お見せるむねの内　ヤはりさ
く斗リヲヲシしづめ　上こらゑるつらさ　サハリいじらしさ
ノリしばし詞⑥ハ泣斗り　○枕の下ハ水のおと　ヤ峯の松風物
すごく　○ハリいその浜風浪の音　ノリ小玉［ママ］にひびく鐘のね
も　ノリ供に哀れおそへにける　ハリ扠又直江にかくれなき
□海ぞくとせいの　△山岡⑦太夫権藤太　□人かどあかし［ママ］のだ
い名人　△浜辺の方ゟ戻りかけ　色立とどまつテ一人り事［ママ］
詞ハテたそがれに　浜辺で見かけた四人のやつら老ぼれ二人
りに女郎にわつぱ　どれも〱見目うつくしき故　すぐに
門明［ママ］さんと思いしが　人目多けりやぜひがない　取逃した
のが　無念残念　去乍　小川の宿迄ハ二里ト八丁　足よわ
連レでハゑ行まい　とうくッテ原中の辻堂　屋彦［ママ］の森か
越ゑて大毛［ママ］が橋のあたりなり　野宿してけつかるは事定［ママ］
すぐ様是ゟ追欠て［ママ］　きやつら四人ヲたばかつて　門明シ※

もうさっぱりと涙をば」「そうならうば竹」「御台様。ちいいあじけなき浮き世じゃなあ」と、嘆く御台の心根を、開けん為にうば竹が、笑顔を見せる胸の内、張り裂くばかりを押し沈め、堪える辛さ、いじらしさ。しばし言葉は泣くばかり。枕の下は水の音、峯の松風物凄く、磯の浜風波の音、木霊に響く鐘の音《ね》も、ともに哀れを添えにける。さて又直江に隠れなき、海賊渡世の、山岡太夫権藤太、人拐《かどわ》かしの大名人、浜辺の方より戻りかけ、立ちとどまって一人言、「はて黄昏に、浜辺で見かけた四人の奴ら、老いぼれ二人に女郎《めろう》に童《わっぱ》、どれもどれも見目美しきゆえ、すぐに拐かさんと思いしが、人目多けりゃ是非がない。取り逃したのが、無念残念。さりながら、小川の宿までは二里と八丁、足弱連れではえ行くまい。遠くって原中の辻堂、弥彦の森か、越えて扇ヵ橋の辺りなり。野宿してけつかるは治定。すぐさまこれより追いかけて、きゃつら四人をたばかって、拐かし、

売払らッて一ト元手　ドリヤ大毛が橋まで一トはしりと　ノ
リがんどう頭巾に縄⑧ぐつわ⑨　ノリ六尺棒おたづさへテ　ノリ
しりひつからげて一ッさんに　ヲクリ大毛ヶ橋ゑトとぶが如
く　三十程なく橋になりぬれバ　下抜足差シ足伺イ［ママ］見テ　詞
テへ、、あんにたがわぬね鳥がし、四わけつかる　まず一ト
おどしおどしてくりようと　ノリ六尺棒をふり上て　ノリ力
にまかせて橋板お　ノリどんト一トうちひらりととびさり
ノリ橋の小影に忍び入り　ヤッ其物音ニ驚いて　上ッ兄弟目さ
ましおき上り　今のハ何ぞ母上様　ノリのううば竹　とさ
わぎ立　ヤ?御台所も驚いて　ノリあわてふためく折柄に　ノ
リうバたけすつくと立上り　ノリかいけんすらりと抜はなし
ノリしばらくかしこお見まわせど　ノリ何の仕最［ママ］もあらざれ
ば　三ノかいけん納めてそばにゟ　詞申御台様　只今の物音
は　仕最ぞ有んと　様子ヲ伺い舛レど　何んの仕最も御ざ
りませぬが　よし此上ハ　いか成事のあれバ迚　女でこそ
あれ　大和田要が妻　おそバに付そふ上からハ　千き万き
とおぼしめせと※

売り払って一《ひと》元手。どりゃ扇ヶ橋まで一《ひと》走り」と、強盗《がんどう》頭巾に縄ぐつわ、六尺棒を携えて、尻ひっからげて一散に、扇ヶ橋へと飛ぶが如く、程なく橋になりぬれば、抜き足差し足窺い見て、「てへへ案にたがわぬ寝鳥がしし四羽けつかる。まず一《ひと》脅し脅してくりょう」と、六尺棒を振り上げて、力に任せて橋板を、どんと一打ちひらりと飛びさり、橋の小陰に忍び入り、その物音に驚いて、兄弟目覚まし起き上り、「今のは何ぞ母上様。のううば竹」と騒ぎ立つ。御台所も驚いて、慌てふためく折柄に、うば竹すっくと立ち上がり、懐剣すらりと抜き放し、しばらくかしこを見回せど、何の仔細もあらざれば、懐剣納めて傍に寄り、「申し御台様、只今の物音は、仔細ぞあらんと、様子を窺いますれど、何の仔細もございませぬが、よしこの上は、いかなる事のあればとて、女でこそあれ、大和田要が妻、お側に付き添う上からは、千騎万騎と思し召せ」と、

△なだめの詞におちつけバ　□立聞山岡　詞フヽフよにもし
ぶとい女もあれバ有物　ドリヤおゝらい人と見せ掛　たば
かりくれんと　×がんどふ頭巾おかんなぐり　さわら[ママ]ぬて
いにはしの上　詞アイヤ申おの〳〵方ハ　何お其用にきよろ
〳〵さつしやる　私ハ当村の者で　となり村ゟ戻り掛　あ
なた方ハ　此橋の様子お　ごぞんじ有てのおやどりか　只
シ又しらいで野じくあそばすかと　上とい掛られてうば竹
ハ　中是ハ〳〵村人様　キリわれ〳〵四人ト申ルハ　詞はる
か是ゟつくしのはかたゑ通りの者　ゆきくれ宿お取送[ママ]れ
直江の浦にて　一チやのほふしやも叶ず　浜女郎立のおし
ゑにまかせ　ぜひなくこよい是ニて野宿　橋の様子ハ露し
らず　上ふ丁法の候らわば　入おゆるしなされて下さりま
せ　詞イヤサふ丁法云うでハござらん　そりや橋の様子ヲ
イヤホンに旅の衆でハしらぬハ尤　ヤレ〳〵ふびんなこっちや
四人の衆が夜明ケぬ内に　たいていほねも残るまい　イヤ
ハヤむごいやかわいやいとしやなア　おしい命お棒にふる
あらしよふしやト△身ぶるいなす　上御台所ハ驚いテ※

宥めの言葉に落ち着けば、立ち聞く山岡、「ふふふ世に
もしぶとい女もあればあるもの。どりゃ往来人と見せ掛け、
たばかりくれん」と、強盗頭巾をかなぐり、さあらぬてい
に橋の上、「あいや申し各々方は、何をそのようにきょろ
きょろさっしゃる。私は当村の者で、となり村より戻り掛
け。あなた方は、この橋の様子を、御存知あってのお宿り
か。ただし又知らいで野宿あそばすか」と、問い掛られて
うば竹は、「これはこれは村人様、我々四人と申するは、
遙かこれより筑紫の博多へ通りの者、行き暮れ宿を取り遅
れ、直江の浦にて、一夜《いちゃ》の報謝も叶わず、浜女郎達の教え
に任せ、是非なく今宵これにて野宿、橋の様子は露知らず、
不調法の候らわば　お許しなされて下さりませ」「いやさ
不調法言うではござらん。そりゃ橋の様子を、いやほんに
旅の衆では知らぬは尤も。やれやれ不憫なこっちゃ。四人
の衆が夜明けぬ内に、たいてい骨も残るまい。いやはやむ
ごいやかわいやいとしやなあ。惜しい命を棒に振る。あら
笑止や」と、身震いなす。御台所は驚いて、

×是ノウ申村人様　詞何ンにもしらぬわれ〳〵四人ン　おしい命お棒にふるトハ　どふ云うことやらこわい事　上袖すり合うも他少〔ママ〕の縁　キリ様子お聞せて下さりませ　詞これはしたりめつそうも内事〔ママ〕ヲおつしやり舛と　橋のゆわれお語ります内　ゑ⑩て者にでられますト　此をやぢ〔ママ〕いまでも命おしまいます　しかし又よふけぬ内ハ　きづかいも有まい　がそふならちやつと様子おを聞せ申さん　こふでござるテ　此はしハ掛ましてゟ　今だにはし供養ヲ致しません　夫レじやにヨツテ　よの牛三ツ頃に成ますと　アレあれ成大海ゟも　⑪はた広余りの毒《ドク》蛇がでるとげナ　イヤサ其用ニ驚く事ハない　まだ時《ジ》こくが参りません　今にでます　そうするト又　夫ごろうじませ　夫レ成くろ森ゟモ　年々へたるうわバみめが　にョろ〳〵〳〵〳〵〳〵トでますげナ　其うわばみと毒蛇と　毎よ〳〵此橋で　あかの〔ママ〕ちぎりをこめるげナ　夫レゟ明ケの別ヲかなしみ　通り合せし其人ヲ取ッテハぶくぶく〳〵〳〵　あるいハ引さきなやませるげナ　夫レニヨッテ此はしヲ※

「これのう申し村人様、なんにも知らぬ我々四人、惜しい命を棒に振るとは、どういうことやら怖い事。袖すり合うも他生の縁。様子を聞かせて下さりませ」「これはしたり滅相もない事をおっしゃります」と、「橋の謂われを語ります内、得手者に出られますと、この親父までも、命を仕舞います。しかし又夜更けぬ内は、気遣いもあるまい。がそうならちゃっと様子をお聞かせ申さん。こうでござるて。この橋は架けましてより、未だに橋供養を致しません。それじゃによって、夜《よ》の丑三ッ頃になりますと、あれ、あれなる大海よりも、二十尋《はたひろ》あまりの毒蛇が出るとげな。いやさそのように驚く事はない。まだ時刻が参りません。今に出ます。そうすると又、それ御覧《ごろう》じませ。それなる黒森よりも、年々経たるうわばみが、にょろにょろにょろにょろにょろと出ますげな。そのうわばみと毒蛇と、毎夜毎夜この橋で、飽かぬ契りを込めるげな。それより明けの別れを悲しみ、通り合わせしその人を、取ってはぶくぶくぶくぶく、あるいは引き裂き悩ませるげな。それによってこの橋を、

アレうわばみと毒蛇めが　大毛[12]が橋ト申なり　夫レヲしら
ずにナア　おうをかわいそうに　命がほしくハ早うどこぞ
いか御にげなサイ　ヤアゑろうさむしうなッテきた　どう
やらそこらあたりハ物すごく　血なまぐさいよふなざハ付
風　そろ〳〵お客のでる時分　フンこわいこッちや〳〵〳〵
イヤモウゑり筋元がぞく〳〵シテ　惣[ママ]身がすくんでいられま
せん　コリヤ見込まれたか　ドリヤ復[ママ]りまシヨウ〳〵と　△行
んとなせバ　ヤッうば竹驚き袖引留メ　上是のふ申村人様
中さ用な事トハゆめしらず　キリせん方なさのかりの宿　詞
受たまわ[ママ]ッテ　おそろしい供こわい供　生タ心ちハござり
ません　折よくきかかる村人様　われ〳〵四人が身ニ取ッ
テハ　命の親供仏神供　入御礼ハ詞ニつくされづ　詞たと
へ毒蛇ヤうわバみの　ゑバになるのもやくそく事トハ申乍
老先はるかの此御兄弟　事ニ身にハ大切の　上ねがいあッ
ての初旅じ　キリ四人の者ヲ助ケるも　詞又殺すのも　あな
た様の御両けん[ママ]一ツ　木部屋成とものきばなと　×一チや
御《ヲン》かしたまわりて　中おすくいなされテ下されト　キリ泪乍
にこいぬれバ※

あれ、うわばみと毒蛇めが、会うげが橋と申すなり。それ知らずになあ、おお可哀想に、命が欲しくは早うどこぞへかお逃げなさい。やあ、えろう寂《さむ》しうなってきた。どうやらそこらあたりは物凄く、血生臭いようなざわつき風、そろそろお客の出る時分。ふん、怖いこっちゃ怖いこっちゃ怖いこっちゃ。いやもう襟筋元がぞくぞくして、総身がすくんでいられません。こりゃ見込まれたか。どりゃ帰りましょう帰りましょう」と、行かんとなせば、うば竹驚き袖引き留め、「これのう申し村人様。さような事とはゆめ知らず、詮方なさの仮りの宿、承って、恐ろしいとも怖いとも、生きた心地はござりません。折よく来かかる村人様、我々四人が身にとっては、命の親とも仏神とも、お礼は言葉に尽くされず、たとえ毒蛇やうわばみの、餌《えば》になるのも約束事とは申しながら、老い先遙かのこの御兄弟、ことに身には大切の、願いあっての初旅路、四人の者を助けるも、又殺すのも、あなた様の御了見一つ。木部屋なりとも軒端なと、一夜《いちや》おん貸したまわりて、お救いなされて下され」と、涙ながらに乞いぬれば、

○御台所も諸供ニ　×お願申と斗りにて　入しおれ泪の有様
ヲ　□見テ取ル山岡悦んで　△して取たりト心ニハ　□思ゑ
どわざともッたいぶり　詞イヤ何んトおつしやる　こよい
のなんぎおすくッテくれいか　一やのやどかしてくれいト
の願ひ　あなた方ハ今何んトおつしやつた　直江が浦にて
宿かす者のなキ故に　ぜひなく是にて野じくヲすると仰せ
られたでハござらぬか　私シハ直江の者じや　あなた方お
御留メ申ハいトやすけれど　もし又村内の者に見付られ舛
ト　すぐ様きよくじ　此親父が白が首がコロリト落枡　む
こふ三げん両どなりハ　⑬七〆文のか料　わが身斗りか近所
の衆迠なんぎの掛る事　夫レじやによつて　ふびん乍もや
どかす事ハ成ませぬ　トハ申乍　まんざらおの〱方お
見殺にする用な者［ママ］　ハテどうか仕用が［ママ］　ヲ、夫〱ゆび折数
おれバ　丁度ことしが　父の十三年母の七年　ましてこよ
い先祖のたいや　よろしうござる　人目忍んで情のおやど
かして進上　シタガ道で必ず口きいてハならんぞよ　人目
に掛らバ一代事［ママ］　おやじいトハよほどはなれてお出なされ
※

御台所ももろともに、お願い申すとばかりにて、萎れ涙の有様を、見て取る山岡悦んで、して取ったりと心には、思えどわざともったいぶり、「いや何とおっしゃる。今宵の難儀を救ってくれいか。一夜の宿貸してくれいとの願い、あなた方は今何とおっしゃった。直江が浦にて宿貸す者のなき故に、是非なくこれにて野宿すると仰せられたではござらぬか。私は直江の者じゃ。あなた方をお泊め申すはいとやすけれど、もし又村内の者に見付けられますと、すぐさま曲事、この親父が白髪首がころりと落ちます。向こう三軒両隣は、七〆《しめ》文の科料、我が身ばかりか近所の衆まで難儀の掛かる事。それじゃによって、不憫ながらも宿貸す事はなりませぬ。とは申しながら、まんざら各々方を、見殺しにするようなもの。はてどうかしようが。おおそれそれ指折り数うれば、丁度今年が、父の十三年母の七年、まして今宵は先祖の逮夜。よろしゅうござる。人目忍んで情けのお宿、貸して進上。したが道で必ず口きいてはならんぞよ。人目に掛からば一大事、親父とはよほど離れてお出でなされ」

詞ハツハ是ハ〳〵村人様　御心〔ママ〕切のお宿下され　四人の者が助ります　詞アイヤ申シ　かれこれト致し舛ルと　⑩ゑて吉がで舛　サア早うお立なされと　○せき立られて主従は　ヤ末ハわが身のなんぎ供　上ゆめにも⑭しらがの山岡に　キリ打連れられて急ぎ行く　大キリ万々〔ママ〕とこそは手に入レて　わが家おさして立復〔ママ〕る

「はっはこれはこれは村人様。御親切のお宿下され、四人の者が助かります」「あいや申し、かれこれと致しまするど、得手吉が出ます。さあ早うお立ちなされ」と、急き立てられて主従は、末はわが身の難儀とも、ゆめにも白髪の山岡に、打ち連れられて急ぎ行く。まんまとこそは手に入れて、我が家をさして立ち帰る。

註

①大げが橋　古説経では、「逢岐の橋」。「逢う」て「岐《わか》れる」の意。若太夫正本では、「扇が橋」。

②うば竹　古説経では「うわたき」、若太夫正本は「うば竹」。「うわ」から「乳母」の連想で変化したか。「たき」と「たけ」、イ列とエ列の混淆は頻繁に見られる。

③ゆたん包み　「油単」は、一重の布や紙に油を染み込ませ、湿気や汚れを防ぐ覆いとして用いられた。後に旅用の雨具としても用いた。

④四かい（海）の笠　不明。

⑤はげしなき　不明。

⑥詞ハ泣斗り　「無く」と「泣く」を掛ける。浄瑠璃の常套手段。

⑦山岡太夫権藤太　権藤太の名は、説経「さんしょう太夫」との共通点が多いと言われる幸若舞『信田』や、説経節『しだの小太郎』に登場する人買い、辻の藤太を思わせる。また、義太夫節『義経千本桜』「鮨屋の段」の主人公いがみの権太も連想させる。「船離段上」の「しゃくり上げても出ぬ涙、鼻が邪魔して目の先へ届かぬ舌めが恨めしい」は、「鮨屋段」に酷似。古説経『さんせう太夫』では、山岡の太夫とのみある。

⑧がんどう頭巾　強盗頭巾。頭や顔を隠し、目だけを出した頭巾。

⑨縄ぐつわ　不詳。縄で作った猿轡か。若太夫正本には「さるくつは（猿轡）をくはい（懐）中し」とある。
⑩ゑて者、ゑて吉　「得手者」、「得手吉」、例の者（物）。
⑪はたひろ　「二十尋」。一尋は、五尺から六尺。二十尋は、三十～三十二メートル程。
⑫大毛が橋　「会う」と「大（おお）」を掛ける。
⑬七〆文　「〆」は、銭の束、貫と同じ。若太夫正本では、「七くはん文」。
⑭しらが　「知らず」と「白髪」を掛ける。浄瑠璃の常套手段。

［粗筋二］「三　山岡住家の段　上下」～「十四　二ノ柴刈段　上下」

山岡太夫の家に着き一安心した四人であったが、太夫の留守に女房から、太夫こそ人を拐かし、売り払う悪人だと聞く。それと知った太夫は、四人を連れ出し（「三　山岡住家《やまおかすみか》の段《だん》　上下」）、言葉巧みに船に乗せる。寝ている間に太夫が四人を連れ出したことに気が付いた太夫の女房は、船場で漸く追いつき、太夫に思いとどまるよう説得するが、太夫の手に掛かって息絶える（「四　勾引《かどわかし》乃段《だん》　上下」）〈古説経に該当部分なし〉。太夫が沖に漕ぎ出すと、仲間の人買い、佐渡そとがえふの次郎〈蝦夷の次郎〉と丹後の宮崎四郎〈宮崎の三郎〉に、御台所とうわ竹、安寿対王、それぞれ二人ずつ売り渡す。別々に売られることを知った母と姉弟は嘆き悲しむ（「五　船離段《ふなわかれのだん》　上下」）。

母は、姉安寿には大事のある時は身替わりに立って下さる地蔵尊を、弟対王には岩城の系図を授け、佐渡と丹後に別れ行く（「六　筐贈《かたみおくり》のだん」）。

買われていくのを潔しとしないうわ竹は、海へ身を投げる。残された御台所は、次郎の船で佐渡島〈蝦夷〉へと向かう。身を投げたうわ竹の怨霊は大蛇となって、直江へ戻る山岡太夫を襲い、主の敵を討つ。後に、直江千軒にうわ竹大明神として祀られる

（「七　宇和竹恨段《うわたけうらみのだん》」）〈古説経に該当部分なし〉。

一方、安寿対王を買い取ったのは、丹後の国由良の湊の三庄太夫だった。名を問われても姉は姉、弟は弟、決まった名はないと答える安寿には、太夫はその里の名を取り、しのぶ（忍）、対王には忘れ草と名付け、明日より姉には浜に出て、三荷の潮を汲むよう、弟には山に登り、三荷の柴を刈るよう申し付ける（「八　名号《なづけ》のだん」）。

翌朝、姉弟はそれぞれの道具を肩に太夫の屋敷を出て、山路と浜路の別れの辻にやって来て、互いの仕事の辛さを思い遣り、嘆きつつ、別れを惜しむ（九　「別離辻《わかれがつじ》のたん」）。

姉に別れて山に登った対王は、柴木一本刈ることもできず、姉の身を案じ、泣くばかり。夕方、由良へと戻る山賤《やまがつ》（山人、樵夫）たちがその姿を見掛け、このまま帰せば三庄太夫三男、邪険な三郎からどんな目に遭わされるか知れない、助けてやろうと申し出る。山賤たちに助けられ、対王は由良の湊に戻る（「十　柴くはんじん　上下」）。

山賤たちの刈った柴は見事に整えられてあり、これでは三荷では少ないと、三庄太夫は明日より七荷加増し、十荷の課役を申し付ける（「十一　柴加増《しばかぞう》の段《たん》　上下」）。

途方に暮れる対王は、姉の戻りを待って、訴える。安寿も、見るに見かねた浜女郎らの情けで潮の勧進（寄付）を受け、やっと下職（下人の仕事）を勧めたところだった。話を聞いた安寿は、太夫の五人いる息子の中でも慈悲深い次男次郎（治郎）広つぐに、元の三荷に戻して貰いたいと、太夫に取り次いでくれるよう懇願する。太夫は次郎の詫びを容れ、元の三荷に戻すことを承諾する（「十二　治郎《じろう》詫《わび》言段《のたん》　上下」）。

三郎は、姉弟が潮と柴木の勧進を受けたことを知り、太夫に言上、由良千軒に勧進を禁じ、これを破る者は科料に処すとの触れを出す（「十三　三郎柴觸《しばぶれ》の段《だん》」）。

翌日、そんな触れが出たとは知らず山賤たちの勧進を当てにしている対王は、山賤たちから触れのことを聞かされ、勧進を断られる。それでも気の毒に思う山賤たちは、柴木の刈り方を対王に教えるが、対王は上手く刈ることができないで、姉に会いに浜に向かう（「十四

二ノ柴刈段《しばかりのだん》　上下」）。

［続いて八王子本では、「浜難儀の段」となるが、該当する若太夫正本は「十五　汐汲《しほくみ》の段《だん》」である。また、八王子本「安寿対王身投乃段」は、同「浜難儀の段」とほぼ同内容で、後半（身投げの場面）が欠如している］

三庄太夫物語　駒木太夫正本

安寿姫浜難儀の段

説経浄瑠璃

表紙

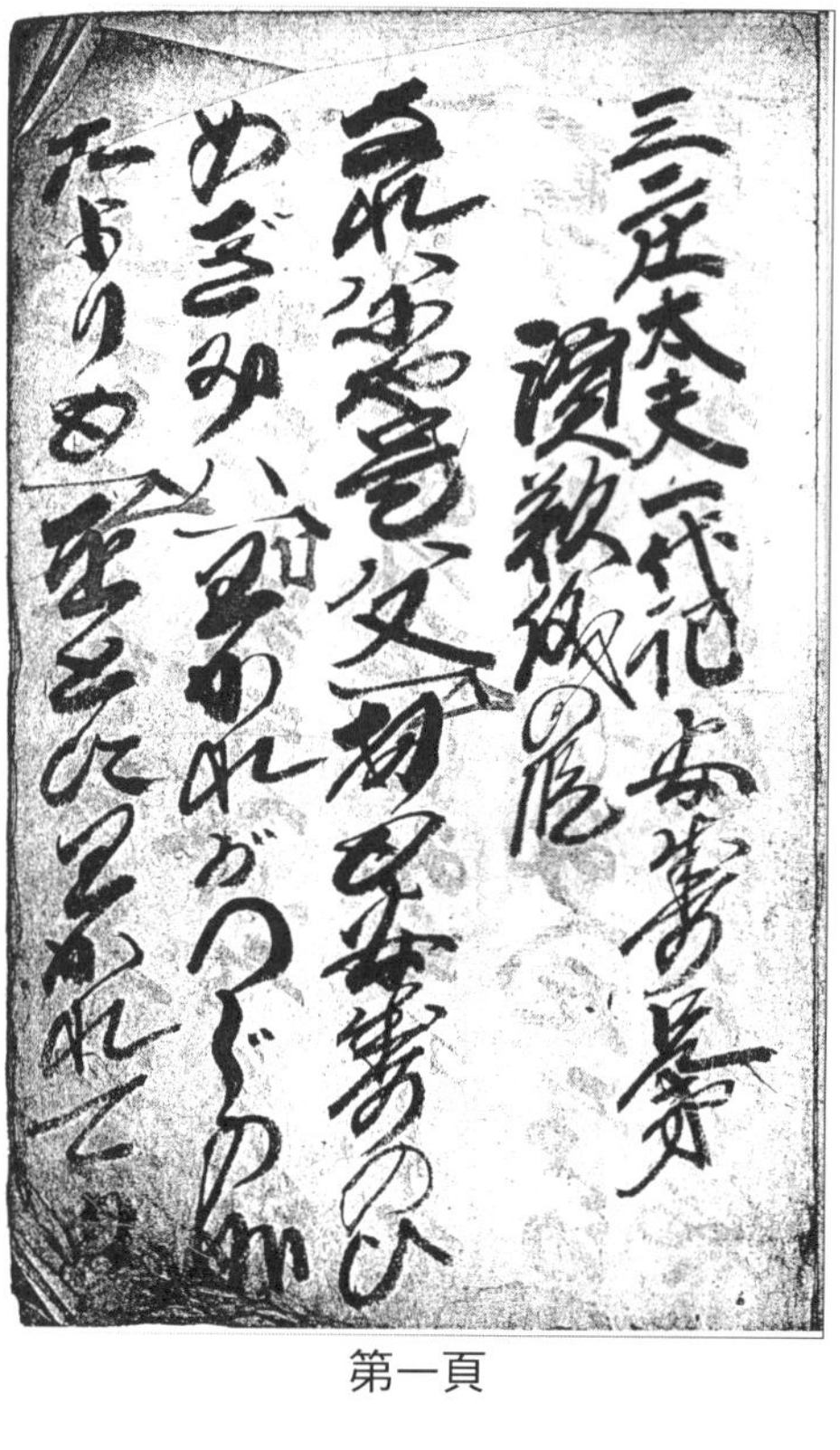

第一頁

第二頁

【原文】

されハにや是ハ又　△扨も安寿のひめぎみハ　□わかれがつじのかたよりも　△をとにわかれて程もなく　二のキメ
はまべをさしていそぎゆく　□かくてはまべになりぬれバ　△あなたこなたをみまハして　○はま女郎たちのみへたなら　上うしをのかんじんうけバやと　切まちあこがれていたりしが　△か丶るむこふへしずのめが　□しほくむにないをてん〴〵に　△われも〳〵とうちつれて　□はまべをさしていできたり　○ひめぎみそれとみるよりも　上これハ〳〵みなさまがた　切をはやかりしといでむかへ　言ハツア申みな様がた　さくじつハありがとふぞんじ〼　わたくしはかりに候ハづ　をとをとまでも山じにて　村人さまのをなさけにあづかり　このうへもないしやハせ　下げしよくになれるそれまでハ　なにとぞをたのミ申〼　言をふそれハ〳〵しのふどの　けうもまた　きぬう[ママ]のようにうしおのかんじんうけよふとをもハしやろふがの　きのとくながらけうハかんじんなりませぬ　あのゆふべのをふれをしらぬかと※

【現代表記】

さればにやこれはまた、扨も安寿の姫君は別れが辻のかたよりも、弟《おと》に別れて程もなく、浜辺をさして急ぎ行く。かくて浜辺になりぬれば、あなたこなたを見回して、浜女郎《じょろう》たちの見えたなら、潮《うしお》の勧進受けばやと、待ちあこがれていたりしが、かかる向こうへ賤の女が汐汲む担いをてんでんに、我も我もとうち連れて、浜辺をさして出で来たり、姫君それと見るよりも、「これはこれは皆様がた、お早かりし」と、出で迎え、「はっあ申し皆様がた、昨日《さくじつ》はありがとう存じます。私ばかりに候わず、弟《おとうと》までも山路にて、村人様の情けに預かり、この上もない仕合わせ、下職に慣れるそれまでは、何卒お頼み申します」「おおそれはそれはしのぶ殿、今日もまた昨日《きのう》のように潮の勧進受けようと思わっしゃろうがの、気の毒ながら今日は勧進なりませぬ。あのゆうべのお触れを知らぬか」と、ャきくよりひめぎみをどろいて　上そりやなにごとぞみな様がた　中われ〳〵げしよくになれるまで　上三がのうしおゝくださると　中おふせをちからにわれ〳〵が　切まちくらしたるかいもなく　○かんじんせぬとハなさけない　上いかなるをふれに候や　中おしらせなされてくだされと　△くどきたてゝぞみをもかき　○はま女郎それとみるよりも　言おふなるほど　しらぬハもツとも　そふならいふてきかせませうが　やぜんし①よやしぶんでもあツたろふ　そなたのしじん[ママ]三郎どのが　ゆらせんけんをふれるにハ　あすよりして　山はまへいだす兄弟《きうだい》ニ　山にてハしばきのかんじん　まツたはまにてハ　うしをのかんじんいたすものあらバ　とふにんハき②よくじ　むこふ三げんりようとなりハ　七〆ツ、のかりう[ママ]をとると　それハ〳〵きびしきをふれ　それじやによツて　ふびんながらもぜひがなひ　かんじんする事なりませぬと　上しぢうをきいてひめぎみハ　切なんとことばもなくばかり　ヲ、そふいふ事とハゆめしらず　言さくじつ弟が山じにて　むら人様のをなさけにて　かんじんうけし三がのしばき　ほふびとあツて七かのかぞふ　山はまともに十かづゝ　できぬときにハ兄弟の※

聞くより姫君驚いて、「そりゃ何事ぞ皆様がた、我々下職に慣れるまで、三荷の潮をくださると、仰せを力に我々が待ち暮らしたる甲斐もなく、勧進せぬとは情けない。いかなるお触れに候や、お知らせなされてくだされ」と、口説きたててぞ身をもがき、浜女郎、それと見るよりも、「おおなるほど、知らぬはもっとも。そうなら言うて聞かせましょうが、夜前初夜時分でもあったろう、そなたの主人三郎殿が由良千軒を触れるには、明日よりして山浜へ出だす兄弟に山にては柴木の勧進、まった浜にては潮の勧進いたす者あらば、当人は曲事、向こう三軒両隣は七〆《しめ》ずつの科料を取ると、それはそれは厳しきお触れ。それじゃによって、不憫ながらも是非がない。勧進することなりませぬ」と、始終を聞いて姫君は、なんと言葉も泣くばかり。「おおそういうこととはゆめしらず、昨日《さくじつ》弟が山路にて、村人様のお情けにて、勧進受けし三荷の柴木、褒美とあって七荷の加増、山浜ともに十荷ずつ、できぬ時には兄弟の一めいとるときびしきをふせ　なれどもなさけのひろつく様《さま》　もとの三がにをわびくだされ　たとへかんじんうけてなと　つとめかねたるそのときハ　二人《リ》ならづひろつぐさまゝでどのよふな　おとがめうけんもしれがたし　それじやによツて　ぜひともうしお丶もらハんと　中をもいがけなきかんじんを　さしとめられてなんとせん　中われ〱二人のみのうへを　サハリごすいりよなされてくだされと　三十なく〱そこへふしまろび　はま女郎それとみるよりも　言おふそふであろふ〱　かなしうのふてなんとせう　さぞかしそなたハ　よにもじやけんな　しずの女たちじやと思ハしやろふが　わしらが為《ため》にハ　ぢとふどふぜんの　三庄太夫どの　おふせをそむいてミやしやれや　みなめい〱に　なんぎのかゝること　それぢやによツて思《おも》へ乍《ながら》もぜひがなへ　したがわしらがかんじんせぬときハぢやけんひどふのおやこのしうに　いかなるうきめもしれがたし　たとへかんじんいたさづと　うしをのくミよふをしゑたとて　かくべつのとがめもあるまへ　どれ〱をしへてやりませうと　△ゆいつゝそこをたちあがり　言あれミやしやれや　今打浪《いまうつなミ》があれがおなミ※

一命取ると厳しき仰せ。なれども情けの広次《ひろつぐ》様、元の三荷にお詫びくだされ、たとえ勧進受けてなと、勤めかねたるその時は、二人ならず広次様までどのようなお咎め受けんも知れがたし。それじゃによって是非とも潮を貰わんと、思いがけなき勧進を差し止められてなんとせん。我々二人の身の上を御推量なされてくだされ」と、泣く泣くそこへ伏しまろび、浜女郎それと見るよりも、「おおそうであろうそうであろう。悲しゅうのうてなんとしょう。さぞかしそなたは世にも邪険な賤の女たちじゃと思わしゃろうが、わしらが為には地頭同然の三庄太夫殿。仰せをそむいてみやしゃれや、皆めいめいに難儀のかかること。それじゃによって思いながらも是非がない。したがわしらが勧進せぬ時は邪険非道の親子の主《しゅう》にいかなる憂き目も知れがたし。たとえ勧進いたさずと、潮の汲みよう教えたとて格別の咎めもあるまい。どれどれ教えてやりましょう」と、言いつつそこを立ち上がり、「あれ見やしゃれや。今打つ浪があれが男浪、

また打浪があれが女なミ　めなミとをなミがどふときて
、《ッ》　つツト引《ひい》たるなミまをみて　そのまにないをさげ
るなら　にかや三がハなんのぞふさハなへほどに　こふく
むものしやみやしやれと　△日頃手なれしわざなれば
□我も〳〵とてん〳〵に　海汐を皆〳〵汲上る　言さア今
のをりあへにくむならバ　なんのぞふさハなへわへの　な
らうより③　ならうハげすのわざとある　まツた浪間をわき
まへづ　そのみにけがをせまへぞや　さゝ泣づと早ふくま
しやれと　大落シゆへつゝそこを立上り　我家をさして急行
○後にものこる姫君ハ　入泣ゟ外の事ハなへ　言情なへ我が
身の上　浜女郎達のよふに　やさしき人の有中に　御主様
のよふな　じやけんな物が　又と二人もあろかへのふ　た
とへかんじんうけてなと　三がのしばきを　つとめたなら
バよからんに　それになんぞやきびしくさしとめ　けらへ
のなんぎを　よろこぶお主のこゝろねハ　鬼とも蛇共いわ
りよふかへのふ　ヲゝそれ〳〵　これにてなげへて有なら
バ　いかなるうきめもしれがたし　ひろつくさまのをミの
ごなんぎ　しづのめたちのおしへにまかせん※

また打つ浪があれが女浪。女浪と男浪がどうと来てつっと引いたる浪間を見て、その間に担いを下げるなら、二荷や三荷はなんの造作はないほどに。こう汲むものじゃ見やしゃれ」と、日頃手慣れしわざなれば、我も我もとてんでんに、潮を皆々汲み上げる。「さあ今の折り合いに汲むならば、なんの造作はないわいの。習うより慣れろは下司のわざとある。まった浪間をわきまえず、その身に怪我をせまいぞや。ささ泣かずと早う汲ましゃれ」と、言いつつそこを立ち上がり、我家をさして急ぎ行く。

後にも残る姫君は、泣くよりほかのことはない。「情けない我が身の上、浜女郎たちのように優しき人のある中に、御主様《おしゅうさま》のような邪険な者がまたと二人もあろかいのう。たとへ勧進受けてなと、三荷の柴木を勤めたならば良からんに。それになんぞや厳しく差し止め、家来の難儀を喜ぶお主《しゅう》の心根は鬼とも蛇とも言わりょうかいのう。おおそれそれ、これにて嘆いてあるならば、いかなる憂き目も知れがたし、広次様のお身の御難儀。賤の女たちの教えに任せん。

さアらバ下職ニか丶らんと　△なミだながらに立上り
□にないをかたにかけられて　文弥ぜひもなぎさのさよちど④
り　入リよふ〱はまべにをり立《たち》て　ヤいとゞふきくるはま
かぜの　上みにしむ海汐に⑤をつけて　中今くる浪が男
浪かや　上又打浪が女浪かや　このうちあへでくまバやと
△なんの浪間もわきまへなく　□⑥になへをさげるとミへけ
るが　ヤどツト打くるあらなミに　上をけもおふ⑦こもまき
とられ　中いのちかな〱[ママ]かけ上り　大半そのま丶どツとう
ちふして　言チイなさけなへ　ならわぬ事のかなしさに
しをくむ事はさてをへて　をけもをふこもまきとられ　ひ
ろつぐ様へなんとゆへわけいたそふぞ　こりやなんとせう
どふせうと　△あまりこ丶ろをとりみだし　ヤ浪をはるか
にみハたして　八丁浪も正[ママ]あるものならバ　そのをけこれ
へうちよせよ　になへも正あるものならバ　□はよふきし
ねについてたも　上のふうらめしやかなしやと　大半またも
やそこへどツトふし　キメきへいるはかりになきしづむ
□これより安寿の姫君ハ　大切げにもみなげのものかたりハ
のちのめくミとしられける

さあらば下職にかからん」と涙ながらに立ち上がり、担いを肩に掛けられて、是非も渚の小夜千鳥、ようよう浜辺に下り立ちて、いとど吹き来る浜風の、身に沁む潮に目をつけて、今くる浪が男浪かや、又打つ浪が女浪かや、この打ち合いで汲まばやと、何の浪間もわきまえなく、担いを下げると見えけるが、どっと打ち来る荒浪に、桶も朸《おうご》も巻き取られ、命からがら駆け上がり、そのままどっとうち伏して、「ちい情けない。習わぬことの悲しさに、汐汲むことはさて置いて、桶も朸も巻き取られ、広次様へなんと言い訳いたそうぞ。こりゃなんとしょうどうしょう」と、あまり心を取り乱し、浪を遙かに見渡して、「浪も生《しょう》あるものならば、その桶これへうち寄せよ。のうて、担いも生あるものならば、早う岸根に着いてたも。恨めしや悲しや」と、またもやそこへどっと伏し、消え入るばかりに泣き沈む。これより安寿の姫君は、げにも身投げの物語は、のちの恵と知られける。

註

①しよや　「初夜」。戌の刻。現在の午後八時頃。

②きよくじ　「曲事」。曲がったこと、不正を働くこと。また、それに対する罰。ここでは後者。

③ならう　「慣れろ」の誤りか。

④なぎさ　「渚」。「是非もない」の「な」に掛ける。

⑤「目」を絵で表したもの。

⑥になへ　「担《にな》い」。「担い桶」の略。天秤棒で担いで運ぶ大きな桶。

⑦おふこ　「朸《おうご》」。おうことも。物を担うのに用いる棒。天秤棒。

(参考)

由良美名登千軒長者

三庄太夫一代記

安寿対王身投之段①

二上浄瑠璃稽古本

三代目今津太夫

(表紙裏面　昭和拾一年一月　八王子市万町一ノ二五

内田総淑正本)

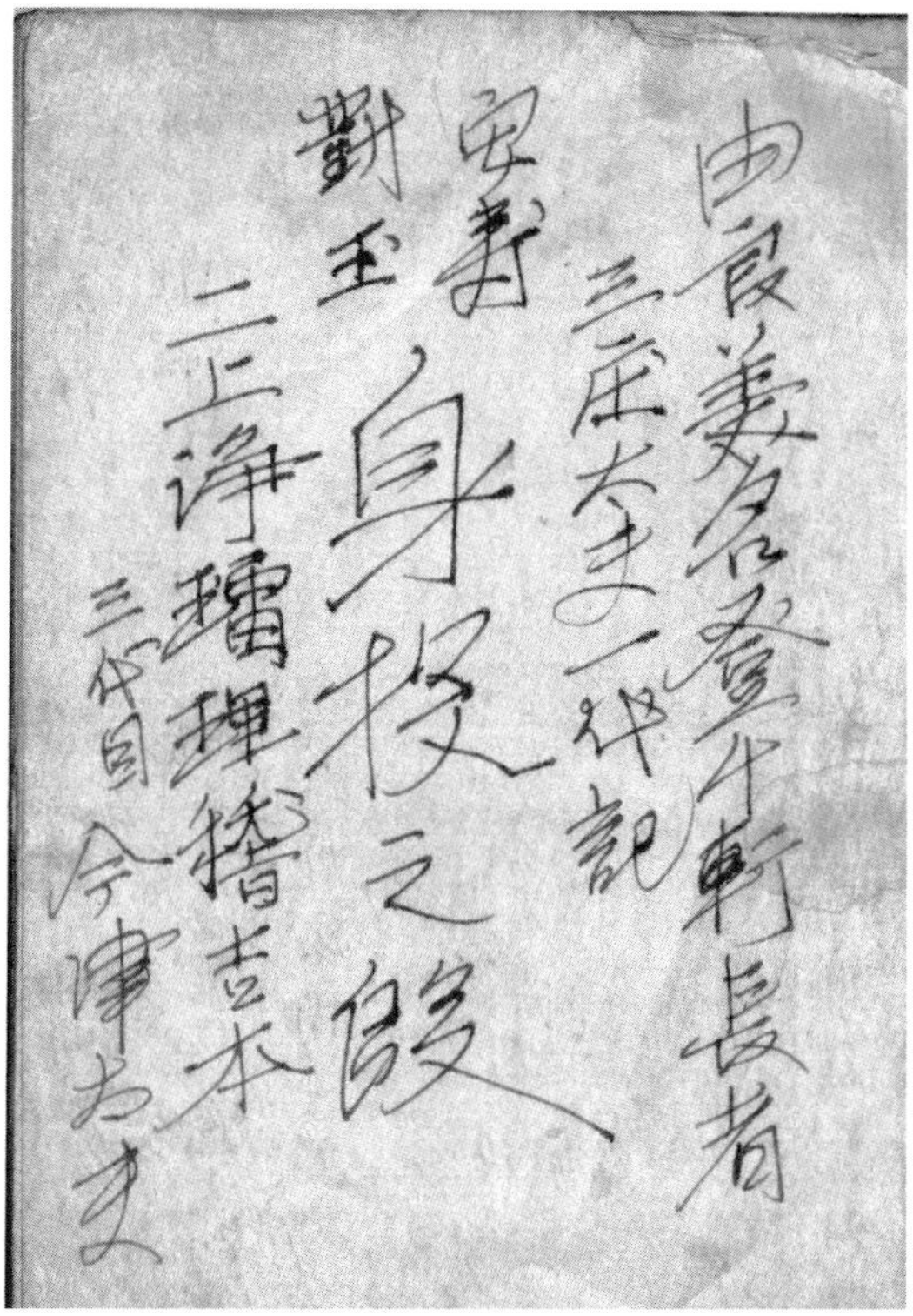
由良美名登千軒長者
三庄太夫一代記
安寿對王身投之段
二上浄瑠璃稽古本
三代目今津太夫

表紙

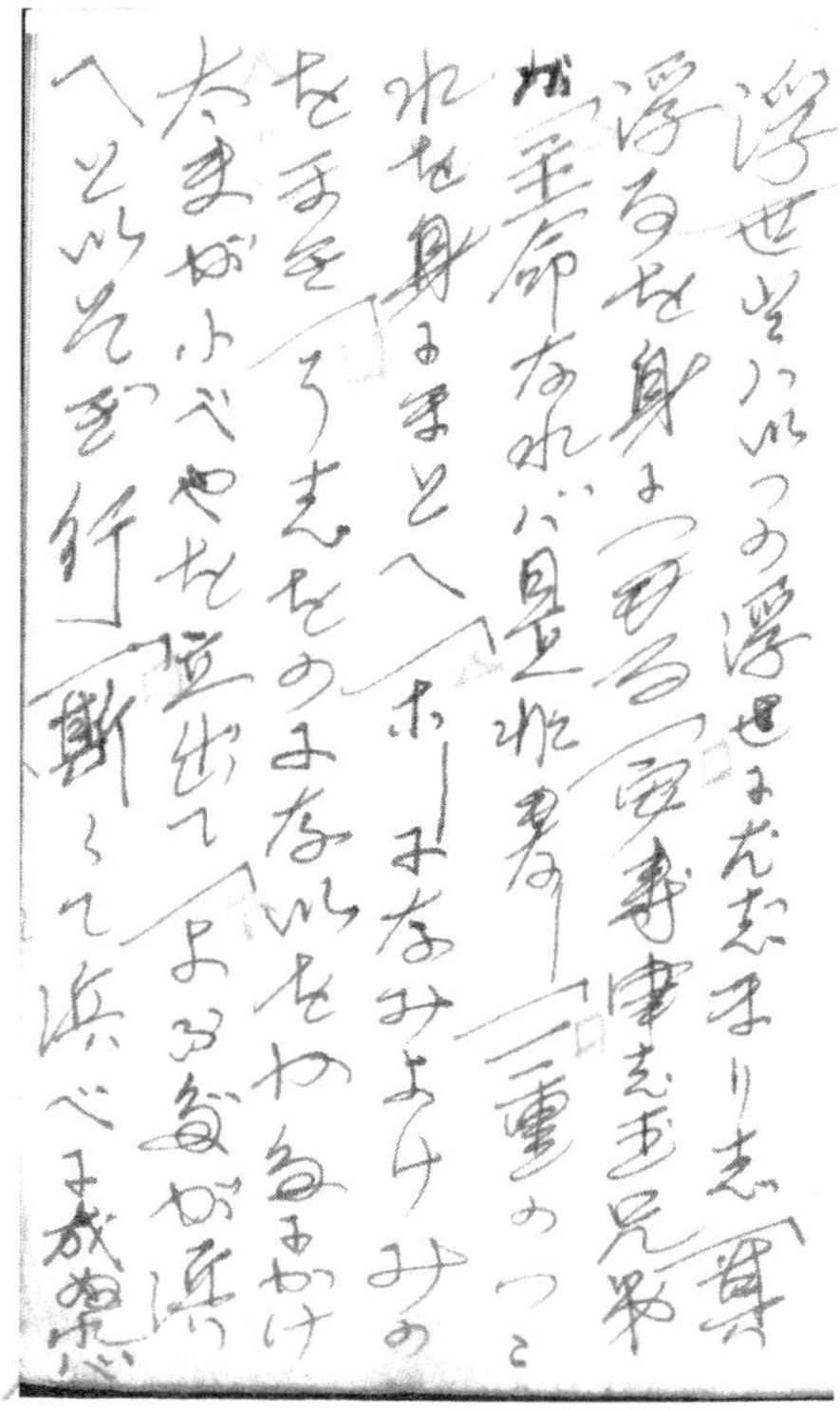

第一頁

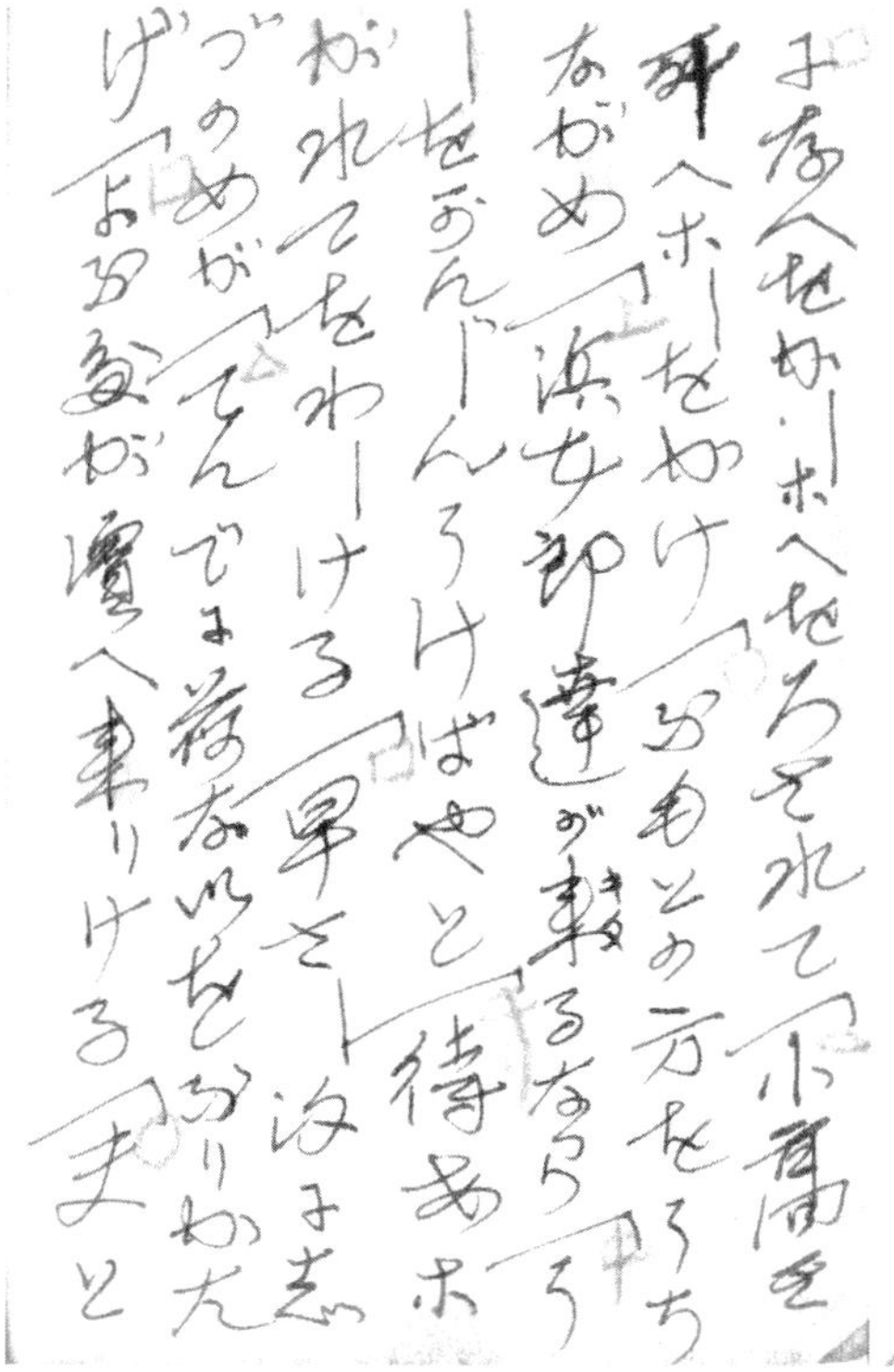

第二頁

【原文】

色浮世とハいつの浮世にはじまりし　△其浮事を身につもる　□安寿津し①王兄弟が　△主命なれバ是非もなし　□一重のつゝれを身にまとへ　△こしになみよけみのをまき　□うしをのにないをかたにかけ　大トシ太夫が小べやを立出て　下よ②ふだが浜へといそぎ行　□斯くて浜べに成ぬれバ　□になへをかしこへをろされて　△小高き所へこしをかけ　○ふもとの方をうちながめ　上浜女郎達が来《キタ》るなら　中うしをかんじんうけばやと　キリ待あこがれてをわしける　□早さし汐にしづのめが　△てんでに荷ないをふりかたげ　□よふだが浜へ来りける　○夫と見るゟ姫君な　キリ御早かりしと出向ふ　浜ヲヽ夫にいやるハ太夫が元の信夫じやないか　きのふの様《ヨー》に今日《キヨー》も又　うしをのかんじんうけよふと思ふて　ここ[ママ]待ていやるで有ふがの　きのどくながら今日よりハ　うしをのかんじんハなりませぬぞへ　シテ其方ハ　マア夕べのをふれを知らぬかと　下はなしを聞いて安寿姫　□是々申皆のしふ　上夕べのふれとわ何事ぞ　中何故かんじんなりません　上其わけ聞せて下されト※

【現代表記】

浮世とはいつの浮世に始まりし、その憂き事を身に積もる、安寿対王兄弟が、主命なれば是非もなし、一重のつづれを身にまとい、腰に波よけ蓑を巻き、潮の荷ないを肩に掛け、太夫が小部屋を立ち出でてようだが浜へと急ぎ行く。かくて浜辺になりぬれば、荷ないをかしこへ下ろされて、小高き所へ腰をかけ、麓の方をうち眺め、浜女郎《はまじょろう》達が来たるなら、潮《うしお》勧進受けばやと、待ちあこがれておわしける。はや差し潮に賤《しず》の女《め》が、てんでに荷ないを振りかたげ、ようだが浜へ来たりける。それと見るより姫君な、「お早かりし」と出で向かう。「おおそれにいやるは太夫がもとの信夫《しのぶ》じゃないか。昨日《きのう》のように今日《きょう》も又、潮の勧進受けようと思うて、ここ［で］待っていやるであろうがの。気の毒ながら今日よりは潮の勧進はなりませぬぞえ。してそなたは、まあ夕べのお触れを知らぬか」と、話を聞いて安寿姫、「これこれ申し皆の衆、夕べの触れとは何事ぞ。何故勧進なりません。その訳聞かせて下され」と、を《キリ》ろ〳〵泪でといけれバ　ヲ《浜女ヲ》しらぬのも尤もじやわいのふ　コレ皆の衆《シユー》　夕べのをふれハ何時《ジ》で有たろふのふ　ア、そふさねへ　アリヤ初夜の頃でも有たろふが　其方の主人三男三郎広春様　由良千間[ママ]へふれまハすにハ　我家ゟも出す兄弟に　村の物共が足木《シバ》[ママ]やうしをのかんじん致すとの取さた　何故其よふになさけ立いたす　モウ明日ゟしてハ芝木一本さへ　うしを一荷たり共かんじんする者をバ　当人ハ曲じ向三間[ママ]両どなりハ　七〆文づゝの科料を取るト夫ハ〳〵きびしいをふれ　モウじやけんひどふの事じやと思へど　私らがためにハ　地頭同前の太夫どの　モウ云事そむいて見やしやれ　スリヤ皆めい〳〵がなんぎに及ぶ事モ夫じやによってどふもかんじんハなりません　シタガ今迠も私達をたよりにして　今更見捨るものなれバさぞかしなんぎするで有ろふ　何と皆のし　たとへかんじんならず共せめてう汐のくみよふなと　教テやろふじや有るまいかそれよ是信夫殿《ドノ》や　なかずと立ッテアレみやしやれ　スリヤもふならふよりなれろハ下々の業　其方がくんでモツイくめる　又うろたへて桶やうぶこ[ママ]③を　打ツなみに引れぬよふにきを附てくんで早ふもどらしやれ※

おろおろ涙で問いければ、「おお知らぬのも尤もじゃわいのう。これ皆の衆、夕べのお触れは何時であったろうのう」「ああそうさねえ、ありゃ初夜の頃でもあったろうが、そなたの主人三男三郎広春様、由良千軒へ触れ回すには、我が家よりも出だす兄弟に、村の者どもが柴木や潮の勧進致すとの取沙汰、何故そのように情け立て致す。もう明日よりしては柴木一本さえ、潮一荷たりとも勧進する者をば、当人は曲事向こう三軒両隣は、七〆《しめ》文ずつの科料を取ると、それはそれは厳しいお触れ、もう邪険非道の事じゃと思えど、私らがためには、地頭同然の太夫殿。もう言う事背いて見やしゃれ。すりゃ皆銘々が難儀に及ぶ事。もそれじゃによってどうも勧進はなりません。したが今までも私達を頼りにして、今更見捨つるものなればさぞかし難儀するであろう。何と皆の衆、たとへ勧進ならずとも、せめて潮の汲みようなと、教えてやろうじゃあるまいか」「それよこれ信夫殿や、泣かずと立ってあれ見やしゃれ。すりゃもう習うより慣れろは下々《しもじも》の業《わざ》。そなたが汲んでもつい汲める。又うろたえて桶や杇《おうこ》を、打つ浪に引かれぬように気をつけて汲んで早う戻らしゃれ。

此《コレ》様にくむ物と　□日頃なれたる業なれバ　△波打ぎハへ下られて　□さしくるなみをしづのめハ　△何《ナン》のくもなく組揚《[ママ]アゲ》て　大トシさらバ〱と云捨て　我家〱へ立戻る　東アトにものこる安寿姫　上浜女郎達の戻るのを　キリ泪ながらに見送りて　安女チイ思ゑバ〱なさけなや　じやけんな御主も有らバ有物の　たとへかんじんうけてなと　三荷にきつとつとめたら　を主の損にも成るまいもの　たよりに思ふ浜女郎達にハ捨られて　モウなんで下職がつとまろふぞいの　アさり乍今日の下職をかくなれバ　情も深き広次様モ御身の御なんぎ成さるとアリ　たとへばできぬ事までも　今浜女郎達の教にまかせ　色我手でくんで戻らんと　下泪はろふて立上り　文ヤをふこで荷なへをふりかたげ　なみ打きハへ下《クダ》らるる　○浜女郎達に捨られて　キリたよりなき身のいそ千鳥　ヤ沖をはるかに見わたして　上今くる波が女波かや　中又くる波わをなみかや　キリ比打合をくまばやと　□すでに荷なへをひたせしが　ヤツメ又もやどつとくる波に　上ツメ桶もをふこもまき取られ　中ツメ命から〱にげ上り　安女アレ情ない〱　浜女郎達の教にまかせ　我手でう汐をくまんとすれバ※

これこのように汲むもの」と、日頃慣れたる業なれば、波打ち際へ下りられて、差し来る浪を賤の女は、何の苦もなく汲み上げて、さらばさらばと言い捨てて、我が家我が家へ立ち戻る。後《あと》にも残る安寿姫、浜女郎達の戻るのを、涙ながらに見送りて、「ちい思えば思えば情けなや。邪険な御主もあらばあるもの。たとえ勧進受けてなと、三荷にきっと勤めたら、お主の損にもなるまいもの。頼りに思う浜女郎達には捨てられて、もうなんで下職が勤まろうぞいの。あ、さりながら今日の下職を欠くなれば、情けも深き広次様もおん身の御難儀なさるとあり。たとえばできぬ事までも、今浜女郎達の教えに任せ、我が手で汲んで戻らん」と、涙払うて立ち上がり、朸で荷ないを振りかたげ、波打ち際へ下《くだ》らるる。浜女郎達に捨てられて、頼りなき身の磯千鳥。沖を遙かに見渡して、「今来る波が女波かや。又来る波は男波かや。この打ち合いを汲まばや」と、すでに荷ないを浸せしが、又もやどっと来る波に、桶も朸も巻き取られ、命からがら逃げ上がり、「あれ情けない情けない。浜女郎達の教えに任せ、我が手で潮を汲まんとすれば、なれぬ業とて情ない　桶もをぶこ[ママ]もまき取られ　何で下職がつとまろふぞへノウヲ　上あまりの事《コト》のかなしさに　中只いそばたをうろ〳〵と　ヤとゞかぬこへのこん限り　上桶も性[ママ]有る者なれバ　中是へ戻りたもやいのふ　上をぶこも性有る物なれバ　シボリ是へ戻りてたもやいのふ　○ハリ波も性有者ならバ桶や　をぶこを打よせて　我にさづけてたもやいのと　ノリ天にあこがれ地にまろび　大半其まゝ其方[ママ]へどっと伏し　二ノキメ消へ入る斗リになげきける　□かゝる所へ津し王丸　○山路の方よりよふ〳〵と　キリよふ田ケ浜辺へ来りしが　○姉のなげきと見るゟも　ヤツメ其まゝ其方《ソコ》にかけよりて　上ツメあねのたもとに取すがり　津ハツハ申姉上様へのふ　あなたハ何故なげきあそバすぞいのふ　是にハ何かしさいのござりませふ　語りお聞せ下されと　色とハれて姉ハ顔を揚げ　安ヲ、其方ハ弟つし王丸か　御身ハ最早下職をつとめ　姉のむかいにをじやたか　シテ其方もないていやるじやないか　津ア申姉上様私ハさい前あなたにを別れ申　山路へ登り昨日《キノウ》のよふに今日《キョー》も又柴木のかんじんうけよふと　思ひしに　前夜三男三郎様ハ由良千間をかんじん止のをふれ廻し　夫故今日はたれあって※

慣れぬ業とて情けない。桶も杁も巻き取られ、何で下職が勤まろうぞいのう」あまりの事の悲しさに、只磯端をうろうろと、届かぬ声の根限り、「桶も生《しょう》あるものなれば、これへ戻りてたもやいのう。杁も生あるものなれば、これへ戻りてたもやいのう。波も生あるものならば桶や、杁を打ち寄せて、我に授けてたもやいの」と、天にあこがれ地にまろび、そのままそこへどっと伏し、消え入るばかりに嘆きける。かかる所へ対王丸、山路の方よりようようと、ようだヶ浜辺へ来たりしが、姉の嘆きと見るよりも、そのままそこに駆け寄りて、姉の袂に取りすがり、「はっは申し姉上様いのう。あなたは何故嘆きあそばすぞいのう。これには何か仔細のござりましょう。語りお聞かせ下され」と、問われて姉は顔を上げ、「おおそなたは弟対王丸か。おん身はもはや下職を勤め、姉の迎えにおじゃったか。してそなたも泣いていやるじゃないか」「あ、申し姉上様私は最前あなたにお別れ申し、山路へ登り昨日のように今日も又柴木の勧進受けようと、思いしに、前夜三男三郎様は由良千軒を勧進止めのお触れ回し、それゆえ今日は誰《たれ》あって、かんじんいたす者もなし　山がつ衆《シユー》のおしへにまかせ　我手で柴木をとらんとすれバ　ならわぬ業とて情ない　是此様に此鎌《カマ》にて左りの小ゆびを深く切り　しよせん下職のつとまらず　戻てうきめにあをふゟしょ〔ママ〕がいせんと思共　あなたの御身もいかならんと　是迠参りましたわいのふ　安ヲ、そふで有ろふ〳〵　モ私《ワシ》じや迚も其通り　今日《キヨー》たれ有てかんじんいたす者もなし　我手でう汐を汲まんとすれバ　アレあの様に桶もをぶこも　波に引かれてしもふたハいのふ　しよせん下職ハつとまらず　此まゝ御主人へ戻るなら　情も深き広告〔ママ〕様　御身のなんぎうたがいなし　さい前主人のかたへにて　三荷の役を七荷にと増たところ　夫をよふ〳〵広告様御わび成されて下されて　元の三荷に御取り成し　其時に是兄弟や　たとへかんじんとげてなと　三荷の役メハつとめてくれ　夫レつとまらぬ其時ハ　我迠なんぎとをつしやつたも　カカリそふ云所を我々が　上三荷の事をさてをいて　中一荷の下職がつとまらぬと　ヤ云て御主へ戻られふか　上しよせん下職ハつとまらず　中覚悟きハめし兄弟が　ヤ此大海へ身をしづめ　上さいごをとげるものなれバ　キリ親に先立ツ不孝心　○常々母の仰《ヲヽセ》にハ※

勧進致す者もなし。山賤《やまがつ》衆の教えに任せ、我が手で柴木を採らんとすれば、習わぬ業とて情けない。これこのようにこの鎌にて左の小指を深く切り、所詮下職の勤まらず、戻りて憂き目にあおうより生害せんと思えども、あなたのおん身もいかならんと、これまで参りましたわいのう」「おおそうであろうそうであろう。も、私《わし》じゃとてもその通り、今日誰《たれ》あって勧進致す者もなし。我が手で潮を汲まんとすれば、あれあのように桶も杓も、波に引かれてしもうたわいのう。所詮下職は勤まらず。このまま御主人へ戻るなら、情けも深き広次様、おん身の難儀疑いなし。最前主人のかたえにて、三荷の役を七荷にと増えたところ、それをよう広次様お詫びなされて下されて、元の三荷にお取り成し、その時にこれ兄弟や、たとえ勧進とげてなと、三荷の役目は勤めてくれ。それ勤まらぬその時は、我まで難儀と仰しゃったも、そういうところを我々が、三荷の事をさておいて、一荷の下職が勤まらぬと、言うてお主へ戻らりょうか。所詮下職は勤まらず。覚悟極めし兄弟が、この大海へ身を沈め、最期をとげるものなれば、親に先き立つ不孝心。常々母の仰せには、上そなたハつくしにをハします　中父上様にいきうつし　上姉ハ母ににたとの事　中私ハ其方を父上様　上其方ハ私を母上様と　中思て此世の御別れに　キリかげのいとまをいたさんと　△弟の手を取り姉の姫　□かりにも上座へうやまふて　△下座に下り手をつかへ　○申上ます父上様　ャあなたの御行得たづねんと　上古郷を出てはる〳〵と　中つくしへ通る道すがら　上越後直江が海上にて　中山岡太夫にたばかわれ[ママ]　上二そをの舟ニ売わけられ　中知らぬ他国へ迷い来て　ャなれぬならハぬ下職わざ　上死なねバならぬ今日の命　サワリ親に先立不孝心　をゆるし成されて下されと　△今見る如くにのべらるゝ　□弟も姉の手を取りて　△上座にうやまい手をつかへ　津ア申上ます母上様　御別レ申す其時にたんりよハ親へのふ孝ぞと　仰を守り今日迠ハ生きながらへていたれ共　しなねバならぬ今日のしぎ　御ゆるし成されて下されませ　さハさわり[ママ]ながら母上様　東兄弟さいごと有時ハ　ャ雪見のまでの折レ《ヲ》竹や　中世わさかさまの御なげき　上親に先だつ不孝心　入御ゆるし成されて下されと

（後半欠落）

そなたは紫筑《つくし》におわします、父上様に生き写し、姉は母に似たとの事。私はそなたを父上様、そなたは私を母上様と、思うてこの世のお別れに、陰のいとまを致さん」と、弟の手を取り姉の姫、かりにも上座へ敬うて、下座に下り手をつかえ、「申し上げます父上様。あなたのお行方《ゆくえ》尋ねんと、古郷《ふるさと》を出てはるばると、筑紫へ通る道すがら、越後直江が海上にて、山岡太夫に謀《たばか》られ、二艘の舟に売り別けられ、知らぬ他国へ迷い来て、慣れぬ習わぬ下職わざ、死なねばならぬ今日の命、親に先き立つ不孝心、お許しなされて下され」と、今見る如くに述べらるる。弟も姉の手を取りて、上座に敬い手をつかえ、「あ、申し上げます母上様、お別れ申すその時に短慮は親への不孝ぞと、仰せを守り今日までは生きながらえていたれども、死なねばならぬ今日の仕儀、お許しなされて下されませ。さはさりながら母上様、兄弟最期とある時は、雪見のまでの折れ竹や、世は逆さまのおん嘆き、親に先き立つ不孝心、お許しなされて下され」と

註

①対王（津し王）「つしおう」。「厨子王」とも。

②よふだ（田）が浜　不詳

③うぶこ、をぶこ「朸《おうこ》」のこと。『浜難儀』の註⑥参照。

［粗筋三］「十六　浜難儀乃段《はまなんぎ》　上下」～「十九　船伏乃段《ふねぶせだん》」

嘆き悲しむ安寿のもとに、対王がやって来て、山での出来事を姉に語り、安寿はまた弟に浜での出来事を語る。この上は、弟を父に、姉を母に見立て拝んで、先立つ不孝を詫び、二人ながら大海に身を投げる覚悟をする（「十六　浜難儀《はまなんぎ》乃段　上」）。

まさに身を投げようとする時、同じく太夫に使われる伊勢の小萩が駆け寄り二人を押しとどめ、自らの身の上を語り、力になるから辛抱するよう説得する。三人は兄弟姉妹の契りを結び、太夫のもとに戻る（「十六　浜難儀《はまなんぎ》のたん　下」）。

その年の大晦日、太夫三郎の親子は、泣いてばかりいる兄弟は不吉、正月三が日は用がないから、小屋に閉じ込め、食事もさせぬと決める。閉じ込められた兄弟は、かつての正月を懐かしみ、嘆きを新たにする。姉は、十六日は山浜の下職始め、山から都に落ちよと、弟に勧め、弟は姉に落ちよと勧める。これを立ち聞きした三郎は二人を太夫のもとへ連れていく（「十七　対王丸　加羅歳乃段《からとしだん》」）。

太夫は、下人の印の焼き金を二人の額に当てるよう、三郎に命じる。焼き金を当てられた兄弟は、三郎に引き立てられ、十六日まで浜の松の木船を上から被せられ、食事も禁じられる（「十八　焼鉄段《やきがね》　上下」）。

このことを知った次郎は、密かに小萩に命じて食事を運ばせる。おかげで命永らえた二人は、十六日の下職始めを迎え、安寿は弟と山に行かせて欲しいと願い出る。太夫は、安寿の髪を切り、童子の姿にして、山行きを許す（「十九　伏船乃段《ふねぶせだん》」）。

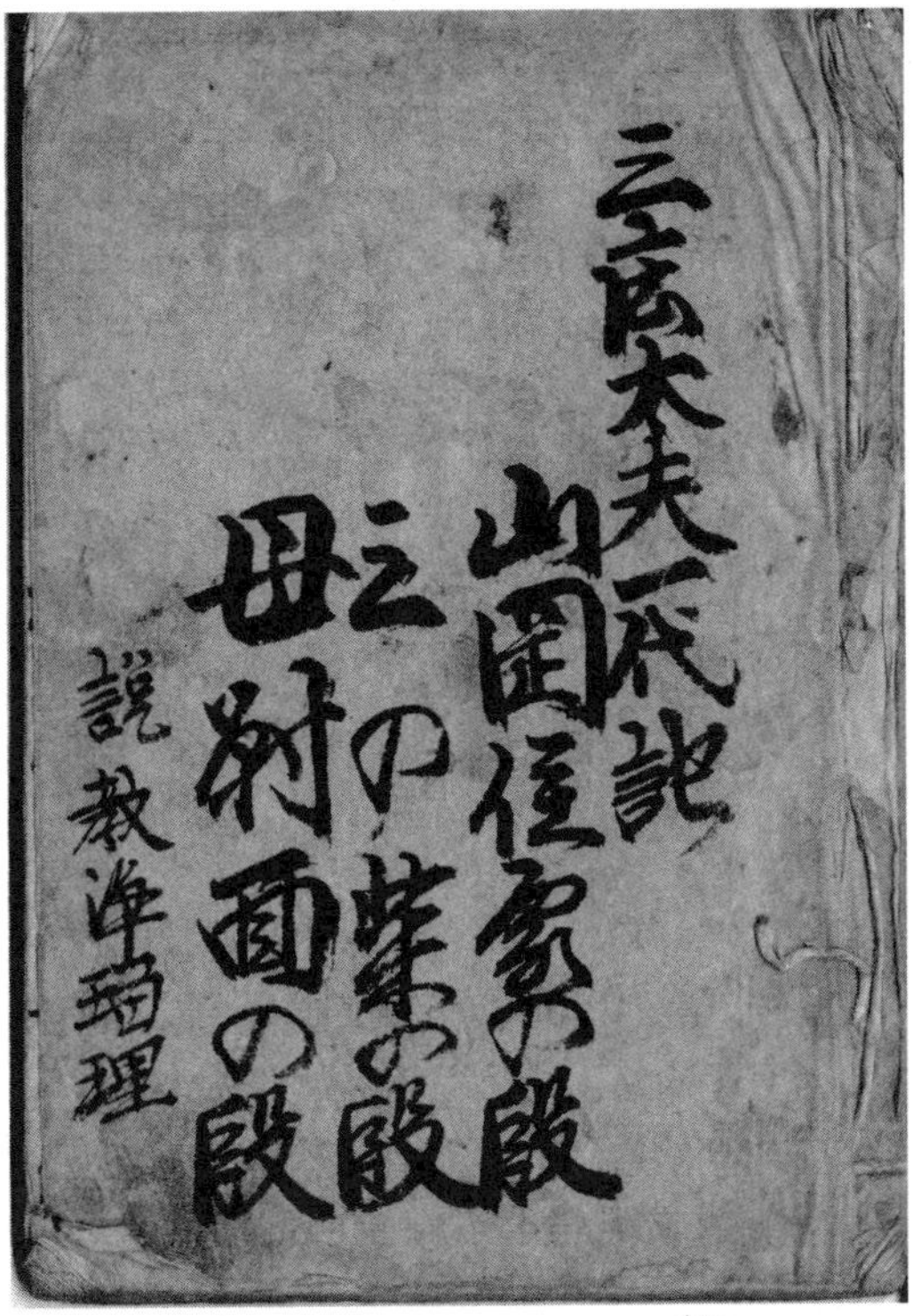

表紙

三庄太夫一代記（合冊）

（山岡住家の段）

三の柴の段

（母対面の段）

説教浄瑠理

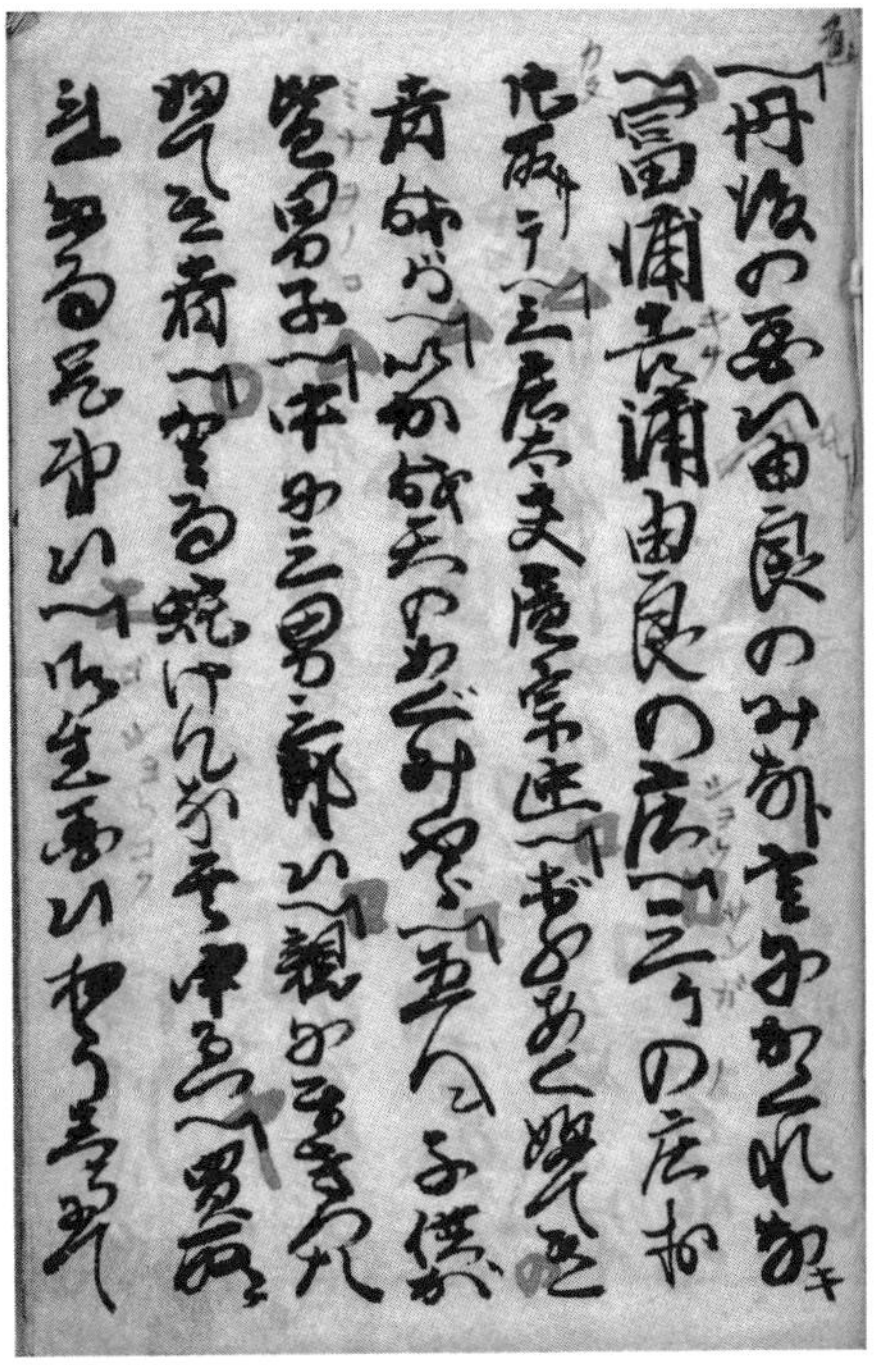

第一頁

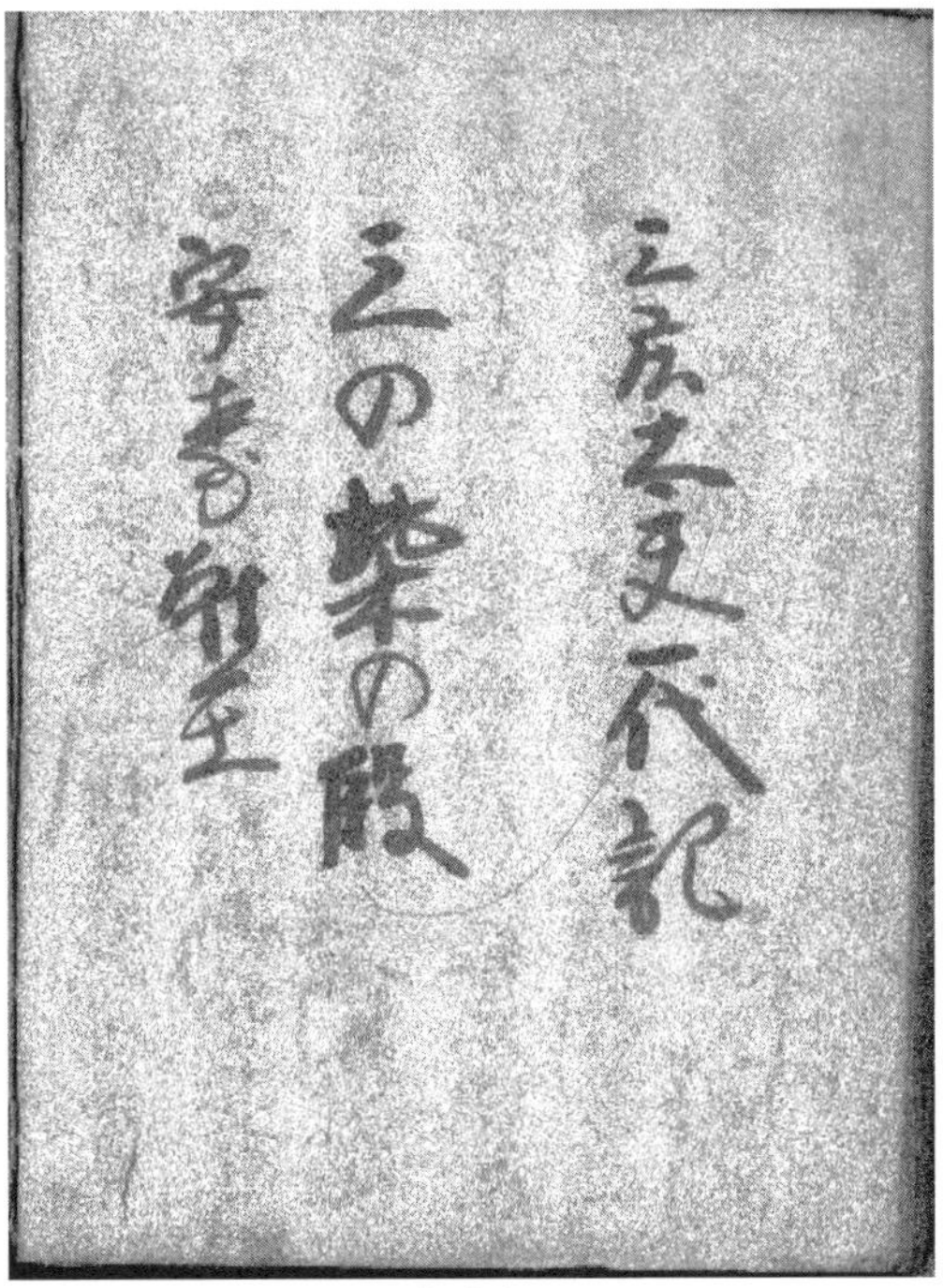

中表紙

【原文】

色丹後の国ハ由良のみなトにかくれなキ　△富浦吉《キチ》浦由良の庄《ショウ》　□三ケ《サンガ》の庄お片《カタ》取リテ　△三庄太夫広宗迚　□ごふあくふてきの者成が　△いか成天のめぐみやら　□五人ン子供が皆男子《ミナオノコ》　△中に三男三郎ハ　□親にまさつたふてき者○かゝる蛇けんな[ママ]其中ゐ　ヤ買取れたる兄弟ハ　二御生国《ゴショウコク》ハおうしうにて　中五十四郡の国主《コクシュ》にて　上岩木[ママ]判官政氏の　中わすれ形身にましまする　キリ姉のあん寿に弟ハ　△対王丸と申せしが　□日々に下職《ヒビニゲショク》に身をまかせ　△折しも正月十六日　□太夫が家ふう《カフー》　△山浜《ヤマハマ》下職治め[ママ]成　□其日《ソノヒ》ハ姉の願ひ《ネガイ》にて　△兄弟ひとつ山路なり　□とか《トニ》①まれんじやくたづさゐて　△サアおじゃ弟　姉うゐと　□たがいにいたわりいたわられ　大ヲトシ太夫が家《イヘ》じを立出て　山じおさして登らるる　○おいたわしの御兄弟[ママ]　ヤ古里《コキョー》に有シ其時ハ　上身にまといしハあや錦　中今ハ世に落かぞ②おりの　キリたふ③のつづれに縄の帯　△山はんてんに山はばき④　□たどらせ給ゐバ用々[ママ]と　△一の関《セキ》や二のかまへ　□三の関やも早こゐて

○其日ハいとどかきくもり　ヤみ山落ろし[ママ]にさそわれて※

【現代表記】

丹後の国は由良の湊に隠れなき、富浦吉浦由良の庄、三ケ《さんが》の庄をかたどりて、三庄太夫広宗とて、強悪不敵の者なるが、いかなる天の恵みやら、五人子供が皆男子《おのこ》、中に三男三郎は、親に勝った不敵者、かかる邪険なその中へ、買い取られたる兄弟は、御生国は奥州にて、五十四郡の国主にて、岩城判官政氏の、忘れ形見にましまする、姉の安寿に弟は、対王《つしおう》丸と申せしが、日々に下職に身を任せ、折しも正月十六日、太夫が家風、山浜下職始めなり。その日は姉の願いにて、兄弟ひとつ山路なり。とに鎌連尺携えて、「さあおじゃ弟」「姉上」と、互いにいたわりいたわられ、太夫が家路を立ち出でて、山路をさして登らるる。おいたわしの御兄弟、古里《こきょう》にありしその時は、身にまといしは綾錦、今は世に落ちかぞおりの、太布《たふ》のつづれに縄の帯、山半纏に山はばき、辿らせ給えば漸《よ》う漸うと、一の関屋や二の構え、三の関屋もはや越えて、その日はいとどかき曇り、深山下ろしに誘われて、

ハリゆきハしきりにふりつもる　○御身ハこごいる斗り也
上泪乍に兄弟ハ　キリいそがせ給へバ山浜の　△別レが辻に
成ぬれバ　○何おもいけん弟ハ　上姉の姿を見るゟも　中
あゆみもやらず立とまり　入只さめざめト嘆きける　○ツメ
あん寿ハそれと見るゟも　詞ハッハ是弟ヤ　何ヲ其用に嘆く
のじゃ　けう《今日》の下職がつろふて嘆くのか　只シハ又ふりつ
む雪がつめとふてなげきやるか　かなしい事が有ならバ
姉にも語り聞か《キカ》せて給や　詞中姉上様　けうの下職がつら
い、カナしいでハござりませぬ　それ世の中のたとへにも
ほんに女子ハ一にみ目　二にかみ形と申しまする　一のみ
目にハ　すぎし二日《シフツカノ》朝　したいにハ十文字のやき金ヲあて
られ　身ハ一生のかたわにされ　其きづもなおらぬ内　け
さはけさとて　姉上のくろかみハ　元ゆいぎハゟふつゝと
切られ　わらでたばねし男子まげ　御身につづれ縄のおび
山路《ヤマジ》ゑ登らせ給ふ　み姿ハ唯［ママ］有う　おふしう五十四郡　岩
木判官政氏のわすれ片身［ママ］の　姉安寿の姫供　申さりよふか
上これがかなしう御ざります　キリ姉上様よと嘆きける　詞
ヲ、道理［ママ］じゃ尤じゃわいのう　弟なれバこそ其用に　姉を
思うてくれる心ざし　さり乍※

雪はしきりに降り積もる。おん身は凍えるばかりなり。涙ながらに兄弟は、急がせ給えば山浜の、別れが辻になりぬれば、何思いけん弟は、姉の姿を見るよりも、歩みもやらず立ちどまり、只さめざめと嘆きける。安寿はそれと見るよりも、「はっはこれ弟や、何をそのように嘆くのじゃ。今日《きょう》の下職が辛うて嘆くのか。ただしは又降り積む雪が冷とうて嘆きやるか。悲しい事があるならば、姉にも語り聞かせてたもや」「申し姉上様、今日の下職が辛い、悲しいではござりませぬ。それ世の中の譬えにも、ほんに女子《おなご》は一に見目、二に髪形と申しまする。一の見目には、過ぎし二日《ふつか》の朝、額《ひたい》には十文字の焼き金をあてられ、身は一生の片輪にされ、その傷も治らぬ内、今朝は今朝とて、姉上の黒髪は、元結際《もとゆい》よりふっつと切られ、藁で束ねし男子髷、おん身につづれ縄の帯、山路へ登らせ給う、御《み》姿は誰あろう、奥州五十四郡、岩城判官政氏の忘れ形見の、姉安寿の姫とも、申さりょうか。これが悲しうござります。姉上様よ」と嘆きける。「おお道理じゃ尤もじゃわいのう。弟なればこそそのように、姉を思うてくれる志《こころざし》、さりながら、

かみ形はよに有時のこと　今ハ世に落ち何まァ《ナンノマー》　髪も形もいろふト思やるぞ　いつもなれバ姉ハ浜べ　そなたハ山路別れにやならぬコトなれども　けさ姉の願ひにまかせ　そなたト一ツ山じへいつる《デ》のがわしやうれしい　泣ずト早う先に立　山じの安内[ママ]して給や　詞ハッハさ用[ママ]ならば姉上様是ゟ先ハいたってなん所　カヽリ此道筋をこなたゑト　下泪乍に先に立　ヤ身ハぬれさぎに白⑤らたへて　上あゆませ給ふあし引の　中足まもとうき雪道を　キリ山じをさして登らるる　□是も山路にかくれなき　七ツ入七ツまがりテ八峠の　□駒もいななくくつかけや　三ノ千本松原長並き　□こゑて向うに見ゆるのが　△由良千げんの山かつが　□朝夕山じへおり登り　△休がだいになりぬれバ　詞ハッハ申姉上様是が則チ　ゆ良千げんの山がつしう　朝夕山じへおり登り休所に候らゑバ　しばし是にて御休あそばせ　詞ヲ、よふ云うて給やつた　休所と有ならば　姉も休まんそなたもしばし休みやいと　△しげりし松の其下で　□たがいにつかれを休めける　三ノあん寿心の内にてハ　○何かに付て弟をキリけうこそ都ゑ落さんと　詞ハッハ是弟　けふハいつならぬ正月十六日※

髪形は世にある時のこと、今は世に落ち何のまあ、髪も形も要ろうと思やるぞ。いつもなれば姉は浜辺、そなたは山路、別れにゃならぬことなれども、今朝姉の願いに任せ、そなたと一つ山路へ出でるのがわしゃ嬉しい。泣かずと早う先きに立ち、山路の案内してたもや」「はっは、さようならば姉上様、これより先きはいたって難所、この道筋をこなたへ」と、涙ながらに先きに立ち、身は濡れ鷺に白たえて、歩ませ給うあし引の、足間も遠き雪道を、山路をさして登らるる。これも山路に隠れなき、七つ曲りて八《や》峠の、駒もいななく沓掛や、千本松原長並木、越えて向うに見ゆるのが、由良千軒の山賤《やまがつ》が、朝夕山路へ降り登り、休《やすみ》が台になりぬれば「はっは、申し姉上様、これが則ち、由良千軒の山賤衆、朝夕山路へ降り登り、休所《ところ》に候らえば、しばしこれにてお休みあそばせ」「おおよう言うてたもやった。休所とあるならば、姉も休まん。そなたもしばし休みやい」と、繋りし松のその下で、互いに疲れを休めける。安寿心の内にては、何かに付けて弟を、今日こそ都へ落とさんと、「はっは、これ弟、今日はいつならぬ正月十六日、年に二日のさい日でハ内い［ママ］か　世に有者ハ　高キもひくきもおしなへて　⑥日塩野木にいたるまで　けふ一日ハ休と有ル　そなたやわしも世にあらバ　おちやめのとにかしづかれ　ヤあや、錦を身にまとへ　上御寺もうでもなすべきにかく世に落て情内や　ヤあや、にしきハ扨《サテ》置て　上たふのつづれになわのおび　中ふりつむ雪もいとわずに　上けふの下職にいだすとハ　中いかに御主のかふう《カフー》でも　上キリあまりと云へば情内やト　入⑦身もうく斗りに嘆きける　詞ヲッヲ是《コレ》弟ヤ何時《イツゾ》やゑちご直江の海上にて　母上様に御別申其時に　ゆずらせ給う岩き代々の御守り　⑧伽《キャ》らせんだんの地蔵そん兄弟いづくゑ行《ユケ》バとて　はだ身はなさず信心致す物ならバいかなる大なんワナシ　まった命に掛《カヽ》ワルなんも　すくわせ給ふ　れいげんあらたカの御菩薩ト　かゑす〳〵の仰成いつとて拝《ハイ》すひまもなければ　けふさい日《ヂツ》を幸ひに　しばらく是にていのらんト　文ヤゆきの手水で身をきよめ　松の根元ゑかざり置　○兄弟はるかにさがられて　ヤ只一心に手お合せ　ハリなむヤ岩木の御守り　○こいねがわくハねがわくハ　上かくよに落し兄弟お　中あわれみ給ふて一ト度ハ　シボリ御世にもいださせ給われと※

年に二日の祭日ではないか。世にある者は、高きも低きもおしなべて、干潮野木にいたるまで、今日一日は休みとある。そなたやわしも世にあらば、御乳《おち》や乳母《めのと》にかしづかれ、綾や錦を身にまとい、お寺詣でもなすべきに、かく世に落ちて情なや。綾や錦はさて置いて、太布のつづれに縄の帯、降り積む雪も厭わずに、今日の下職に出だすとは、いかにお主《しゅう》の家風でも、あまりと言えば情なや」と、身もうくばかりに嘆きける。「おっおこれ弟や、いつぞや越後直江の海上にて、母上様にお別れ申すその時に、譲らせ給う岩城代々のおん守り、伽羅陀山《きゃらだせん》の地蔵尊、兄弟いずくへ行けばとて、肌身離さず信心致すものならば、いかなる大難はなし。まった命に係わる難も、救わせ給う、霊験あらたかの御菩薩と、返す返すの仰せなり。いつとて拝すひまもなければ、今日祭日を幸いに、しばらくこれにて祈らん」と、雪の手水で身を浄め、松の根元へ飾り置く。兄弟遙かに下がられて、只一心に手を合わせ、南無や岩城のおん守り。請い願わくは願わくは、かく世に落ちし兄弟を、憐れみ給うて一度《ひとたび》は、御世にも出ださせ給われ」と、

△しばし念じていたりしが　上何ンの利やくも有らざれバ
キリせん方つきて姉の姫　詞ハッハ是弟ヤ　そなたやわしハ此
よふに　すぎし二日の朝迚ハ　じやけんひどふの三郎づら
に　したいにハ十文字の焼金お当られ　生れと付ぬ片わに
され　けさハけさ迚此ように　女子ハ山し《ジ》ゐハならぬ　男
の姿で登れヤト　此姉が命にかへてもほしいくろかみ　元
結ぎハゟふつゝと切られ　わらでたばねし男まげ　是程ま
での大難お　なぜにすくハせ給ハらぬ　上かくよに落《ヲチル》兄弟
お　中守りの神ヤ仏まで　入見はなし給ふか情内ヤ　八丁なん
の利やくがましましテ　身かわり地蔵も聞ゑぬト　我身の
つらさに兄弟ハ　○ツメ御身おかこち世《ヨヲ》おうらみ　ノリ仏おう
らむる折からに　ヲクリあアらふじぎな次第也　三十地蔵ぼ
さつのみしたいゟ　ノリ光明ぱつト見ゑけるが　ノリ弟対王の
したい成　ノリ焼金きづハ　ノリ跡《アト》なくきゑて　ノリ地蔵ぼさつ
のみしたいへ　ヲクリ只れい[ママ]トあらわれける　三十扨是ゟも
兄弟ハ　大キリ下にやま別の其だんハ次にてくわしくわかる也

しばし念じていたりしが、何の利益《りやく》もあらざれば、詮方尽きて姉の姫、「はっはこれ弟や。そなたやわしはこのように、過ぎし二日の朝とては、邪険非道の三郎面《づら》に、額《ひたい》には十文字の焼き金を当てられ、生まれと付かぬ片輪にされ、今朝は今朝とてこのように、女子《おなご》は山路へはならぬ。男の姿で登れやと、この姉が命に代えても欲しい黒髪、元結際よりふっつと切られ、藁で束ねし男髷、これ程までの大難を、なぜに救わせたまわらぬ。かく世に落ちる兄弟を、守りの神や仏まで、見放し給うか情なや。何の利益がましまして、身替わり地蔵も聞えぬ」と、我が身の辛さに兄弟は、おん身を託ち世を恨み、仏を恨むる折からに、ああら不思議な次第なり。地蔵菩薩のみ額より、光明ぱっと見えけるが、弟対王の額なる、焼き金傷は、跡なくきえて、地蔵菩薩の御《み》額へ、只麗々と現れける。さてこれよりも兄弟は、げに山別れのその段は次にて詳しく判るなり。

註

①とかま《トニ》　「と鎌」なら、「利鎌（鋭利な鎌）」か。ルビの「トニ」なら、「とにかく」の「か」から「鎌」へ掛けたか。

②かぞおり　不明。織りの一種か。

③たふ　「太布」樹皮の繊維を紡いで粗く平織りにした布。

④はばき　「脛巾」臑《すね》に付ける布。脚絆。

⑤白らたへて　不明。

⑥日塩野木　不明。「干潮」「野木」か。

⑦身もうく　「うく」は、「憂く」と「浮く」を掛ける。

⑧伽らせんだん　「佉羅陀山《きゃらだせん》」の誤り。地蔵菩薩が住むという浄土。若太夫正本では、「きやらせんだん」と「きやらだせん」が混在。

三庄太夫一代記

山別之段

説教浄瑠璃

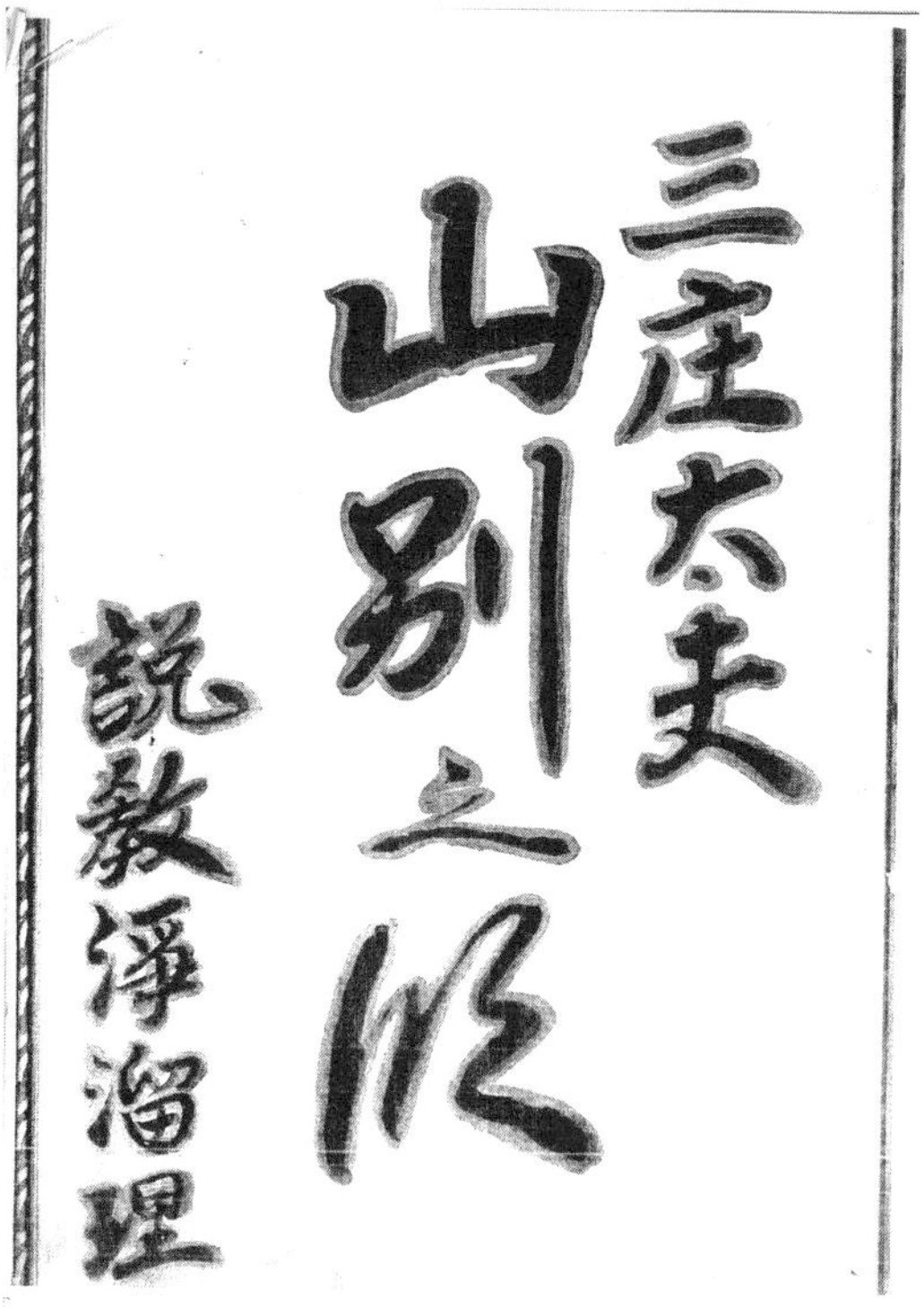

表紙

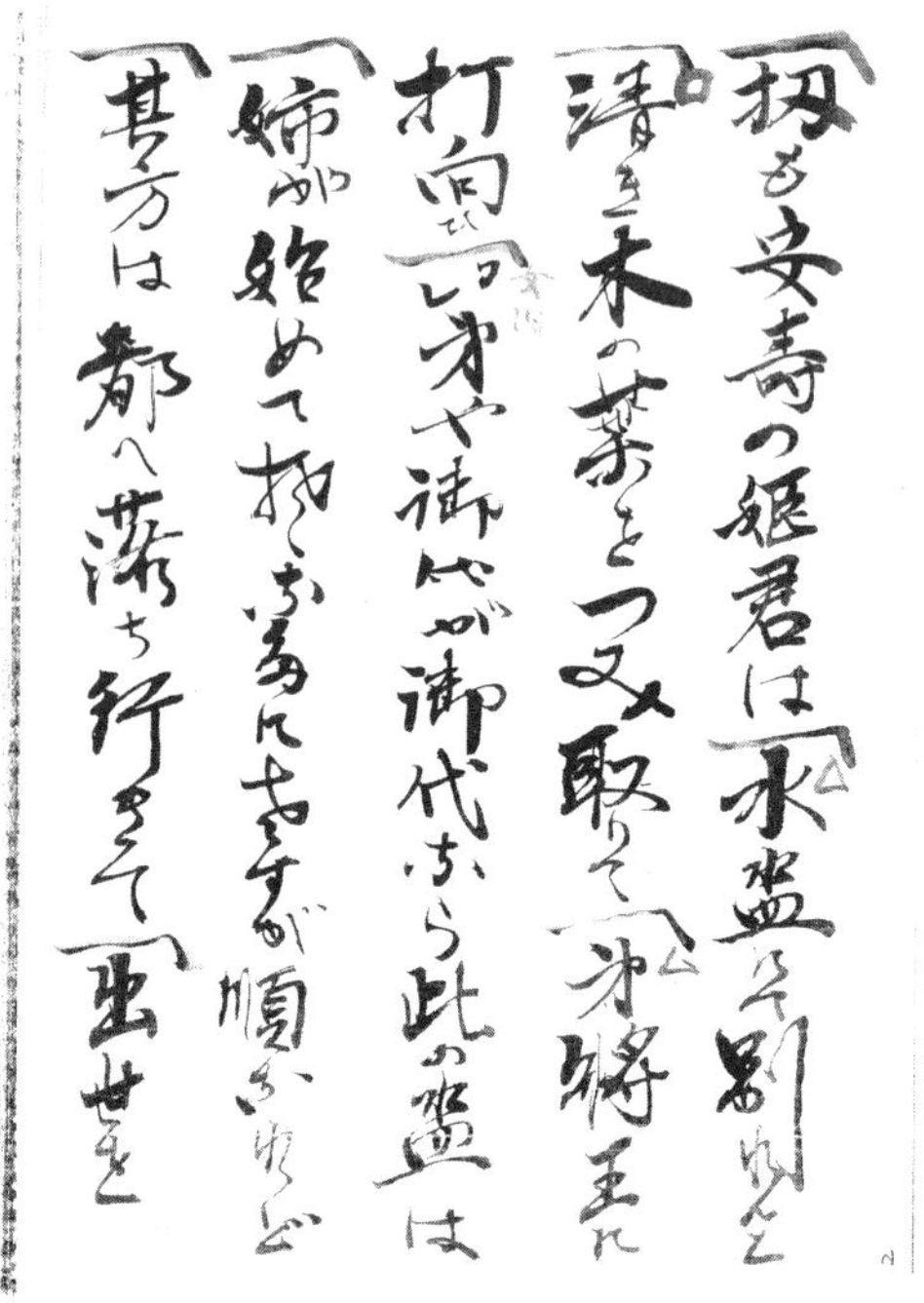
第一頁

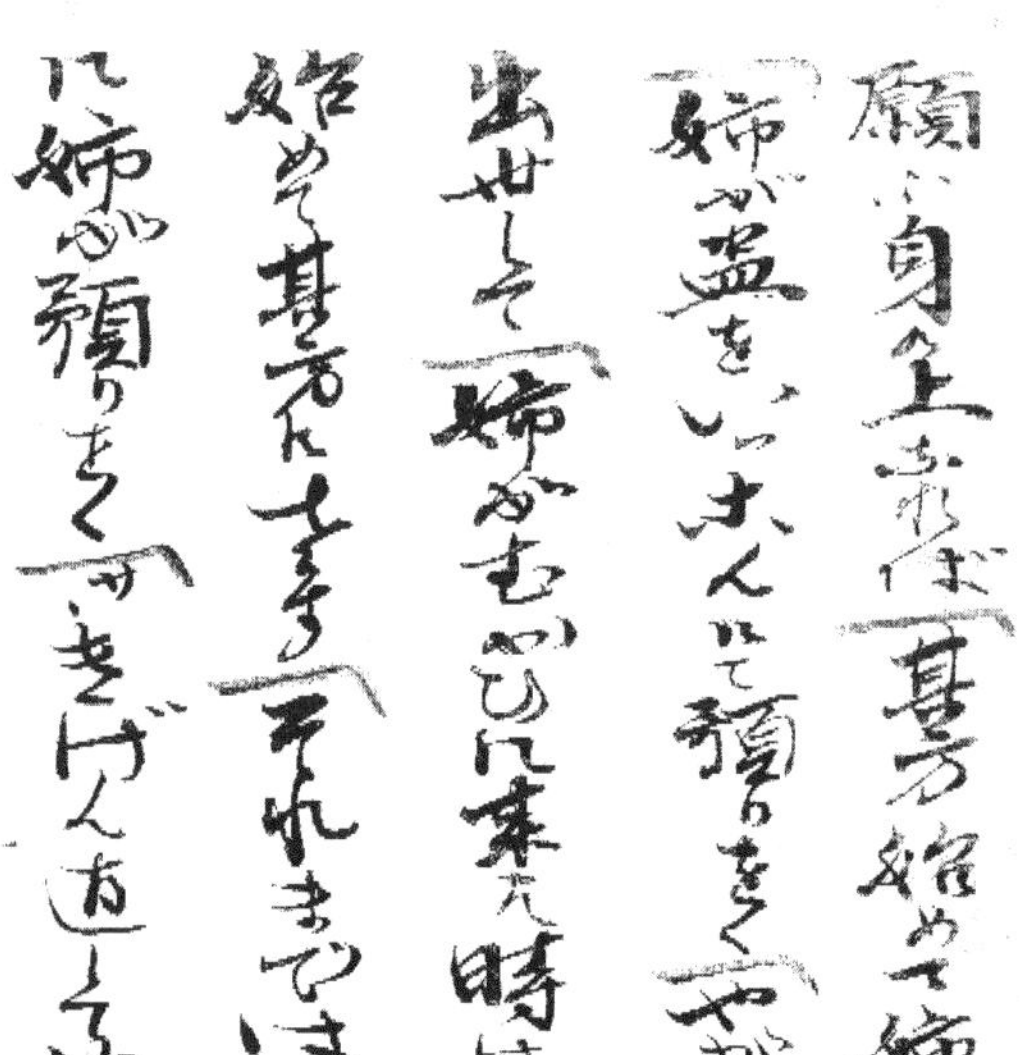
第二頁

【原文】

扨も安寿の姫君は　△水盃にて別れんと　□清き木の葉をつみ取りて　△弟将王〔ママ〕に打向ひ　女詞コレ弟や御代が御代なら此の盃は　姉が始めてそなたにさすが順なれど　其方は都へ落ち行きて　出世を願ふ身の上なれば　其方始めて姉にさしゃ　姉が盃をいっこんにて預かりをく　やがて都で出世して　姉がむかひに着〔ママ〕た時は　姉が始めて其方にさす　それまではいっこんに姉が預かりをく　サヽきげん直して始めてたも　弟詞ア、左様ならば姉上様　とにもかくにも盃を　カヽリ始めまするとをしいたゞき　下安寿は当〔ママ〕りの雪を取り　□しぼりて弟にしゃくなせば　△まだ幼少のあどけなさ　上長き別れになる事を　中夢共知らず雪水をキリなみなみうけてぐっとほし　△姉上様とはゞからず
□安寿は木の葉をおしいたゞき　△弟はあたりの雪を取り
□しぼりて姉にしゃくなせば　□なみなみうけて　ヤぐっとほしたる雪水が　八丁はっとごぞうへねってつの　通る思ひの苦しみを　こらへ兼てぞいじらしや※

【現代表記】

扨も安寿の姫君は水盃《みずさかずき》にて別れんと、清き木の葉をつみとりて、弟対王に打向ひ、「これ弟や御代が御代ならこの盃は、姉が始めてそなたにさすが順なれど、其方《そなた》は都へ落ち行きて、出世を願う身の上なれば、其方始めて姉にさしゃ。姉が盃を一献にて預かりおく。やがて都で出世して、姉がむかひに来た時は、姉が始めて其方にさす。それまでは一献に姉が預かりおく。ささ機嫌直して始めてたも」「ああさようならば姉上様、とにもかくにも盃を、始めまする」と、おしいただき、安寿は辺りの雪を取り、絞りて弟に酌なせば、まだ幼少のあどけなさ、長き別れになることを、ゆめとも知らず雪水を、なみなみ受けてぐっとほし、「姉上様」とはばからず。安寿は木の葉をおしいただき、弟は辺りの雪を取り、絞りて姉に酌なせば、なみなみ受けて、ぐっとほしたる雪水が、はっと五臓へ熱鉄の、通る思いの苦しみを、堪《こら》え兼ねてぞいじらしや。

女詞アノ私としたことが　目出度い別の盃をうけながら　何をうろたへ泣たやら　これで別れの盃もすみました　こゝで別れてまたあふまでも　其方にかたみを送りませう　あれなる地蔵尊は　はだ身はなさず真心しや　又これなる①しゅだま造りの一巻は　其方の身にそえ家のけいず　これがのうては出世は出来ぬ　必ず人でに渡しゃるな　又落人の習ひには　杖を左に持ち　笠をあみだにかむせ　わらんずさかさにはき　登《のぼ》る山路を下りとみて　落行がならひとある　又落行あとよりも　をってのかゝらぬ者でもない　もしもをってがかゝるなら　人里尋ね寺を問ひ寺があるなら　かけ入りて　住主〔ママ〕によしを語るならじゅっけ〔ママ〕はごかいをたもつゆへ　必ずそなたをかくまいくれる　しはいったんにして遂げやすし　将〔ママ〕ばんだいにうけがだし　命めでたき鶴亀は　二度はうらいの門に立　とかく人はうじよりそだち　花さく春をまつのがかんじん姉も共々手つどうて　支度をいたしてやりませうと　△かざり置いたる地蔵尊　□景〔ママ〕図の巻と諸共に　□袋に入て※

「あの私としたことが、目出度別れの盃を受けながら、何をうろたえ泣いたやら。これで別れの盃もすみました。ここで別れてまた会うまでも、其方に形見を送りましょう。あれなる地蔵尊は、肌身離さず信心しや。又これなるしだ玉造りの一巻は、其方の身に添え家の系図、これがのうては出世は出来ぬ。必ず人手に渡しゃるな。又落人の習いには、杖を左に持ち、笠を阿弥陀に被《かむ》せ、草鞋《わらんず》逆さに履き、登る山路を下りとみて、落ち行くが習いとある。又落ち行くあとよりも、追っ手のかからぬものでもない。もしも追っ手がかかるなら、人里尋ね寺を問い、寺があるなら、駆け入りて、住持に由を語るなら、出家は五戒を保つゆえ、必ずそなたを匿いくれる。死はいったんにして遂げやすし。生万代《ばんだい》に受けがたし。命めでたき鶴亀は、二度蓬莱の門に立つ。とかく人は氏より育ち、花咲く春を待つのが肝心。姉も共々手伝うて、支度をいたしてやりましょう」と、飾り置いたる地蔵尊、系図の巻と諸共に、袋に入れて、

△肌にしっかとかけさせて　○帯②とく〳〵もしめ直し
上わらんずぬがせあとさきに　キリはかせてひもをしめてやり
文ヤ杖を左につかせては　笠を阿弥陀にかむせては　○ひも
しめながら弟の　ヤ顔つく〳〵と打ながめ　上是今生と弟の
中姿や顔の見始［ママ］めじゃと、シボリ思は直［ママ］もむねせまり　ヤ是の
ふいかに弟や　上姉なきときには直の事　中人によなれてを
となしう　上ずい分その身も大切に　キリわずろうてはし給
やるな　女詞コレデ支度も出来ました　少もはやく都の空へ
落てたもや　弟詞ハ、、ア左様ならばをふせにまかせ　最早都
へ落ますと　下涙ながらに立上り　○さらばにまします姉
上様　ヤさらばでござる弟と　上さらば〳〵といとまごい
中二足三足も出でけるが　ヤ流石親身の御兄弟　上長き別れ
に成る事を　中自然《ぜん》と虫が知らせてや　ヤヅメ思はずわっと声
を上げ　上ヅメ其まま後へ立戻り　カカリ泣安寿はそれと見る
よりも　女詞ア、、ア是はしたり弟　りっぱに覚悟をして出
ながら　立戻て何を其になげきやるのじゃ　弟詞何をなげ
くとはお情けない※

肌にしっかとかけさせて、帯とくとくも締め直し、草鞋ぬがせあとさきに、履かせて紐を締めてやり、杖を左に突かせては、笠を阿弥陀に被せては、紐締めながら弟の、顔つくづくと打ち眺め、是今生と弟の、姿や顔の見納めじゃと、思いはなおも胸迫り、「是のういかに弟や、姉なき時にはなおのこと、人に世慣れておとなしう、随分その身も大切に、患《わずろ》うてはし給やるな。これで支度も出来ました。少しも早く都の空へ落ちてたもや」「ははあ左様ならば仰せに任せ、最早都へ落ちます」と、涙ながらに立ち上り、「さらばにまします姉上様」「さらばでござる弟」と、「さらばさらば」と暇乞い。二足三足《ふたあし》も出でけるが、さすが親身の御兄弟。長き別れになることを、自然と虫が知らせてや、思わずわっと声を上げ、そのまま後へ立ち戻り、安寿はそれと見るよりも、「あああ是はしたり弟。立派に覚悟をして出ながら、立ち戻って何をそれに嘆きやるのじゃ」「何を嘆くとはお情けない。

あなたの仰《アフ》せにまかせ　都へ落ふと存じましたなれど　思
ひ廻せば廻すほど　邪見な太夫の元へ　あなたを一人残し
置き　都の空で私が　出世の身と成るそれまでに　姉上様
のお身の上に　もしもの事が有ふかと　思ひ廻せば廻す程
後へ心が引されて　どうなっても落られませぬわいのう
女詞是はしたり弟　又其の様な事云ふて　此の姉に思ひを
させて　わしよ泣すのか〳〵なふ　そんならどうあっても
かんどうが請けたいのか　弟詞サアそれは　女サア　弟サア
女但は都へ落ちて行きゃるか　弟サそれは　女サア　弟サア是
非に及ばぬ姉上様　仰せにまかせ最早都へ落ちますと
下涙ながらに立あがり　○さらばにまします姉上様　ヤさら
ばさらばと暇乞　上一足あゆみふりかへり　中二足あゆみて
見かへりつ　ナキ入行きつ戻りつ立止り　△思ひ直してよふ
〳〵と　□降りつむ雪をふみ別けて　三ノキメ山路をさして
落ちて行く　ヤ後見送りて姫君は　上ツメ最早姿も見へざれば
ヤヅメこらへこらへしため涙　大半思はずわっとこえを上げ
女詞ア、、是弟いかにがんぜがないとても　七生までの※

あなたの仰せに任せ、都へ落ちょうと存じましたなれど、思い廻せば廻すほど、邪険な太夫の元へ、あなたを一人残し置き、都の空で私が、出世の身となるそれまでに、姉上様のお身の上に、もしものことがあろうかと、思い廻せば廻す程、後へ心が引かされて、どうなっても落ちられませぬわいのう」「これはしたり弟、又その様なこと言うて、この姉に思ひをさせて、私《わし》を泣かすのか泣かすのかのう。そんならどうあっても、勘当が受けたいのか」「さあそれは」「さあ」「さあ」「但しは都へ落ちて行きゃるか」「さそれは」「さあ」「さあ是非に及ばぬ姉上様、仰せに任せ最早都へ落ちます」と、涙ながらに立ち上がり、「さらばにまします姉上様」「さらばさらば」と、暇乞い。一足歩み振り返り、二足歩みて見返りつ、行きつ戻りつ立ち止り、思ひ直してようようと、降り積む雪を踏み別けて、山路をさして落ちて行く。後見送りて姫君は、最早姿も見えざれば、堪え堪えし溜め涙、思わずわっと声を上げ、「あああこれ弟いかに頑是がないとても、七生までの

かんどうと云ふたらば　誠の事と思ふて　落行そなたの心
ねが　思ひやられていじらしいわいのふ　女何でそなたを
かんどうしませう　かわいさあまって　せめてそなたの命
斗りも助けたさ　七生までのかんどうと云ふたのじゃ〳〵
わいなあ　今別れの盃も　何んで目出度い盃と思ひやる
そなたを落し此の姉は　太夫の元へ連れられて　せめころ
さるはじぜうなり　げんざいの弟の手よりも　末期の水を
貰ふて呑と　思ふていたわやい　東シ是今生で弟の　姿や
顔の　ヤジリ見納じゃと　上今一度こちらへ　サハリふり向いて
かほなど見せて給ふやいと　□とどかぬこえのこん限り　大半
其ままそこにどっと伏し　二ノキメきえ入斗り御なげき　□か
かるなげきの折柄に　□それ世の中のたといにも　□月に
むら雲　ハリ花に嵐のさわりあり　□ノリ強悪じけんの三郎
が　ハリ兄弟二人の餓鬼めらが　ハリあまり戻りのおそき故
ハリ合点の行ぬ事なると　ハリ山刀なをたばさんで　ハリ六尺
棒を引さげて　ハリしりひっからげて一さんに　ヲクリ山路
をさして出向う　三十一の関や二のかまへ※

勘当と言うたらば、誠のことと思うて、落ち行くそなたの心根が、思いやられていじらしいわいのう。何でそなたを勘当しましょう。かわいさあまって、せめてそなたの命ばかりも助けたさ。七生までの勘当と言うたのじゃ言うたのじゃわいなあ。今別れの盃も、何んで目出度い盃と思いやる。そなたを落としこの姉は、太夫の元へ連れられて、責め殺さるは治定《じじょう》なり。現在の弟の手よりも、末期の水を貰うて呑むと、思うていたわやい。これ今生で弟の、姿や顔の、見納めじゃと、今一度こちらへ振り向いて 顔など見せて給うやい」と、届かぬ声のこん限り、そのままそこにどっと伏し、消え入るばかり御嘆き。かかる嘆きの折柄に、それ世の中の譬えにも、月に叢雲、花に嵐の障りあり。強悪邪険の三郎が、「兄弟二人の餓鬼めらが、あまり戻りの遅き故、合点の行かぬことなる」と、山刀をたばさんで、六尺棒を引っさげて、尻ひっからげて一さんに、山路をさして出で向う。一の関屋二の構え、ハリ三の関やも早越て　ハリ別れが辻を右にきれ　ハリ七つ廻《まが》りて八峠の　ハリいななく駒のくつかけや　ハリ千本松山長並木　ハリ越て向ふに見ゆるのが　ハリ由良仙間「ママ」の山がつが　ハリ朝夕山路へ下り登り　ハリ塩見が台と名附けたる　ハリ休が台となりぬれば　ハリあなたこなたと見廻して　ハリかかるなげきと見るよりも　大半づか〱そばへ立よりて　三郎詞やい女郎をのれが願にまかせ　わっぱと一ツ山路へ出しが何だ役目の柴木は一本もこらず　杁と鎌蓮じゃくが　荷縄にすがり　めそ〱と其のほいづら　当りを見ればわっぱめが見えぬが　わっぱは何れえうせをったと　上かみ付けられて姫君は　中兼て覚悟と今更に　キリ云ふべき事も後も先　女詞ハ、ア申し御主様　弟は姉と一ツ山路は登るのはいやじゃはづかしいと云ふ　後の峠で別れましたが　最早御主様へもどりはいたしませぬか　三郎詞イヤ何だ弟は姉と一ツ山路へ登るのは　いやじゃはづかしいと云ふて　後の峠で別れた　三郎ハ、、、、ぬかしたりほざいたり　是なんぼわっぱが柴かりの名人でも※

三の関屋も早越えて、別れが辻を右に切れ、七つ曲がりて八峠の、いななく駒の沓掛や、千本松山長並木、越えて向うに見ゆるのが、由良千軒の山がつが、朝夕山路へ下り登り、塩見が台と名付けたる、休《やすみ》が台となりぬれば、あなたこなたと見廻して、かかる嘆きと見るよりも、ずかずかそばへ立ちよりて、「やい女郎おのれが願いにまかせ、童《わつぱ》と一つ山路へ出だししが、何だ役目の柴木は一本も樵らず、杁《おうご》と鎌連雀が、荷縄にすがり、めそめそとそのほえ面、辺りを見ればわっぱめが見えぬが、わっぱは何《いず》れへ失せおった」と、噛み付けられて姫君は、兼て覚悟と今更に、言うべきことも後も先、「ははあ申し御主様、弟は姉と一つ山路へ登るのは、厭じゃ恥ずかしいと言う。後の峠で別れましたが、最早御主様へもどりはいたしませぬか」「いや何だ弟は姉と一つ山路は登るのは、厭じゃ恥ずかしいと言うて、後の峠で別れた。はははははぬかしたりほざいたり。これなんぼわっぱが柴刈りの名人でも、手ぶらで下職がなるものか　ふ、、、聞へた聞へた己はまがなすきがな欠落ちの相談　今日こそはっぱを何くへか落しゃったならぬめが［ママ］　そふたい人のなげきと云ふ物は　う③うんるいかんるいしんるいとて　三ツの泣わけ　己が今の其の涙　最早わっぱをいづくえか落しやり　うれし涙と見てとった　何と違はあるめいな　サアぬかせほざけ　己ぬかさぬ物ならば　サアこうしてほざかすると　下ノリ有りあふ棒をふり上げて　背は横立　十文字　ヲクリりふ〱はっしと打すゑる　三十うつや〱〱うつせみの　□ヅメうたるゝ下より姫君は　ヤヅメ泣ただ〱其の手にしっかとすがり　女詞ハ、ア申御主様　げんざいの弟じゃもの　何をつつみかくしませう　知らぬ事とて是非もない　御許しなされて下さりませ（泣）　三郎何だ知らぬ事とて許してくれいとあゝそんならよしにしましょうと　云たらよかろうが　そううまくは行ない　をのれその様にしょうね玉がつよければ　是三郎様がせめるにせめ力があって面白い　是より父の見前にひきずり行　せめの上にて白状させる※

手ぶらで下職がなるものか。ふふふふふ聞えた聞えた己《おのれ》は間がな隙がな駆け落ちの相談。今日こそわっぱをいずくへか落としゃったならぬめが、総体人の嘆きと言う物は、うんるいかんるいしんるいとて、三つの泣き分け、己が今のその涙、最早わっぱをいづくへか落としやり、嬉し涙と見てとった。何と違いはあるめいな。さあぬかせほざけ。己ぬかさぬものならば、さあこうしてほざかする」と、あり合う棒を振り上げて、背は横縦、十文字、りゅうりゅうはっしと打ちすえる。打つや打つ打つ空蝉の、打たるる下より姫君は、ただただその手にしっかとすがり、「ははあ申し御主様、現在の弟じゃもの、何を包み隠しましょう。知らぬこととて是非もない　御許しなされて下さりませ（泣）」「何だ知らぬこととて許してくれいと、ああそんならよしにしましょうと、言うたらよかろうが、そううまくは行かない。己その様に性根玉が強ければ、この三郎様が責めるに責め力があって面白い。これより父の御前《みまえ》に引きずり行き、責めの上にて白状させる。

サアをれと一ッし（ょ）にうせおろふと　□かいなむんずとわしづかみ　大切とある所を引立て　我家をさしてひきずり行く

をはり

八王子追分町二九番地

峰尾孝次

昭和拾一年八月吉日

薩摩若都太夫

さあ俺と一緒に失せおろう」と、腕《かいな》むんずと鷲掴み、とある所を引き立てて、我が家をさしてぞ引きずり行く。

おわり

八王子追分町二九番地

峰尾孝次

昭和拾一年八月吉日

薩摩若都太夫

註

①しゅだま造り　「志太玉造《しだたまづくり》」（古説経）の誤り。志太と玉造は、奥州五十四郡の郡名。若太夫正本では、「しだたまづくり」。

②帯とく〴〵　「解く」と「疾く」を掛ける。

③うんるいかんるいしんるい　『説経節』（東洋文庫版）では、「めん涙、怨涙、感涙、愁嘆」とある。「うんるい」、「かんるい」は、それぞれ「怨涙」、「感涙」か。「しんるい」は、音から「親類」への連想か。

薩摩小若太夫

三庄太夫一代記

安寿姫火責

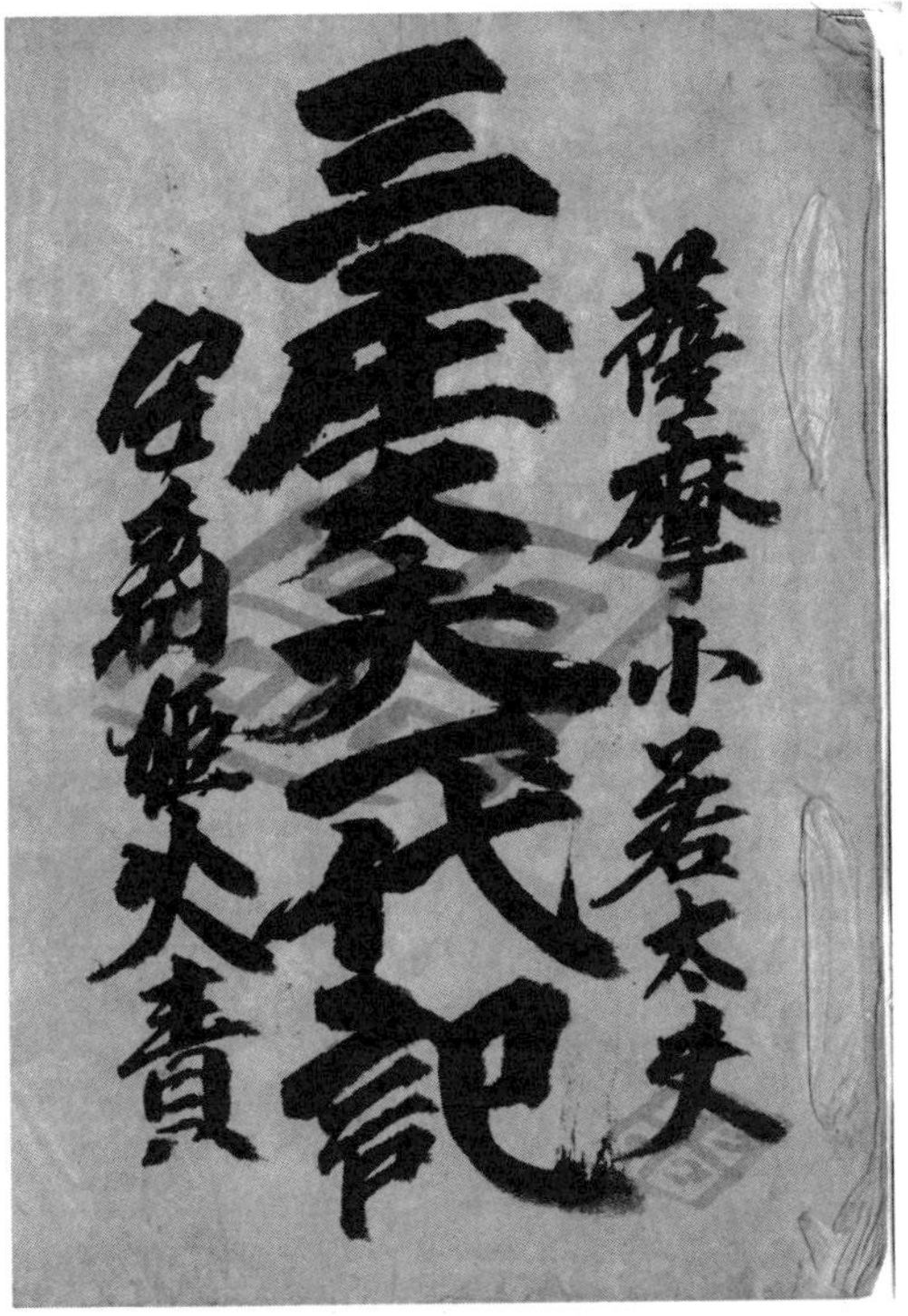

表紙

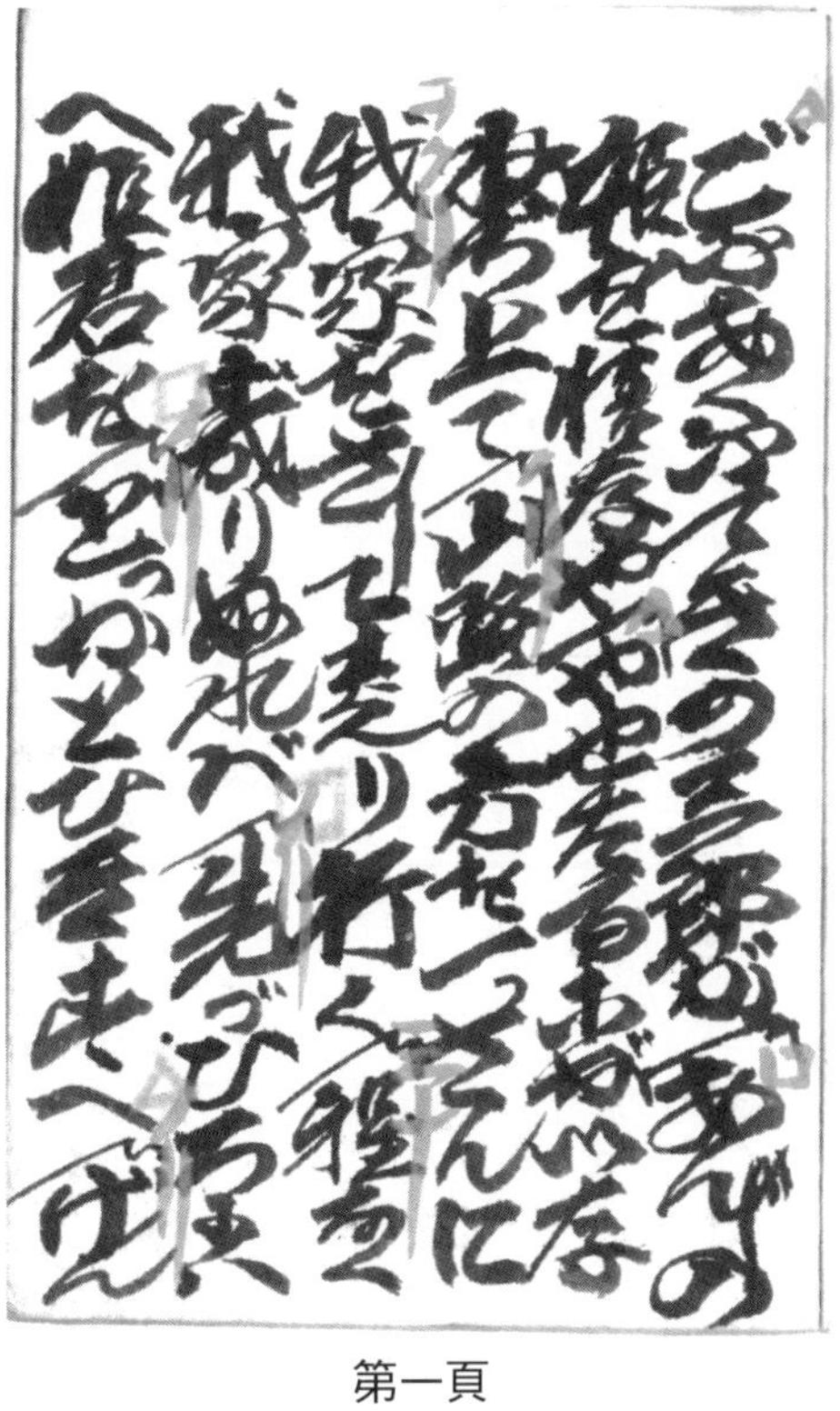

第一頁

第二頁

【原文】

△ごふあくふてきの三郎が　□あんじ〔ママ〕の姫を情なや　△やせたるこがいなねぢ上て　ノリ山路の方を一っさんに　ヲクリ我家をさして走り行く　三十程なく我家に成りぬれば　ノリ先づひろにハへ姫君を　ノリどっかとひきすへ　ノリげんかん先につゝ立上り　大半父上様と呼こゑに　ノリ三庄太夫ひろむねハ　ノリ身に①はったんのどてらをきなし　ノリ②もうろくづきんをこふべにいたゞき　大半奥の一トまの方よりも　二ノキメ只しづ〱と出で来り　色げんかん先にどっかとざし　コレヤやい三郎　いつに変ってぎょうさんなる呼ごい　何事《ナニゴト》なるぞや　ハハ申父上様　何事どころでわござりませぬ　是なる女郎めが　今日ハねがいにまかせ　一ツ山路に下職に出したるところ　エハヤ弟のわっぱを何国に落したるそれ故に　引づりまいって候が　此義いかゝはからいませふナ　太夫ハきいて　ナニそれなる女郎めが　弟のワッパを何国へをとしたとナ　己は〱ふとゝき千万　其儀に有らバ三郎　をぬしが力まかせに　打て〱打すゑて　わっぱが行方をほざかせよ　ハハ心へまして候ト※

【現代表記】

強悪不敵の三郎が安寿の姫を情けなや、痩せたる小腕《こがいな》捻じ上げて、山路の方をいっさんに、我家をさして走り行く。程なく我家になりぬれば、先ず広庭へ姫君をどっかと引き据え、玄関先に突っ立ち上がり、「父上様」と呼ぶ声に、三庄太夫広宗は身に八端の褞袍《どてら》を着なし、炮烙《ほうろく》頭巾を頭に戴き、奥の一間の方よりも只しずしずと出で来り、玄関先にどっかと坐し、「これやい三郎、いつに変わって仰山《ぎょうさん》なる呼声《よびごえ》、何事なるぞや」「はは申し父上様、何事どころではござりませぬ。これなる女郎《めろう》めが今日は願いに任せ、一つ山路に下職に出したるところ、えはや弟の童《わっぱ》を何処《いずく》に落としたるそれ故に引ずり参って候が、この儀いかが計らいましょうな」太夫は聞いて、「なにそれなる女郎めが弟のわっぱを何処へ落としたとな。己《おのれ》は己は不届き千万。その儀に有らば三郎、おぬしが力任せに打って打って打ち据えて、わっぱが行方をほざかせよ」。「はは心得まして候」と、

ノリありをゝしの竹五六本　ノリなんのいといも③あらなわで
ノリ元からうら迠きり〳〵まき付　ノリところ〳〵を④いぼい
わい　ノリ水にしたして持来り　ヤア〳〵姫君わっぱの行へを
まっすぐに　ぬかせ〳〵とゆふまゝに　せなわ横立十文字
ヲクリりゅう〳〵はっしとうちすゑる　三十あらいたわしの
姫君は　□ツメうたるゝしないに取りすがり　中御主様　三
郎様いのふ　弟のゆくゑを　ヤしってさいだに有るならバ
上かほどのうきめを見んよりも　中なにしにゆくゑをかくし
ましよふ　キリをゆるしなされてくだされと　両手をついて
わびナセバ　三郎聞て　だまれ女郎　しってさいだに有る
成れバ　かほどのうきめを見んよりも　なにしにゆくへを
かくしませふ　しらぬ事わ是非がない　をゆるしなされて
下さりませ　ハハ、、、ほざいたな　そんな事で　やめにす
る様な三郎でハない　どれいま一ト打ちと　ノリ又もしない
をふり上れバ　大半太夫はあわてゝ押シとゝめ　ヤレまて三郎
打のたゝくわやめにせい　をぬしが仕置わ手ぬるい〳〵
中〳〵其のくらいの責よふでは　はくぢょふせまい　我家
の責と申るハ　水責火責ごふもんに　⑤ほふろく責か⑥てっきあ
ぶり　水責火責とひまどるより※

あり合う篠竹五六本、何の厭《いと》いも荒縄で、元から裏まできりきり巻き付け、所々を疣《いぼ》結わい、水に浸して持ち来り、「ややあ姫君わっぱの行方をまっすぐに抜かせ抜かせ」と言うままに、背《せな》は横縦十文字、りゅうりゅうはっしと打ち据える。あらいたわしの姫君は、打たるる竹刀に取りすがり、「申し御主《おしゅう》様、三郎様いのう。弟の行方を知ってさいだにあるならば、かほどの憂き目を見んよりも、なにしに行方を隠しましょう。お許しなされてくだされ」と、両手を突いて詫びなせば、三郎聞いて、「黙れ女郎、知ってさいだにあるなれば、かほどの憂き目を見んよりも、なにしに行方を隠しましょう、知らぬことは是非がない、お許しなされてくださりませ、はははははほざいたな。そんなことで止めにするような三郎ではない。どれいま一打ち」と、又も竹刀を振り上ぐれば、太夫は慌てて押し止め、「やれ待て三郎、打つの叩くは止めにせい。おぬしが仕置きは手ぬるい手ぬるい。なかなかそのくらいの責めようでは白状せまい。我家の責めと申するは、水責め火責め拷問に　炮烙責めか鉄灸《てつきゅう》炙り。水責め火責めと暇取るより、

すぐ様ごくいのてっきあぶりにかけられよと　ハハ心へまして候と　ノリしないをがらりとなげ捨て　ノリ山刀ナを引ツさげて　ヲクリうら竹やぶへとんで行き　三十ほどなくやぶに成ヌれば　ヤゆきにてたをれし青竹を　中⑦一丈あまりに切つもり　中ゑだをはらって持来り　ヤかの姫君を情や　上⑧いもぢ一トツのはだにして　中二本の竹の其上に　上あを向きなりにねかされて　キリ両手両足くゝし付　ヤア〳〵ソコナ四郎五郎の兄弟よ　火責の手助致せよと　△よばわるこゑにこなたより　□四郎五郎の兄弟ハ　三ノキメすきくわ持て出来り　△くわにて雪をかきわけて　□大地を⑨やげんに掘り上たり　二ノキメかたづみ俵を持来り　□こぐちを切ってぶちまけて　△八方よりも火を入て　□大なるうちハを追とって　ヲクリをんどり上ってあをがれたり　三十三郎それと見るよりも　ノリ手早く左右へ　ノリ三尺余りのだいをなし　○ツメほのふの上へ姫君を　ノリてっきなりになげわたす　ノリあらいたわしの姫君ハ　ヤツメあつさをこらへ　コレ〳〵申お主様　此身は粉となれ　はいとなれ　いかなるせめくにあゑバ迚　しらぬ事ハぜひもない　三郎さまいのふ　三郎にっくき女郎がよまいごと　はくぢょふさせいでおくべきか※

すぐさま極意の鉄灸炙りにかけられよ」と。「はは心得まして候」と、竹刀をがらりと投げ捨てて、山刀を引っ下げて、裏竹藪へ飛んで行き、ほどなく藪になりぬれば、雪にて倒れし青竹を一丈余りに切り積もり、枝を払って持ち来り、かの姫君を情なや、湯文字ひとつの裸にして、二本の竹のその上に仰向きなりに寝かされて、両手両足くくし付け、「ややあそこな四郎五郎の兄弟よ。火責めの手助け致せよ」と、呼ばわる声にこなたより、四郎五郎の兄弟は、鋤鍬持って出で来り、鍬にて雪を掻き分けて、大地を薬研に掘り上げたり。堅炭俵を持ち来り、小口を切ってぶちまけて、八方よりも火を入れて、大なる団扇をおっ取って、踊《おんど》り上がってあおがれたり。三郎それと見るよりも、手早く左右へ三尺余りの台をなし、炎の上へ姫君を鉄灸なりに投げ渡す。あらいたわしの姫君は、熱さを堪《こら》え、「これこれ申しお主様、この身は粉となれ灰となれ、いかなる責め苦にあえばとて、知らぬことは是非もない。三郎様いのう」「にっくき女郎が世迷い言、白状させいでおくべきか」

ヲクリ

ノリ 又もやすみを持来り ノリ あをげ〳〵と云ふま丶に おんどり上ってあをがれたり 三十 なにかわもってたまるべき ノリ 竹の油はにへ出す ノリ かみのけぢり〳〵もへ出し ノリ 今ハそふみも色かわり 大半 くるしきいきをほっとつき いかに太夫をや子のやつばらめ せめろば責ろ ころさばころせ 一念は生かわり 死かわり うらみをなさいでをくべきか コレ〳〵 弟よ じやけんの親子が手にか丶り 姉ハ只今 さいご成り 姉のさいごの其内に 一里もとふくをちてたも エエ くるしやな たへがたやと さけぶこわねもうわがれて ニノキメ 次第〳〵にいきたへる ○をしむべきにはみのさかり キリ 十六才をいちごとし 大キリ 太夫をや子が手にか丶り ⑩ 一ツ家のけむりときへにけり

八王子市万町一ノ二五

昭和廿五年

又もや炭を持ち来り、あおげあおげと言うままに、踊り上がってあおがれたり。何かはもって堪《たま》るべき。竹の油は煮え出だす。髪の毛じりじり燃え出だし、今は総身《そうみ》も色変わり、苦しき息をほっとつき、「いかに太夫親子の奴ばらめ。責めろば責めろ、殺さば殺せ。一念は生き代わり死に代わり、恨みをなさいでおくべきか。これこれ弟よ、邪険の親子が手に掛かり、姉は只今最期なり。姉の最期のその内に、一里も遠く落ちてたも。エエ苦しやな耐えがたや」と、叫ぶ声音も上嗄れて、次第次第に息絶える。惜しむべきには身の盛り、十六才を一期とし、太夫親子が手に掛かり、一《いっ》火《か》の煙と消えにけり。

八王子市万町一ノ二五

昭和廿五年

註

①はつたん　「八端（反）織り」の略。縦、横に褐色、黄色の縞模様のある絹織物。八王子はこの織物の発祥地。

②もうろくづきん　「炮烙《ほうろく》頭巾」の誤りか。僧や老人が用いた炮烙型の頭巾。大黒頭巾。註⑤参照。

③あらなわ　「荒縄」。「何の厭いもあらず」の「あら」と掛ける。

④いぼいわい　「疣結い」。結び目を疣のように突き出して結ぶ。

⑤ほふろく　「炮烙」。茶などを煎る素焼きの平たい土鍋。⑥てっき　「鉄灸《てっきゅう》」の誤り。火の上にかけ渡して魚などを炙る鉄の棒。

⑦一丈　「丈」は十尺。三メートル余。

⑧いもぢ　「湯文字」のこと。腰巻き。

⑨やげん「薬研」。漢方で薬種を細かく砕くのに用いる舟形の器具。

⑩一ッ家　若太夫正本では「いつくは」、「一火」か。

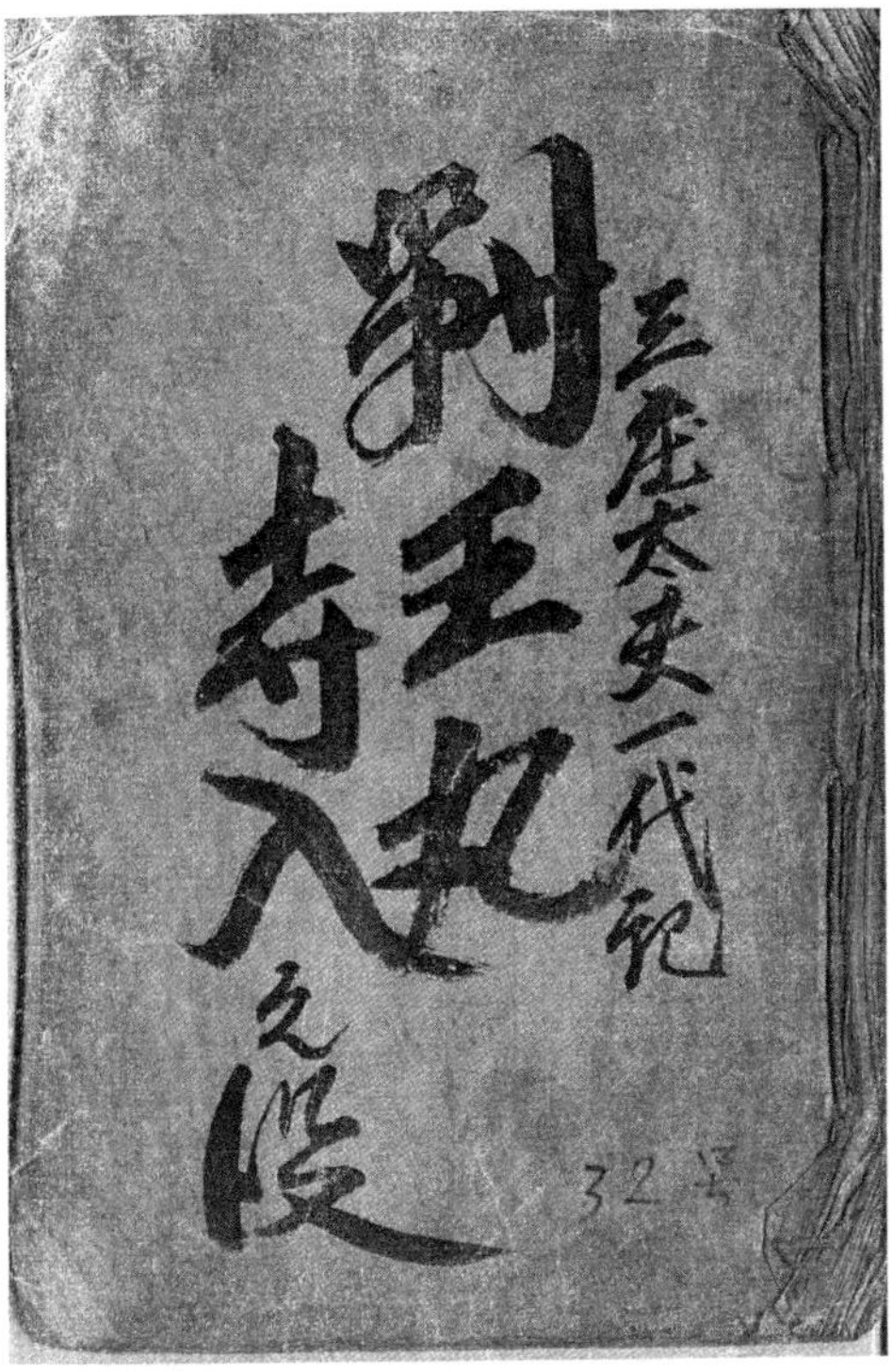

表紙

三庄太夫一代記

対王丸寺入之段

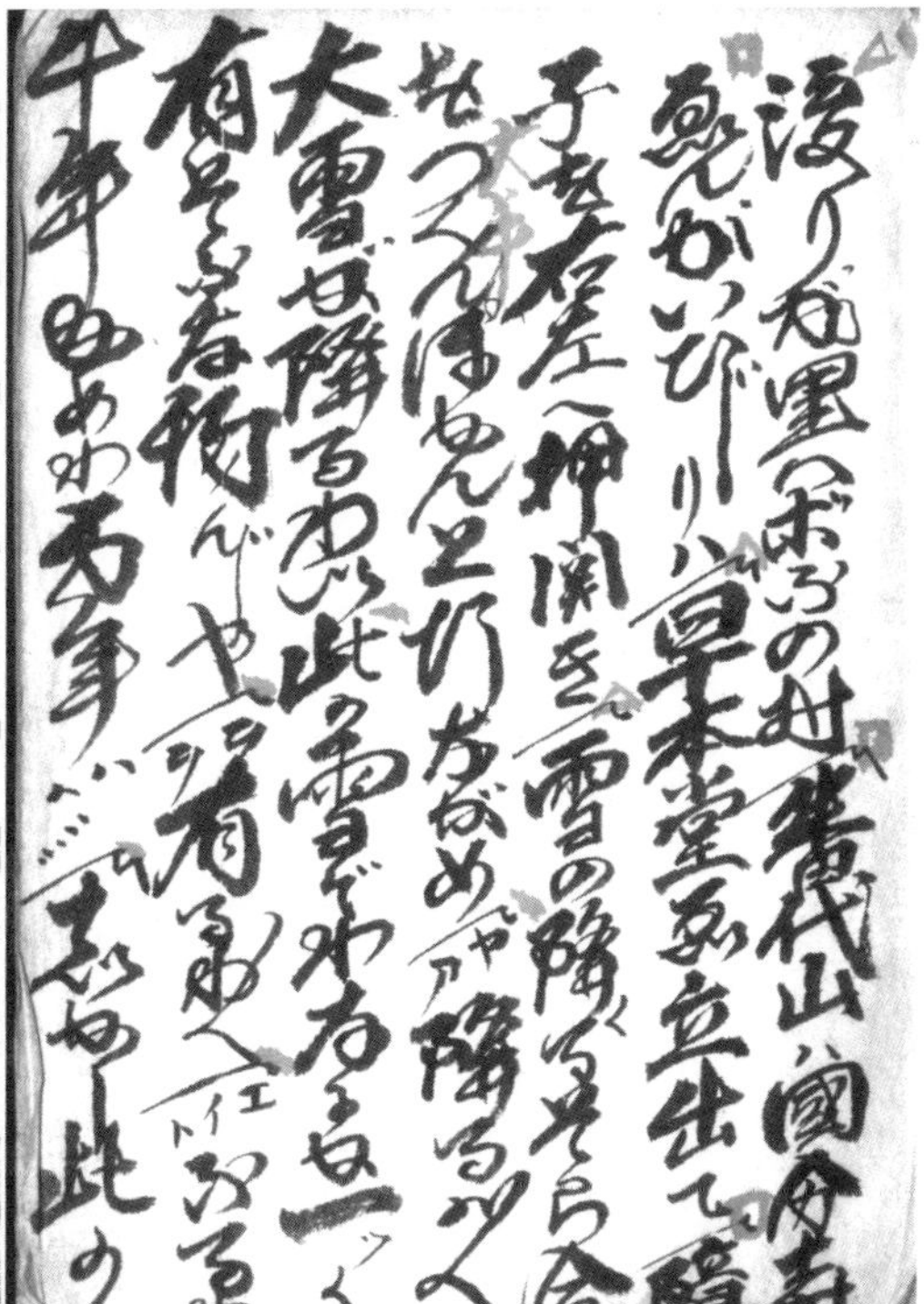
第一頁

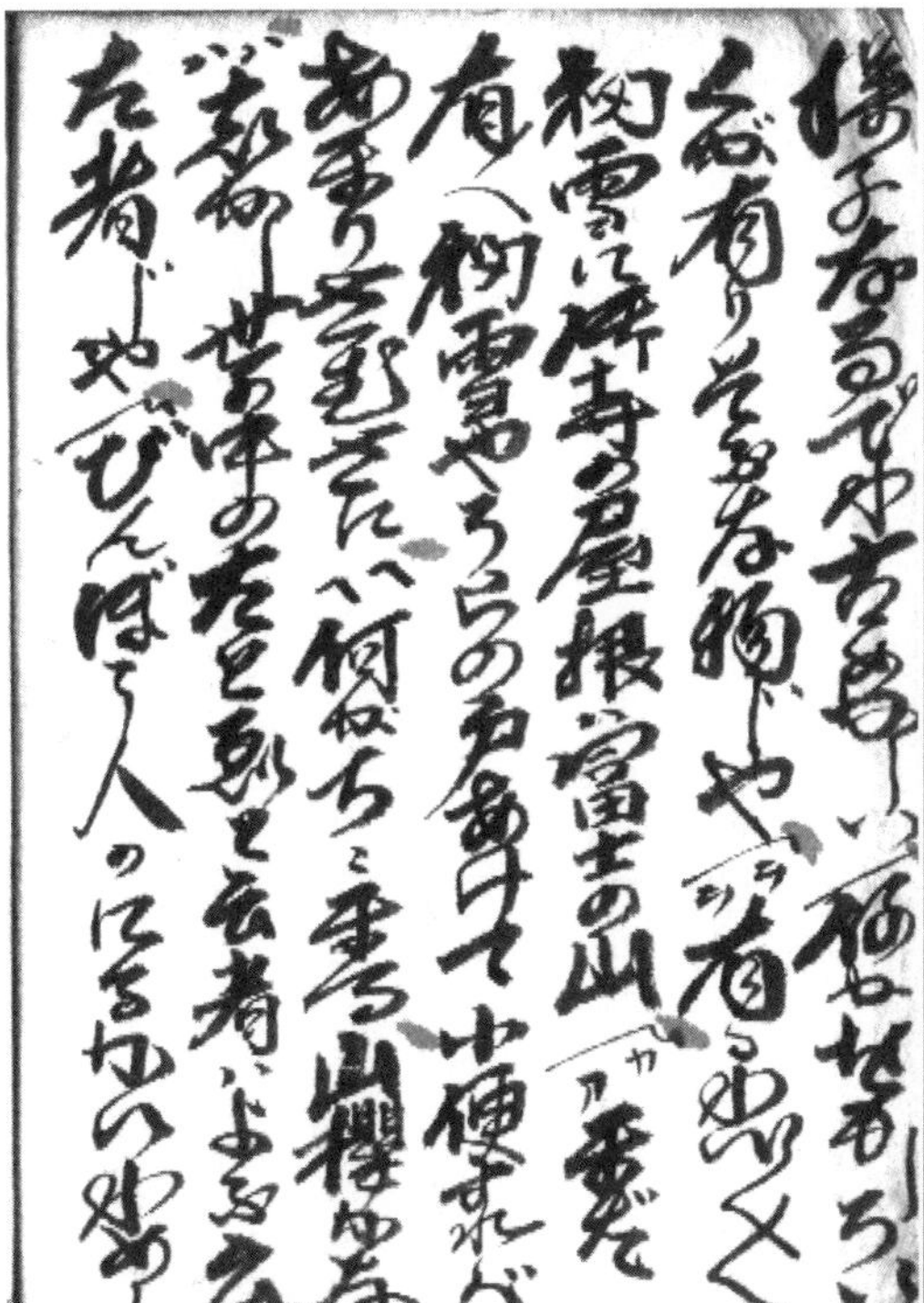
第二頁

【原文】

△渡りが里ハごふの村　□番代山ハ国分寺　□ゑんがいひじりハ　△早本堂ゑ立出て　□障子を右左へ押開き　△雪の降くるそら合を　大半つくんぽかんと打ながめ　ャァ降るハ〳〵大雪が降るわい　此の雪でわなにか一ツく有そふな物んじや　ヲヲ有るわ〳〵　エイト①ふるわ千年かめわ万年ハハ、、、　しかし此の様ふな事でわ古めかしい　何かをもしろいくが有りそふな物じやヲヲ有るわい〳〵〳〵　初雪に御寺の屋根ハ富士の山　ャァまだ有〳〵初雪やうらの戸あけて小便すれバあまりのさむさにへへ何がちゝまる　山桜かな　ハハしかし世の中のたとゑと云者ハよふ云ふた者じや　②びんぼう人のにるかいわめしに成る道里　ぐ憎も此の祭日をバ　去年のくれから　書入にして　はたてんがいのやりくりくめん　けさもけさとて③七ツ屋の番当をくどきたゝきをこし　金とちしきのやりくりくめん　又御本尊様へはかずのくもつをそなへまつ　さんけいの人はまてどくらせどひとりもこん　雪ハこん〳〵　これでわぐ憎も大きにかん定ちがいと云ふものじや　コリヤマア何如［ママ］致してよからんとこツ首をかつたはげ［ママ］　てっへ、、、、しわんなす※

【現代表記】

渡りが里はごうの村、番代山は国分寺、えんがい聖《ひじり》はや本堂へ立ち出《いで》て、障子を右左へ押し開き、雪の降りくる空合いをつくんぽかんと打ち眺め、「やあ降るは降るは、大雪が降るわい。この雪ではなにか一句ありそうなもんじゃ。おおあるわあるわ。ええと降るは千年亀は万年ははははは。しかしこのようなことでは古めかしい。何かおもしろい句がありそうなもんじゃ。おおあるわいあるわいあるわい。初雪にお寺の屋根は富士の山。やあまだあるまだある。初雪や裏の戸開けて小便すればあまりの寒さにへへ何が縮まる山桜かな。ははしかし世の中の譬えというものはよう言うたもんじゃ。貧乏人の煮る粥《かゆ》は飯になる道理、愚僧もこの祭日をば、去年の暮れから書入れにして、天蓋の遣り繰り工面。今朝も今朝とて七つ屋の番頭を口説き叩き起こし、金と知識の遣り繰り工面。又御本尊へは数の供物を供え待つ。参詣の人は待てど暮らせど一人も来ん。雪はこんこん。これでは愚僧も大きに勘定違いというものじゃ。こりゃまあ如何《いかが》致してよからん」と小っ首を傾《かった》げ、「てっへへへへ」思案なす。

ャかゝる所ゑ対王丸　上よう〳〵たづねて国分寺　中かの大門を見てよりも　キリ対王なゝめ④に喜んで　○是がをしゑの国分寺　上さらばかくまいもらわんと　中年はも行ぬあとなさに⑤　上後より追手のかゝる身で　中つゑかさわらんず門外へ　キリぬぎ捨て其身ハ寺に入　△こしをかゝめてもみ手をなし　ハッハ申をひじり様　そも私くしハ　しさいあつて後より追手のかゝる身の　何とぞあなたのをなさけで　我身をかくまい下さりませ　ひじりわ聞てきもうつぶし［ママ］　ャアなんじヤ　たま〳〵参けいの者が来て　さん銭にで成る事かと思へばやぶから棒を見る様に　何んだかかくもふてくれ〳〵と　御身わ見れば様〳〵年は十二か三　何を其様にだいたんな事をしい出して　後より追手のかゝる身じや　なるほど人を助けるハその方の役　ずいぶんかくもうてもやるまい者でもないが　サそのつみの次第を語らしやれと　○さらばのことよ　をひじり様　ャしさいをかたれバ　長い事　上あれ〳〵聞ゆる人ごいぞ　中我を追くる者ならん　ャ取らへられて有るなれば　上ゆらのみなとゑつれられて　中いかなるうきめもしれがたし　中しさいハ後で語り舛　八丁衣の情けけさのじひ　ぜひ共　あなたの御情で　かくまい下され　をひじり様　△泪にくれて願ひしが※

かかるところへ対王丸、ようよう尋ねて国分寺、かの大門を見てよりも、対王斜めに喜んで、「これが教えの国分寺。さらば匿い貰わん」と年端も行かぬあどなさに、後《あと》より追手のかかる身で、杖笠草鞋《わらんず》門外へ脱ぎ捨てて、その身は寺に入《い》り、腰を屈めて揉み手をなし、「はっは申しお聖様。そも私は仔細あって後より追手のかかる身の、何卒あなたのお情けで我身を匿《かくま》い下さりませ」聖は聞いて肝を潰し、「やあなんじゃ。たまたま参詣の者が来て、賽銭にで【も】なることかと思えば、藪から棒を見るように、何だか匿うてくれ匿うてくれと、御身は見ればようよう年は十二か三、何をそのように大胆なことをし出《いだ》して、後より追手のかかる身じゃ。なるほど人を助けるはその方の役、随分匿うてもやるまいものでもないが、さその罪の次第を語らしゃれ」と、「さらばのことよ、お聖様。仔細を語れば長いこと。あれあれ聞こゆる人声ぞ、我を追い来る者ならん。捕らえられてあるなれば、由良の港へ連れられて、如何なる憂き目も知れ難し。仔細は後で語ります。衣の情け袈裟の慈悲、是非ともあなたのお情けで、匿い下されお聖様」涙に暮れて願いしが、

ひじりハ聞て　ヲヲなる程しさいを語れバ長かろふ　ずいぶん聞入ましたが　コレ若殿や　ぐ憎わ致てひんち　見らるゝ通り　かべわ〱とてをち次第　七八年後の大風で　屋根わめくれる　ほんにまあ　ひるねてそらが見ゆるぞや　下どことてかくもふところもなし　ノリ先々是ゑと　をひじりわノリかの若君を　ノリ早本堂へつれて行　ノリかつぱかんご⑥を待ち来り　ノリすでに入らんとなしけるが　玉イヤまてしばし　ノリわ⑦つぱにかつぱじやをしりの方がお差合　ノリこれでわいかんと云程に　ノリ御寺代々つたわりし　徑文つゝらを待ち来り　ひサア〱若殿きゆくつでも有うが早々をは入下さい　どうぢやよろしいですか　手早く入てふたをして　ノリ横綱立綱十文字　しつかとこそわまるかれて　ひエエこれであんしん　イヤイヤそうでわない　どれ〱〱これをたかみの方へ引上てをきましよふ　どこいしよ〱〱　こりや中〱をもいわいたれかをらぬか〱　よわつたもんじや　ヲヲかんかいた〱きやりをんどで引上ましよう　キヤリアそれ〱若殿きうくつながらジや　ゑんやらやーエ　そら其気をわすれずゑんやらやエー　後から追手が来るぞやゑんやらエー　三庄太夫が来ねー内ゑんやらエーい　ひアアよふやく上げられた※

聖は聞いて、「おおなるほど仔細を語れば長かろう。随分聞き入れましたが、これ若殿や、愚僧は至って貧寺《ひんじ》。見らるる通り壁は壁とて落ち次第、七八年後《あと》の大風で、屋根はめくれる、ほんにまあ、昼寝て空が見ゆるぞや。どことて匿う所もなし。先ず先ずこれへ」と、お聖はかの若君を早本堂へ連れて行く。合羽籠《かつぱかんご》を持ち来たり、すでに入らんとなしけるが、いや待て暫し、童《わつぱ》に合羽じゃお尻の方がお差し合い。これではいかん」という程に、お寺代々伝わりし、経文葛籠《つづら》を持ち来たり、「さあさあ若殿窮屈でもあろうが早々お入り下さい。どうじゃよろしいですか」手早く入れて蓋をして、横綱縦綱十文字、しっかとこそは丸がれて、「ええこれで安心。いやいやそうではない。どれどれどれこれを高みの方へ引き上げておきましょう。どっこいしょどっこいしょどっこいしょ。こりゃなかなか重いわい。誰かおらぬか誰かおらぬか。弱ったもんじゃ。おお考えた考えた。木遣り音頭で引き上げましょう。『あそれそれ若殿窮屈ながらじゃ、えんやらやーえ。そらその気を忘れずえんやらやえー。後から追手が来るぞやえんやらやえー。三庄太夫が来ねーうちえんやらやえーい』ああ漸く上げられた。

ヤアどうやらコヲシテをけば　追手のやつらがあれゑわきが付まい　まてよ　もしも追手のやつらがあのつゝらゑきが付まい者でもない　モシ目早なやつがきて　をひじりあのつゝらゑ何が入て有ると　たづられた時　どぎまぎ〳〵してわいかん其時どぎまぎ〳〵しない様にけいこしてをきましよふ　追手のやつらがどや〳〵と来て　をひじり　あのつゝらハなんだヘイ〳〵〳〵へでございます　とも云われまい　何かよい事が有る〳〵あれわかきもち　イヤ〳〵そふ云て　もしいぢのきたないやつが居て　かきもちならをろしてやいてくをうなぞと云ハれると大しくぢり　まてよもしも追手のやつらが　どや〳〵とみたれ入　つゝらを見てひじりあれはなんじや　あれはひな様で御座りますとやらかすと　ヤイ⑧ずくにゆう御寺にひなが有るものかとぬかすで有う　ハテナこまつた者〈コト〉がづん出来たわい　ヲヲ今日は正月十六日の大祭日なれど　此の大雪でわだんほうからゑんま参りも一りもこまい　大祭日をむじゆうとなし　大門小門をぶつちめて　門内ゑ人を一人も入れざる外わなし　下ノリヲヲそふじや〳〵とおひじりハ　ノリ早本堂を出られて　ノリをもて門へいそがれて　ノリ表門の戸びらをしめ　ノリ又浦門へといそがれて　ノリ浦門迠もしめられて※

やあどうやらこうしておけば、追手の奴らがあれへは気が付くまい。待てよ、もしも追手の奴らがあの葛籠へ気が付くまいものでもない。もし目早な奴が来て、お聖あの葛籠へ何が入れてあると、尋ねられた時、どぎまぎどぎまぎしてはいかん。その時どぎまぎどぎまぎしないように稽古しておきましょう。追手の奴らがどやどやと来て、お聖、あの葛籠は何だ。へいへいへいへい屁でございます、とも言われまい。何か良いことが、あるあるあれはかき餅。いやいやそう言うて、もし意地の汚い奴がいて、かき餅なら下ろして焼いて喰おうなぞと、言われると大しくじり。待てよもしも追手の奴らが、どやどやと乱れ入り、葛籠を見て聖あれは何じゃ。あれは雛様でござりますとやらかすと、やい木菟入《ずくにゅう》、お寺に雛があるものかとぬかすであろう。はてな困ったことがずんできたわい。おお今日は正月十六日の大祭日なれど、この大雪では壇方《だんほう》から閻魔参りも一人も来まい。大祭日を無住となし、大門小門をぶっ閉《ち》めて、門内へ人を一人も入れざるほかはなし。おおそうじゃそうじゃ」とお聖は、早本堂を出られて、表門へ急がれて、表門の扉を閉め、又裏門へと急がれて、裏門までも閉められて、ノリ又もや本堂へ上られて　ノリ何んでもこふ云う時にこそ　ノリそらつんぼうがよからんと　ノリ大きなもくぎよう取り出し　ノリてっくらぽっつくら〱打たゝき　まかはんにやはらみたしんぎよふかんぜいをんぼふさつ　⑨くふからくふ迠しやりいしいと　ノリ御経どくぢゆで致りしが　ノリかゝる所エ　ノリ三庄太夫が先に立ち　子供立[ママ]を共[ママ]につれ　下ヲクリわつぱ〱とよばわ[ママ]たり　ノリかの国分寺の門先を　ノリ通りすぎんとなしけるが　大半三郎そこに立とまり　三郎申父上もう先ゑ行にはをよびません　わつぱの行ゑわ　しれました　父ナニ三郎わつぱめハどこにけつかる　三郎イヤナニわつぱがどこにもをりわ致しませぬが　是迠ハ足あとをひろつてまいりましたが　是から先にハわつぱの足あとが見エません　事に門先に　我家の目印の付たる　つゑにかさこわらんずが捨て御座りますれば　なんでも此の寺へにげ入たにそういござりますまい　聞より太夫ハ　父なるほど〱〱をぬしわぢよさいのないところにきのつくやつぢや　どう有つてもをれんところの　⑩かゝりむす子ハをぬしにきまつた　又このひろむねも思付た事が有　此の寺のづく[ママ]にゆハ　太夫の所ゑ正月礼にくるにも　つけぎ一わ納豆一トなめ　それほどのしわいをしよが　今日にかぎり※

又もや本堂へ上がられて、何でもこういう時にこそ、空《そら》聾《つんぼう》が良からんと、大きな木魚取り出し、てっくらぽっくらてっくらぽっくら打ち叩き、「摩訶般若波羅密多心経観世音菩薩、くうからくうまで舎利いしい」と、お経読誦でいたりしが、かかるところへ、三庄太夫が先に立ち、子供達を供に連れ、童《わつぱ》わっぱと呼ばわったり、かの国分寺の門先を、通り過ぎんとなしけるが、三郎そこに立ち止まり、「申し父上もう先へ行くには及びません。童の行方は知れました」「何三郎童めはどこにけつかる」「いやなに童がどこにもおりは致しませぬが、これまでは足跡を拾って参りましたが、これから先には童の足跡が見えません。ことに門先に、我家の目印の付いたる、杖に笠小草鞋《こわらんず》が捨ててござりますれば、何でもこの寺へ逃げ入ったに相違ござりますまい」聞くより太夫は、「なるほどなるほどなるほどおぬしは如才のないところに気の付く奴じゃ。どうあっても俺んところの、掛かり息子はおぬしに決まった。又この広宗も思い付いたことがある。この寺の木菟入は、太夫のところへ正月礼に来るにも、付木一把、納豆一舐《な》め、それほどの吝《しわ》い和尚が、今日に限り、

大門小門をしめ　ひつそりしてけつかるわ　なんでもあやしい　それに此の寺のつくにゆうは子供がすきじや　なんでも今ごろわ　たしかにあやしいぞ三郎　三郎ハハ、、、なるほど父上　かめのこうより年のこうと云てぢよさいのない所ゑけ⑪がはへました　どう有つても三郎のところのかゝりをとつさんはをまいときわまりました　父タワケ野郎　をれの云事をみんなぬかしてをる　なにわともあれ三郎づくによー[ママ]を是エよび出し　とくと詮議をいたせ　三郎ハハかしこまつて候と　ノリ門戸ぎわに立よりて　三郎ヤア〳〵申御ひじりさま　ノリ此の門明てと云まゝに　ヲクリすととん〳〵と打たゝき　下ノリひじりハはつとをどろいて　ノリソリヤこそ追手が来たりしぞ　ノリなんでもこう云ふ時にこそ　ノリそらつんぼふがよからん」と　ノリ又もや木魚打たゝき　ノリぽく〳〵〳〵〳〵打ならし　ノリなをしもこいをはり上げてまかはんにん[ママ]にやはらみたしんき　ノリよふかんせいをんぼふさつくふからくふ诂しやりしいと　ノリ御経どくじて致りしが　ノリ太夫親子ハ腹を立て　ノリにつくきひじりのそらつんぼう　ノリ此の門明ぬ者なれば　ノリたゝきこわしてはいろうと　ヲクリ門戸どん〳〵打たゝき　ノリひじりハなをしもをどろいて　○ツメそらつんぼふもよしわるし※

大門小門を閉め、ひっそりしてけつかるわ。なんでも怪しい。それにこの寺の木菟入は子供が好きじゃ。なんでも今頃は、確かに怪しいぞ三郎」「はははははなるほど父上、亀の甲より年の功というて如才のないところへ毛が生えました。どうあっても三郎のところの掛かりお父《と》っさんはお前ときわまりました」「たわけ野郎。俺の言うことをみんなぬかしておる。何はともあれ三郎木菟入《ずくにゅう》をこれへ呼び出し、とくと詮議を致せ」「ははは畏まって候」と、門戸際に立ち寄りて、「やあやあ申しお聖様、この門開けて」と言うままに、すとんとんと打ち叩き、聖ははっと驚いて、「そりゃこそ追手が来たりしぞ。何でもこういう時にこそ、空聾《そらつんぼう》が良からん」と、又もや木魚打ち叩き、ぽくぽくぽくぽく打ち鳴らし、なおしも声を張り上げて、「摩訶般若波羅密多心経観世音菩薩空から空まで舎利しい」と、お経読誦でいたりしが、太夫親子は腹を立て、憎《に》っくき聖の空聾《そらつんぼう》、この門開けぬものなれば、叩き壊して入ろうと、門戸どんどん打ち叩き、聖はなおしも驚いて、空聾《そらつんぼう》も良し悪し。

ヤあの門明ぬものならば　上たゝきこわしてはいろうの　ヤ打こわしてはいろふのと　ヤどこのどいつかしらねども　上とつぴよもない事云やつじや　○あの門立る其時ハ　ヤなみたいていの事ぢやない　上ぐ憎がぢりきに行ぬから　中⑫万人こふをくわ立て　ヤ二期のひがんやぼん中に　上ごうの村の　上ぢ様にば様まごひこやしやごに致る迠　○たのんでぐ憎が先に立　ヤ渡りが里ハごふの村　上番代山ハ国分寺　中大門小門のこんりゆとヤ雪の降る日もいといなく　上こんりゆういたして　○よく〳〵立たるあの門を　ヤ丸三年も立ぬ内　上今あいつらにうちこわされて有るなれば　中⑬一だんほふのほふ助殿　上かいろぱたのぎふ太郎殿　中そま捨場のこつエ門殿や　上はきだめ村のめゝ太郎殿　中栗ノ木下のゐがエ門殿　上をいなり谷戸のきつろべ殿やに中なんと云わけ立べきぞ　ノリどり〳〵とがめてかへさんと　ノリぼふずあたまへ　ノリ⑭七まき半分やらかして　ナゲブシさぎがどぢよふむ足取りで　ノリそろり〳〵とぬき足さし足しのび足　ひじりわ門戸のふしぬけ穴より　さしのぞき　たれしや　さつきにから我が門を　すとゝんとんのとうがらし　たゝきごほうとしやれをるわ　どこのどいつ様かと思ひバ　ぐそふでわなけれど　ひりゝとからい　三庄太夫の親子の者※

あの門開けぬものならば、叩き壊して入ろうの、打ち壊して入ろうのと、どこのどいつか知らねども突拍子もないこと言う奴じゃ、あの門立てるその時は、並大抵のことじゃない。愚僧が自力に行かぬから、万人講を企てて、二期の彼岸や盆中に、ごうの村の爺様《じさま》に婆様《ばさま》、孫曾孫玄孫《まごひこやしゃご》に至るまで、頼んで愚僧が先に立ち、渡りが里はごうの村、番代山は国分寺、大門小門の建立と、雪の降る日も厭《いと》いなく、建立致して、よくよく建てたるあの門を、丸三年も経たぬ内、今あいつらに打ち壊されてあるなれば、一壇法の呆助殿、かいろぱたの牛太郎殿、そま捨て場の骨《こつ》ヱ門殿、掃き溜め村のめめ太郎殿、栗の木下の毬《いが》ヱ門殿、お稲荷谷戸のきつろ兵衛殿やに、何と言い訳立つべきぞ。どりゃどりゃ咎めて帰さんと、坊主頭へ、七巻き半分やらかして、鷺が泥鰌を踏む足取りで、そろりそろりと抜き足差し足忍び足、聖は門戸の節抜け穴より、差し覗き、「誰じゃ、さっきにから我が門を、すととんとんの唐辛子、叩き牛蒡と洒落おるは、どこのどいつ様かと思えば、愚僧ではなけれど、ひりりと辛い、三庄太夫の親子の者。

あなた方わ　此の大雪に　ゑんま参りにでも御座たかへと
云われて三郎　三郎アイヤ申をひぢり様　われ〳〵親子是へ参り
しわよのぎにあらず　けさ我家でわつぱが一人ふんじつ致しま
した　それ故これ迠あしあとをたづねて参りましたが　御ひ
ぢり様にハ　わつぱをかくまいなさ〔ママ〕ハ致しませぬか　ひナ二何ん
とをつしやり舛　なつぱがどちらかふんじつ致しましてそれ故
に　足あとをたづねてきたが　そのなつぱをぐ憎につけこん
だかと　をつしやり舛が　イヤもうぐ憎此の二三年のびでりで
せんざい物も大ちがい　なつぱだの　かつぱだのと云ものを
ぬかみそやどぶ付につけこんだをほいわさつぱりぐ憎は御座り
ませぬ　△お門ちがいとやらかせば　三郎コレハしたりをひぢり
様　その様な者でわ御座りません　人で御座り舛　ひハ〳〵四斗
〳〵ハ四斗かね　四斗なれバこふ致しましよふ　を前さん立
が二斗　私くしが二斗　二人で二斗づゝ別けましよふ　三郎コレ
ハシタリ子供をかくまいハなされませぬか　ひナ二子供ハ御座りま
せん　そりやぜんしゆの御寺をたづねなされませ　三郎トハ又な
ぜナ　ひされバさむかしはやりうたにも　ウタぜんしうのお寺
で御子がなく　をだましやれ　御経の箱をたゝいて　へ、、、、
なぞと云ふ事が御座り舛　しかしさいぜんから※

あなた方は、この大雪に、閻魔参りにでもござったかえ」と、言われて三郎、「あいや申しお聖様、我々親子これへ参りしは余の儀にあらず。今朝我が家で童《わつぱ》が一人紛失致しました。それ故これまで足跡を尋ねて参りましたが、お聖様には、わっぱを匿いなさ［れ］は致しませぬか」「何とおっしゃります。菜っ葉がどちらか紛失致しまして、それ故に足跡を尋ねて来たが、その菜っ葉を愚僧に漬け込んだかと、おっしゃりますが、いやもう愚僧この二、三年の日照りで前栽物も大違い。菜っ葉だの、かっぱだのというものを、糠味噌やどぶ漬けに漬け込んだ覚えはさっぱり愚僧はござりませぬ。おかど違い」とやらかせば、「これはしたり、お聖様。そのようなものではござりません。人でござります」「はは四斗四斗は四斗かね。四斗なればこう致しましょう。お前さん達が二斗、私が二斗、二人で二斗ずつ分けましょう」「これはしたり子供を匿いはなされませぬか」「何子供はござりません。そりゃ禅宗のお寺を訪ねなされませ」「とは又なぜな」「さればさ、昔流行り歌にも、禅宗のお寺でお子が泣く。お黙っしゃれ。お経の箱を叩いて、へへへへへなぞということがござります。しかし最前から、

あなた方わ　わつぱを出せ　イヤ子供をかくまいわせぬかとをつしやるが何かしよふこでも御座り舛か　三郎イヤそのしよこと云わ　此門前に我家の目印付たる　つゑかさ小わらんずが捨て御座　是がたしかのしよこで御座り舛　ひナニなんとをつしやい舛エ　わらんじがしよふこ　ハヽアそりやどふあつても我が寺でわ御座りません　そりやナを江戸ハ本郷駒込返《〔ママ〕》をたづねあそばせ　三郎トハ又なぜナ　されバさ　むかし八百屋お七のからくりに　⑮わらじや本郷の方へ行わいな　なぞと申事が御座り舛　しかし去年の春の事でしたが　上州辺の馬くろふが来て我寺へみだれ入り　ひじり馬を出せ　馬がかくもふて有だろふと申舛によつて　ぐ憎ふ元より　かくもふたをぼへわ御座りませんな　しらぬと云へどとくしんせず　あまりの事に何かたしかなしよふこでも有るかと申たら　其のしようこは此の門さきに馬のくつが捨て有る　是がたしかなしようこと申て　何ぶん聞入づ　何方《〔ママ〕》もその通り　わらんずが捨て有によつて　子蔵《〔ママ〕》を出せ　イヤもふ此の様な事が度々有つてわひじりも　とんとめいわく仕る　このゝちわこふ致しましようー ツきよふこふきんげん　此の門先へ馬のくつ小わらんずのたぐい　捨べからずのまわ《〔ママ〕》　△札でも立ずわ成り舛まい※

あなた方は、童《わつぱ》を出せ。いや子供を匿いはせぬかと、おっしゃるが何か証拠でもございますか」「いやその証拠というは、この門前に我が家の目印付いたる、杖笠小草鞋《わらんず》が捨ててござる。これが確かの証拠でございます」「何なんとおっしゃいますえ。草鞋が証拠。ははあそりゃどうあっても我が寺ではございません。そりゃなお江戸は本郷駒込辺りを尋ねあそばせ」「とは又なぜな」「さればさ、昔八百屋お七のからくりに、×わらじゃ本郷の方へ行くわいな、なぞと申すことがございます。しかし去年の春のことでしたが、上州辺りの馬喰が来て我が寺へ乱れ入り、聖、馬を出せ。馬が匿うてあるだろうと申しますによって、愚僧もとより、匿うた覚えはございませんな。知らぬといえど得心せず。余りのことに何か確かな証拠でもあるかと申したら、その証拠はこの門先に馬の沓が捨ててある。これが確かな証拠と申して、何分聞き入れず、貴方もその通り。草鞋が捨ててあるによって、小僧を出せ。いやもうこのようなことが度々あっては聖も、とんと迷惑仕る。この後《のち》はこう致しましょう。一つ恐惶謹言、この門先へ馬の沓小草鞋の類い、捨つべからずのまあ、札でも立てずはなりますまい。

□お門ちかいとやらかせバ　下ノリ太夫親子ハはらを立　ノリにつくきひじりのそら事ぞ　ノリ比門明けぬ者ならば　ノリたき〔ママ〕こわしてもは入うと　ノリ又もや門戸打たゝき　ノリウチたゝかれておひしりわぜひなくかんぬきひきぬいて　ノリ親子諸共門内へ　ノリ早みだれ入　ノリサテ是よりも親子の者　大キリ寺家さがしを致す事次にてくわしく別るなり

小若

註

①ふるわ千年かめわ万年　「降る」と「鶴」の語呂合わせ。

②びんぼう人のにるかいわめしに成る　「貧乏人の煮る粥は飯になる」。

③七ツ屋の番当　「質屋の番頭」。

④なゝめに　大いに、の意。「なのめに」とも。

⑤あとなさ　「あどなさ」、「あどけなさ」に同じ。

おかど違い」とやらかせば、太夫親子は腹を立て、「にっくき聖の空言ぞ　この門開けぬものならば、叩き壊しても入ろう」と、又もや門戸打ち叩き、打ち叩かれてお聖は是非なく門《かんぬき》引き抜いて、親子諸共門内へ、早乱れ入り、さてこれよりも親子の者、寺家探しを致すこと次にて詳しく分かるなり

小若

⑥かつぱかんご　「合羽籠」、大名行列の時、供の者の雨具を入れ、下僕に担がせた。また、寺では、年末年始に納豆など贈答品を入れて持ち歩いた。

⑦わつぱにかつぱじやをしりの方がお差合　「童」と「かっぱ」の語呂合わせ「河童に尻（尻子玉）を抜かれる＝河童は人間の尻から臓腑を抜くと言われ、気が抜けてぼんやりしている様」

という俗諺を踏まえる。
⑧ずくにゅう　「木菟入《ずくにゅう》」、なまぐさ坊主。
⑨くふからくふ迠しやりしい　「空」と「喰う」、「舎利」と「白飯」を掛ける。
⑩かゝりむすこ　「掛かり息子」＝老後の頼りとする息子。
⑪けがはへました　「気が付きました」を「毛が生えました」と茶化した。

⑫万人こふ　「万人講」、信徒全員で行う法会のことか。
⑬一だんほふの・・・　「一壇法の呆助殿　かいろぱた（不詳）の牛太郎殿　杣捨場の骨ヱ門殿　掃溜村のめめ（蚯蚓）太郎殿　栗の木下の毬ヱ門殿　お稲荷谷戸のきつろ（狐）兵衛殿」か。
⑭七まき半分　「鉢（八）巻」に半分足りない意か。
⑮わらじや・・　「わらじ」と「私」を掛ける「私ゃ・・・」は、覗き絡繰りの演目『八百屋お七』の文句。

（参考）

三庄太夫一代記

逃込の段

説教浄瑠璃

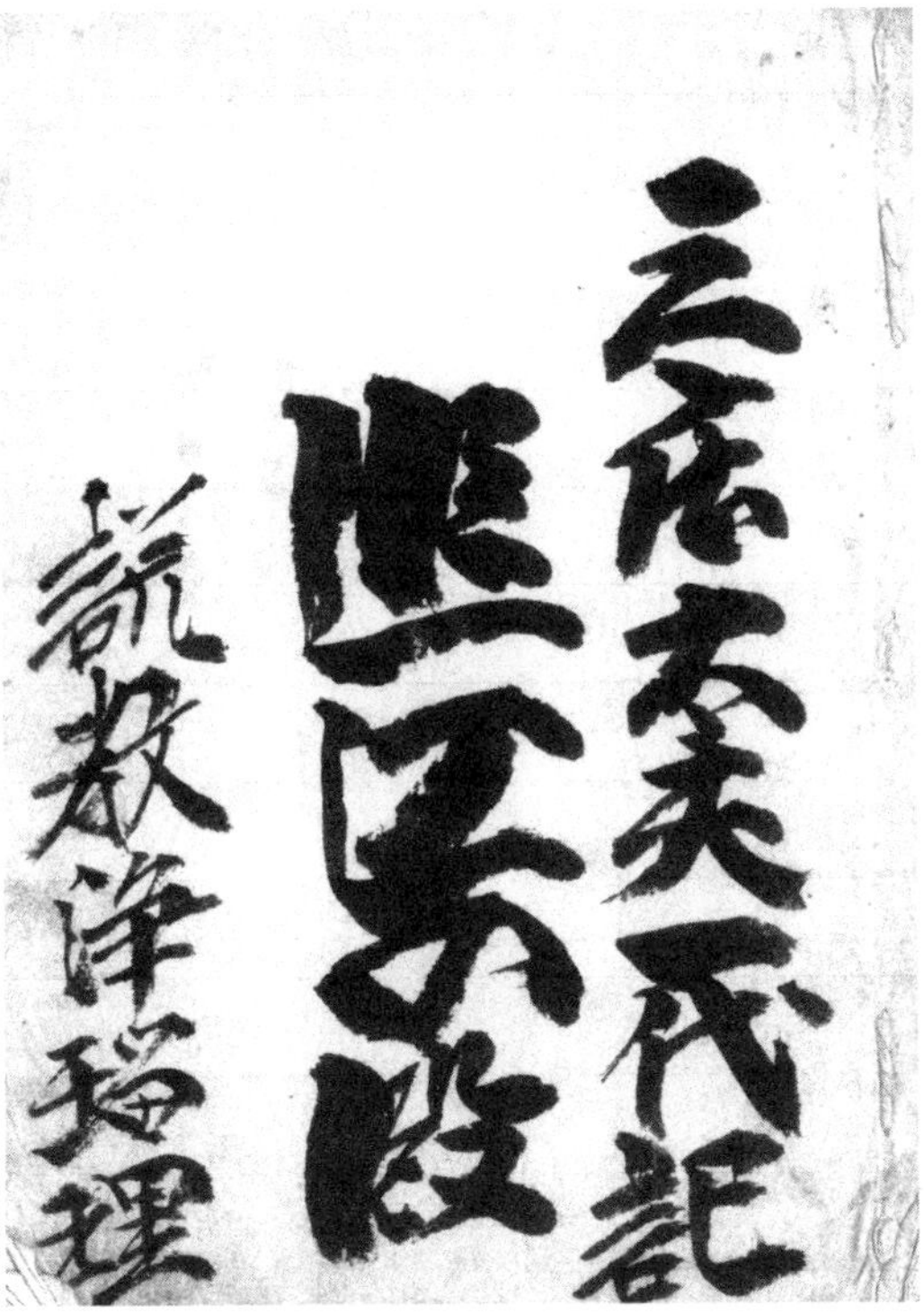

三庄太夫一代記
逃込の段
説教浄瑠璃

表紙

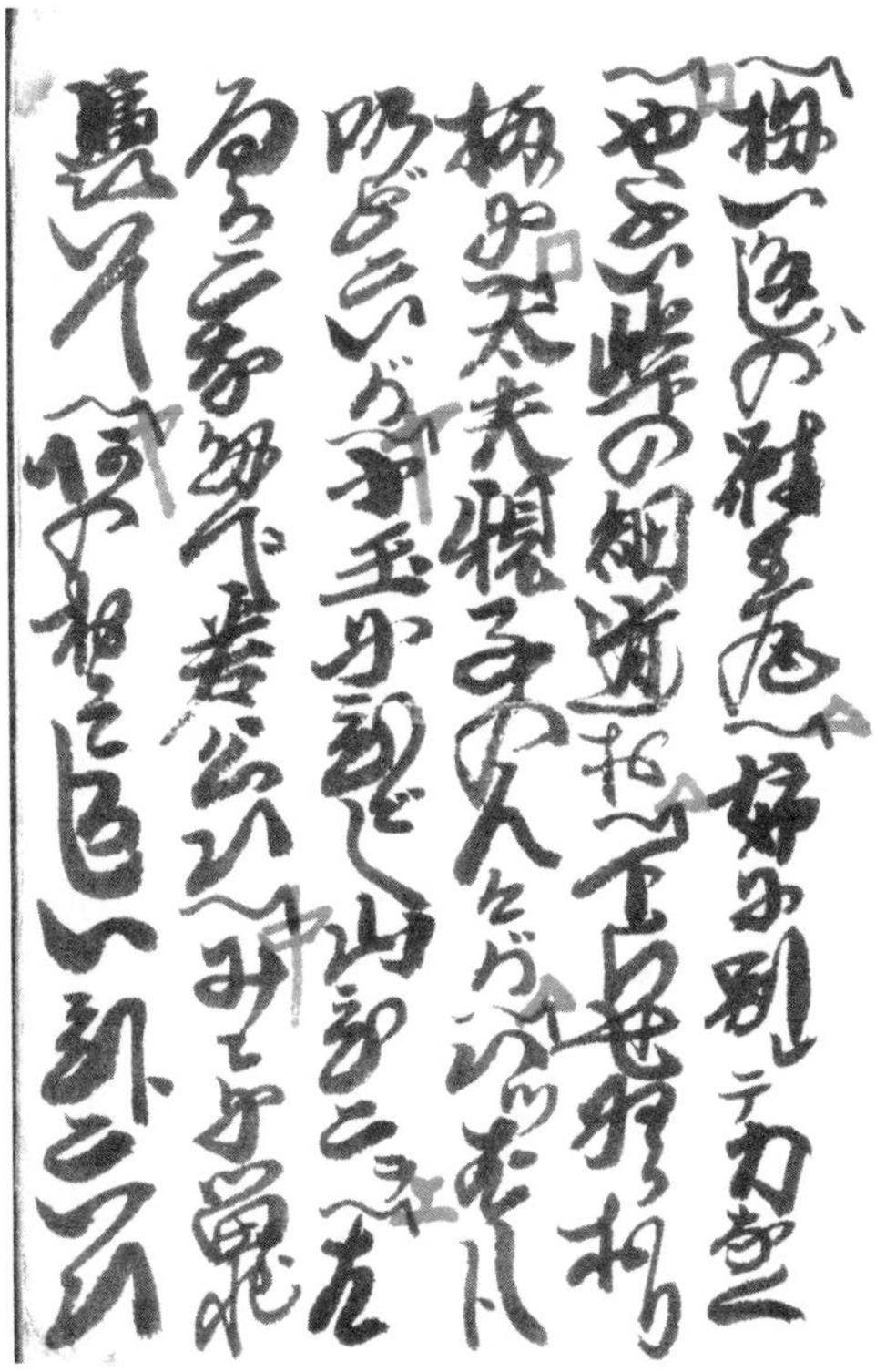

第一頁

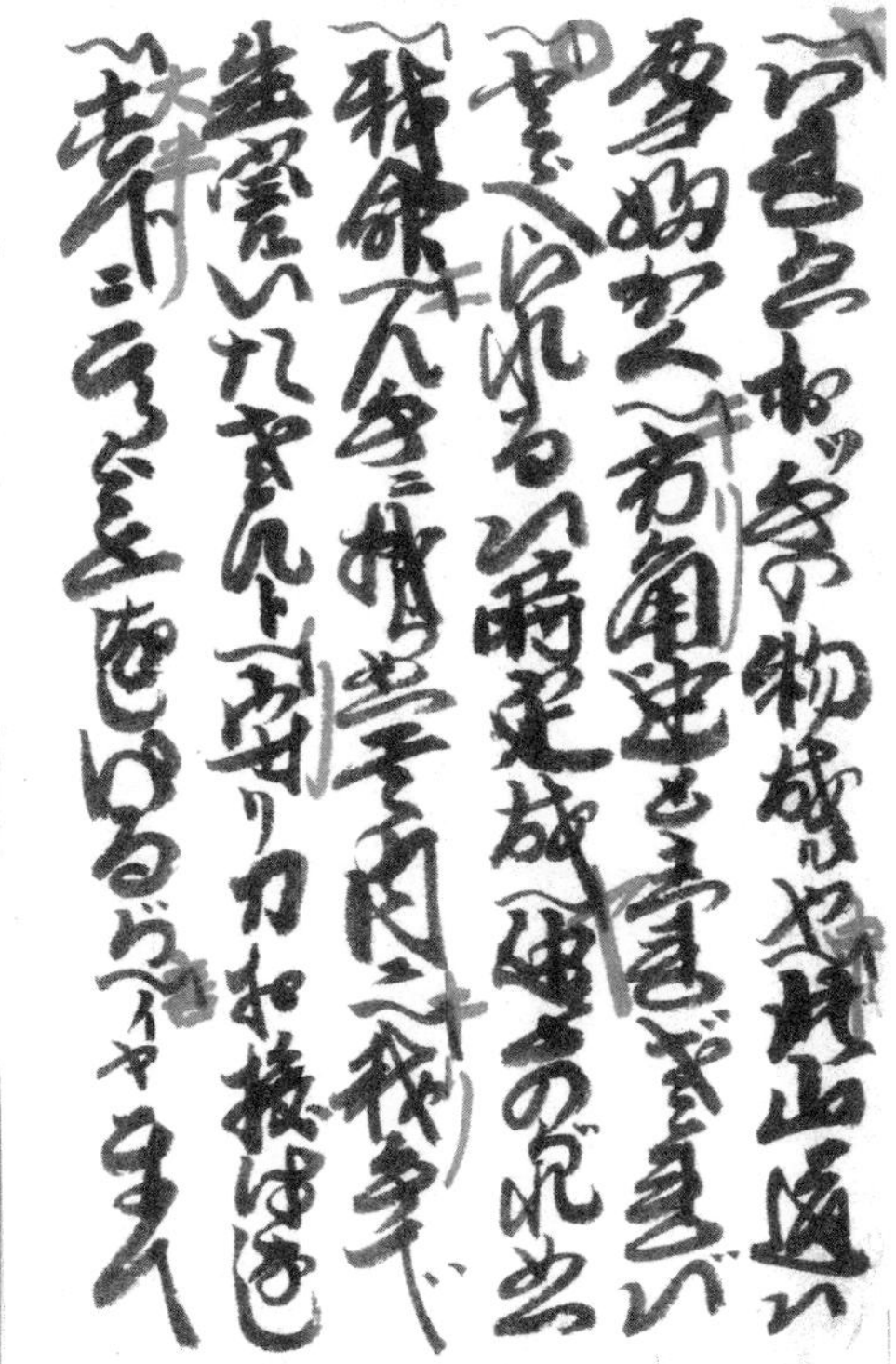

第二頁

【原文】

扨いたハしの対王丸　△姉に別レテ力なく　□やよい峠の細道お　△下らせ給うおり柄に　□太夫親子の人々が　△ハツ[ママ]は〳〵ト呼ぶこいが　ヤ小玉[ママ]にひゞく山ひこヲ　上はるかこなたで若公[ママ]ハ　中みゝに留られ驚いて　ヤあのおそろしいひトこいハ　上ハれゐ[ママ]おツ手の物成ルや　中此山道ハ雪ふかく　キリ方角迚もしれざれバ　○とらへられるハ時定[ママ]成　ヤ迚ものがれぬ我命　上人手ニ掛らぬ其内ニキリ我手で生害いたさんト　ノリ守り刀を抜きはなし　大半すでにこうよとなしけるが　言ィャまてしバし　最前姉上様ニ御別レ申其時に姉上様の仰ニハ　いか成事の有レバとて　たんりよな心出スなト　仰られしハ是此事ト　是ニて生害ハ安[ママ]けれど　後ニ残て姉上様　お歎ぎなさるハ時定なり　のがれるたけハ　落のびて　我身の出精[ママ]いたさんト△姉姫君の御最後と　○露《ユメ》しら雪おふみ分けて　上足おも限り若君ハ　キリ桊ヲ差シテ下りける　□掛ル向うの方ゟモ　△はくはツたりし老人が　□数の柴きおせおられて三ノ只しづ〳〵ト出来り　○若君夫レト見るゟも※

【現代表記】

扨《さて》いたわしの対王丸、姉に別れて力なく、弥生峠の細道を、下らせ給うおり柄に、太夫親子の人々が、童《わっぱ》わっぱと呼ぶ声が、木霊に響く山彦を、遥かこなたで若君は、耳に留められ驚いて、「あの恐ろしい人声は、我へ追っ手のものなるや。この山道は雪深く、方角とても知れざれば、捕らえられるは治定なり。とても逃れぬ我が命、人手に掛からぬその内に、我が手で生害いたさん」と、守り刀を抜き放し、すでにこうよとなしけるが、「いや待てしばし、最前姉上様にお別れ申すその時に、姉上様の仰せには、いかなる事のあればとて、短慮な心出だすなと、仰せられしはこれこの事と、これにて生害は易けれど、後に残りて姉上様、お嘆きなさるは治定なり。逃れるだけは、落ちのびて、我が身の出世いたさんと、姉姫君の御最期と、ゆめ白雪を踏み分けて、足をも限り若君は、桊《ふもと》を指して下りける。かかる向うの方よりも、白髪たりし老人が、数の柴木を背負われて、只しずしずと出で来たり。若君それと見るよりも、

言是中里人様　物とう事の候らゑバ　しバし御待下されと　色ゆうに老人立留レバ　言中里人様　是ゟ先ニ人里ハ御ざりませぬか　人里トゆうてハ　渡り②笠ト合の村とゆう所有　其合の村ニハ　御寺様ハ御さりませぬか　寺とゆうテモいたツテひん寺　国分寺とお寺有　夫迠の道のりハ　是ハしたり　七九十い③道もといよる　是よりハずか七八丁とゆい捨て　三ノいづく供無クきゑニける　○後にも残る若君ハ　上さらバそれへ急がんと　キリ又も埜ゑ急ぎ行　△其日ハしかも正月の　□十六日の事なれバ　ハリ雪ハ次第ニふりつもる　□合の村の国分寺　△ゑんかいひじりト申ルハ　□長ゑん先へ立出テ　△しよじ〔ママ〕ヲ佐〔ママ〕右へおし開らき　□雪のふりくるそら合お　大半つくんぽかんと打詠〔ママ〕め　言ヤアふるハ〱大雪じや　それよの中のたとゑニモ　びんぼ人のにるかいハ　ゆる〱ならいでめしに成とゆうたとへの通りじやぐそうもけさハ　早おきおいたして　七ツヤのばんとうおくどき　はたてんがい入レかい　やりくりくめん　またなけなしの銭で　本ぞん様やゑんま様ゑ　供物の菓子ヲ買テそなへテ　さんけいの人ヲ待テいれバ　しん〱とふりくるこの大雪※

「これ申し里人様、物問う事の候らえば、しばしお待ち下され」と、言うに老人立ち留れば、「申し里人様、これより先きに人里はござりませぬか」「人里とゆうては、渡りが里合《ごう》の村とゆう所あり」「その合の村には、お寺様はごさりませぬか」「寺と言うても至って貧寺《ひんじ》、国分寺とお寺あり」「それまでの道のりは」「これはしたり、しちくどい道も問いよる。これよりわずか七八丁」と、ゆい捨て、いずくともなく消えにける。後にも残る若君は、さらばそれへ急がんと、又も埜へ急ぎ行く。その日はしかも正月の、十六日の事なれば、雪は次第に降り積もる。合の村の国分寺、えんかい聖と申するは、長縁先へ立ち出でて、障子を左右へ押し開き、雪の降り来る空合いを、つくんぽかんと打ち眺め、「やあ降るは降るは、大雪じゃ。それ世の中の譬えにも、貧乏人の煮る粥は、ゆるゆるならいで飯になるとゆう譬えの通りじゃ。愚僧も今朝は、早起きをいたして、七つ屋の番頭を口説き、幡天蓋入れ替え、遣り繰り工面、またなけなしの銭で、本尊様や閻魔様へ、供物の菓子を買って供えて、参詣の人を待っていれば、しんしんと降り来るこの大雪、コレでハくそう大キニ両けんちがい　ハテナ何か一句有そうな物　ヲ、有ルハ〳〵　初雪ヤぐそうが屋根ハ富士の山　ヤアふるハ〳〵　ふるハ千年亀ハ万年　此ような大雪でハさんけいの人のこん〳〵雪もこん〳〵　ハテこまッた物じや　こりヤまアいかニいたしてよからんヤト　×こッくびおかたげていたりける　ヤ掛る所ゑ対王丸　上よう〳〵たづねて合の村　中かの国分寺ト見ルゟも　キリうれしや是がお寺様　□さらバ是へ逃込んデ　△我身おかくまい貰わんと○まだ幼少の事なれバ　上杖笠わらじヲ門前へ　中捨て其身ハ寺へ入り　キリ住寺[ママ]の前へ手おついて　言是々申シおひじり様　仕細有ツテ私シハ　後ゟ追手の掛身じや　取らへられてハなんぎに及ぶ　衣の情ケけさのじひ　何卒かくまい下サリませと　聞ゟひじりハきもうつぶし　イヤア是ハ〳〵玉々[ママ]さんけいもうでがきたト思ゑバ　後より追手が掛ルとハ　其分[ママ]それにて語らしやレと　△シリ有けれバ　○きもせき登ル対王丸　ヤおろかな仰せおひじり様　上分[ママ]お申せバ長い事　中かくまい下さる物ならバ　キリ後にて残らず物語らん　□早う〳〵トせき立れバ　言聞分ましたが若殿よ　みらるゝ通り此寺ハ　いたつてひん寺※

これでは愚僧大きに了見違い。はてな何か一句ありそうなもの。おおあるはあるは初雪や愚僧が屋根は富士の山、やあ降るは降るは、降るは千年亀は万年、このような大雪では、参詣の人の来ん来ん雪もこんこん。はて困ったものじゃ。こりゃまあいかにいたしてよからんや」と、小っ首を傾げていたりける。かかる所へ対王丸、ようよう尋ねて合の村、かの国分寺と見るよりも、「嬉しやこれがお寺様、さらばこれへ逃げ込んで、我が身をかくまい貰わん」と、まだ幼少の事なれば、杖笠草鞋を門前へ、捨ててその身は寺へ入り、住持の前へ手をついて、「これこれ申しお聖《ひじり》様、仔細あって私《わたく》しは、後より追手の掛かる身じゃ。捕えられては難儀に及ぶ。衣の情け袈裟の慈悲、何卒かくまい下さりませ」と、聞くより聖は肝を潰し、「いやあ、これはこれは、たまたま参詣詣でが来たと思えば、後より追手が掛かるとは、その訳それにて語らしゃれ」と、ありければ、気も急《せ》きのぼる対王丸、「愚かな仰せお聖様、訳を申せば長い事、かくまい下さるものならば、後にて残らず物語らん。早う早う」と急き立てれば、「聞き分けましたが若殿よ、見らるる通りこの寺は、いたって貧寺、

七八年の大風で　垣根ハやむれかべハ落ち　屋ねハめくれてほんにまア　ひルねてそらが見ゆるぞや　下どこ迚かくもう所なし　□先々是へと打連レテ　△先本堂ゑはしりゆき　□かツぱかごなぞ持来り　ノリすでニ入んトなしけるが　ノリイヤまてしばし　ノリわツぱにかツぱじや　ノリおしりの方がさしつかへ　ノリ是でハいかんとゆうまゝに　ノリ経文つゞらお取出し　ノリ経文アけテ　ノリきうくつなからわか殿ヨ　ノリ是にてしのぎたまわれと　ノリ上より同じふたかむせ　ノリ横縄たてなわ十文字　ノリしてこいやツトゆうまゝに　ノリ二④めんたる木ゑ引上ル　大半上つく〲トうちなかめ　言シメ〲是レでよろしい　たとゑどのような者がきたる供　よもやあれゑハきが付まい　イヤそうでなし〱ゆだんたいてきトゆう事が有　ひよつと目早いやつがまいて〔ママ〕　ひじりあれハ何んだトゆわれたときに　ヘイあれは物何ニ〔ママ〕で御ざり舛と　ゆうてへんとうにまご付　とぎまぎといたし事あらわれてハたいへん大しくじり　先一ッ口なれて置ましよう　表の方ゟ　ドロ〲ト見たれ入〔ママ〕　ひじりあれハ何んだへイあれハひな様で御ざり舛　何ひな　寺にひなの有へきはづか内〔ママ〕※

七八年の大風で、垣根は破れ壁は落ち、屋根はめくれてほんにまあ、昼寝て空が見ゆるぞや。どことてかくもう所なし。先ず先ずこれへ」と打ち連れて、先ず本堂へ走り行き、合羽籠なぞ持ち来り、すでに入れんとなしけるが、「いや待てしばし、童《わっぱ》に河童じゃ、お尻の方が差し支え、これではいかん」と言うままに、経文葛籠《つづら》を取り出だし、経文空けて、「窮屈ながら若殿よ。これにて凌ぎたまわれ」と、上より同じ蓋被せ、横縄縦縄十文字、「してこいやっ」と言うままに、二めん垂木へ引き上げる。上つくづくと打ち眺め、「しめしめこれでよろしい。たとえどのような者が来たるとも、よもやあれへは気が付くまい。いやそうでなし。油断大敵という事がある。ひょっと目早い奴が参って、聖あれは何だと言われた時に、へいあれは物何でございますと、言うて返答にまご付き、どぎまぎといたし、事現れては大変大しくじり、先ず一つ口慣れておきましょう。表の方より、どろどろと乱れ入り、聖あれは何だ、へい、あれは雛様でございます。何雛、寺に雛のあるべきはずがない、

いツわりお申スななぞト申で有う　ハテナ今一ッ口なれて
置ましよう　表の方ゟ　ドロ〲トみだれ入　ひじりあれハ
何ンだ　ヘイあれハ　かきもちで御ざり舛　ナニかきもち
ム丶大ぶん入物がおうきい　たくさん有う　おろせ　やい
てくらおうなぞトゆうて　いじのきたないやツもこまい物
でも内　ハテどうしたらよかろう　おふそうじや　此大雪
でハさんけいの者もなし　けう正月お無住トいたし　大門
小門お打〆　寺内ゑ人ハ入レまいト　△思ヒ定めておひじ
りさま　□大もん小もんお〆られて　□御本ぞん前にざした
まへ　□とにかくこうゆう時にこそ　□仏頼みがよかろふと
ノリおうきなもくぎよう取出し　ノリそらつんぼふがよかろう
と　ノリうでニまかせテ　ノリぽく〱トたヽき立　マアカラハン
ニヤハラミダキアテー　ノリでいたりしが　ノリ掛る所ゑ　ノリ三庄太
夫広宗ハ　ノリ身にハみの笠大どてら　ノリ三男三郎うちつれ
て　ノリそこらこヽらとたづねける　ノリかの国分寺の門前お
ノリ通すぎんとなしけるが　色立止まつて　言アイヤ申父上様
是から先お其[ママ]用に　きよろ〱ト　おたづねなさる事ハ御
ざりません　わツぱが有かヾしれました※

偽りを申すななぞと申すであろう。はてな、今一つ口慣れておきましょう。表の方より、どろどろと乱れ入り、聖あれは何だ、へい、あれはかき餅でござります。なにかき餅。むむ、大分入れ物が大きい。たくさんあろう。降ろせ。焼いて喰らおうなぞと言うて、意地の汚い奴も来まいものでもない。はて、どうしたらよかろう。おおそうじゃ。この大雪では参詣の者もなし。今日正月を無住といたし、大門小門を打ち閉め、寺内へ人は入れまい」と、思い定めてお聖様、大門小門を閉められて、御本尊前に座し給い、とにかくこういう時にこそ、仏頼みがよかろうと、大きな木魚取り出だし、そらつんぼうがよかろうと、腕に任せて、ぽくぽくと叩き立て、マアカラハンニヤハラミダキアテーでいたりしが、かかる所へ、三庄太夫広宗は、身には蓑笠大褞袍《どてら》、三男三郎打ち連れて、そこらここらと尋ねける。かの国分寺の門前を、通り過ぎんとなしけるが、立ち止まって、「あいや、申し父上様。これから先をそのように、きょろきょろと、お尋ねなさる事はござりません。童《わっぱ》がありかが知れました」

ナニナニ三郎　わツぱがどこにけつかる　佐用〔ママ〕で御ざり舛
是迠ハハツぱ〔ママ〕がにげましたる　足あトが御ざりましたが
是から先ハ　わツぱが足あトが御ざりません　何ンでも父
上　此寺があヤしいト見請〔ママ〕ましたが　此ぎハいかゞはから
いましよう　ナニナニナル程三郎うめ〔ママ〕しハ　若いニしてハ
じよさいのない所へきの付男だ　どうあツても　此三庄太
夫があト取り掛り　子ハ三郎　うぬしにきわまツた　それ
に何ンぞや　此太夫もきの付た事が有　此寺の住寺メハ
しわいに置イてハ　上なししわイづくにう　此太夫の所へ
正月礼にくるにも　付木一わニなツとう一トなめ　か程に
しわいづくにうが　今日ハいつ成正月十六日　ゑんま参り
ヤしやか参り　仏参りも有べきニ　大もん小もんを打〆
寺内へ人お入レぬハ　何ンでも此寺があヤしいナ三郎　成
程〳〵　亀のこうより年のこう　じよさいのない所へきの
付クおとツさんだ　どうあツても此三郎が後取り　係り親
父ハおとつさんあなたにきわまつた　此や郎　おれが云う
事お皆ぬかすな　何ハともあれ　此寺の住主〔ママ〕めお呼出シ
得〔ママ〕トせんさくおいたせ三郎　ノリハヽ心ゑましテ候と　ノリつ
ツ立上ツテ大音あげ※

「なになに、三郎、童がどこにけつかる」「さようでござります。これまでは童がにげましたる、足跡がござりましたが、これから先は、童が足跡がござりません。何でも父上、この寺が怪しいと見受けましたが、この儀は如何計らいましょう」「なになに、なる程三郎おぬしは、若いにしては、如才のない所へ気の付く男だ。どうあっても、この三庄太夫が跡取り掛り子は三郎、おぬしに極まった。それに何ぞや、この太夫も気の付いた事がある。この寺の住持めは、吝《しわ》いにおいては、上なし吝い木菟入《ずくにゅう》、この太夫の所へ、正月礼に来るにも、付木《つけぎ》一把に納豆一と嘗め、か程に吝い木菟入が、今日はいつなる正月十六日、閻魔参りや釈迦参り、仏参りもあるべきに、大門小門を打ち閉め、寺内へ人を入れぬは、何でもこの寺が怪しいな三郎」「成程成程、亀の甲より年の劫、如才のない所へ気の付くお父《とっ》さんだ。どうあってもこの三郎が跡取り、係り親父はお父さんあなたに極まった」「この野郎、おれが言う事を皆ぬかすな。何はともあれ、この寺の住持めを呼び出だし、とくと詮索をいたせ三郎」「はは、心得まして候」と、つっ立ち上って大音上げ、

ノリヤア〳〵いかにおひじり殿　ノリ此門明て被下と　ヲクリす
ととん〳〵ト打たゝき　三十ひじりハそれト聞ゟも　ノリそ
りやこそ追手がきたりしぞ　ノリとにかくこふ云ウ時こそ
ノリそらつんぼうがよかろふト　ノリ大キナもくぎよふ取出
シ　ノリうでニまかせて　ノリほく〳〵トたゝき立　ノリまアか
らはんにやあ　はらみた　ぎやあテイ〳〵はらきやアてい
はらそふきやアてい　ほふしいそわか　はんにやアしんぎ
ふ　おん経どくじゆ　ノリしらぬふりしていたりしが　ノリ親
子ハ直シも腹ヲ立チ　ノリにツくきひじりのそらつんぼう
ノリ此門あケヌ物ならば　ノリたゝきこハしテはいらんト　ヲ
クリすトとんとんトと［ママ］たゝき立　三十ひじりハはつと驚いて
○ツメどこのどいつかしらねども　ヤあの大門ヲ立ルにも　上
ツメ何［ママ］たいていの事ジヤ内イ　中ツメぐそうが力でいかぬユエ
ヤツメ万人講ヲくわだでて　上ツメにきのひがんヤぼん中ハ　ヤ
向う谷戸の太郎作殿ヤ　辺⑤シ吾兵衛殿ヤ　小野ゑむさんヤ
ノリ頼んでぐそうがおんどで先に立チ　○ツメ前［ママ］ばん〳〵夜
念佛　ヤツメよふやくたてたるあの門ヲ　上ツメ今あいつらニ
打こわされて有ならバ　中ツメ一だん法の講親の　ヤツメ太郎
作殿ト　おの江門［ママ］三に※

「ややあ、いかにお聖殿。この門開けて下され」と、すとんとんと打ち叩き、聖はそれと聞くよりも、「そりゃこそ追っ手が来たりしぞ。とにかくこういう時こそ、そらつんぼうがよかろう」と、大きな木魚取り出だし、腕に任せて、ほくほくと叩き立て、「まあからはんにゃあ、はらみた、ぎゃあていぎゃあてい、はらきゃあてい　はらそうきゃあてい　ほうしいそわか、はんにゃあしんぎょう」おん経読誦、知らぬ振りしていたりしが、親子はなおしも腹を立て、憎《に》っくき聖のそらつんぼう、この門開けぬものならば、叩き壊して入らんと、すとんとんと叩き立て、聖ははっと驚いて、「どこのどいつか知らねども、あの大門を立てるにも、並大抵の事じゃない。愚僧が力でいかぬ故、万人講を企てて、二期の彼岸や盆中は、向う谷戸の太郎作殿や、辺し吾兵衛殿や、小野エ門さんや、頼んで愚僧が音頭で先きに立ち、毎晩毎晩夜念仏、ようやく建てたるあの門を、今あいつらに、打ち壊されてあるならば、一だん法の講親《こうおや》の、太郎作殿と、小野エ門さんに、ノリなんと云分〔ママ〕いたそうぞ　ノリどりヤ〳〵とがめてかゑさんト　ノリほう〔ママ〕頭ニ八〔ママ〕巻なし　大半と有〔ママ〕本堂ウ立上リ　そろり〳〵ト出で来り　さぎがとしようふむ足取で　門の戸ぎハに立ゐテ　言唯〔ママ〕じやどいつじや　どなた様じやト思うたら　⑥ひじりトからい三庄太夫の親子の方々　ま何ンの御用でござり舛　言あいや申おひじり様　何事所でハござりません　けさ程私シ供の宅で　わッぱが壱人ンふんじついたしまし〔ママ〕が　もしおひじり様ハ　おかくまいいたしハしませんか　ハヽ何ントおっしゃり舛　けさ程あなたのたくで　なッぱが一わふんじついたし　それおぐそうがつけ込んだとおっしやるか　いヤもう此ぐそうハ　なッぱじやのかッぱじやのトゆう　其ようなきうりていの物ハ　ぬかみそや　どぶづけゑハ　下⑦なつぱりつけたる覚ハない　言是ハシタリ　おひじり様ニハ　われ〳〵親子ヲキ⑧ヨクリめさるか　わッぱでわからずハ　人でござるハ　四斗デ御ざるか　四斗ナラこういたしまシヨウ　アナタガ二斗　弐斗づヽ分ルがよろしう御ざりましよふ　まだキヨクリめさるか　さ用なれバ此門前ニ証こが御ざり舛　わッぱの杖笠わらんじが捨テあります　是が証こで御ざる※

なんと言い訳いたそうぞ。どりゃどりゃ咎めて帰さん」と、坊主頭に鉢巻なし、とある本堂立ち上がり、そろりそろりと出で来たり、鷺が泥鰌踏む足取で、門の戸際に立ち寄りて、「誰じゃどいつじゃ、どなた様じゃと思うたら、ひじりと辛い三庄太夫の親子の方々、ま何の御用でござります」「あいや申しお聖様、何事どころではございません。今朝ほど私どもの宅で、わっぱが一人紛失《いちにんふんじつ》いたしましたが、もしお聖様は、おかくまいいたしはしませんか」「はは、何とおっしゃります。今朝ほどあなたの宅で、菜っ葉が一把紛失いたし、それを愚僧が漬け込んだとおっしゃるか。いやもうこの愚僧は、菜っ葉じゃの河童じゃという、そのような胡瓜体の物は、糠味噌や、どぶ漬けへは、なっぱり漬けたる覚えはない」「これはしたり、お聖様には、我々親子を曲《きょく》りめさるか。わっぱで分からずば、人でござるは」「は、四斗でござるか。四斗ならこういたしましょう。あなたが二斗　弐斗づつ分けるがよろしゅうござりましょう」「まだ曲りめさるか。さようなればこの門前に証拠がござります。わっぱの杖笠草鞋《わらんじ》が捨ててあります。これが証拠でござる。

サアわっぱ是ゑ御だしなされ〳〵　マア〳〵〳〵御待なされ　此前もそうゆう事が御ザリマシタ　メッ〔ママ〕ま事ニめいわくいたしました　モウ是からハ　馬のくつや小わらんじわが門前ゑ捨べからずの　下札デモ立づわなり舛まい　言トゆゑば親子ハ腹を立ち　アイヤ　おひじり殿　どうあってもあけぬ物ならば　われ〔ママ〕親子みだれ入　寺やさがしを仕らん　サそれハ　サア〳〵〳〵ひじりへんじや　なニ何ント〳〵ト　下言アれて今ハぜひもなく　□かんぬきすらりと引ぬいて　△戸びら佐右ゑおし開らけバ　ノリ皆門内ゑみだれ入　大キリ寺家さかしの其段ハ次にてくわしく分るなり

大正八年四月三〇日

薩摩駒和太夫

さあわっぱこれへお出しなされお出しなされお出しなされ」「まあまあまあ、お待ちなされ。この前もそういう事がございました。まっ、誠に迷惑いたしました。もうこれからは、馬の沓や小草鞋、我が門前へ捨つべからずの、札でも立てずはなりますまい」と、言えば親子は腹を立て、「あいや、お聖殿、どうあっても開けぬものならば、我［ら］親子乱れ入り、寺家探しを仕らん」「さ、それは」「さあさあさあ、聖返事や、なに何と何と」と、言われて今は是非もなく、閂すらりと引き抜いて、扉左右へ押し開けば、皆門内へ乱れ入る。寺家探しのその段は次にて詳しく分かるなり。

大正八年四月三〇日

薩摩駒和太夫

註

①露《ユメ》しら雪　ルビから、「露」を「ゆめ」と語ったのだろう。「しら雪」の「しら」は「知らず」と「白」の、浄瑠璃常用の掛詞。

②渡り笠ト合の村　口承による間違いか。「が里《さと》」と「笠ト《がさ》」の音合わせ。『寺入之段』では「渡りが里はごうの村」、若太夫正本で

は「わたりが崎ごうの村」。
③七九十い　「しちくどい」の宛字。一種の遊びか。
④二めんたる木　不明。社寺に見られる二重の垂木のことか。
⑤辺シ　不明。

⑥ひじりトからい　「聖《ひじり》」と「ひりり」を掛ける。
⑦なつぱり　「さっぱり」に「菜っ葉」を宛てた言葉の遊び。
⑧キヨクリ　「曲る」。「からかう」の意。

（逃込の段末尾より）

寺探の段

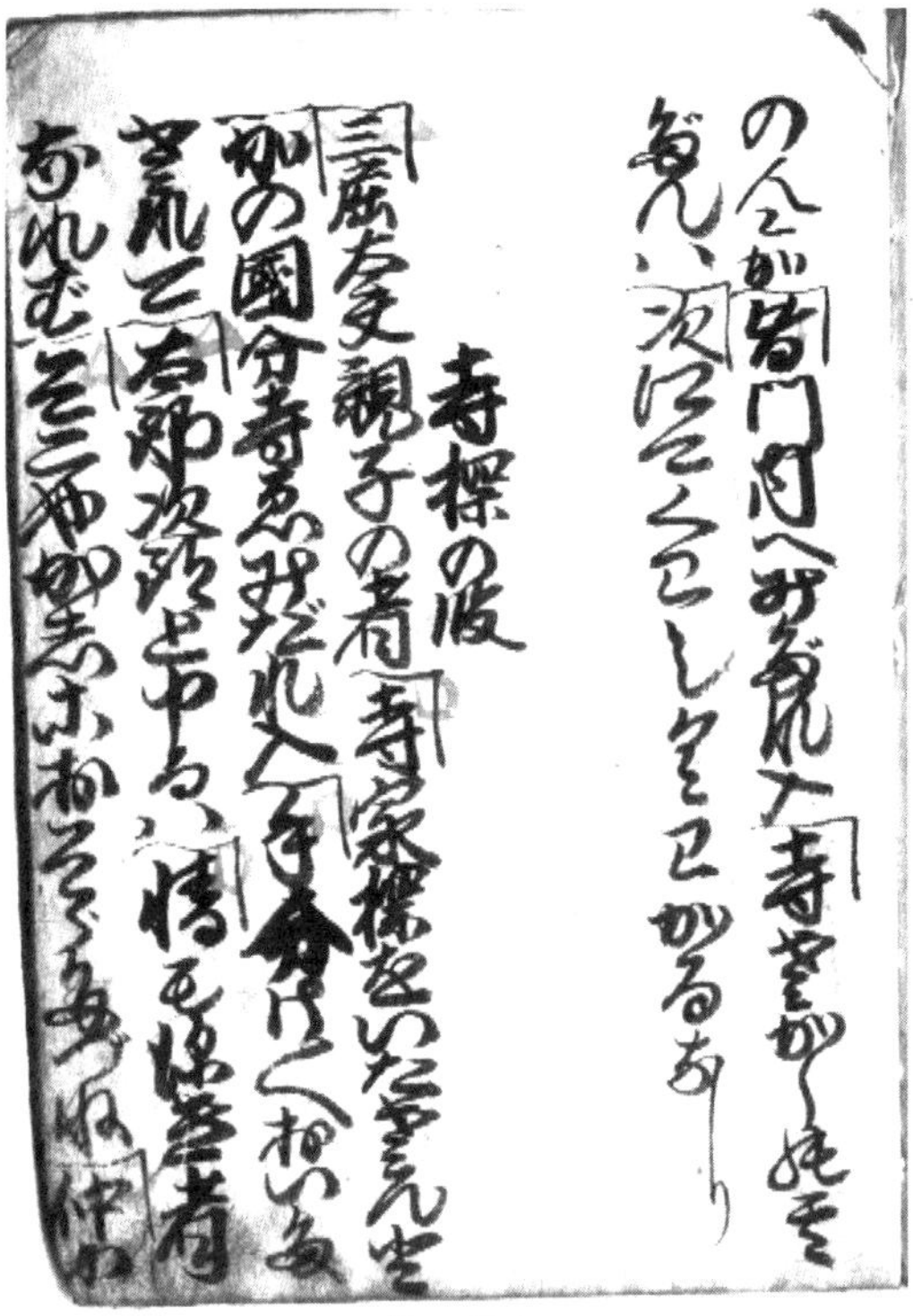

第一頁

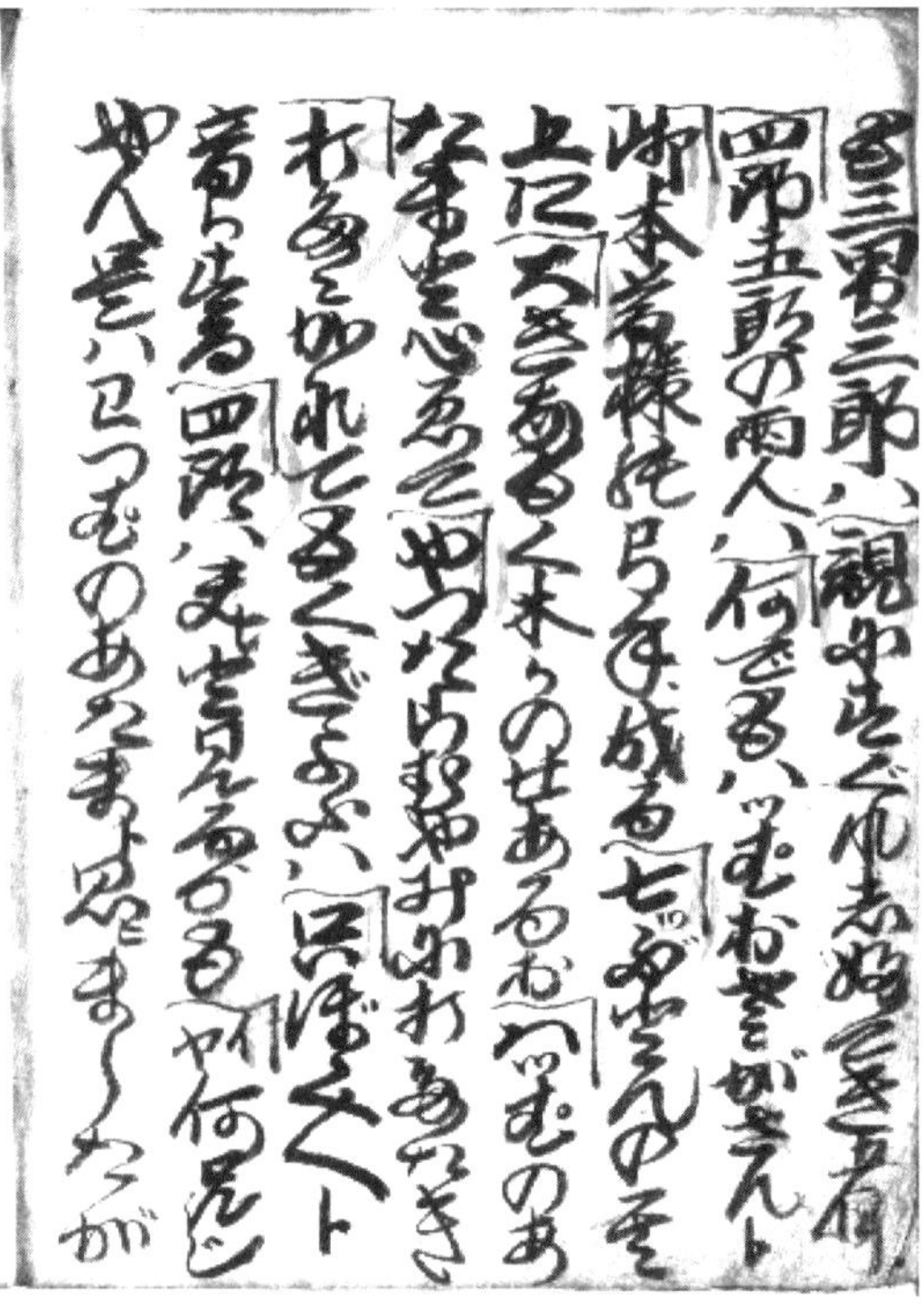

第一頁

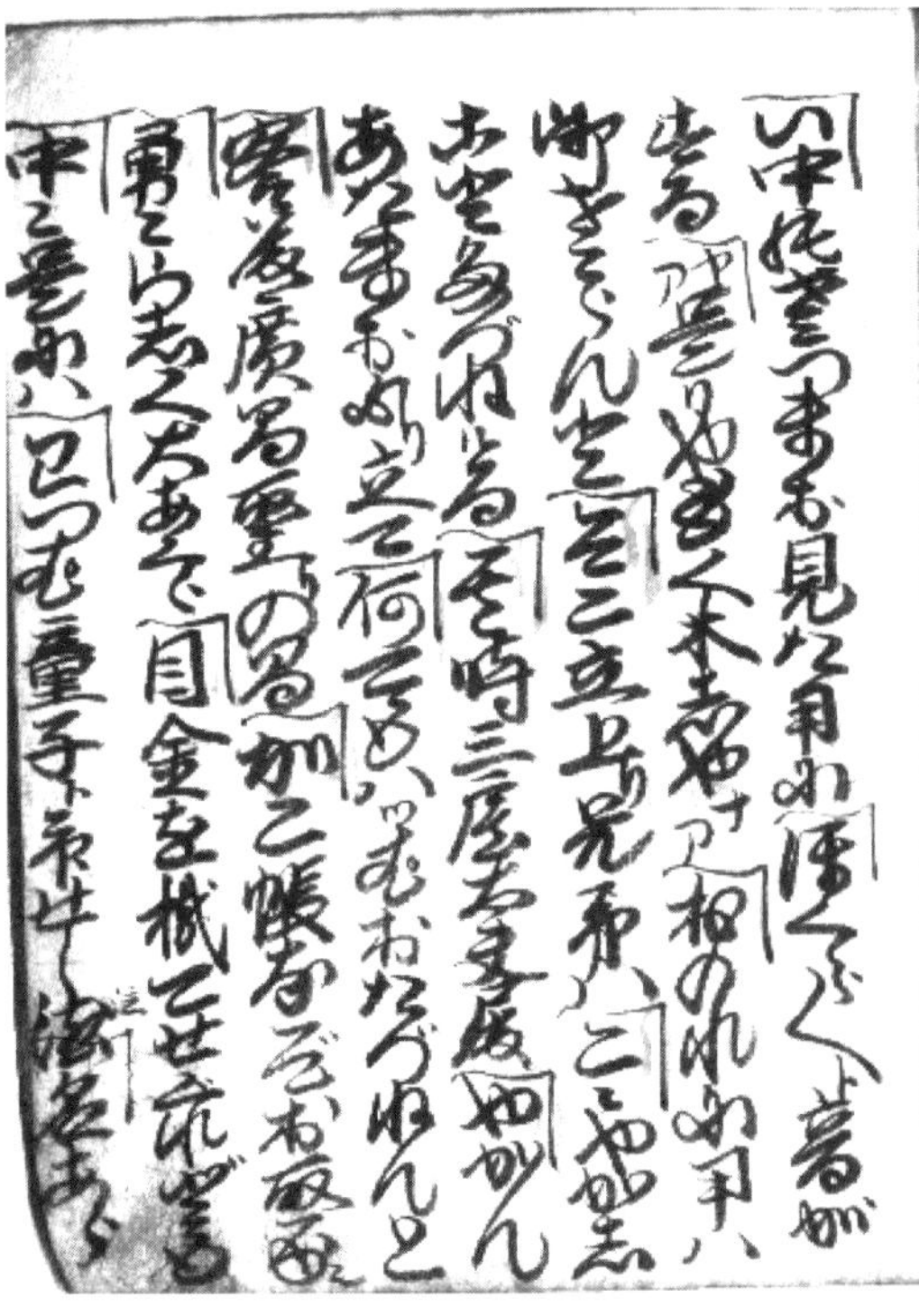

第二頁

【原文】

△三庄太夫親子の者　□寺家探をいたさんと　△かの国分寺へ乱れ入り　□手分け手分けおいたされて　△太郎次郎と申するは　□情も深き者なれば　△そこやかしこをそらたづね　○仲にも三男三郎ハ　ノリ親にすぐれしふてき者四郎五郎の両人ハ　ノリ何でもハツぱ〔ママ〕おさがさんと　ノリ御本尊様の弓手成る　ノリ七ツぶとんの其上に　ノリ大きなもく〔ママ〕木かのせあるお　ノリハツぱのあたまと心ゑて　ノリやつたらむやみに打たたき　○ツメ打たゝかれてもくぎよふハ　ノリ只ぼく〱〱ト音かする　四郎ハ夫レと見るゟも　言イヤ何兄じや人是ハわつぱのあたまト思ヒましたが　い中〔ママ〕のさつまお見た用に　ほくら〱ト音がする　ヤア是りやもく木しやナア　おのれに用ハ御さらんと　ノリそこ立上り兄弟ハノリこゝやかしことたづねける　ノリ其時三庄太夫殿　ノリやかんあたまおふり立て　ノリ何てもハツぱおたづねんと　ノリ客殿広間聖りの間　ノリかこ帳なぞお取出し　ノリ勇①々らしく大あくら　ノリ目金〔ママ〕を掛てせぐれども　中々是にハ　ノリわつぱ童子ト印〔ママ〕せし法名あらさると※

【現代表記】

三庄太夫親子の者、寺家《や》探しをいたさんと、かの国分寺へ乱れ入り、手分け手分けをいたされて、太郎次郎と申するは、情も深き者なれば、そこやかしこを空尋ね、なかにも三男三郎は、親に優れし不敵者、四郎五郎の両人は、何でも童《わっぱ》を探さんと、御本尊様の弓手なる、七つ蒲団のその上に、大きな木魚が載せあるを、童《わっぱ》の頭と心得て、やったら無闇に打ち叩き、打ち叩かれて木魚《もくぎょう》は、只ぼくぼくぼくと音がする。四郎はそれと見るよりも、「いや何兄者人《あにじゃびと》これは童《わっぱ》の頭と思いましたが、田舎の薩摩を見たように、ほくらほくらと音がする」「やあこりゃ木魚じゃなあ。己に用はござらん」と、そこ立ち上がり兄弟は、ここやかしこと尋ねける。その時三庄太夫殿、薬缶頭を振り立てて、何でも童《わっぱ》を尋ねんと、客殿広間聖《ひじり》の間、過去帳なぞを取り出だし、勇々らしく大胡坐《あぐら》、眼鏡を掛けてせぐれども、なかなかこれには、わっぱ童子と記せし法名あらざると、

そこ立上り太夫殿　上のせついん下こふか　ノリわツぱ〱
と呼われど　ノリわツぱが出内[ママ]で太夫殿　ノリくさい〱ト云
ま丶に　ノリお花[ママ]おつまんで欠出[ママ]したり　ノリ其時三男三郎ハ　ノ
リ勝手元へはしり行　ノリ箱と名がつきやま丶ならんト　ノ
リぜん箱わん箱火打箱　ノリ鼠入らずの引出しか　ノリお寺に
置て大たんな　ノリかつぶし箱迠さかせしが　ノリわツぱが出
内でおそろしや　ノリどろぼふ猫めが欠出す　ノリそれゟ三男
三郎ハ　ノリ柱の穴お見付出し　ノリ此穴なぞがあやしいト
ノリ二本の指おさし込で　ヲクリくり丶〱トかきまわし　三十
わツぱが出内でこわいかに　ノリはい取りくもめがによろり
ト出ル　ノリさて其時に三郎ハ　ノリ茶釜の中ゟけむが出ル
ノリこいツがてんかいかざると　ノリふたお取て見てあれば
ノリ己か姿のうつりしお　ノリわツぱのあたまト心へて　ノリ
両手お入てにぎらる丶　大きににへ茶でやけどする　やけ
どのくすりにや何かよい　ノリぬかみそ付[ママ]がよいトある　ノリ
ぬかミそ桶のふた取て　ノリつひでにわツぱおさがさんと
ノリ両手ヲ入て　ノリわつぱ〱とかきまわす　ノリわつパか
出内て三郎が　ノリ大根のふる付つかミ出し　ノリ口一ぱいに
ほふばつて※

そこ立ち上がり太夫殿、上の雪隠下後架、わっぱわっぱと呼ばれど、わっぱが出ないで太夫殿、「臭い臭い」と言うままに、お鼻を摘まんで駆け出したり。その時三男三郎は、勝手元へ走り行き、箱と名がつきゃままならんと、膳箱椀箱火打箱、鼠入らずの引出しか、お寺において大胆な、鰹節《かつぶし》箱まで探せしが、わっぱが出ないで恐ろしや、泥棒猫めが駆け出だす。それより三男三郎は、柱の穴を見付け出し、この穴なぞが怪しいと、二本の指を差し込んで、くりくりくりと掻き回し、わっぱが出ないでこはいかに、蝿《はい》取り蜘蛛めがにょろりと出る。さてその時に三郎は、茶釜の中より煙《けむ》が出る。こいつ合点がいかざると、蓋を取って見てあれば、己《おのれ》が姿の映りしを、わっぱの頭と心得て、両手を入れて握らるる。大きに煮え茶で火傷する。火傷の薬にゃ何がよい、糠味噌漬けがよいとある。糠味噌桶の蓋取りて、ついでにわっぱを探さんと、両手を入れて、わっぱわっぱと掻き回す。わっぱが出ないで三郎が、大根の古漬け掴み出し、口一杯に頬張って、ノリわつぱと云事できざれバ　ノリなつぱ〳〵と呼ハたり　ノリ夫ゟ三男三郎ハ　ノリだいどころゑはしりゆく　ノリ先大釜の其中ゑ　ノリみそ豆なぞがにへあるお　ノリふたおつとつて見て有バ　ノリいじのきたない三郎で　ノリ口一ぱいにほふバつて　ノリわツぱと呼事でき内で　ノリふツぷ〳〵ト呼ハたり　ノリ三庄太夫ハ欠出る　言是三郎おぬしハ何ヲくろうてけつかるよ　うまい物ならおれにもくれろ　三アイヤ申おとつさん　夫レ世の中ノたとへにも　みそ豆ト云物ハ　七里半もどつてもくう物と有ル　夫レじやによつて　一ト口やらかしました　時におとつさん　あなたハどこお探しました　されバよ　おれハ上せついんから下こふか　客でん広間ひじりの間　かこ帳迠もせぐれ共　さらにわつぱハしれがたし　三郎おぬしハどこヲさがしたよ　左用でござり舛　私しハ勝手元からミだれ入　ぜん箱わん箱茶わんばこねずみ入らすの引出しから　柱の穴ふしぬけ穴迠　さがしましたがとうもわツぱが行へハしれません　此べらぼふめじよさいの内所斗りさがしてけつかルナ　イヤ時におとつさん　まださかしのこした所がござり舛　どこだ三郎※

わっぱと言うことできざれば、なっぱなっぱと呼ばわったり。それより三男三郎は、台所へ走り行く。先ず大釜のその中へ、味噌豆なぞが煮えあるを、蓋おっ取って見てあれば、意地の汚い三郎で、口一杯に頬張って、わっぱと呼ぶことできないで、ふっぷふっぷと呼ばわったり。三庄太夫は駆け出づる。「これ三郎おぬしは何を喰ろうてけつかるよ。旨い物なら俺にもくれろ」「あいや申しおとっつぁん、それ世の中の譬えにも、味噌豆という物は、七里半戻っても喰う物とある。それじゃによって、一と口やらかしました。時におとっつぁん、あなたはどこを探しました」「さればよ、俺は上雪隠から下後架、客殿広間聖の間、過去帳までもせぐれども、さらにわっぱは知れがたし。三郎おぬしはどこを探したよ」「さようでございます。私は勝手元から乱れ入り、膳箱椀箱茶椀箱、鼠入らずの引出しから、柱の穴節抜け穴まで、探しましたがどうもわっぱが行方《ゆくえ》は知れません」「このべらぼうめ、如才のない所ばかり探してけつかるな」「いや時におとっつぁん、まだ探し残した所がございます」「どこだ三郎」

まだまきべ屋からふろば水かめの中がまゝならぬ所でごさ
り舛　なる程とふでもおらが後取ハ三郎にきわまつた　よ
い所へきが付た　三郎やまだ〱　大へんさがしのこした
所がある　夫レハどこで御ざり舛　まだ〱大へんだ三郎
地蔵堂からゑんま堂　金付堂［ママ］に四郎堂［ママ］　東海道に仲山道［ママ］
アイヤ申父上様東海道中仙道迠にハおよび舛まい　そうな
ら三郎　是ゟ地蔵堂ヲ探さん　サア〱つゞいてきやしやれ
と　ノリ三庄太夫が先に立　ヲクリ地蔵堂へはしり行　三十地
蔵堂に成ぬれバ　ノリこくらき所に　ノリ六地蔵様が立あるお
ノリ太夫それと見るゟも　ノリ地蔵にしつかトいだき付　言三
郎〱早くこい〱わツぱおつかまいた〱　アイヤ申父
上様　わツぱがおりましたか　イヤいた供〱五六人いた
が　一人りハつかまいたから早くこい〱　ドレ〱どこに
おりました　ヤア是ハしたり父上様　コリヤ六地蔵でござり
ますわい　何だ三郎六地蔵だと　いまいましい地蔵　用は
ござらんト　ノリう手［ママ］にまかせて打たゝく　○打たゝかれて
其時に　ヤいきた地蔵かしらね供　上石の地蔵か口おきゝ　中
是ゝ申皆衆や　ヤ私シハ中から石だで　上いたい事ハござら
ぬが※

「まだ薪部屋から風呂場水瓶の中がままならぬ所でござり
ます」「なる程どうでもおらが跡取りは三郎にきわまった。
よい所へ気が付いた。三郎やまだまだ、大変探し残した所
がある」「それはどこでござります」「まだまだ大変だ三郎、
地蔵堂から閻魔堂、鐘撞《かねつき》堂に鐘楼《しゅろう》堂、東海道に中仙道」
「あいや申し父上様東海道中仙道までには及びますまい」
「そうなら三郎、これより地蔵堂を探さん。さあさあ続い
て来やしゃれ」と、三庄太夫が先に立ち、地蔵堂へ走り行
く。地蔵堂になりぬれば、小《こ》暗き所に、六地蔵様が立ちあ
るを、太夫それと見るよりも、地蔵にしっかと抱《いだ》き付き、
「三郎三郎早く来い早く来い。わっぱを捕まいた捕まいた」
「あいや申し父上様、わっぱがおりましたか」「いやいたと
もいたとも。五六人いたが、一人は捕まいたから早く来い
早く来い」「どれどれどこにおりました」「やあこれはした
り父上様、こりゃ六地蔵でござりますわい」「何だ三郎六地
蔵だと。忌々しい地蔵。用はござらん」と、腕に任せて打
ち叩く。打ち叩かれてその時に、生きた地蔵か知らねども、
石の地蔵が口をきき、「これこれ申し皆の衆や、私は中から
石だで、痛いことはござらぬが、

ヲトシお前のお手かいたかろうト　ノリ聞ゟ其時三郎ハ　言是ハしたり　夫レ世の中の譬《タトヘ》にも　地蔵のかほも三度なせればはらお立ト云事があるが　いくらはられてもはらお立ない此ばか地蔵　己に用ハござらんと　ノリ地蔵堂お立上り　ノリゑんま堂へいそぎ行　ノリゑんま堂に成ぬれば　ノリ大さい日の事なれバ　ノリゑんまの前に数のくもつがそなゑ有　大半三ら夫レト見るよりも　言ハ、今日ハ正月十六日じやによつて　ゑんまの前に数のくもつがそ内［ママ］ある　見ればおこハなぞがそなへある　ドリヤ〳〵一ト口やらかせト　ノリいぢのきたない三郎が　ノリ口いぱ［ママ］にほふバつて　ノリゑんまのかほお打長［ママ］め　言是ゑんま此三郎様がおこハお御上りなされバなんだ　己ハおこ②わづらしてけつかるな　ゑ③んまいな物あじな者　己につくきゑんまめと　ノリ目より高くさし上て　ノリ大地へどツト打付れば　ノリあらいたわしのゑんま様　ノリ仏④しや細工の事なれバ　ノリつかへ〳〵もはなれける　ノリそこ立上り三郎ハ　ヲクリ四郎堂へ急行　三十しろう堂に成ぬれば　ノリ此つり金［ママ］があやしいト　ノリはかばそうじの竹ぼふき　ノリ手早くそこへ持来り　ノリ中かきまわすト見へけるが　ノリ中ニ冬住いたしたル※

お前のお手が痛かろう」と、聞くよりその時三郎は、「これはしたり。それ世の中の譬えにも、地蔵の顔も三度撫でれば腹を立つということがあるが、いくら張られても腹を立てないこの馬鹿地蔵、己《おのれ》に用はござらん」と、地蔵堂を立ち上がり、閻魔堂へ急ぎ行く。閻魔堂になりぬれば、大祭日のことなれば、閻魔の前に数の供物が供えある。三郎それと見るよりも、「はは今日は正月十六日じゃによって、閻魔の前に数の供物が供いある。見ればおこわなぞが供えある。「どりゃどりゃ一と口やらかせ」と、意地の汚い三郎が、口一杯に頬張って、閻魔の顔を打ち眺め、「これ閻魔この三郎様がおこわをお上がりなされればなんだ、己はおこわ面《づら》してけつかるな。閻魔異なもの味なもの。己憎《に》っくき閻魔め」と、目より高く差し上げて、大地へどっと打ちつければ、あらいたわしの閻魔様、仏者細工のことなれば、番《つが》えも離れける。そこ立ち上がり三郎は、鐘楼堂へ急ぎ行く。鐘楼堂になりぬれば、この釣鐘が怪しいと、墓場掃除の竹箒、手早くそこへ持ち来たり、中掻き回すと見えけるが、中に冬住《ふゆずみ》いたしたる、

ノリす万のはちがとんで出　ノリ三郎あたまおちくとさす
ノリ中にも一ツの親はちが　ノリ三郎の又《[ママ]》へとび込で　ノリへたなせうぎじやなけれ供　ノリしや《[ママ]》とり王手トさし込ンだり
ノリさゝれて其時三らハ　ノリいたい供云ずかいゝ供云ず
ノリ只めそ〳〵トなく斗り　ノリ三庄太夫ハはせ来り　言此べらぼふやらうめ　此いそかしいにひるねおしてけつく《[ママ]》なる
いくらねむつたい迚雪の中へねてけつかる馬かやらうめ
早くおきろ　アイヤ申おとつさん　私ハひるね所でハ御さりませぬ　はちにさゝれました　何だ三郎八《[ママ]》にさゝれた
左様で御ざり舛　此いそがしいに八わるさ所でハないによく〳〵ばかやらうだな　イヤ申父上様八わるさ所でハ御ざりません　そうしてどこおさゝれたよ　左用《[ママ]》で御ざり舛
何ぼ親子の中でもちと見せにくい所で御ざり舛　親子の中で見せにくい所がある者か　早く見せろ　左用なれバこゝでござり舛　ヲゝさゝれた〳〵　太《[ママ]》へんな所おさゝれた
おきん玉おさゝれた　八も八だか三郎も三郎た　さす所やさゝれる所に事おかへて　金玉ヲさゝれるト云《[ママ]》トがある物か　何んでも蜂にさゝれたにあはくそが大妙やくトある※

数万《すまん》の蜂が飛んで出て、三郎頭をちくと刺す。中にも一つの親蜂が、三郎の股へ飛び込んで、下手な将棋じゃなけれども、飛車取り王手と指し込んだり。刺されてその時三郎は、痛いとも言わず痒《かい》いとも言わず、ただめそめそと泣くばかり。三庄太夫は馳せ来たり、「このべらぼう野郎め、この忙しいに昼寝をしてけつくなる。いくら眠ったいとて雪の中へ寝てけつかる馬鹿野郎め。早く起きろ」「あいや申しおとっつぁん、私は昼寝どころではございませぬ。蜂に刺されました」「何だ三郎蜂に刺された」「さようでございます」「この忙しいに蜂悪さどころではないに、よくよく馬鹿野郎だな」「いや申し父上様蜂悪さどころではございません」「そうしてどこを刺されたよ」「さようでございます。何ぼ親子の中でもちと見せにくい所でございます」「親子の中で見せにくい所があるものか。早く見せろ」「さようならばここでございます」「おお刺された刺された　大変な所を刺された。お金玉を刺された。蜂も蜂だが三郎も三郎だ。刺す所や刺される所にことを欠いて、金玉を刺されるということがあるものか。何でも蜂に刺されたにゃ歯糞が大妙薬とある。

とれ［ママ］〳〵はくそお付てやりましよふ　したが三郎　おれがにハはが一本もないによつて　はくそハない　み〻くそでも付てやりましふ［ママ］　したが三郎　おぬしハしやわせものだ　此用［ママ］に大金玉なればそれ　⑤こひの玉先新田村から　長持七さお　たんすが八さおで　金玉のぞみの嫁がくる　まんさらわるくハあるますめト　色云バ三郎はらお立　言アイヤ申おとつさん　おしやれ所しや御ざりません　ひり〳〵してこたいられませぬ　泣出三郎　蜂にくわれて泣やつが有物か　左用ならをとつさん　がまんいたしましふ　そんなら三郎　まださがしのこした所かある　しんほふしろ　是ゟ本堂のゑんの下かあやしい　太郎次郎三郎四郎五郎　ヲレにつゞいてきやしやれト　ノリ三庄太夫が先ニ立　ノリ先本堂のゑんの下へ　かめこもくりじやなけれ供　ノリ親かもくれバ子かむくる　ノリわつぱかつぱと探せ供　ノリさらにはツパわしれされば　ノリ其時三庄太夫殿　ノリ何かくやり［ママ］トひつツカミ　言三郎〻何かつかんだ〳〵　イヤ申父上様夫レハわツぱで御さりましふ　何だ三らこんなくさいわつぱかある者か　ドレ〳〵ヤア〳〵是ハしたり父上様　是猫のまぐそで御座り升※

どれどれ歯糞をつけてやりましょう。したが三郎、俺がには歯が一本もないによって、歯糞はない。耳糞でもつけてやりましょう。したが三郎、おぬしは仕合わせ者だ。このように大金玉なればそれ、こいの玉先新田村から、長持七棹、箪笥が八棹で、金玉望みの嫁が来る。満更悪くはあるますめ」と、言えば三郎腹を立て、「あいや申しおとっつぁん、お洒落どころじゃございません。ひりひりして堪《こた》いられませぬ」泣き出す三郎。「蜂に喰われて泣くやつがあるものか」「さようならおとっつぁん、我慢いたしましょう」「そんなら三郎、まだ探し残した所がある。辛抱しろ。これより本堂の縁の下が怪しい。太郎次郎三郎四郎五郎、俺に続いて来やしゃれ」と、三庄太夫が先に立ち、先ず本堂の縁の下へ、亀子潜りじゃなければども、親が潜れば子が潜る。わっぱ河童と探せども、さらにわっぱは知れざれば、その時三庄太夫殿、何かくやりと引っ掴み、「三郎三郎何か掴んだ掴んだ」「いや申し父上様それはわっぱでございましょう」「何だ三郎こんな臭いわっぱがあるものか」「どれやあやあこれはしたり父上様、これ猫の馬糞《まぐそ》でございます」

べらぼふめ猫のまくそト云〔ママ〕が有物か　どれ〳〵ァ、くさい〳〵ト太夫殿　ノリあちらこちらと探供　ノリさらにわツぱハしれされバ　ノリ三庄太夫広宗ハ　ノリゑんの下にて　やかんあたまへけがおして　いたい〳〵ト云まゝに　ノリわツぱおがらりと打わすれ　ノリかつぱ〳〵ト呼ハたり　ノリ其時三庄太夫殿　ノリ元ノ穴へもぐり出シ　言三郎〳〵けがおした〳〵いたいとも〳〵ひり〳〵トしてこたへられぬハやい　是ハしたり父上様　けがハどこで御ざり舛ト　三郎なんぼ親子の中でも　ちとみせにくい所だ　是ハしたり父上様　親子の中で見せにくい所が御ざりましよふか　ドレ〴〵どこで御ざります　されバよ三郎　あたまだよ　イヤ是ハ大へんだ父上　是ハ父上私がよきくすりお上ましよふ　是にハはくそがよろしう御ざり舛　此馬鹿やらふめ　八にくわれたでハないアイ　時におとつさん　けがハ目程で御ざり舛からむ〔ママ〕るきづかへハ御座りませぬ　何だ三郎おれがあたまおやかんだと思ふか　此馬鹿やらふめ　サア〳〵小供ら　迚も見⑥へかにハおらぬによつて　是ゟ聖りに大清門〔ママ〕おたゝさせねバならぬ　早ゝこれへまいれよト　△ひよふぎ中ばへ聖り殿　□ぼんに茶わんおのせられて※

べらぼうめ猫の馬糞ということがあるものか。どれどれあぁ臭い臭い」と太夫殿、あちらこちらと探せども、さらにわっぱは知れざれば、三庄太夫広宗は、縁の下にて、薬缶頭へ怪我をして、痛い痛いと言うままに、わっぱをがらりと打ち忘れ、河童河童と呼ばわったり。その時三庄太夫殿、元の穴へ潜り出し、「三郎三郎怪我をした怪我をした。痛いとも痛いともひりひりとして堪えられぬわやい」「これはしたり父上様、怪我はどこでござります」と、「三郎なんぼ親子の中でも、ちと見せにくい所だ」「これはしたり父上様、親子の中で見せにくい所がござりましょうか。どれどれどこでござります」「さればよ三郎、頭だよ」「いやこれは大変だ父上、これは父上私がよき薬を上げましょう。これには歯糞がよろしうござります」「この馬鹿野郎め。蜂に喰われたではないあい」「時におとっつぁん、怪我は目程でござりますから、漏る気遣えはござりませぬ」「何だ三郎俺が頭を薬缶だと思うか。この馬鹿野郎め。さあさあ小供ら、とても見えかにはおらぬによって、これより聖に大誓文を立たさせねばならぬ。早々《はやはや》これへ参れよ」と、評議半ばへ聖《ひじり》殿、盆に茶椀を載せられて、

△手早くそこへ持来り　言是ハ皆の衆　ぐそうも去年のくれは　いそがしうて〳〵　ろく〳〵すゝはらへもいたしません　春ハそう〳〵由良がみなとより　親子の衆が御ざつてゑんの下のすゝはき迠大きにごくろう　茶でもあがれと△さし出せバ　□呑者迚もあらざれバ　ノリ三郎夫レト見るならモ　ノリ盆も茶わんもほふり出し　ノリ扨是ならモ聖り殿　大切大清門お立る事　次にてくわしく別る也

大正八年四月三十日
薩摩駒和太夫

註

①勇々らしく　不明。「堂々として」の意か。
②おこわづら　閻魔の赤い顔からの連想か。「おこわに掛ける」（人をだます）という言い方もある。
③ゑんまいな物あじな者　「閻魔」に「縁は」を掛ける。
④仏しや　不明。「仏者（僧侶）」のことか。それとも「仏師」の転か。
⑤こひの玉先新田村　若太夫正本では、「ごゐのたまさきしんでん」とある。
⑥見へかにハ　不明。「見える所には」の意か。

手早くそこへ持ち来たり、「これは皆の衆、愚僧も去年の暮れは、忙しゅうて忙しゅうて、碌々煤払えもいたしません。春は早々《そうそう》由良湊より、親子の衆がござって　縁の下の煤掃きまで大きにご苦労。茶でも上がれ」と、差し出せば、呑む者とてもあらざれば、三郎それと見るよりも、盆も茶椀も放り出し、さてこれよりも聖殿、大誓文を立つること、次にて詳しく分かるなり。

大正八年四月三十日
薩摩駒和太

［粗筋四］「二十五　聖誓文神《ひぢりせいもんかみ》おろしの段　上下」～「二十七　骨拾段《こつひろひのだん》　上下」

太夫親子に対王丸を出すか、誓文を立てるか迫られた聖は、悩んだ末に誓文を立てる決意をし、先ずはお経の数々を、次いで全国の神仏の名を唱え、童はいないと誓う。三郎は、垂木に掛けた葛籠を怪しみ、吊った縄を切ろうとすると〈吊った縄を切り下へ降ろして、蓋を開ける〉、安寿から譲られた地蔵尊が金色の光を放って、三郎の両眼を射貫く。親子六人は驚いて、由良の湊へ戻り行く（「二十五　聖誓文神《ひぢりせいもんかみ》おろしの段　上下」）。

地蔵尊の御利益を目にした聖に、対王丸は身の上を語る。聖は、再び太夫親子の追っ手が掛からぬ内にと、元の葛籠に対王を入れ、縄を掛けて背負い、都へ向かう。漸く七条朱雀権現堂に着くと、聖は衣の片袖を形見に渡し、寺へと戻る。あとに残った対王は、果ては乞食非人となって、露命を繋ぐ（「二十六　ひぢり道行《みちゆき》の段《だん》」上下）〈足腰の立たなくなった対王が土車に乗せられて、天王寺に着き、石の鳥居に取り付くと腰が立つ。折しもおしやり大師の目にとまり、茶の給仕となる〉。

一方、寺に戻った聖は、対王との約束を守るため、安寿に会おうと由良千軒に勧化がてらに出掛けるが、一向に行方が知れない。兼ねて知り合いの老婆に尋ねると、三郎が火責めで殺し、藪に捨てたと言う。一旦寺に戻った聖は、再び由良の湊に赴き、夜陰を幸い安寿の亡骸を拾おうと藪に入る。どこやらから、安寿の声が聞こえ、姿も現れ、聖に弟を助けてくれた上に、うち捨てられた我が亡骸を火葬し、回向してくれる礼を述べ、また姿は消える。聖は、亡骸を火葬した骨を器に入れて、対王の来訪を待つ（「二十七　骨拾段《こつひろひのだん》　上下」）〈古説経にこの段に相当する部分なし〉。

［この後、八王子本「朱雀詣之時　梅津広忠公対王丸　松並木ニテ拾ヒ上之段」、若太夫正本「二十八　朱雀詣段《しゅしゃかもうでのだん》　上」「二十八　朱雀拾揚段《しゅじゃかひろいあげのだん》　下」となるが、八王子本、若太夫正本は古説経と内容を多少異にしている。古説経では、梅津の院が清水の観音に申し子を願うと、観音は院の枕上に立ち、天王寺へ詣れとの仏勅。院は天王寺に詣で、茶の給仕をしている対王丸の額に米という字が三つ座り、両眼に瞳が二体あるのに目をとめて、養子となす］

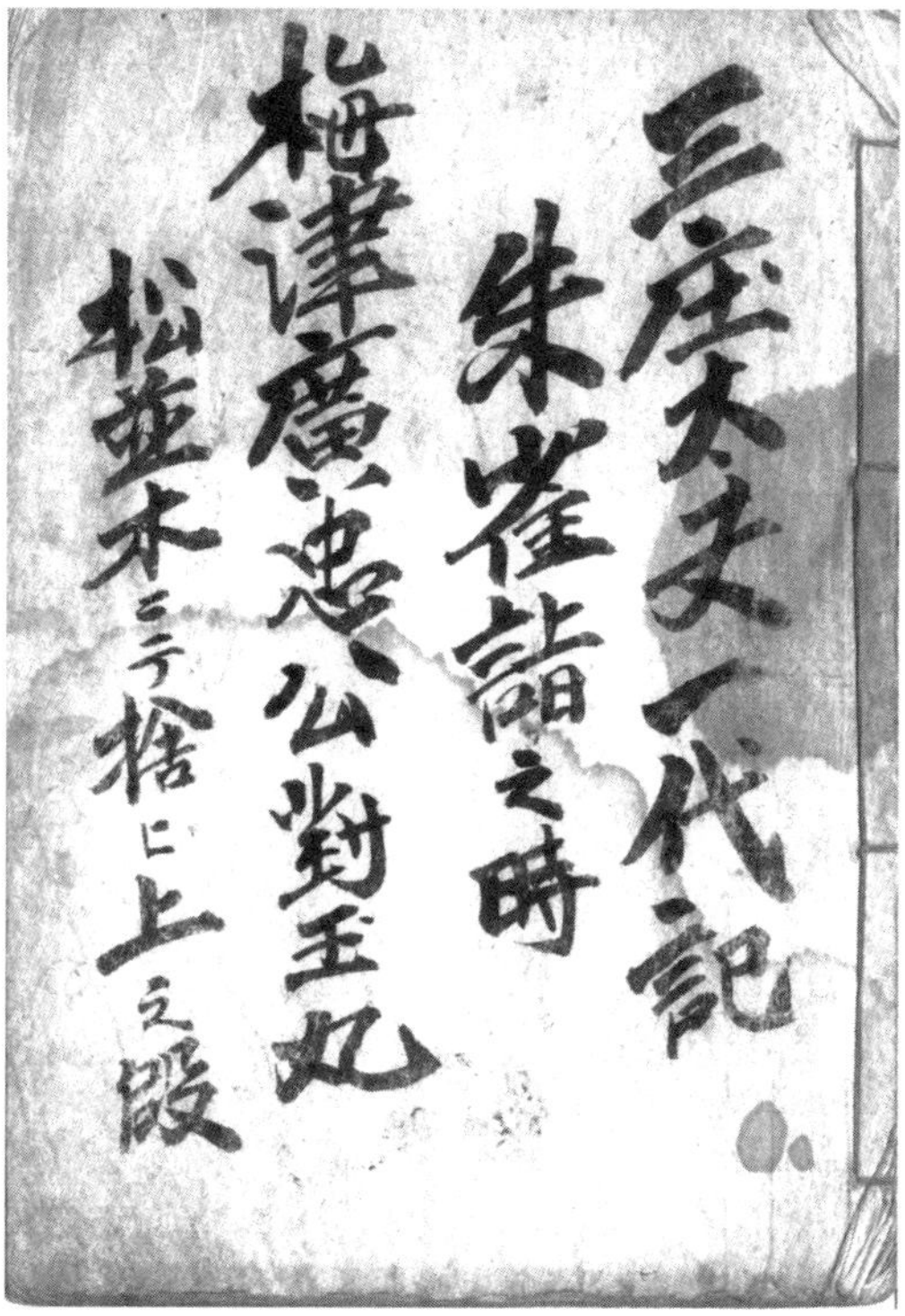

表紙

三庄太夫一代記

朱雀詣之時

梅津広忠公対王丸

松並木ニテ捨〔ママ〕ヒ上之段

（「対王丸捨上られ大内参内の場」に続く）

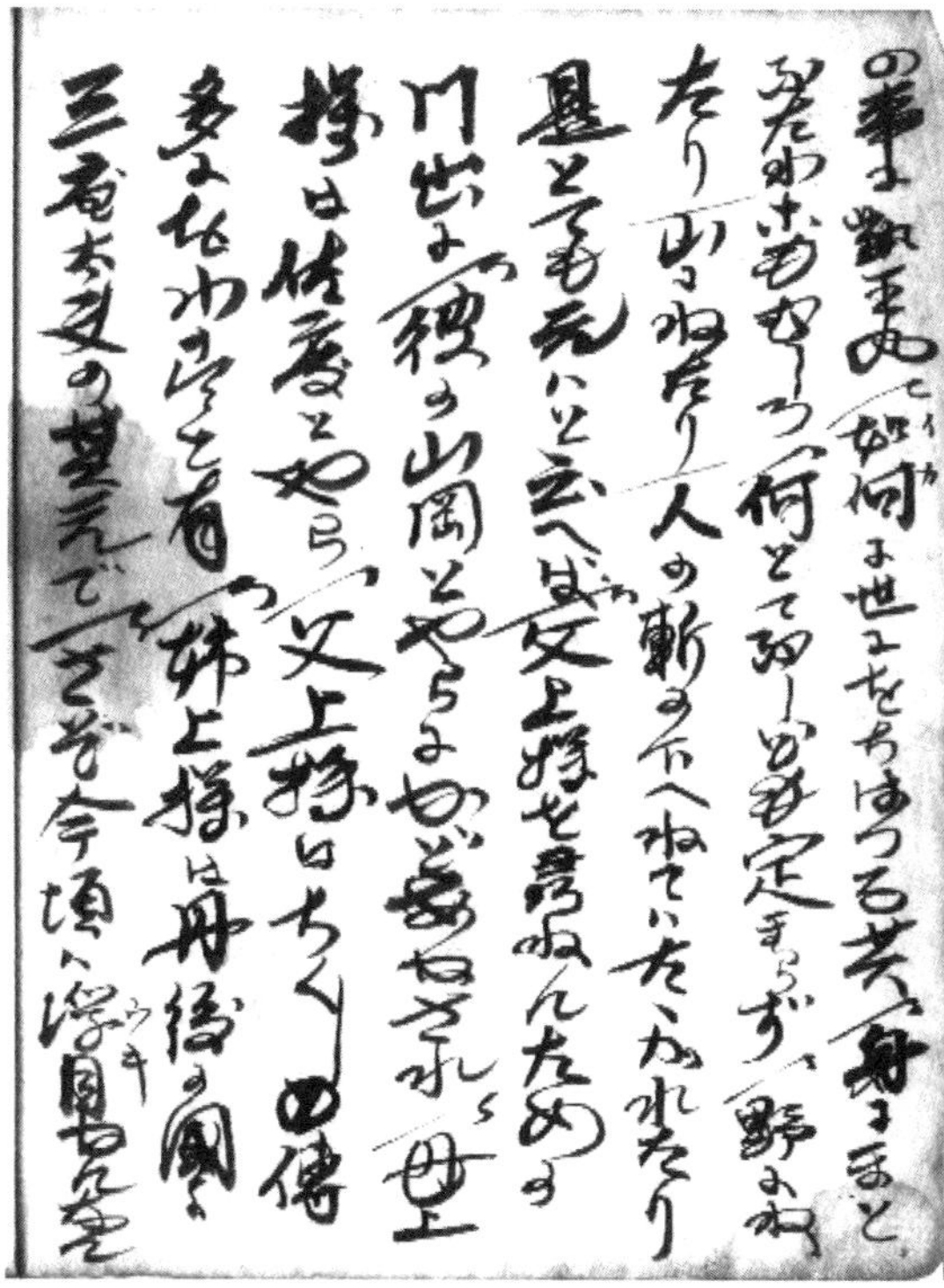

第二頁

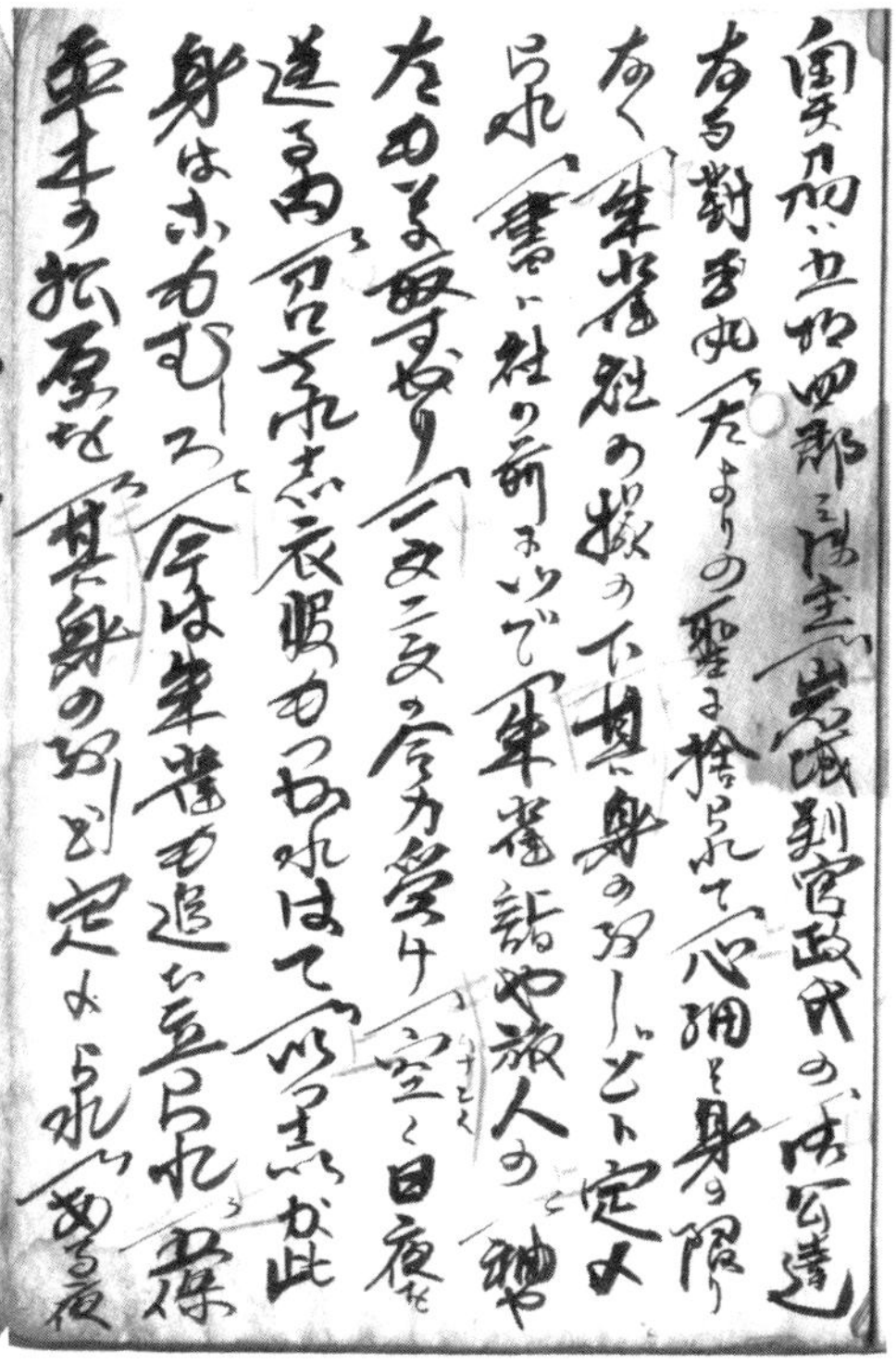

第一頁

【原文】

奥州ハ五十四郡之御主　△岩城判官政氏の　□御公達なる対王丸　○たよりの聖に捨られて　上心細そ身の限りなく　中朱雀社①の縁の下　キリ其身のふしどト定メられ　○昼ハ社の前にいで　ヤ朱雀詣や旅人の　上袖やたもとに取すがり　中一文二文の合力②受け　キリ空《ムナシク》く日夜を送る内　○召されし衣服もつかれはて　上いつしか此身はこもむしろ　中今は朱雀も追ひ立られ　上五条並木の松原を　キリ其身のふしどと定メられ　色ある夜の事に対王丸　如何《イカ》に世にをちはつる共身にまとふたわこもむしろ　何とてふしども定まらず　野にねたり　山にねたり　人の軒の下へねてハたゝかれたり　是とても元ハと云へば　父上様を尋ねんための門出に　彼の山岡とやらにかどあかされ　母上様は佐渡とやら　父上様はちくしの博多にをわすと有　姉上様は丹後の国の三庄太夫の其元で　さぞ今頃ハ浮目《ウキ》［ママ］かんなん何を致すで有ふやら　我ハ都で乞食非人　如何なる事で親子四人が此の様に別れ〳〵の其上に此の有様ハ何事ぞ　夫に付ても何《イツ》ぞや丹後にて御別れ申せし其時に※

【現代表記】

奥州は五十四郡のおん主《あるじ》、岩城判官政氏の、御公達なる対王丸、頼りの聖《ひじり》に捨てられて、心細身の限りなく、朱雀社の縁の下、その身の臥所《ふしど》と定められ、昼は社の前に出で、朱雀詣や旅人の、袖や袂に取りすがり、一文二文の合力《ごうりき》受け、空《むな》しく日夜を送る内、召されし衣服も疲れ果て、いつしかこの身は菰筵《こもむしろ》、今は朱雀も追い立てられ、五条並木の松原を、その身の臥所と定められ、ある夜の事に対王丸、「如何《いか》に世に落ち果つるとも、身にまとうたは菰筵、何とて臥所も定まらず、野に寝たり、山に寝たり、人の軒の下へ寝ては叩かれたり、これとても元はといえば、父上様を尋ねんための門出《かどいで》に、かの山岡とやらに拐《かどわ》かされ、母上様は佐渡とやら、父上様は筑紫《ちくし》の博多におわすとある。姉上様は丹後の国の三庄太夫のその元で、さぞ今頃は憂き目艱難、何を致すであろうやら、我は都で乞食《こつじき》非人。如何なる事で親子四人がこの様に、別れ別れのその上にこの有様は何事ぞ。それにつけてもいつぞや丹後にてお別れ申せしその時に、

姉上様の返す〴〵の仰せにハ　都に落て出世せよ　家を継《ツゲ》
との御仰とは　今で忘れハ致さねど　かく世に落て出世之
事ハさてをいて　色あすをもしれぬ我が命　上せめて此の世
に有る内に　中父上様や母上様　キリ又二ツにハ姉上様に
○逢ひたい事じや逢ひたいと　キリ泣く〳〵其夜を送らる丶
□是も都にかくれなき　△梅津中将大納言　□広忠公ト申す
るハ　△御身に不足ハなけれ共　○如何なる事にや妹背の
中　中未ダ世つぎもあらざれバ　上朝夕妹背の御なげき　中昨
夜もとこのむつ言に　上是のふ申し夫上様　中此の世に女子
と生れ来て　上子を持たざりし其者ハ　中死丶てめいどへ行
く時ハ　キリ無限[ママ]地獄へ落ち行きて　○かしやくの鬼に逢
ふとかや　上由夫とてもいとわねど　中未だ世つぎのなき時
ハ　上梅津の家ハ一代ぎり　中思へば〳〵悲しやと　キリ涙に
くれての物語り　広忠公ナ聞《キコ》しめされ　大イヤ最《モットモ》なるそち
が歎き　なれ共当所七条朱雀権現ハ　人の行末武運長久を
守らせ給ふ神と聞　我も是ヨリ七条ハ朱雀権現へ祈誓《キガン》を掛
け　男子なり共　女子なり共　末の世つぎをさづからんと
△思ひ立つ日が吉日と　俄に供人申し付　△まだしの丶め
のころ成が※

姉上様の返す返すの仰せには、都に落ちて出世せよ、家を継げとのおん仰せとは、今で忘れは致さねど、かく世に落ちて出世の事はさておいて、明日《あす》をもしれぬ我が命、せめてこの世にある内に、父上様や母上様、又二つには姉上様に、逢いたい事じゃ逢いたい」と、泣く泣くその夜を送らるる。これも都に隠れなき、梅津中将大納言、広忠公と申するは、おん身に不足はなけれども、如何なる事にや妹背の中、未だ世継ぎもあらざれば、朝夕妹背のおん嘆き、昨夜も床《とこ》の睦言に、「これのう申し夫上様《つまうえ》、この世に女子《おなご》と生まれ来て、子を持たざりしその者は、死して冥途へ行く時は、無間地獄へ落ち行きて、呵責の鬼に逢うとかや。よしそれとても厭わねど、未《いま》だ世継ぎのなき時は、梅津の家は一代ぎり。思えば思えば悲しや」と、涙に暮れての物語り。広忠公な聞こし召され、「いや尤もなるそちが嘆き。なれども当所七条朱雀権現は、人の行末武運長久を守らせ給う神と聞く。我もこれより七条は朱雀権現へ祈願を掛け、男子《なんし》なりとも、女子《にょし》なりとも、末の世継ぎを授からん」と、思い立つ日が吉日と、俄《にわか》に供人申し付け、まだ東雲《しののめ》の頃なるが、大トシ梅津の家舘［ママ］を立出て　朱雀を差て急ぎ行　△是ぞ都にかくれなき　□早七条ハこなたなる　三キメ朱雀の社に着き給ふ　詞アイヤ如《イカ》に皆の者我《ワレ》ハ当社に大願有て　今日《コンニチ》ヨリ七日間　通夜断食《ダンジキ》致す故其方達ハ舘にかへり　満んずる七日の明方に　むかひに参るべし　ノリト仰ニハット近習の者　ノリ何ニかの様子は知らね共　□主命なれば是非もなく　□皆供人を引連れて　三キメ梅津の舘へ帰りける　△あとにも残る広忠公　□心ろ晴かに立上り　△うがひ手水で身を清め　□八ツのきだ橋［ママ］あがられて　○只一心に手を合せ　ハリ南無や朱雀の大権現　○そも某と申するは　ヤ都に於てかくれなき　上梅津中将大納言　中広忠とは我が事なり　上如何成る前世の因縁にや　中家の世継が有らざれバ　○男子なり共女子なり共　上世継を授けたび給へ　キリ南無や朱雀の権現と　△一夜ならず二夜三夜　□七日七夜の其間だ　△断食成して祈れ共　□何の仕細［ママ］も有らね共　△満づる七日の明方に　□如何《イカガワ》なしけん広忠公　三キメついとろ〳〵とまどろみしが　下ノリ俄に社内の物すごく　ヲクリあら不思議な次第なり　ノリ誰れ人とても有らざるに　ノリ御戸びら左右に押開き　ノリまどろみ居たる広忠の※

梅津の館を立ち出でて、朱雀をさして急ぎ行く。これぞ都に隠れなき、はや七条はこなたなる、朱雀の社に着き給う。「あいや如何に皆の者我は当社に大願ありて、今日《こんにち》より七日間、通夜断食致す故、その方達は館に帰り、満《まん》ずる七日の明方《あけがた》に、迎いに参るべし」と仰せにはっと近習の者、何かの様子は知らねども、主命なれば是非もなく、皆供人を引き連れて、梅津の館へ帰りける。あとにも残る広忠公、心晴れやかに立ち上り、嗽手水《うがいちょうず》で身を清め、八つの階《きざはし》上がられて、只一心に手を合わせ、「南無や朱雀の大権現、そもそれがしと申するは、都において隠れなき、梅津中将大納言、広忠とは我が事なり。如何なる前世の因縁にや、家の世継ぎがあらざれば、男子なりとも女子なりとも、世継ぎを授けたび給え。南無や朱雀の権現」と、一夜ならず二夜三夜、七日七夜のその間《あいだ》、断食なして祈れども、何の仔細もあらねども、満ずる七日の明方に、如何《いかが》はなしけん広忠公、ついとろとろとまどろみしが、俄に社内の物凄く、あら不思議な次第なり。誰《たれ》人ともあらざるに、おん扉左右に押し開き、まどろみいたる広忠の、

大半枕の元に近奇［ママ］って　詞善哉〳〵梅津広忠謹で受給れ　御
身ハ家の世つぎなきことをなげき　此の権現を深く祈り
凡此土に多き物わ　人間子種　山にて木の数か③やの数　天
にてハ星の数　かず有子種の其中ニ　汝に授ける子種とて
わ候わず　なれども我を深く念ずる故　信心の意徳［ママ］を以て
家の代継［ママ］を授けくれん　今日下向の道すがら　五条並木の
松原に　年の頃わ十二カ三のわっぱ子　身ハ賤しけれど
④ひたいにハ米と云ふ宝の文字現れ　両眼にハ人見払ひ［ママ］が二
体ヅヽ四体有り　是れを捨ひ［ママ］連れ戻り相続させなば　天晴
梅津ハ長久長久　ゆめ〳〵うたがふ事なかれ　我を誰と思
ふらん　我れこそは当社権現の使　誠の姿是見よと　大トシ
神ちょくあらたに示されて　社だんの内に入ニける　△広
忠御目をさまされて　詞ハッハ有難や忝けなや　今のは権現
の御告げ成るか　然らば五条並木を下向なさんと　△夜の
明るのを待受る　□折しも近習の者共ハ　大半我が君様の御
向ひと　色聞ヨリ広忠　△心ろ晴かに立上り　□下向のわニ
口打鳴らし　□礼拝なして　大トシ朱雀の社を立出て　五条
並木ニ急がるゝ　△早松並木に成りぬれば　□いづれにを
わす事なると※

枕の元に近寄って、「善哉善哉梅津広忠謹んで受け給われ。御
おん身は家の世継ぎなきことを嘆き、この権現を深く祈り、
凡《およ》そこの土《ど》に多き物は、人間子種、山にて木の数茅の数。
天にては星の数。数ある子種のその中に、汝に授ける子種
とては候わず。なれども我を深く念ずる故、信心の威徳を
以て、家の世継ぎを授けくれん。今日下向の道すがら、五
条並木の松原に、年の頃は十二か三の童子《わっぱ》。身は賤しけれ
ど、額には米という宝の文字現れ、両眼には瞳仏《ひとみぼとけ》が二体ず
つ四体あり。これを拾い連れ戻り相続させなば、天晴れ梅
津は長久長久。ゆめゆめ疑う事なかれ。我を誰と思うらん。
我れこそは当社権現の使い、誠の姿これ見よ」と、神勅あ
らたに示されて、社壇の内に入りにける。広忠おん目を覚
まされて、「はっは有難や忝《かたじけ》なや。今のは権現のお告げな
るか。然らば五条並木を下向なさん」と、夜の明くるのを
待ち受ける。折しも近習の者どもは、「我が君様のお迎え」
と、聞くより広忠、心晴れやかに立ち上り、下向の鰐口打
ち鳴らし、礼拝なして、朱雀の社を立ち出でて、五条並木
に急がるる。はや松並木になりぬれば、いづれにおわす事
なると、

△御目をくばり居たりしが　○物のあわれハ対王丸　ヤ松の根元を宿となし　上御身にまとふはこもむしろ　キリ前後知らずにねいりしが　色広忠公はるかに御らじて［ママ］　詞アレアレ向ふの松の根元にふしたる小児　我尋ぬる子細あり　早々是れへ連れ参れと　△御言［ママ］あれば近習の者　□其まゝかしこへ走りヨり　近習アイヤそれなるわっぱ子　我君様を誰れと思ふ　都ニ於てかくれなき　梅津大納言広忠様なるぞ　夫《ソレ》ニ何んぞや御通りもはゝからず　其の様なりでどぶさって⑤居る故　早々是れへつれ参《マイ》れとの仰セ　サ、我々と一所［ママ］にうせをろふと　ヤ聞ヨリ対王驚て　詞アッハ是ハ〳〵左様なお方の御通り共存ぜす不礼［ママ］の段は幾重にも御ゆるし成て下さりませと　△ヂリ平伏なす　色広忠此由ごらんじて　詞アイヤ其者《ソノホー》それがしがたずぬる子細あり　早々是へ連れ参れと△仰せにはっと近習の者　□心得まして候と　△サア〳〵是へ御乞食様と　□きたなそふに連れ来る　○あわれ成かな対王丸　上広忠御前へ手をつかへ　ヤ是のふ如何に御殿様　中不礼の段《ダン》ハ幾重にも　キリ御ゆるしなされて下さりませト　△涙にくれて居たりしが　□広忠公な打ながめ　アッハ朱雀権現の御告の如く※

おん目を配りいたりしが、物の哀れは対王丸、松の根元を宿となし、おん身にまとうは菰筵、前後知らずに寝入りしが、広忠公遙かに御覧じて、「あれあれ向うの松の根元に伏したる小児、我尋ぬる仔細あり。はやはやこれへ連れ参れ」と、お言葉あれば近習の者、そのままかしこへ走り寄り、「あいやそれなる童子《わっぱ》。我が君様を誰と思う。都において隠れなき、梅津大納言広忠様なるぞ。それに何ぞやお通りも憚《はばか》らず、その様［な］なりでどぶさっている故、はやはやこれへ連れ参れとの仰せ。ささ我々と一緒にうせおろう」と、聞くより対王驚いて、「あっはこれはこれはさようなお方のお通りとも存ぜす無礼の段は幾重にもお許しなされて下さりませ」と、平伏なす。広忠このよし御覧じて、「あいやその方《ほう》それがしが尋ぬる仔細あり。はやはやこれへ連れ参れ」と、仰せにはっと近習の者、「心得まして候」と、さあさあこれへお乞食様」と、汚そうに連れ来る。哀れなるかな対王丸、広忠御前へ手をつかえ、これのう如何にお殿様。無礼の段は幾重にもお許しなされて下さりませ」と、涙に暮れていたりしが、広忠公な打ちながめ、「あっは朱雀権現のお告げの如く、ひたひにハ米と云文字形《あらわ》れ　両眼にハ人見払有り　是ぞ正しく我が代継ぎ　ハッハ有難や忝けなやと　△社の方を伏拝み　アイヤ夫なる小児御身ニ尋ぬる子細有　我と一ッ所に我が舘へ同道せよと　大アイヤ近習之物　あれ成る小児を我と一ッ所に　同せきせよと　□仰にはっと近習の者　△主命なれば是非もなく　大キリ五条並木を立出て　梅津の舘へ帰りける

「対王丸捨〔ママ〕上られ　大内参内之場」

爰ニ梅津の大納言　△対王丸を拾ヒ上げ　□家の代つぎニ致さんと　△目出度酒ゑんを致されて　□広忠公な早々に　□帝へさうもん致せしに　△忝《カタヂケ》なくも朝廷ヨリ　□家のよつぎと有るならば　△同々なしてよからんと　□聖旨ニ依て　△さいわい其日を吉日と　□にわかに衣服を改むる　○対王丸もさわやかに　上下には白き無垢を着て　中上ニハ黒き将束〔ママ〕の　上⑥〔ママ〕こゑゑぼしのいや高く　キリなれ共無官の悲しさに　○ふときあさぎの縒り紐　キリ其名ハ梅津小太郎と　□改名なして　□若とふ其外草履取《ゾウリトリ》　△同勢揃《ドウゼイソロ》ひ花やかに　大トシ梅津の舘を立出て　帝を差て上らゝる〔ママ〕※

額には米という文字現れ、両眼には瞳仏あり。これぞ正しく我が世継ぎ。はっは有難や忝なや」と、社の方を伏し拝み、「あいやそれなる小児おん身に尋ぬる仔細あり。我と一緒に我が館へ同道せよ」と、「あいや近習の者。あれなる小児を我と一緒に、同席せよ」と、仰せにはっと近習の者、主命なれば是非もなく、五条並木を立ち出でて、梅津の館へ帰りける。

「対王丸拾い上げられ　大内参内の場」

ここに梅津の大納言、対王丸を拾い上げ、家の世継ぎに致さんと、目出度き酒宴を致されて、広忠公な早々に、帝へ奏聞致せしに、かたじけなくも朝廷より、家の世継ぎとあるならば、同道なしてよからんと、聖旨に依りて、幸いその日を吉日と、にわかに衣服を改むる。対王丸もさわやかに、下には白き無垢を着て、上には黒き装束の、御衣《ぎょい》烏帽子のいや高く、なれども無官の悲しさに、太き浅葱の縒り紐、その名は梅津小太郎と、改名なして、若党その外草履取り、同勢揃い花やかに、梅津の館を立ち出でて、帝をさして上らるる。

ハリ程無御所に成ぬれば　□公家門ニハ檜の御門　△東門南門桐の門　□清涼殿にハ紫宸殿《シシーデン》　□右近《ウコン》の橘《タチバナ》　□左近《サコン》の桜　△御みす左右ト申スルハ　□近衛関白始トシ　□右大臣ニハ左大臣　□大納言ニハ中納言　□左大升《サイ》[ママ]ニハ右大将　□月桂[ママ]雲客　△下《シ》も官人ニ至ル迠　□日夜守護成シ奉るハ　三キメり丶しかりける次第なり　□きだ[ママ]はし元より　△広忠公な先ニ立　□皆夫々礼義を延べ[ママ]　三キメ其身の座に付平伏なす　詞ハッハ近衛公に言上奉ります　今日吉日を幸ヒ家の代つぎ同名小太郎を召連れまして候へば　朝廷へ宜しく御披露奉りますると　申上れば　一条前の大納言《ダイナゴン》　梅津殿にハコハ如何に此間まで京らくちうやらくがいを　袖乞《ソデクヒ》ひ致して歩み致る[ママ]　乞食非人を拾ひ上　梅津の代継とハ何言[ママ]ぞや　広忠殿にハ狂気召されしか　非人座が高ヒ玉座をけがす無礼者下りをろふと　大半はるかの末座に追下げられ　ヤハット斗りに広忠公　上コハ何事とハ思へ共　中身のあやまりに是非もなく　キリさわわら[ママ]ぬていにて居たりしが　○追下られて対王丸　ヤコハ残念なる我身ぞや　上非人と迠も落果る　中其かんなんのをそろしや　○なれ共一ッ《ヒト》度出せなし　上親子兄弟打奇《ヨ》りて　中岩城の家を立ばやと※

程なく御所になりぬれば、公家門には檜の御門、東門南門桐の門、清涼殿には紫宸殿　右近の橘、左近の桜、おん御簾《みす》左右と申するは、近衛関白始めとし、右大臣には左大臣、大納言には中納言、左大将には右大将、月卿雲客《げっけいうんかく》、下《しも》官人に至るまで、日夜守護なし奉るは、凜々しかりける次第なり。階《きざはし》元より、広忠公な先に立ち、皆それぞれ礼儀を述べ、その身の座につき平伏なす。「はっは近衛公に言上奉ります。今日吉日を幸い家の世継ぎ同名小太郎を召し連れまして候えば、朝廷へ宜しく御披露奉りまする」と、申し上れば　一条前《さき》の大納言、「梅津殿にはこは如何に。この間まで京洛中や洛外を、袖乞い致して歩みいたる、乞食非人を拾い上げ、梅津の世継ぎとは何事ぞや。広忠殿には狂気召されしか。非人座が高い玉座を汚す無礼者下がりおろう」と、遙かの末座に追下げられ、はっとばかりに広忠公、こは何事とは思えども、身の誤りに是非もなく、さあらぬていにていたりしが、追い下げられて対王丸、こは残念なる我が身ぞや。非人とまでも落ち果つる、その艱難の恐ろしや。なれども一度《ひとたび》出世なし、親子兄弟打ち寄りて、岩城の家を立てばやと、上一心神の恵みにや　中梅津の代継に引上げられ　上目出度参内仕り　中⑦今世《コノヨ》に出る此場にて　中氏も景図〔ママ〕も知らずして八丁乞食非人と云ハるゝハ　守りの神や仏にも　見はなされしか情けなや　○此まゝ下る物ならば　中我身の上はともかくも　上梅津のちょぢくわい〔ママ〕かならん　中此の場で景図を出すなら　○梅津の恥ハすゝげども　ヤ筑紫にまします父上様　上御身流罪の跡迠も　中此上もなき名のけがれ　キリ如何せんと対王丸　△心の内のいぢらしや　○なれ共世上のたとへにハ　上産の親より養の親　キリ岩城の恥《チジョク》をさらす共　□景図を出して　□父広忠の　△恥をすゝがん物なると　□はだみはなさぬ　△守り袋の中よりも　□した玉造りの一巻を△うや〳〵しくも取出し　□中啓ニのせ目八分持ち　△をめずをくせず立上り　□広忠御前に差置て　三キメ元の末座に下らるゝ　色やゝあって対王丸　詞ハッハ父上様に申上ます恐れながら夫なるわ　某の景図に候何卒御披露願上ますると　申上れば並居ル公家達　ナント各々方乞食にも景図が有る者で御座るかな　左様でござるよな　△皆々一同打笑ふ　広忠景図取り上げて　ハッア関白公へ言上奉ります※

一心神の恵みにや、梅津の世継ぎに引き上げられ、目出度く参内仕り、今世《いまよ》に出づるこの場にて、氏《うじ》も系図も知らずして、乞食非人と言わるるは、守りの神や仏にも、見放されしか情けなや。このまま下がるものならば、我が身の上はともかくも、梅津の恥辱はいかならん。この場で系図を出だすなら、梅津の恥はすすげども、筑紫にまします父上様、おん流罪のあとまでも、この上もなき名の汚《けが》れ、如何せんと対王丸、心の内のいじらしや、なれども世上の譬えには、産みの親より養いの親、岩城の恥辱をさらすとも、系図を出だして、父広忠の、恥をすすがんものなると、肌身離さぬ、守り袋の中よりも、信太《しだ》玉造りの一巻を、うやうやしくも取り出だし、中啓に乗せ目八分［に］持ち、怖《お》めず臆せず立ち上がり　広忠御前に差し置いて、元の末座に下がらるる。ややあって対王丸、「はっは父上様に申し上げます。恐れながらそれなるは、それがしの系図に候。何卒御披露願い上げまする」と、申し上ぐれば並居る公家達、「なんと各々方、乞食にも系図があるものでござるかな」「さようでござるよな」皆々一同打ち笑う。広忠系図取り上げて、「はっあ関白公へ言上奉ります。

コリヤ是倅小太郎が景図ニ候と差し上れば　近衛公した玉造りの一巻を取り上て　さら〳〵と押し開きて　ヲヽヲ、天竺にては星の帝大唐にてハ　四百余州に七朝廷　我朝にてハ桂原親王式部卿　平親王〔ママ〕将門の末孫　奥州五十四郡岩城判官政氏が一子対王丸有年ト　読ミ終る　□其時数多の公家達ハ　□互ニかを、見合せて　三キメあきれ果てぞ居たりける　□御みすきり〳〵まき上り　□忝なくも帝の輪旨〔ママ〕　イヤナニ梅津広忠　代継小太郎仕細〔ママ〕有って　父政氏ハ筑紫へ流罪致せし所　其一子対王丸一たん非人と沾になり下《サガ》り　今又拾上家の代継となして目出度参内致ス事　誠につきせぬ三世の縁　父ハ流罪の身トなれ共　岩城の家ニ備《ソナワ》ル対王五拾四郡ハ其まゝに汝ニ遣《ツカワ》ス　イヤナニ誰か有ル対王丸ニかわらけ持て　□ハハハット此方の大納言　△御かわらけを下しける　□若君ハット頂戴なし　△御流れ頂戴　ヤコハ有難き仕合ト　此上もなき身の明が〔ママ〕と　中悦び涙に広忠も　キリ共に喜び限りなや　色ヤヽアッテ対王丸両手をつかへ　ハッハ恐れながら関白公へ言上仕ります　父の本領下し置かるゝ事　実に明が至極に存候へ共※

こりゃこれ倅《せがれ》小太郎が系図に候」と、差し上ぐれば、近衛公信太《しだ》玉造りの一巻を取り上げて、さらさらと押し開きて、「おおお天竺にては星の帝、大唐にては四百余州に七朝廷、我が朝にては桂原親王式部卿、平新皇将門の末孫、奥州五十四郡岩城判官政氏が一子対王丸有年」と、読み終わる。その時数多《あまた》の公家達は、互いに顔を見合わせて、あきれ果ててぞ居たりける。おん御簾きりきり巻き上がり、忝《かたじけ》なくも帝の綸旨、「いやなに梅津広忠、世継ぎ小太郎仔細あって、父政氏は筑紫へ流罪致せし所、その一子対王丸一旦非人とまでになり下がり、今又拾い上げ家の世継ぎとなして目出度く参内致す事、誠に尽きせぬ三世の縁。父は流罪の身となれども、岩城の家に備わる対王、五十四郡はそのままに汝に遣わす。いやなに誰《たれ》かある対王丸に土器《かわらけ》持て」「ははは っ」とこなたの大納言、おん土器を下だしける。若君はっと頂戴なし、「お流れ頂戴。こは有難き仕合わせ」と、「この上もなき身の冥加」と　悦び涙に広忠も、共に喜び限りなや。ややあって対王丸両手をつかえ、「はっは恐れながら関白公へ言上仕ります。父の本領下だし置かるる事、実《まこと》に冥加至極に存じ候えども、ねがわくわ佐渡と丹後の二ヶ国を下し置かれよふ物ならば身にとりまして誠に有難き仕合せ此の二ヶ国を我が領内に仕れば　三庄太夫親子の者　又ハ佐渡の次郎左エ門　次ニハ山岡権藤太　思ひのまゝに刑罪[ママ]なし　姉上様や母上の身心《ミコヽロ》安く致させ申さんと　夫れと口へハ出《イダサ》さねど　キリしぜんとかをにあらわるゝ　朝廷叡覧遊ばされ　イヤナニ近衛関白彼の奥州ニ引替て　小国をのぞむと有　親子兄弟別れ〳〵と有れば　実にもっ共輪旨汗の如く出で再びもどらざれば五十四郡ハ其まゝ本領佐度丹後の二ヶ国を遣ハさん　対王丸ハ是より梅津中将有年と改メ　勝手次第ニ順[ママ]見せよ　あんどの墨付取らせよと　□仰ニハット関白公　△早速墨付下さるゝ　□有年ハット頂戴なし　△広忠公も一同ニ　上思ひがけなき御加増ト　キリ悦ぶ事の限りなや　□聖旨ニまかせ親子の者　□朝廷を御いとま給り[ママ]　△関白公へ一礼し　□皆夫々にいとまをなし　△有年公が下知をなし　色御前座が高い下りをふと[ママ]　□りきみにりきんで　□いこぢ[ママ]の悪ひ公家方大キリ冠を片むけ[ママ]平伏ハ見苦シかりける次第なり

願わくは佐渡と丹後の二ヶ国を下だし置かりょうものならば、身にとりまして誠に有難き仕合わせ」この二ヶ国を我が領内に仕れば、三庄太夫親子の者、又は佐渡の次郎左エ門、次には山岡権藤太、思いのままに刑罰なし、姉上様や母上の、御御《み》心安く致させ申さんと、それと口へは出ださねど、自然と顔に現わるる。朝廷叡覧あそばされ、「いやなに近衛関白、かの奥州に引き替えて、小国を望むとある。親子兄弟別れ別れとあれば、げにも尤も綸旨汗の如く出で再びもどらざれば五十四郡はそのまま本領、佐渡丹後の二ヶ国を遣わさん。対王丸はこれより梅津中将有年と改め、勝手次第に巡検せよ。安堵の墨付取らせよ」と、仰せにはっと関白公、早速墨付下さるる。有年はっと頂戴なし、広忠公も一同に、思いがけなき御加増と、悦ぶ事の限りなや。聖旨に任せ親子の者、朝廷をおいとま賜り、関白公へ一礼し、皆それぞれにいとまをなし、有年公が下知をなし、「御前座が高い、下がりおろう」と、力みに力んで、意地の悪い公家方、冠を傾むけ平伏は見苦しかりける次第なり。

昭和九年四月一日　改メ
八王子小門町七五
三代目
薩摩今津太夫
内田総淑

昭和九年四月一日　改め
八王子小門町七五
三代目
薩摩今津太夫
内田総淑

註

①朱雀　「しゅじゃか」、「しゅしゃか」、「すざく」、とも。
②合力　金品を与えること
③かや　「茅（草の代表として）」のことか。
④ひたいに八米と云ふ・・・　「米《よね》」は、「菩薩」や「（仏）舎利」が米の異名であることから、仏の姿を連想させるものか。また、「人見払ひ」は、「瞳仏《ひとみぼとけ》」の間違いか。いずれも対王丸の尋常でない相貌を表す。
⑤どぶさって　「ぶさる」は「伏さ（せ）る」、これに侮蔑の「ど」が付いたもの。
⑥こゑ　「御衣《ぎょい》」、又は「五位」か。不明。
⑦今世　「コノヨ」のルビは誤りで、「いま、よ」か。

［粗筋五］「三十　国順検《くにじゅんけん》乃段《だん》　上下」

晴れて梅津大納言の養子となり、小太郎有利《ありとし》と名を改め、奥州五十四郡に加え、佐渡丹後の国主となった対王丸は、早速二カ国の巡検に出る。佐渡の次郎に買われた母御台所は、両眼泣き潰し、粟畑で鳴子の綱を引き、鳥追い歌を口ずさみ、村の子供からは、安寿が来た、対王が来たと、からかわれながら、嘆きつつ日を送る。

小太郎有利は、直江が浦に到着し、宿役人に母とうわ竹の消息を尋ね、うわ竹が入水し、大蛇となって山岡太夫を引き裂き、怨霊となって由良千軒に祟りをなす故、その祟りを鎮めるために鎮守に祀ってあると聞く。翌朝、うわ竹社を参詣して、佐渡島へ急ぐ（「三十国順検《くにじゅんけん》乃段《だん》　上下」）〈古説経に該当部分なし〉。

［以下、若太夫正本は「三十一　母対面《はゝたいめん》之段《だん》　上下」に続くが、「三十六大尾　親子鋸挽段《のこぎりびきのたん》」まで古説経とは順序、内容がかなり異なっている］

三庄太夫一代記

対王丸母対面之段

二上り浄瑠璃

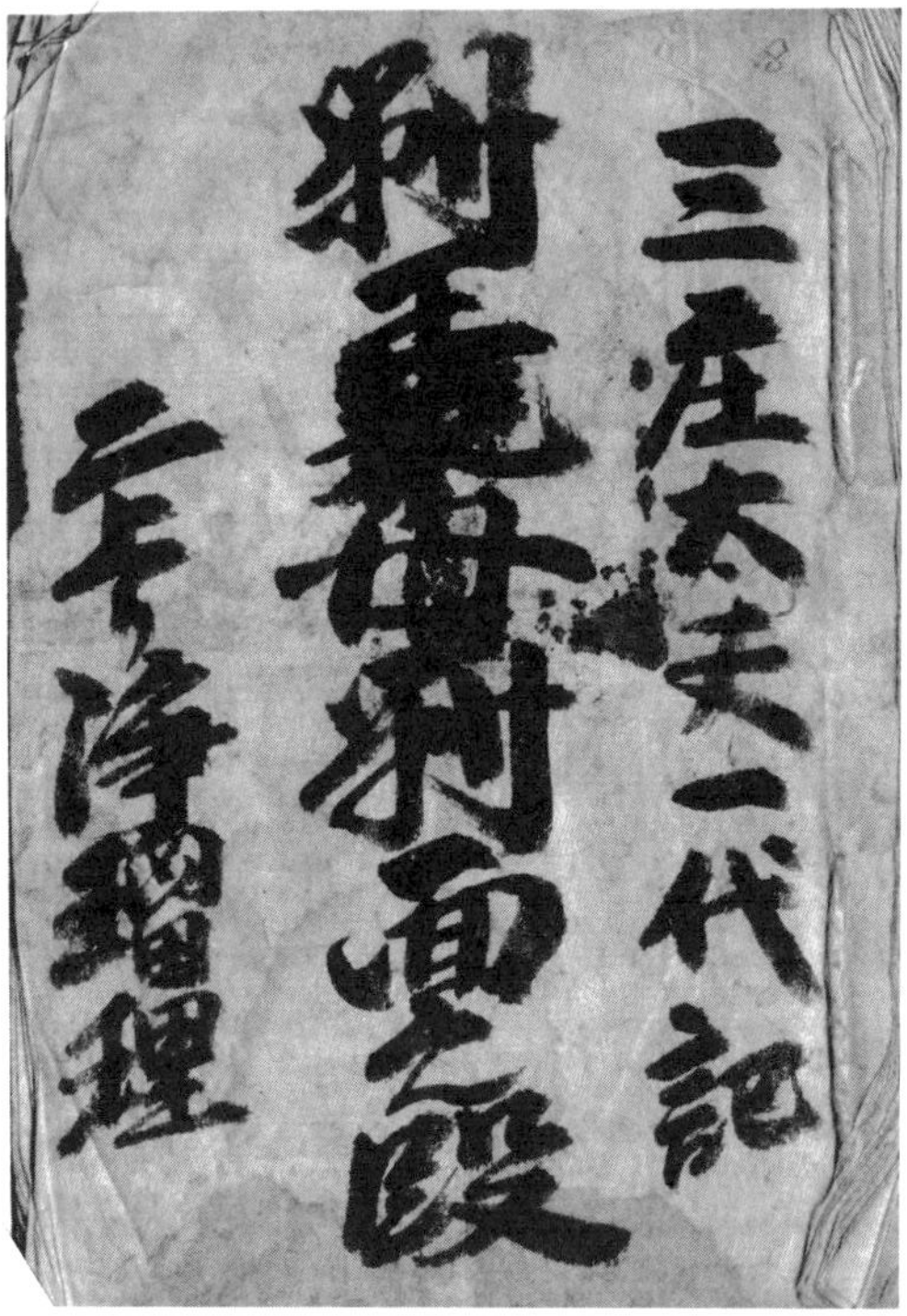
三庄太夫一代記
対王丸母対面之段
二上り浄瑠璃

表紙

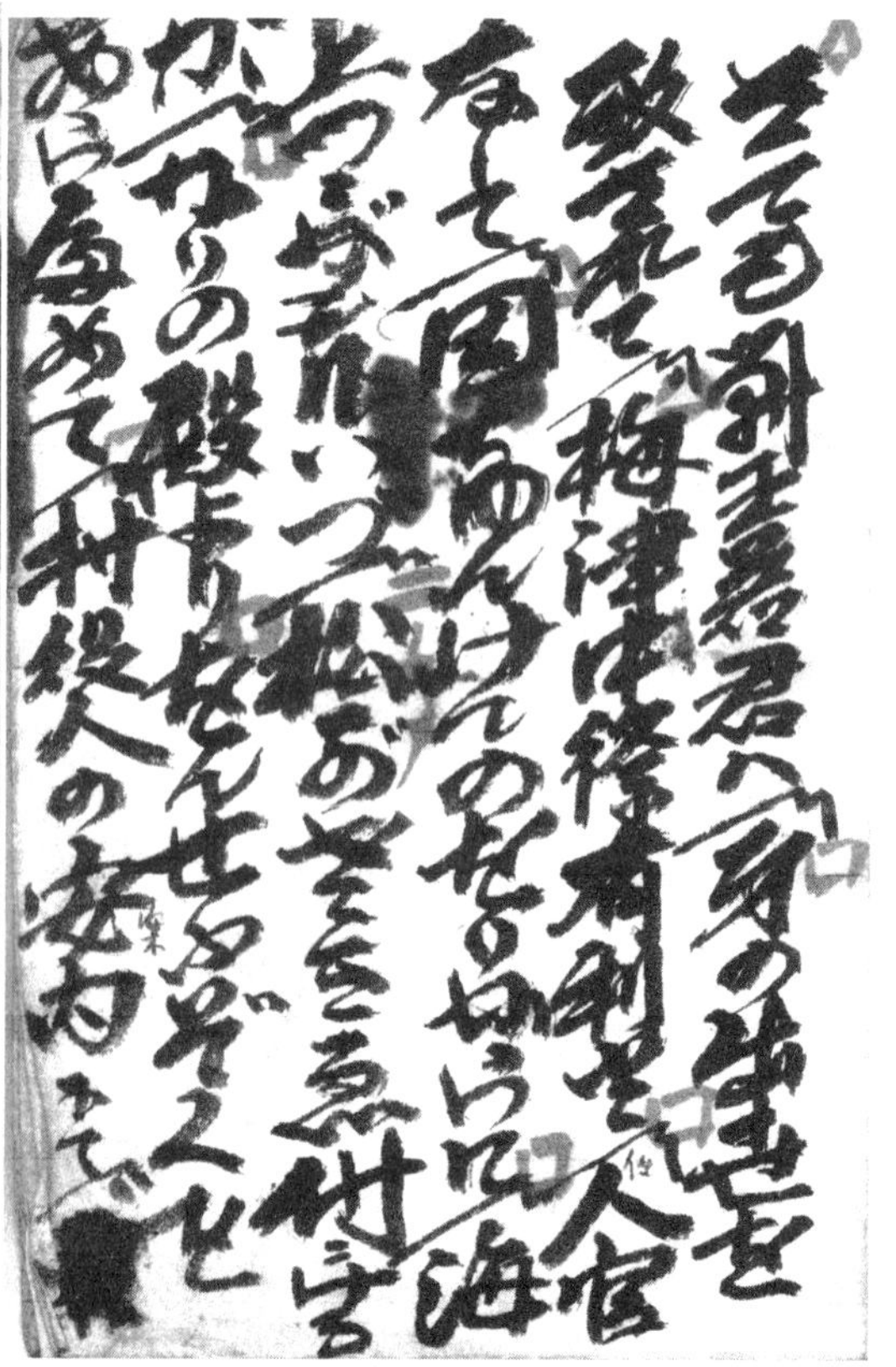

第一頁

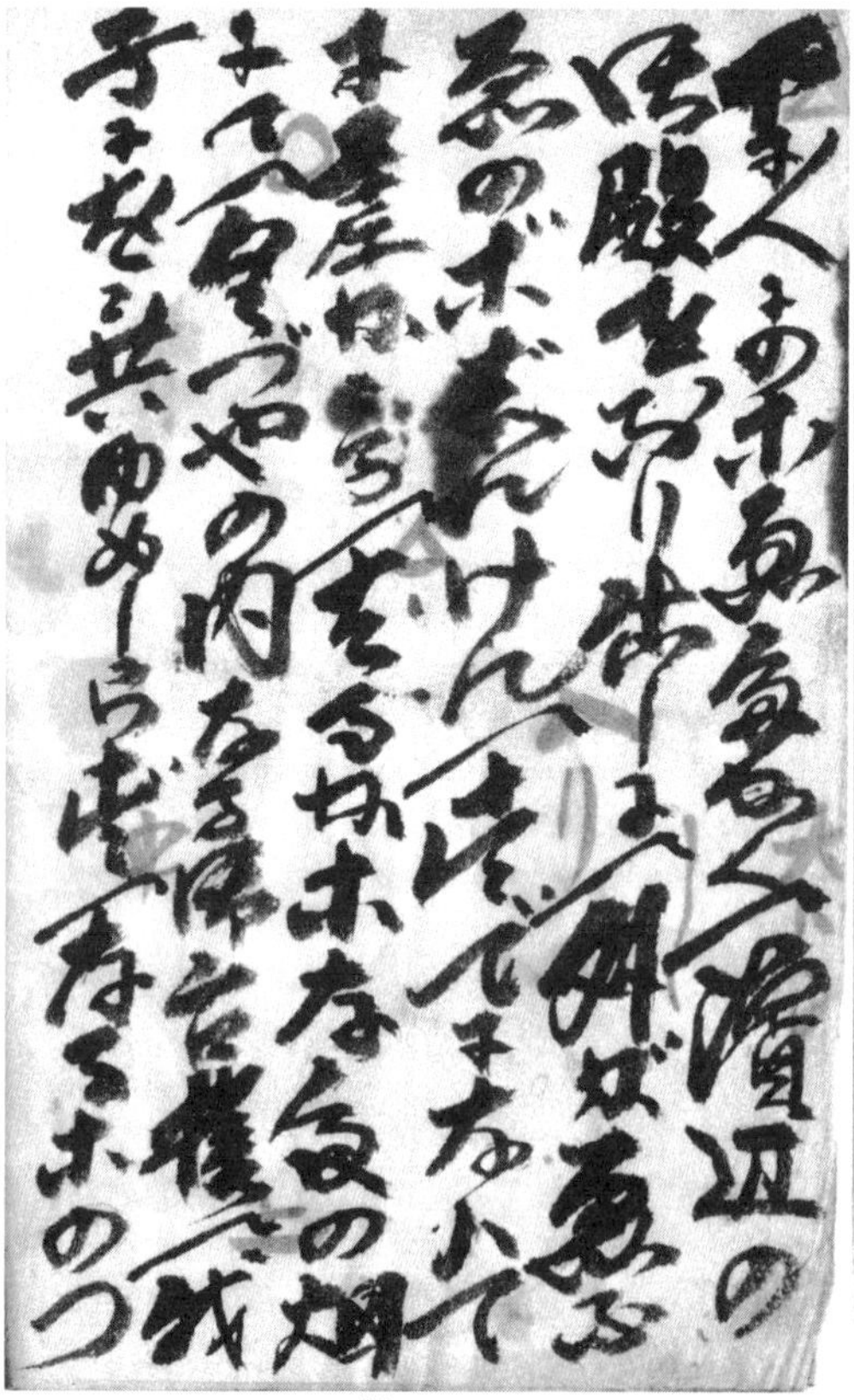

第二頁

【原文】

△さても対王若君ハ　□身の出世を致されて　△梅津中条〔ママ〕
①有利と　□任官なして　△国ぢゆんけんのをりからに　□海
上つゝがも候ハづ　二ノキメ松がさきゑ付ニけるが　□かり
の殿より　□をんせふぞくをあらためて　□村役人の案内
にて　△下に〳〵にのこゑたかく　大トシ浜辺の御殿をふり
出しに　②外がゑふゑのごじんけん〔ママ〕　入リすでになハてに差
かゝる　△はるかこなたの畑にて　○③くづやの内なる御台
様　上我子にをゝ共ゆめしらず　中なるこのつなにさぐり付
上なみたにくもるこいを上げ　キリとりあふうたこそいたハ
しや　□それハさてをき若君ハ　△風④のもよりかしらね共
○はるかこなたのあふかんにて　△そのこいほのかに
みゝとめ〔ママ〕　□有利君なきんじ〔ママ〕をめされ　イヤナニきんじの者
村役人をはや〳〵是ゑ〳〵ト　仰にごきんじゆ　ハハかし
こまり候ト立上ッテ　アイヤコレ村役人我君様の御召なる
早や〳〵是へ〳〵ト　上よび立られて村役人　キリすぐさま
其場に出来り　大半だいじ〔ママ〕にこうべをすり付れバ　色有利君
なごらんじて　イヤナニ村役人只今是にてきゝつるが※

【現代表記】

さても対王若君は、身の出世を致されて、梅津中将有利と、任官なして、国巡検の折からに、海上恙も候わず、松ヶ崎へ着きにけるが、仮りの殿《でん》より、御装束を改めて、村役人の案にて、下に下にの声高く、浜辺の御殿を振り出しに、外海府《そとがいふ》への御巡検、すでに畷《なわて》に差しかかる。遙かこなたの畑にて、屑家の内なる御台様、我が子に逢うともゆめ知らず、鳴子の綱に探りつき、涙にくもる声を上げ、鳥追う歌こそいたわしや。それはさておき若君は、風のもよりか知らねども、遙かこなたの往還にて、その声ほのかに耳［に］とめ、有利君な近習を召され、「いやなに近習の者、村役人をはやはやこれへこれへ」と仰せに御近習、「はは、かしこまり候」と立ち上がって、「あいやこれ村役人我が君様の御召しなる、はやはやこれへ」と呼び立られて村役人、すぐさまその場に出で来たり、大地に頭《こうべ》をすりつければ、有利君な御覧じて、「いやなに村役人、只今これにて聞きつるが、はるかあれなる畑とをもいしが　何やら女せふのこゑとして　をもしろそふなつらねうた　あれハいかなる者にて候と　御たづねに村役人　ハットをもてを上げ　をそれながらお国主様に申上げまする　あれハ今日　御殿様の御本じんをつかまつりまする　当村ニ置キマシテ　外がゑふの次郎エ門にござります　さいつころ海上にをいて　何国よりか二人の老母をかい取りましたる所一人は大海へ身をなげましたそふにござりまする　のこる一人我子にこがれまして　りよふがん迠もなきつぶしましたる　めくらばゝにござりまする　めかいのみゑぬやっかい者　我家にをいてせんないと　をのれがしよじなす八反の　粟の畑に　わずかなるわらごやをひつらい　粟ぼをつばむ［ママ］小鳥ををわす其ために　なるこのつなをひかせをきまする様に御座りまするイヤ早我子にこがれ　めさゑなきつぶしまするほどのことまして此の頃ハ村の子供に　なぶりはやされ　まことにき⑤よきはんらん　せふ［ママ］がもわかりませぬめくらばゝにござりまする　色申上れバ有利君ハッとむねにくぎ　そりや何んとゆふ村役人　さいつ頃海上にをいて　二人の老母を買取壱人ハ大海ゑ身をなげ※

遙かあれなる畑と思いしが、何やら女性《にょしょう》の声として、おもしろそうな連ね歌、あれはいかなる者にて候」と、お尋ねに村役人、はっと面《おもて》を上げ、「恐れながらお国主様に申し上げまする。あれは今日、お殿様の御本陣を仕りまする、当村におきまして、外海府の次郎エ門にござります。さいつころ海上において、いずこよりか二人の老母を買い取りましたる所、一人は大海へ身を投げましたそうにござりまする。残る一人、我が子に焦がれまして、両眼までも泣きつぶしたる、めくら婆にござりまする。目界の見えぬ厄介者、我家に置いて詮ないと、己《おのれ》が所持なす八反の、粟の畑に、わずかなる藁小屋を設《しつら》え、粟穂を啄《ついば》む小鳥を追わすそのために、鳴子の綱を引かせおきまするようにござりまする。いやはや我が子に焦がれ、目さえ泣きつぶしまするほどのこと。ましてこのごろは村の子供に、なぶり囃され、まことに狂気半乱。生家もわかりませぬめくら婆にござりまする」申し上げれば有利君、はっと胸に釘、「そりゃなんと言う村役人、さいつころ海上において、二人の老母を買い取り、一人《いちにん》は大海へ身を投げ、

のこる一人ハ我子ニこがれ　両がんをなきつぶし　なるこ
のつなをひかせをくとよな　そのぎにあらバ　さだめしを
もしろからん　それがし是より其粟の畑に参り　まふいち
をふ其のふた〔ママ〕なうけ玉〔ママ〕わらん　そのほふあんないつかまつ
れと　□村役人の案内で　△粟の畑へいそぎ行　ハリほどな
く畑に成りぬれバ　□あり利君ハ　□庄ぎに直りいたりし
が　村役人ハかけぬけて　大半くづやの前にたちよりて
コレ〳〵ばゝどのや　こなさんもうわさにきいてひってごあ
ろうが　此国ハ此度《コンド》御国がへと有って　今日都ゟもお殿様
が国ぢんゆん〔ママ〕の御付　只今松ヶ崎の御殿より　外がゐふの
をとふりじやが　はるかあれなるをゝかんにて　そなたの
ひごろうたわしやる鳥をいのふた〔ママ〕が　御国主様の御み〔ママ〕にと
まり　もふいちをゝごしよもふと有って　これなる畑まで
御出でなされた　そなたハめかいハみゑまいが　はるかあ
れにてきゝあそばすじやによって　いつもゟ一ってふしこ
いをはり上げて　うたをうとうてをきかせ申せ　いやもふ
こなさんハ其様なみすぼらしい有様にて御国主様のごしよ
もうにあづかろうなぞと云事わモねごうてもかなわぬ事ち
やと思たがよいぞや　みよが〔ママ〕にかないしをばゝ殿と※

残る一人は我が子に焦がれ、両眼を泣きつぶし、鳴子の綱を引かせおくとよな。その儀にあらば、定めしおもしろからん。それがしこれよりその粟の畑に参り、もう一応その歌な承らん。その方案内仕れ」と、村役人の案内で、粟の畑へ急ぎ行く。ほどなく畑になりぬれば、有利君は、床几に直りいたりしが、村役人は駆け抜けて、屑家の前に立ち寄りて、「これこれ婆殿や。こなさんも噂に聞いて知ってござろうが、この国は、今度お国替えとあって、今日都よりもお殿様が国巡検のお着き。只今松ヶ崎の御殿より、外海府のお通りじゃが、遙かあれなる往還にて、そなたの日頃歌わしゃる鳥追いの歌が、お国主様のお耳にとまり、もう一応御所望とあって、これなる畑までおいでなされた。そなたは目界は見えまいが、遙かあれにて聞きあそばすじゃによって、いつもより一調《いっちょう》子《し》声をはり上げて、歌を歌うてお聞かせ申せ。いやもうこなさんはそのようなみすぼらしい有様にてお国主様の御所望にあずかろうなぞという事は、も願うてもかなわぬ事じゃと思うたがよいぞや。冥加に適いしお婆殿」と、

△用子［ママ］しらねばゑんりなく［ママ］　下ノ地ほめらるゝ身のいぢらしや　○御台心につく〳〵と　上われもよに有その時ハ　中妻［ママ］ハ何を⑥おふしゆで　上五十四州ハ手の内に　中ゑよふゑいがハ上もなく　ャ御台様よとかしづかれ　上うやまわれたる身なれ共　中今世にをつればなさけなや　入はなれ〳〵のこのしまで　ャたかのしれたるさどたんご　上二ヶ国ばかりとる人の　中みまいにでるを　中かたじけないのみよがのと　シボリみさげられたがざんねんと　□思へば今はなさけなや　三キメ⑦せんかたなみだのかをを上げ　母ハッア是ハ〳〵村役人衆なるほどきゝつる都人のおとの様　みるかげもなき此のばゝが　をとの様のごしよもふに　あづかるなぞと云　勇［ママ］事ハ　ありがたいともみようが共　⑧ふがんの老母が身に取りて　あついなみだがこほれますわいのう　さりながらにち〳〵役目にひくなるこ　つなをやすろう其のひまに　心のうさをはらさんと　とりおいたてん口づさみ　何しに都の御殿様　御みゝとまる用わござりませぬ　此のぎばかりハとふぞ　をゆるしなされて下さりませ　役コレハしたりおばゞ殿や　大切なる御殿様の御しよもふに　うたをうたハんと云ふて有るなれバ※

様子知らねば遠慮なく、誉めらるる身のいじらしや。御台心につくづくと、我も世にあるその時は、夫《つま》は名に負う奥州で、五十四州は手の内に、栄耀栄華は上もなく、御台様よとかしずかれ、敬われたる身なれども、今世に落つれば情けなや。離れ離れのこの島で、高の知れたる佐渡丹後、二ヶ国ばかり取る人の、御前《みまえ》に出るを、かたじけないの冥加のと、見下げられたが残念と、思えば今は情けなや。詮方涙の顔を上げ、「はっあこれはこれは村役人衆、成る程聞きつる都人のお殿様、見る影もなきこの婆が、お殿様の御所望に、あずかるなぞという事は、有り難いとも冥加とも、不眠の老母が身にとりて、熱い涙がこぼれますわいのう。さりながら日々《にちにち》役目に引く鳴子、綱を休ろうその暇に、心の憂さを晴らさんと、鳥追い立てん口ずさみ、何しに都のお殿様、お耳［に］とまるようはござりませぬ。この儀ばかりはどうぞ、お許しなされて下さりませ」「これはしたりお婆殿や、大切なるお殿様の御所望に、歌を歌わんというてあるなれば、

此の由主人次郎エ門殿に申きかせ　おのれめをゑらいめに
あわしてくれりよふ［ママ］　どりや外がゑふへ　一足と　ノリすで
にゆかんとなしけれバ　□ツメ御台ハットをどろいて　母コレ
〳〵をまちなされてくださりませ　此のよふな事じやけん
な御主にきかせるなら　上とふのなまづめたちわられ　中金
のつるねをほらさるゝや　キリいかなるうきめもしれかたし
ハッハ申村役人衆　うたをうたいまするほどに　此のぎハを
ゆるしなされてくださりませ　役イヤおば〳〵［ママ］殿やそんなら
こなさんハ　うたをうたふておきかせ申か　ヤレ〳〵それで
をきに　をれもむねがをちついた　そんなら是をばゞ殿
や　いつもとわちごうて大切なる御殿様がをんきゝあそば
すぢやによって　そゝうが有ってわ成りませんぞよ　づい
ぶんそゝうのないように　早〳〵うたをうたわしやれと
△せき立られてみだいさま　二ノキメなみだながらにてをつ
いて　ハッハさ用ならバ村役人衆　ぶちよふほふなるめく
らばゞがつらねうた　ごめんなされてくだされと　下ノ地つ
ゑをちからに立上り　△くづやの外に出られて　文ヤなる子
のつなにさぐり付　なみだにくもるこいを上げ　東とりも
庄［ママ］有物なれバ　をわづと立よ粟の鳥※

この由主人次郎エ門殿に申し聞かせ、己《おのれ》めをえらい目に会わしてくりょう。どりゃ外海府へ一足」と、すでに行かんとなしければ、御台はっと驚いて、「これこれお待ちなされて下さりませ。このような事邪険なお主《しゅう》に聞かせるなら、十《とお》の生爪《なまづめ》たちわられ　金のつるねを掘らさるるや、いかなる憂き目も知れ難し。はっは申し村役人衆、歌を歌いまするほどに、この儀はお許しなされて下さりませ」「いやお婆殿やそんならこなさんは、歌を歌うてお聞かせ申すか。やれやれそれで大きに、俺も胸が落ち着いた。そんならこれお婆殿や、いつもとは違うて大切なるお殿様が御《おん》聞きあそばすじゃによって、粗相があってはなりませんぞよ。随分粗相のないように、はやはや歌を歌わしゃれ」と、急き立てられて御台様、涙ながらに手をついて、「はっはさようならば村役人衆、不調法なるめくら婆が連ね歌、ごめんなされて下され」と、杖を力に立ち上がり、屑家の外に出でられて、鳴子の綱に探りつき、涙にくもる声を上げ、「鳥も生《しょう》あるものなれば、追わずと立てよ粟の鳥。

×竹も庄有物なれバ　引づとなれよなるこ竹　あん寿こいしやほやらほと　つし王こいしやほやらほと　□ノリきくより対王たまりかね　ノリせよぎ［ママ］をはなれ母のそば　ノリつゑもつ其手にとりすがり　対王母上様にますか［ママ］　対王丸で御ざります　すがる其手をはらいぬけ　チイ、是ハしたり村子供立　又も国主のしょもふじやと　われをいつハりなぶるか　チイ、つらにくや村子供立　さいぜんも云ふ通めくらはらいわ天下のゆるし　おもしらさん［ママ］わらんべと　ノリありをふ竹つへふり上て　ノリ我子としらねば⑩むりむざん　ヲクリてふ〳〵はっしとうちすへる　うたるゝつゑの下よりも　ノリたゝく其手ニしっかとすがり　さてわあさゆふ此の村のわらんべ共があつまりて　ハれ［ママ］がきたとて母上様を　なぐさみ物になしたもふか　チイをなさけない〳〵　ハれハまことの対王丸で御座りまする　上ゆへどりょがんみへざれバ　ノリなんのきゝわけあれバこそ　ノリ対王はっと心付　ノリかい中よりも　ノリまもりぶくろを取出し　ノリ母のひたいにをしあてゝ　ハリなむやゆわきのおんまもり　○ツメきやら千段［ママ］のじぞうそん　中ツメこいねがわくハねがわくわ　上ツメあわれみ有りて母上の両がん是にて見開せ※

竹も生あるものなれば、引かずと鳴れよ鳴子竹。安寿恋しやほやらほ」と、「対王恋しやほやらほ」と、聞くより対王たまりかね、床几を離れ母のそば、杖持つその手に取りすがり、「母上様に［まし］ますか。対王丸でございます」すがるその手を払い退け、「ちいい、これはしたり村子供達、又も国主の所望じゃと、偽りなぶるか。ちいい、面《つら》憎や村子供達、さいぜんも言う通りめくら払いは天下の許し、思［い］知らさん童《わらんべ》」と、あり合う竹杖振り上げて、我が子と知らねば無理無残、ちょうちょうはっしと打ちすえる。打たるる杖の下よりも、叩くその手にしっかとすがり、「さては朝夕この村の童どもが集まりて、我が来たとて母上様を、慰みものになし給うか。ちいお情けないお情けない。我はまことの対王丸でござりまする」言えど両眼見えざれば、なんの聞き分けあればこそ、対王はっと心つき、懐中よりも、守り袋を取り出だし、母の額に押し当てて、南無や岩城の御守り、佉羅陀山《きゃらだせん》の地蔵尊、乞い願わくは願わくは、憐れみありて母上の両眼これにて見開かせ、ノリおや子の対面させたまへと　ノリふかくもねんじるをりからに　ヲクリあゝらふしぎな次第成り　まもりふくろの中よりも　ノリこうみよふはッとあらハれて　ノリははうえさまのりよがんに［ママ］　ノリきりふきかゝると見へけるが　ノリ思わづはっとひらかれて　ノリあらありがたと対王丸　ヤツメ御台もはっとをどろいて　○ツメそなたハまことの対王か　上ツメゆめならさめてたもやるな　中ツメゑいなつかしの対王丸　ノリをんなつかしの母上様　ノリをや子ハ手に手を取りかわし　大キリかをとをもてをみかわして　しばらくごきえつかぎりなし

小若

親子の対面させ給え」と、深くも念じる折からに、ああら不思議な次第なり。守り袋の中よりも、光明はっと現れて、母上様の両眼に、霧吹きかかると見えけるが、思わずはっと開かれて、「あらありがた」と対王丸。御台もはっと驚いて、「そなたはまことの対王か、夢なら覚めてたもやるな。えい懐かしの対王丸」「御懐かしの母上様」親子は手に手を取りかわし、顔と面《おもて》を見かわして、しばらく御喜悦限りなし。

小若

註

①有利　『朱雀誼……』の段では、「有年」。
②そとがゑふ　外海府、佐渡島西方の海岸。
③くづや　「屑家（屋）」。茅葺き、藁葺き、草葺きの粗末な家。
④もより　若太夫正本では「最寄《もより》」、駒和太夫本では、「もよふ」。
⑤きよきはんらん　「狂気半乱」。駒和太夫本では、「狂き半乱」。
⑥何をおふしゅ　「名に負う奥州」の誤りか。あるいは、「負う」と「奥」の掛詞か、単なる書き損じかは不明。
⑦せんかたなみだ　「詮方なし」の「な」と「涙」の「な」との掛詞。

浄瑠璃の常套手段。

⑧ふがん　不明。「不眼」か。

⑨つるね　不明。蔓根か。駒和太夫本では、「つるな」。

⑩むりむざん　「無理無残」か。若太夫正本では、「無残なるかな」、駒和太夫本では、「むニむざん」。

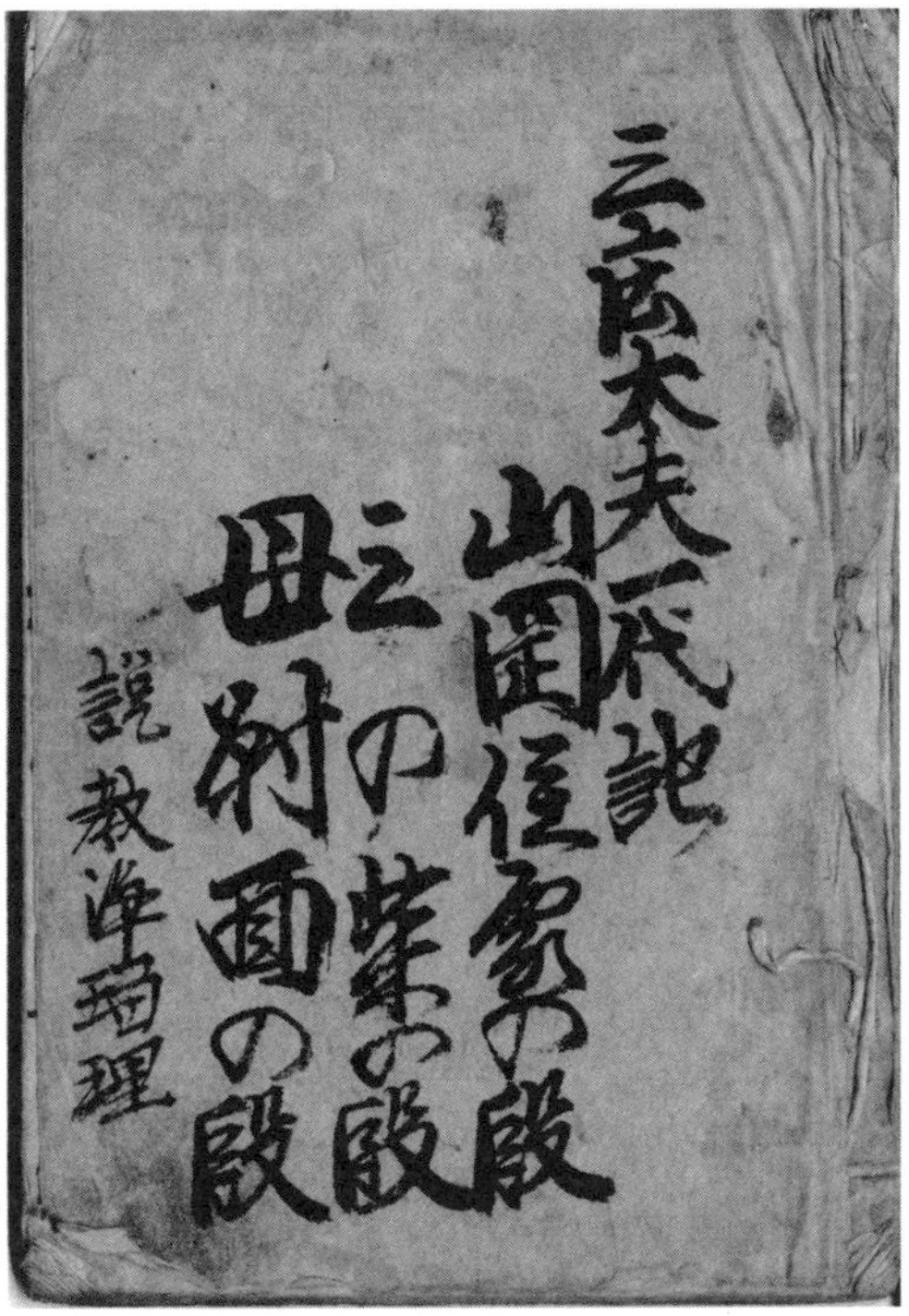

表紙

（参考）

三庄太夫一代記（合冊）

（山岡住家の段）

（三の柴の段）

母対面の段

説教浄瑠璃

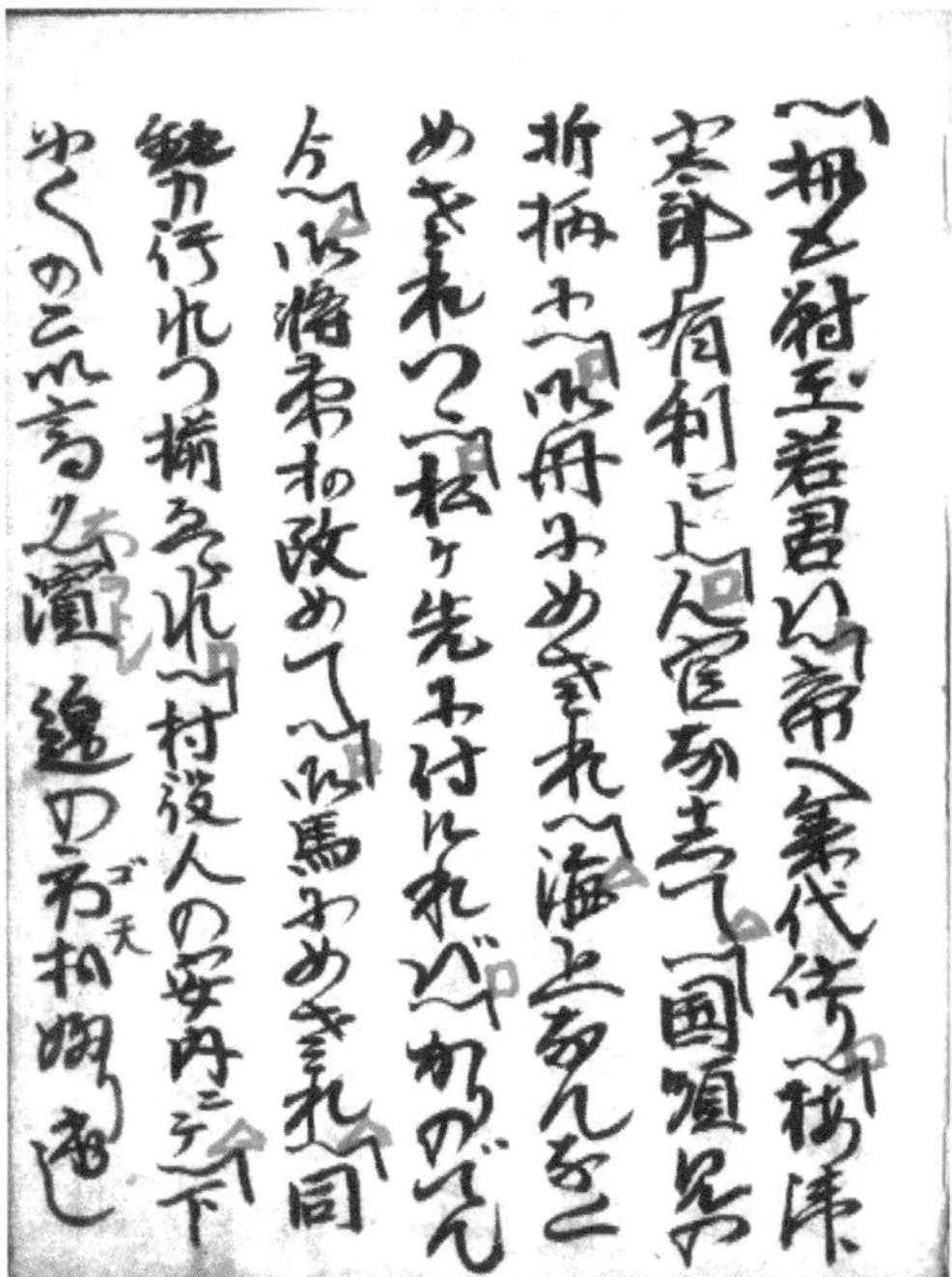

第一頁

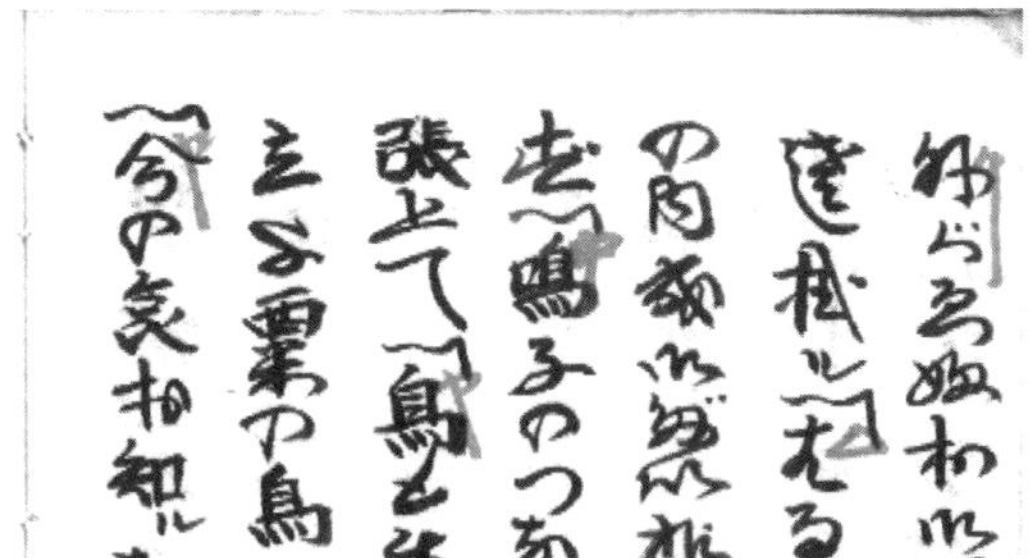

第二頁

【原文】

扨も対王若君ハ　△帝へ参内仕り　□梅津小太郎有利シト　□人官〔ママ〕なして　△国順見〔ママ〕の折柄に　□御舟にめされ　△海上なんなくめされつゝ　□松ヶ先〔ママ〕に付け〔ママ〕れバ　□かりのでんゟ　△御将束〔ママ〕お改めて　□御馬にめされ　△同勢行れつ揃ゑられ　□村役人の安内〔ママ〕ニテ　△下に〳〵のこい高ク　大ヲトシ浜辺のゴ天〔ママ〕おふり出し　外がゑふお御順見　ハリすでになハてにさし掛ル　△はるか此方の畑にてハ　○くづやの内成御だい様　上我か子におふ供〔ママ〕ゆめしらず　中鳴子のつなにさぐり付　キリくもりし御こい張上て　ヤ鳥も生有物ならバ　ハリおわづと立よ粟の鳥　鳴ル子に生ハなけれ供　ヤ今の哀お知ルならバ　上引ずト鳴レよ鳴こ竹　中安寿恋しやほやらほふ　キリ対王恋シやほやらほと　□うたわせ給ふ御こいが　□かぜのもよふか知らね供　△はるか此方の大かんにて　□若君ほのかに耳に留メ　三ノ同勢しバしト扣させ　色有利君ナ近所〔ママ〕おめされ　詞アイヤ何近所の者　村役人お是へめされよト　色仰せに近所ハ　詞ヘイかしこまり奉りまして候ト　□そこ立上り近所の者※

【現代表記】

扨も対王若君は、帝へ参内仕り、梅津小太郎有利《ありとし》と、任官なして、国巡検の折柄に、お舟に召され、海上難なく召されつつ、松ヶ崎に着きければ、仮の殿《でん》より、御装束を改めて、お馬に召され、同勢行列揃えられ、村役人の案内にて、下に下にの声高く、浜辺の御殿を振り出だし、外海府《そとかいふ》を御巡検、すでに畷《なわて》に差し掛かる。遥かこなたの畑にては、屑家の内なる御台様、我が子に逢うともゆめ知らず、鳴子の綱に探りつき、くもりし御声張り上げて、鳥も生あるものならば、追わずと立てよ粟の鳥、鳴子に生はなけれども、今の哀れを知るならば、引かずと鳴れよ鳴子竹、安寿恋しやほやらほう、対王恋しやほやらほと、歌わせ給う御声が、風の模様か知らねども、遥かこなたの往還にて、若君ほのかに耳にとめ、同勢暫しと扣《ひか》えさせ、有利君な近習を召され、「あいやなに近習の者、村役人をこれへ召されよ」と、仰せに近習は、「へいかしこまり奉りまして候」と、そこ立ち上がり近習の者※

詞アイヤこりや村役人　若君の御めし成ぞ　早々是へ出ませイト　□呼立られて村役人　△すぐ様そこへ出来り　大半大地〔ママ〕こふべおすり付て　詞へイ只〔ママ〕めしましたハ　何御用で御ざり舛　詞アイや是りや村役人　今是にて聞つれば　はるかあれ成畑ト思ひしが　何やら女しよふのこいならん　おもしろそふなつらねうた　あれハいか成物にて候ト　色たづねニ村役人　詞へイエ、あれで御ざり舛か　エ、あれハ　今日御殿様の　御本陣相仕ります　当村に置まして　そとがゑふの次郎右衛門ト申まするが　さいつ頃《コロ》海上に置まして　いづくゟか　弐人の老母おかい取リましたる所が　壱人ハ大海へ身をなげましたそふに御ざり舛ル　残る壱人我が子にこがれ　ついにハ両がんお泣つぶしましたる　目くらばゞに御ざり舛るか　目かいの見ゑぬやつかい者　家内ニ置てせんも無キと　すなわち己レが所持致ス　八反ト申畑へわづか成わら小屋おひつらへ　粟ぼおついばむ小鳥おをわせ　鳴子のつなお　引せ置舛ル様に御ざり舛が　イヤハや我が子ニこがれまして　両眼までも泣つぶス程の間　まして此頃ハ　まい日〱村の子供ニナブリはやされましてま〔ママ〕事ニ狂き半乱※

「あいやこりゃ村役人、若君のお召しなるぞ。早々《はやはや》これへ出ませい」と、呼び立てられて村役人、すぐさまそこへ出で来たり、大地［に］頭《こうべ》をすりつけて、「へい只［今］召しましたは、何御用でござります」「あいやこりゃ村役人、今これにて聞きつれば、遙かあれなる畑と思いしが、何やら女性《にょしょう》の声ならん。おもしろそうな連ね歌、あれはいかなる者にて候」と、尋ねに村役人、「へいああれでござりますか　ええあれは、今日お殿様の、御本陣相仕ります、当村におきまして、外海府の次郎右衛門と申しまするが、さいつ頃海上におきまして、いずくよりか、二人《ににん》の老母を買い取りましたるところが、一人《いちにん》は海へ身を投げましたそうにござりまする。残る一人我が子に焦がれ、ついには両眼を泣きつぶしましたる、めくら婆にござりまするが、目界の見えぬ厄介者、家内に置いて詮もなきと、すなわち己《おのれ》が所持致す、八反と申す畑へ、わずかなる藁小屋を設《しつら》え、粟穂を啄む小鳥を追わせ、鳴子の綱を、引かせおきまするようにござりますが、いやはや、我が子に焦がれまして、両眼までも泣きつぶす程の間、ましてこの頃は、毎日毎日村の子供になぶり囃されまして、まことに狂気半乱、生がも分りませぬ様成　目くらば《[ママ]》のつらねうたに御ざり舛ルト　申《色》上レバ有利君　はツト思へどむねおこらゑ　そ《詞》りや何んト申村役人　さいつ頃海上に置イて　弐人の老母おかい取リ　壱人ハ海へ身お投　残ル壱人我が子ニこがれ両眼お泣つぶし　鳴ル子のつなお引せ置とよな　へ《詞》イサ用《[ママ]》ニ御ざり舛　其《詞》義ニ有らバ定めしおもしろからん　それがし是ゟ　其粟の畑へまいり　今壱《[ママ]》用うたお所もふ致さん其方安内仕れト　△わずかの供人めし連れて　□村役人の安内にて　粟の畑へいそかれる　程《ハリ》無畑に成ぬれば村役人ハわけ《[ママ]》ぬけて　くづや《大半》の前に立寄て　コ《詞》レ〳〵ばゞア殿や〳〵や　定めしこなさんもふ　うわさにも聞イたで有ふが　こんど此国ハお国かへト有つて　今日御国主様が　国順見の御付じや　只今松が先の御てんゟ　外がゑふへの御通りじや　所がまアはるかあれ成大かんで　其方の日頃うたハしやる　鳥追イのうたが　御国主様の御耳ニとまり　今一おふしよもふト有ツて　是成畑迠御出なされた　そなたハ目かいが見ゑまいが　御との様おきゝじやによつて　そゝうが有つてハすみません　づいぶんそゝうの内《[ママ]》様うに　いつもより一丁《[ママ]》しはり上て※

生家もわかりませぬようなる、めくら婆の連ね歌にござりまする」と、申し上ぐれば有利君、はっと思えど胸を堪《こら》え、「そりゃなんと申す村役人、さいつ頃海上において、二人の老母を買い取り、一人は海へ身を投げ、残る一人我が子に焦がれ、両眼を泣きつぶし、鳴子の綱を引かせおくとよな」「へいさようにござります」「その儀にあらば定めしおもしろからん。それがしこれより、その粟の畑へ参り、今一応歌を所望致さん。その方案内仕れ」と、わずかの供人召し連れて、村役人の案内にて、粟の畑へ急がれる。ほどなく畑になりぬれば、村役人は駆け抜けて、屑家の前に立ち寄りて、「これこれ婆あ殿や婆殿や、定めしこなさんもう、噂にも聞いたであろうが、こんどこの国はお国替えとあって、今日お国主様が、国巡検のお着きじゃ。只今松ヶ崎の御殿より、外海府へのお通りじゃ。ところがまあ遥かあれなる往還で、そなたの日頃歌わしゃる、鳥追いの歌が、お国主様のお耳にとまり、今一応所望とあって、これなる畑までお出でなされた。そなたは目界が見えまいが、お殿様お聞きじゃによって、粗相があっては済みません。随分粗相のないように、いつもより一調子張り上げて、うたうとふて御聞せ申せ　アレ〳〵モウ御出ナサる　イヤ又こなさんハ〳〵　ソレ〳〵その様ナみすぼらしい有様ニテ御国主様の御所もふにあづかるなぞト云ふ事ハ　イヤモウ願ふてもかなわぬ事　有がたい事じやと　思ふたがよいぞやめふがにかなつたばゞアどん　サア早ふうとふて御聞せ申ト　△様すしらねバゑんりよなく　○ほめらるゝ身い〔ママ〕じらしや　ヤ御だい心に思ふにハ　上己れも世ニ有其時ハ　中つまハ何〔ママ〕おふ奥州にて　キリ五十四郡ハ手の内に　ヤゑ〔ママ〕用栄がハ上も無　上御だい様よトかしつかれ　中うやまわれたる身なれ供　上今よニ落れバ情内　入はなれ〳〵れのこの嶌で　ヤ高が知れたる佐渡丹後　上弐か国斗り取ル人の　中御前へ出ルおヤかたじけ内の明〔ママ〕がじやのト　八丁見下られたがザン念ト　思へバ〳〵情なやト　せん方泪のかほゝ上け　詞ハッハ是ハ〳〵村役人様　成程うハさに受〔ママ〕給ハる都よりの御殿様見る景もなき此ばゞが　御殿の御所もふとあづかるなぞト云ふ事ハ　有難イ供冥加供　ふがんのばゞが身ニ取りてあツい泪がこぼれます　去り乍　日々〳〵役目ニ引鳴子つなおやすろふ其日間〔ママ〕ニ　心のうさおはらさんと　鳥追立ん口づさみ　何ニしに都の御殿様※

歌歌うてお聞せ申せ。あれあれもうお出でなさる。いやまたこなさんはこなさんは、それそれそのようなみすぼらしい有様にて、お国主様の御所望に与《あずか》るなぞということは、いやもう願うても叶わぬこと。ありがたいことじゃと、思うたがよいぞや。冥加に適った婆あどん。さあ早う歌うてお聞かせ申せ」と、様子知らねば遠慮なく、誉めらるる身［の］いじらしや、御台心に思うには、「己も世にあるその時は、夫《つま》は名に負う奥州にて、五十四郡は手の内に、栄耀栄華は上もなく、御台様よとかしずかれ、敬われたる身なれども、今世に落つれば情ない。離れ離れのこの島で、高が知れたる佐渡丹後、二ヶ国ばかり取る人の、御前へ出るを、かたじけないの冥加じゃのと、見下げられたが残念と、思えば思えば情なや」と、詮方涙の顔を上げ、「はっはこれはこれは村役人様、成程噂に承る都よりのお殿様、見る影もなきこの婆が、お殿［様］の御所望と与るなぞということは、ありがたいとも冥加とも、不眠の婆が身に取りて、熱い涙がこぼれます。さりながら日々日々役目に引く鳴子、綱を休ろう暇に、心の憂さを晴らさんと、鳥追い立てん口ずさみ、何しに都の御殿様御耳ニ留ろふはづがない　此ぎ斗りハどふぞ御ゆるし下さりませ　詞村是ハしたりばゞどんや　こなさんハ〳〵　かり染[ママ]ならぬ御殿様の仰付じや　夫レニ何ぞや　ぎよいおそむいてすモウト思ハツしやるか　サア〳〵早ふうとふて下されや　詞ハッハ申シ村役人様　其義ハどふぞ　詞ハテサそれお云ふなト云ふンだよ　サア〳〵〳〵ハテ扨じよふのこわいばゞどんじやのふ　ハテこまつた物　そふ云ふこん生じやによつて　かわいつまや子ニ別レ　此国迠流レきて　目くらに迠なツて　其浮き目[ママ]お見さつしやる　ヲ、ヨシ〳〵どふ有つてもうたわんト有ならバ　主人次郎右衛門ゑ参り　此よしお一々申つぎ　己レめゑらいうき目ニあわせてくれん　ドリヤ外がゑふへ壱ト走りト　ノリすでに行んトなしけレバ　詞ハ、是々マ、待て下され村役人様　其様ナ事お御知らせなされて有ならバ　アの邪けんひどふの御主様ニ　此ばゞが　上とふの生づめ立[ママ]わられ　中金のつるなおほら[ママ]するや　キリいか成うき目もしれかたし　詞是申村役人様　仰にしたかいまして　うたうたいます程に　其ぎハ御ゆるし下さりませ　ヲ、そんならばゞどんや　うたおうたわつしやる※

お耳にとまろうはずがない。この儀ばかりはどうぞお許し下さりませ」「これはしたり婆どんや、こなさんはこなさんは、仮初《かりそ》めならぬお殿様の仰せ付けじゃ。それになんぞや、御意を背いて済もうと思わっしゃるか。さあさあ早う歌うて下されや」「はっは申し村役人様、その儀はどうぞ」「はてさそれを言うなと言うんだよ。さあさあさあはて情《じょう》の強《こわ》い婆どんじゃのう。はて困ったもの。そういう根性じゃによって、可愛夫《つま》や子に別れ、この国まで流れ来て、めくらにまでなって、その憂き目を見さっしゃる。おおよしよしどうあっても歌わんとあるならば、主人次郎右衛門へ参り、この由を一々申しつぎ、己めえらい憂き目に合わせてくれん。どりゃ外海府へひと走り」と、すでに行かんとなしければ、「ははこれこれ、ま、ま、待って下され村役人様。そのようなことをお知らせなされてあるならば、あの邪険非道のお主《しゅう》様に、この婆が、十《とお》の生爪立断ち割られ、金のつるなを掘らするや、いかなる憂き目も知れ難し。これ申し村役人様、仰せに従いまして、歌を歌いますほどに、その儀はお許し下さりませ」「おおそんなら婆どんや、歌を歌わっしゃる、詞ヲ、やれ〳〵それでわしもむねが落付マした ヤレ〳〵 そんば[ママ]ゞどんや いつもよりハちごふて 今日ハ御国主様のお聞じやによつて ずゞずんトこいおはり上 早ふ〳〵うたわしやれト 下せき立られて御だいさま ○泪乍ニ手おついて 詞佐用[ママ]ならば村役人さま ぶ丁法[ママ]成目くらばゞがつらねうた 御めんなされて下されト 下杖お力に立上り 文ヤ鳴子のつなおさぐりつき くづやのそばに出られて 東泪にくもるこいヲ上ケ 鳥も生有物ならバ ヲトシおわずト立テヨ粟のとり ヤ鳴子も生有物ならバ 八丁引ずト鳴ヤ鳴子竹 安寿恋イしやほやらほイ □対王恋イしト ノリ聞ゟ若君こらゑかね ノリショウ木[ママ]おはなれ母のそバ 大半杖エお持ツ手にしツかトすがり 詞母上様ニまし舛や 対王丸ニ御ざり舛 御なつかしやト 大半すがる其手お取つてつきのけ 詞チイ、是ハしたり村子供たち 又も国主の所望じやなぞト いツわツて わらわおなぶりにきやツたのヱ、つらにくい村子供 さいぜんも申通り 目くら払イハ天下のゆるし 思いしらせんわらんべめト ノリ持タル竹杖ふり上て ノリ我が子ト知らねバむ二むざん ヲクリりう〳〵はツしト打すへる※

おおやれやれそれでわしも胸が落ち着きました。やれやれ。そん［なら］婆どんや、いつもよりは違うて、今日はお国主様のお聞きじゃによって、ずずずんと声を張り上げ、早う早う歌わしゃれ」と、急き立てられて御台様、涙ながらに手をついて、「さようならば村役人様、不調法なるめくら婆が連ね歌、ごめんなされて下され」と、杖を力に立ち上がり、鳴子の綱を探り付き、屑家の傍《そば》に出でられて、涙にくもる声を上げ、「鳥も生あるものならば、追わずと立てよ粟の鳥、鳴子も生あるものならば、引かずと鳴れや鳴子竹、安寿恋しやほやらほい、対王恋イし」と、聞くより若君堪《こら》えかね、床几を離れ母の傍、杖を持つ手にしっかとすがり、「母上様にましますや。対王丸にござります。御懐かしや」と、すがるその手を取って突きのけ、「ちいいこれはしたり村子供たち。またも国主の所望じゃなぞと偽って、妾《わらわ》をなぶりに来やったの。ええ面憎い村子供。最前も申す通り、めくら払いは天下の許し、思い知らせんわらんべめ」と、持ったる竹杖振り上げて、我が子と知らねば無二無三、りゅうりゅうはっしと打ちすえる。

三十うたる丶杖の下よりも　○ツたゝく其手ニしつかトすがり　詞扨ハ朝夕此村の　わらんべ供が是へきたり　わらわがきたトいつわつて　なぐさみ物ニならせ給ふか　チイ、御情内母上様　われハま[ママ]事の対王丸ニ御ざり舛　是中母上様ト　下ツメ云へド両眼見ゑされバ　ノリ何ンの聞分有らバ社　若君ふツト心付　か中[ママ]ゟも　守りぶくろお取出シ　母のしたい[ママ]ニ押当て　ハリ南無や岩城の御守り　○ツメきゃらせんだん[ママ]の地蔵尊　ヤツメこいねがわくハねがわくハ　中ツメ哀レ[ママ]み有ツて母上の　ヤツメ両眼是にて見開らかせ　上親子の対面させ給へト　ノリ只壱心に念事[ママ]ける　ヲクリあアらふしぎの次第成り　三十守りぶくろの中よりも　ノリ光明はツトかゝやいて　ノリ母上様の両眼に　ノリきりふき掛ルト見ゑけるが　ヤ両眼ぱツト見開らいて　上たがい二見かハすかほト〱　ヤツメ御だいハはツト驚イて　上ツメそなたハま事の対王か　中ツメゆめならさめて給やるな　○ツメやれなツかしや対王丸　ノリ御なつかしや母上ト　ノリ親子ハ手ニ手お取かハし　大キリかほト表[ママ]を見かわして　悦ぶ事の限りなし

打たるる杖の下よりも、叩くその手にしっかとすがり、「扨は朝夕この村の、わらんべ共がこれへ来たり、私《わらわ》が来たと偽って、慰みものにならせ給うか。ちいいお情ない母上様。我は真の対王丸にござります。これ申し母上様」と、言えど両眼見えざれば、なんの聞き分けあらばこそ、若君ふっと心付き、懐中よりも、守り袋を取り出だし、母の額に押し当てて、「南無や岩城の御守り、佉羅陀山《きゃらだせん》の地蔵尊、請い願わくは願わくは、憐れみあって母上の、両眼これにて見開かせ、親子の対面させ給え」と、只一心に念じける。ああら不思議の次第なり。守り袋の中よりも、光明はっと輝いて、母上様の両眼に、霧吹き掛かると見えけるが、両眼ぱっと見開いて、互いに見交わす顔と顔、御台ははっと驚いて、「そなたは真の対王か。夢なら覚めて給やるな。やれ懐かしや対王丸」「御懐かしや母上」と、親子は手に手を取り交わし、顔と面《おもて》を見交わして、悦ぶことの限りなし。

【粗筋六】「三十二　そとがえふ次郎　仕置段《しおきのだん》」～「三十六大尾　親子鋸挽段《のこぎりびきのたん》」

母を買い取り、鳥追いに使う佐渡の次郎を、御前に召した国主梅津小太郎有利は、身の上を明かし、次郎を逆さ磔《はりつけ》の上獄門の刑に処す。母は都へ上がり、梅津の館で対王を待つことに。国主は、佐渡に渡り三庄太夫親子を刑罰に掛ける前に、当所渡りが里の国分寺に庄屋を遣って、本陣の用意をするよう先触れさせる（「三十二　そとがえふ次郎　仕置段」）〈古説経に該当部分なし〉。

国分寺の聖は、急普請で本陣を整えるが、不審に思い、流罪の岩城判官の息子を匿い、都に落とした咎めを受けるは必定と、寺を出奔する（「三十三　国分寺聖欠落《こくぶんじひぢりかけおち》乃段《だん》　上」〈古説経では本陣の件はなく、聖はただ一大事と思い、出奔する〉。

国主より聖探索を言いつかった庄屋始め村役人は、聖を捕らえて高手小手に縄打って、御前に引き出す（「三十三　国分寺聖欠落《こくぶんじひじりかけおち》乃段《だん》　下」）。

国主は、聖の縛めを解き、形見の衣の片袖を取り出し、我こそあの対王丸と明かし、自身の出世を物語る。安寿の身の上を尋ねられた聖は、三庄太夫親子の手に掛かり非業の最期を遂げた由を語り、骨を収めた器を差し出す。二人は安寿の無念を思い、泣き沈む（「三十四　安寿姫骨対面《あんじゅひめこつたいめん》乃段《だん》」）。

やがて国主は、村役人に言い付け、三庄太夫親子六人を御前に呼び出す。国主が対王とは知らぬ親子の不審を前に、国主は正体を明かし、太夫、並びに三郎四郎五郎の悪逆非道を咎める。一方、太郎、次郎は、その慈悲ある行いに、佐渡と丹後の奉行職を与え、伊勢の小萩は安寿姫と改名させ、実の姉と敬う。また、由良千軒の村人には、七カ年の無年貢を申し付け、村人はみな喜んで戻って行く（「三十五　太夫親子呼揚段《たゆうおやこよびあけのだん》　上下」〈古説経に無年貢言い渡しの件はない〉。

やよい峠に設えられた刑場に引き出された三庄太夫は、乳より下を穴に埋められ、鋸挽きの刑に処されることとなる。処刑人に名指しされた三郎は父の首を竹鋸で挽き落とす。その三郎も、牛裂きの刑を受ける。四郎五郎の二人は、新刀試しのなぶり斬りに処される。

かくして仇を討った対王丸は、地蔵尊を国分寺へ納め、先に都に上った母を伴い、国主として奥州五十四郡に戻り、一家はめでたく栄えた（「三十六大尾　親子鋸挽段《おやこのこぎりびきのたん》」）。

［前述したように、古説経と若太夫正本では大詰めでも内容が異なる。中でも奇妙なのは、筑紫に流罪になった父に関する記述が若太夫正本には見られないことである。古説経では、帝の勅勘が許されて、父も母と小萩、聖と共に陸奥さして下り行くとある］

四、〈資料翻刻〉説経祭文「三庄太夫」（一）（二）

翻刻解題　荒木繁

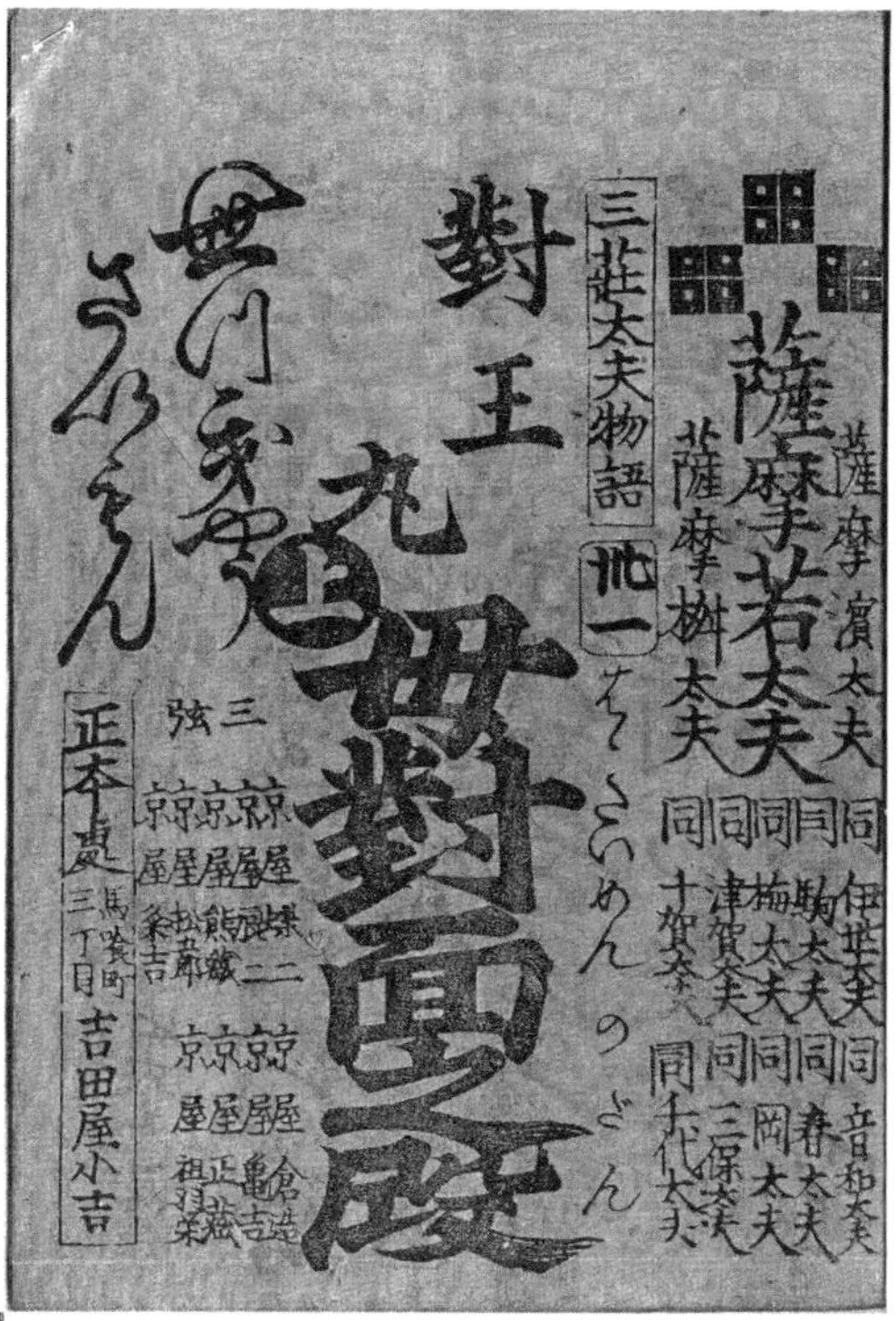

薩摩若太夫正本

対王丸母対面之段

せつきやうさいもん

吉田屋小吉版

和光大学名誉教授荒木繁氏による、薩摩若太夫正本説経祭文「三庄太夫」全三十六段の翻刻解題を、氏の許可を得て、掲載する。刊行されている古説経の翻刻とも併せて、比較対照して戴きたい。八王子本の翻刻に際しても、この若太夫正本の翻刻の助けを借りたことを記し、荒木氏（当説経節の会顧問でもある）に感謝の念を捧げる。

編集部

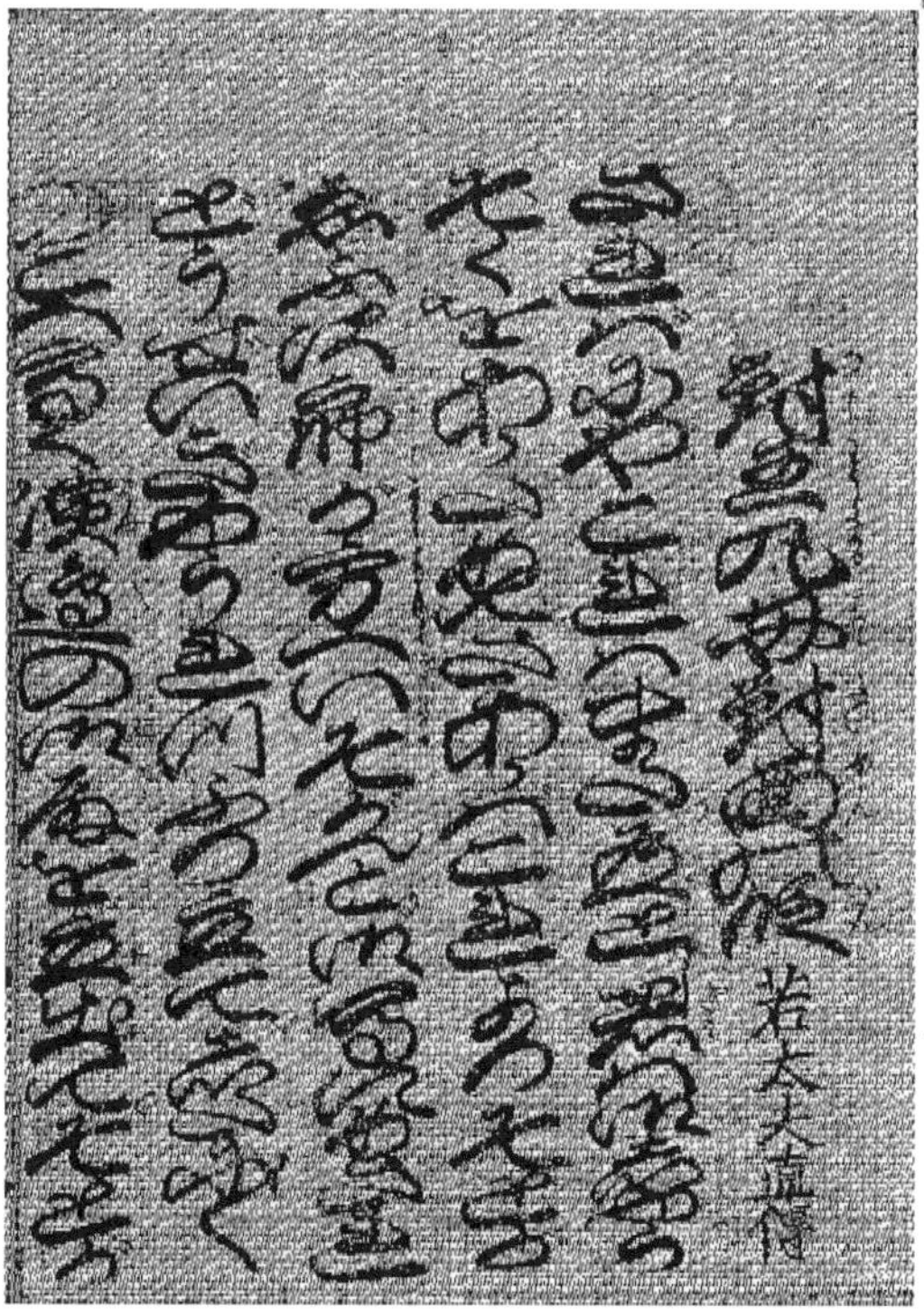

〈資料翻刻〉

説経祭文「三庄太夫」（一）

荒木繁

説経節は享保末には衰滅したが、山伏の祭文として語り続けられた。これを基礎にして説経祭文という一流を興したのが薩摩若太夫である。現在各地に民族芸能として残っている説経節の多くは、古い時代の説経ではなく若太夫を源流としていることを考えるとき、その正本を翻刻紹介することは意味のあることだと思われる。

〈説経祭文について〉

室町時代の末に起った説経節は、近世初期には操人形と結びついて説経浄瑠璃として隆盛になったが、やがて義太夫浄瑠璃に圧倒されて、享保末には衰滅してしまった。

しかし、「山椒太夫」をはじめとする五説経などの名作は、その名作性ゆえになお愛好者が絶えなかったとみえて、山伏が祭文にして語った。祭文は、錫杖とほら貝を伴奏に用いたものである。『嬉遊笑覧』によると、本所四ツ目の米屋米千という者が、これを好んで語ったのを、隣家のあんまが三味線に合わせることを工夫し、一流を生み出した。盲人は京屋五鶴と名のり、米千は若太夫となって、薩摩座の名題を以て説経芝居を興行したのは享和の頃であった。これが初代薩摩若太夫で、文化八年に没したとある。

『若松若太夫芸談』で戸部銀作氏が述べておられる初代薩摩若太夫についての伝承は、これと違った点があるが、『嬉遊笑覧』の著者喜多村信節は安政三年（一八五六）七十四歳（七十三歳とも）で死んだというから、文化八年（一八一一）は、二十九歳か二十八歳の時である。同時代に生存していた人物の見聞として、いちおう信を置いてよいのではなかろうか。

今回ここに翻刻する山本吉左右氏所蔵説経祭文「三庄太夫」三十六段続きは、薩摩若太夫の正本である。ただし若太夫といっても、刊記がないので初代か二代目かわからない。しいて言えば、各役の内題下に「若太夫直伝」とか「薩摩若太夫直伝」とあることから見ると、二代目ではないかと思われるが、これも初代若太夫がみずから「直伝」と称したと言われれば、そうとも考えられる。三田村鳶魚の「車人形と説経節」（『三田村鳶魚全集』第廿一巻）には、若太夫の弟子千賀太夫が二代目を襲名し、薩摩座を本建築したのが文化七年四月で、正本が刊行されたのもこの前後であろうと述べられている。鳶魚が何に基づいてこう説いたのかはわからないが、もしそうだとしたら正本の若太夫は二代目で、刊行の時期は文化七年前後から文政ごろにかけてと考えてもよいであろう。ただし、薩摩若太夫の正本には、この翻刻の底本として用いた和泉屋永吉版（森屋治兵衛との共版を含む）と、吉田屋小吉版と二種の本がある。本文を比較してみると、全く同じで、同一の板木を用いたものと考えて差し支えない。ただし表紙は別で、太夫名、三弦名なども両者では違っている。では、和泉屋版と吉田屋版と、どちらが先に版行されたかというと、和泉版だろうと思う。なぜなら吉田屋版では京屋蝶二の名が三下、四上、五上〜十一上、十二上〜二四、二六の各段で削られてその後が空白になっていること、和泉屋版では一役目ののどに、「たび立大序一」とあるが、吉田屋本では「大序」という文字がけずられて空白となっているなどの理由からである。おそらく、吉田屋は和泉屋から板木を譲り受け、表紙だけをつけ変えて版行したものであろう。

ところで、説経祭文の「三庄太夫」を昔の説経正本の本文と比べてみると、大へんわかりやすくはなっているが、古説経が持っている言葉の衝撃的力を失ない、ひどく平板で説明的になっていることは、誰しも認めるであろう。また内容の面から言っても、昔の説経が持っていた素朴で切実なものが失なわれている。たとえば、御台所と安寿厨子王姉弟が船で佐渡と丹後に売り分けられるくだりであるが、祭文では御台が親子一世の生き別れの名残を借しませてくれと懇願する。すると、佐渡の次郎は、「おりや此とし迄テおやこ一ッ世のいきわかれとやらを。みた事がねい。なんとみやざきおのしとおれとたばこでものみながら。こいつらが生《いき》わかれのあわれな所ロを。見ン物ッしようじやないか」と、宮崎の三郎とともに見物する。こういう嗜虐的な趣向を設け、熱のない文体で語ったところに、語り物としての退廃がある。

そういうわけで、説経祭文は文学として高い評価を与え得るものではないが、ここに全段の翻刻を試みたのは、つぎのような理由からである。薩摩若太夫が創始した薩摩派の説経は、若松若太夫の若松派を派生しつつ、多摩地方を中心に各地に根をおろし、とくに八王子では車人形と結びついて最近に至るまで盛んに行われていたし、その他の地方でもなお命派を保っている。それらの説経のテキストを精査したわけではないが、近世前期の説経節と直結するものではなく、すべて若太夫正本が源流となっているように思われる（ただし佐渡の説経人形の詞章は古い時代の説経節のを受けついでいる）。また、瞽女唄の説経種の物も、どういう経路を通してか知らないが、やはり若太夫正本の詞章を受け継いでいるようである。若太夫正本「三庄太夫」の各段の起句を見ると、三十六段の中三十三段は「さればにやこれはまた」となっていて、これが若太夫の説経祭文の特色の一つではないかと思われるのだが、瞽女唄もたとえば山本吉左右氏が「口語りの論―ゴゼ歌の場合―」（『文学』一九七六年一〇、一一月号）に引用された高田瞽女杉本キクイの祭文松坂「山椒太夫船別れの段」を見ると、「さればによりてこれにまた」という起句になっていて、これは若太夫正本の多少崩れた形ではないかと想像されるのである。内容の上から言っても、人買いたちが煙草を飲みながら親子一世の生き別れを見物するくだりなど、多少の詞章の崩れはあるが、若太夫正本と一致する。このように考えると、古い説経節を問題にする場合は別であるが、現在民俗芸能として残っている説経や瞽女唄を対象とする場合は、若太夫正本をもとにしなければならないというのが、理由の第一である。

次に、若太夫正本は大筋においては、古い説経正本と変りがないが、また異伝がないわけではない。たとえば、うば竹が入水した後、大蛇となって山岡太夫を引き裂くといった話は、昔の説経にはない話である。しかし、これも単なる祭文作者の趣向ではなく、拠るべき伝承があったらしい。直江津市居多神社に姥岳明神という末社があり、安寿の乳母たけを祭るという。いつ頃、どのようにして、このような伝説が生まれたか興味のある問題である。これが若太夫正本を翻刻することに意義があると思った理由の第二である。

〈書誌〉

ここに翻刻する「三庄太夫」三十六段続きは、一段が一冊、または上下二冊（二、三、四、五、十、十一、十二、十四、十六、十八、二十一、二十二、二十三、二十五、二十六、二十七、二十八、三十、三十一、三十三、三十五の各段が上下に分かれている）、計五十七冊に収められている。本は、半紙本、袋綴で、表紙は本文と共紙の粗末なもので、一冊はふつう五、六丁であるが、中には四丁のものも、七丁、八丁のものもある。

　山本氏所蔵本は、この五十七冊を八冊に分けて合冊し、藍色の保護表紙をつけてあり、多少虫損はあるが、裏打ちを施した極めてよく保存された本である。第一冊の裏表紙の内側に、「大綱木村岩倉　仙蔵」とあるのは、この本の旧持主であろう。大綱木は今の福島県伊達郡川俣町の字名である。保護表紙をつけ、裏打ちをしたのは、この仙蔵という人であろう。第六冊、第七冊、第八冊には、「せっきゃう　三庄太夫六」といったふうに、それぞれ短冊型の書き題簽が貼ってあるが、他の五冊は剥がれてしまったものらしい。なお、この合冊した八冊は現在帙に入っているが、帙そのものはさらに新しく作られたものと思われる。尚、その他の書誌的なことを略記する。

　表紙には、三庄太夫という題名（「三荘大夫」「三しやう太夫」などとも書かれている）と、せっきゃうさいもんという呼称（これもただ「さいもん」とあるのも、「せつきやう浄るり」となっているのもある）と、段数、段名、太夫、三弦、版元の名が書かれている。太夫、三弦、版元などは本ごとに異動がある。同じ段でも上下で違っている場合がある。翻刻では表紙のだいたいのようすがわかるように心がけた。

版元　和泉屋永吉単独版と、森屋治兵衛との共版との二種がある（十五、十六上下、二十八上下、三十上、三十一上下、三十二、三十三上下、三十四、三十五上下、三十六の十五冊が共版）。

行数　六行

字数　一行約二十字前後。

丁附　のどの部分にたとえば次のように記されている。

　たひ立大序一、たひ立大序五丁、太夫扇上壱、太夫扇上六丁など、以下多少形式が異なる本もあるが（八、九、十上下、十一上下、十八上下）、すべて丁附が施されている。

節譜　ほとんどないが、ごくまれに、庵点、フシ、詞、ノリヂなどが記されている（十八段など）。句切点はどの本にもある。

〈凡例〉翻刻に際しては、次のような方針を取った。

一、できるだけ原本どおりにすることを心がけ、読みにくくても、行変えは行なわなかった。句切点も原本のままである。

二、表紙の原型はそのままの形で表すことはむずかしかったが、一冊ごとに罫で囲んで、記載されている事項を網羅することとした。

三、虫損の箇所は、早稲田大学演劇博物館蔵「安寿姫対王丸旅立段　三荘太夫三六段続」（吉田屋小吉版）と校合して埋め、その部分は（　）内に入れることによって表した。

四、漢字は、原則として当用の字体に改めた。

最後に、所蔵本の翻刻を快く許可してくださった山本吉左右氏、書誌的なことについて御教示をいただいた松崎仁氏、また演博所蔵本との校合の便宜をはかっていただいた鳥越文蔵氏、和田修氏に、それぞれ感謝の意を表したい。

※説経節の会編集部註―正本は和綴じ本で、（一オ）とあるのは、そこまでが一枚目の表面、（一ウ）は一枚目の裏面であることを示している。

薩摩浜太夫　峯太夫　京屋市蔵
薩摩若太夫　春太夫　三　京屋粂七　横山丁二丁目横丁
薩摩君太夫　岡太夫　弦　京屋蝶二　板　和泉屋永吉
竹太夫　京屋松五郎　元

三庄太夫三拾六段続
安寿姫
對王丸
旅立段《たびだちのたん》
壱　せつきやうさいもん

（一オ）

たびだちのだん　若太夫直伝

さればにや。これはまた。おく。おふしうは。五十四ぐんの。御《ン》主。岩城《き》の。判官《ン》政《サ》氏。とて。めでたき。国《こく》主のおはせしが。少《シ》の筆《テ》のあやまりにて。みかどの。御勘《ン》気。蒙りて。つくしの。はかたへ。御《ン》るざい。跡《ト》にも。残る御《み》だい様。わすれかたみの。御兄弟姉姫君は。あんじゆ姫。弟若君を。對王丸。まだよう年にて。（一ウ）おはせしが家老要《からうかなめ》が。女房の。うは竹《ケ》。局《つぼね》が忠《ウ》義にて。しのぶのさとのかたほとり。賤《しつ》が。ふせやに。引《キ》こもり。ひかげの。すまいをなされしが。誠にこうゐん。矢のごとく。月《キ》日に。関《せき》もあらずして。あまの岩戸の明《ケ》くれも。姉の安《ン》じゆが。十五才。弟對王《おと、つしわふ》丸十二才。御せいてうを。なし給ひ。あけては。父上《ヱ》。なつかしい。くれては。父上《ヱ》こいしやと。なげかせ給へば。御《み》だい様《マ》。そなたら。こい（二オ）しい。父上《ヱ》なら。はゝも。ゆかしい。つま上《ヱ》様《マ》。さまでに。こいしう思ふなら。今《マ》より。そなたら。兄弟《きやうたい》を。つくしのはかたへ。連行《つれゆき》て。父上様《マ》に。合せんと。俄《にはか》に。たひのようゐをし。うは竹《ケ》局を。供に連。主従《しうぐ》。親子四人《ン》にて。ひるは人《ト》めのしげければ。よはにまぎれて。夫《レ》よりも。とあるかくれ家。立《チ》出《テ》て。つくしをさしていそがる、。歩《あゆみ》ならはぬ。たびの空《そら》。たどらせ給へば。程もなく。ほくろく道《とふ》の。きたのはて。ゑちごの国に。かくれなき（二ウ）。直江《なをへ》がうらに着《キ》給ふ。すでに。其《ノ》日も。たそがれの。はや家〳〵も。戸ざし頃《ごろ》。御《み》だい所は。立《チ》やすらい。コレ〳〵うは竹。今宵も。最早いつものよふに。よきやど取て。たもやいのふ。仰に。うは竹。畏まして御座ますと。かしこの家にはしり行。我〳〵は。足よはづれのたびのもの。一夜。宿の御無心《ン》と。いへば主《シ》は。立出《テ》て。申《シ》たびのかた。当所は。越後の国。直江がうらと。申《シ》まして。昔《むかし》より。ぢひだい一の。直江。千げん。さりながら。きん（三オ）年《ン》のでき事にて。当所に。人《ト》勾引が。ぢうきよ。いたし。お、らいの。旅人《ト》を。たばかつて。勾引。なん義をさするゆへ。たゞ今にては。当所にて。一人たり共。旅人《りよしん》に。宿《ト》かして。有ならば。留おく人は。曲事。向ふ三間。両隣は。七くはん文づゝ。過料を。取との。きびしきおふれきのどく。ながら。たびのかた。おやどの。無心は。かないませぬ。うは竹。ハツトおとろけど。ぜひなき事と。立もどり。其由申上ければ。御《み》だい所も。おどろいて。（三ウ）夫《レ》か誠《ト》か。うは竹《ケ》や。宿《やど》かすもの、。ない時は。そなたやわしは共かくも。ふびんのものの。兄弟《きやうたい》を。今よいは。野宿《のじく》さするかと。我《カ》子を思ふ。しんじつの。涙《なみだ》にくれて。のたまへば。うは竹聞《ィ》て。これはしたり。御《み》たい様とした事が。お心よはひ事。ぎよいあそばす。たとへ是《レ》にて。やどかすもの、候はずと。又《タ》ほか〳〵を。承《うけたまは》り。よきやど取《ッ》てまいらせん。

かならず〱。おあんじあそばすな。御だい様。御兄弟も。さだめし。おつかれ（四オ）にて候はんが。まそつと。おひろいあそばせと。いさめ打チ連《つれ》。夫レよりも。直江がうらのはまつゞき。日はくれかゝる。やどはなし。行なやみてぞたどらるゝ。かゝる向ふのかたよりも。はま女郎が。五六人ン潮《うしを》の荷《に》ないを。かたにかけ。打連立て来りしが。御《み》だい所は。御覧《ごらん》じて。イ、ヤまたれよ。女郎達《たち》見らるゝとふり。我レ〱は。足よは。連のたびのもの。宿取リ兼《かね》てなん義におよぶ。たびは。道チ連。世は情《なさけ》。事に女子は。あゆみたが（四ウ）ひ。とやら。そもじたちの。しゆく所にて。すのこのはしなと。木部屋《べ》なと。それにいとひは候はぬ。そレれ〱四人のもの共に。今《こ》よい。一チ夜をあかさせては。下タさるまいか。はま女郎は。聞クよりも。ヲ、いたわしげな。事じやが。申シたびのかた〲。とふ所では。一チ人ン成リ共。たび人に。やどかす事は。きついはつと。つぢ〱の。かうさつにも。しるしてあれば。思ひながらも。おやどの。無心《しん》。かなひ（五オ）ませぬが。やどとりかねて。なん義とあらば。アレ見やしやれ。むかふに見ゑる。くろもりの。こなたには。おふぎが橋《はし》といふて。ひろい。はしがこさります。あれへ。御ざつて。今《こ》よい。一チ夜を。あかさつしやれい。たびのかた〲。さて〱。しようしな。事なると。みなうちつれてしづの女《め》は。わか家〱へいそぎゆく（五ウ）

薩摩千賀太夫　桝太夫　京屋新治
薩摩若太夫　竹太夫　三　京屋粂七　板　横山丁二丁目
薩摩浜太夫　谷太夫　弦　京屋栄治　元　和泉屋永吉
君太夫　京屋蝶二

せつきやうさいもん
三荘太夫《さんしやうたゆふ》
安寿姫《あんじゆひめ》
對王丸《つしわうまる》
二　扇ヶ橋《あふぎがはし》乃段《だん》　上

（一オ）

あふぎがはしのだん　若太夫直伝

さればにやこれはまた。あとにも残る主従《しうじう》は。しからばおしへに任《ま》かせんと。とある所を打チつれて。あふぎがはしへといそがるゝ。たどらせ給へばよう〱と。あふぎがはしになりぬれば。うは竹ヶ局《つぼね》は立チとまり。まづ〱是レにましませと。其身ははしへ（一ウ）あがられて。あたりの木《こ》の葉《は》をかき寄セて。時キの褥《しとね》とつかまつり。ゆたんを。らんかんへかけられて。御兄弟をなかにして。みだい所とうは竹ヶは。右キと左リにやすまるゝ。川よりふきくるかはかぜは。乳母《めのと》がゆたんでしのぐなり。上ェよりおつる。夜露《よつ》おば。四かいの笠でしのがるゝ。ものゝあはれは御兄弟。なら（二オ）わぬたびの疲《つかれ》にや。みだいのひざに寄リもたれ。ついとろ〱とねいらるゝ。ものゝ哀《あは》れはみだい様。つく〲是レを御らんじて。ハツアあじきない世の有様。世が。よであらば。奥州《おうしう》五十四郡《くん》の御ンあるじ岩城《いわき》のはんぐはん政氏《まさうじ》の姫君様若君と。夜《よ》のふし戸も綾《あや》にしき。すき間のかぜもいといしが。かく世におつれば（二ウ）此よふに。一チ夜のやどかす者もなく。かくおそろしき。

此はしで。野宿《のじゆく》をなすは何ニ事ぞ。是レを思へば世の中に。たびはういものつらいもの。かはいゝ子にはたびとやら。たとへばこゝのことならん。ノウうは竹ケと有リければ。うは竹あはれと思へ共。心よわくてかなはじと。せきくる涙タおしかくし。御だい様マの御ンな（三オ）げき御尤には候へど。たとへ今宵《こよひ》は野宿《のじゆく》あそばす共。また明ウ日チはよきやど取ッてまいらせん。おそばには女子ながらも。うは竹ケが付キ添《そ》へまいらする上ェからは。千騎万騎《せんきまんき》と思し召シ。お心づよふ今宵［マヽ］一チ夜をおあかし遊《あそば》せ。みだい様。そんならうは竹ケ。ハツアせびなき今宵の此しぎと。主従かほを（三ウ）見ヤ合セせて。なくなく。のじゆくをなし給ふ。しだいに其夜もふけわたる。夫レは扨《さて》おきこゝにまた。直ヲ江がうらにかくれなき。山岡太夫権《ごん》藤太。我カ家をそつとぬけて出て。黄昏《たそがれ》の頃《ころ》。はまべにて見かけし。四人ンのやつら。おいぼれが二人リに。女郎にわつぱ。どれも〳〵。みめうつくしきやつら。（四オ）すぐに勾《かど》引《わか》さんと思ひしが。人ト目しげりやせひなく。取リにがせしがむねんやな。さりながら。直ヲ江せんげんにて。やとかす者はなし。小川のしゆくまじや二里八丁。夜道チをかけてはゐい行クまい。今マ頃は扇《あふき》がはしのあたりに。のじゆくをしてけつかるはぢでう。きやつら四人をたばかつて。勾引《かどわか》し（四ウ）売《うり》はらつて一トもとで。どりや扇がはしへまいらんと。山岡其夜の出テ立チは。身に大ウがうしのどてらを着。こしには半弓《はんきう》山マがたな。さるくつはをくはい中し。がんどう頭巾《づきん》で顔《かほ》かくし。六ク尺ク棒《ほう》を杖《つへ》となし。しり引ッからげて権藤太。扇がはしへといそいで行ク。いそげば程なく今ははや。扇がはしに成リぬれば。立チとゞまつ（五オ）て。はしの上ェを見てあれば。あんにたがはすよつきねとりが。しゝ四はけつかる。いかゞいたして勾引《かどわか》さんと。それ〳〵一トおどしおどしておいて。たばかつて勾引さん。ドレおどしてくりうと。はしの上ェへあがられて。六ク尺棒《ほう》を取直ヲし。はしいたをすとん〳〵とぞつきならし。手ばやく山おか。らんかんのかげに身をかくす。此もの音《おと》（五ウ）におどろいて。主従《しうぐ》御目をさまされて。てもおそろしいものおとぞ。今マのは何ニぞ。うは竹よ。母上様と御兄弟が。なく〳〵ふるへておわせしが。山マおかがんどう頭巾ぬぎ捨テ。さはらぬていにてはしの上ェ。あゆみかゝり。申シたびのかた〴〵。あなた方タは何ニを其様ウに。きよろ〳〵さつしやる。あなた方此はしのおやどりは。様ウ子知ッ（六オ）てのおやどりか。たゞしは様子御存シなくてのおやどりか。おしい命チを。うはばみや。毒《どく》じやのゐばみになることの。アラせうしやと山岡が。そらふるへしてゆかんとす。みだいは。ハツトおどろいて。ヤレまち給へさと人と。山岡たもとに取リ縋《すかり》。我々四人ンのもの共は。おくかたよりつくしへとふるたびの者。此跡《あと》の。直ヲ江とやらにて。やどかす（六ウ）

薩摩千賀太夫　桝太夫　京屋新治
薩摩若太夫　竹太夫　三　京屋粂七
薩摩浜太夫　谷太夫　弦　京屋栄治
君太夫　京屋蝶二

横山丁二丁目
和泉屋永吉版

せつきやうさいもん

三荘太夫《さんしやうたゆう》

安寿姫《あんじゆひめ》
對王丸《つしわうまる》

二　扇ヶ橋《あふぎがはし》乃段《たん》　下

（一オ）

あふぎがはしのだん

若太夫直伝

もの、なきゆへに。ぜひなく是《レ》にて。一《チ》夜を明す者。おしい命《チ》をうはばみや。どくじやのゑばみになろうとは。どうしたわけでごさる。かたり聞《カ》せて下《タ》され。山岡聞《イ》て。スリヤなんとおつしやる。あなた方《タ》は此跡《ト》の直《ヲ》江がうらにて。やどかすもの、なきゆへ。ぜひ（一ウ）なく是《レ》にて一《チ》夜をあかす。すりやなんにもしらぬたびのかた。よふすをごぞんじなくば。わたくしがひととふりかたりおきかせもうしましよう。マ、おき、なされ。此はしは。越後《ゑちご》の国《ニ》直《ヲ》江がうらにかくれなき。扇《あふぎ》がはしと申ます。このはしかけわたしてよりいまだ。（二オ）はしくようがござらぬ。はしくようのないはしじやによつて。まいばん。まいばんうしみつのころになると。アレむかふに見ゆる。黒《くろ》もりからは。ねん〳〵へたるうはばみがこ、へ前ばん〳〵まいさがるげな。そふすると。下《タ》なるかはからは。はたひろあまりの大《イ》じやが。是《レ》はまい（二ウ）あかり其うはばみと。大《イ》じやめが。まいばんまいばん。此はしであかぬちぎりをこめるげな。あたりにひとの有《ル》時《キ》は。見られちや出《ッ》世のさまたげと。とつてはぶくし。あるいはひきさきすてるげな。あなたがたも。此はしで一《チ》夜あかさせ給ふなら。おしい命《チ》を（三オ）うはばみや。とくじやのゑばみになりませう。はやくどこぞへゆかつしやれと。い、すて又もやゆかんとす。みだいなおしもひきとゞめ。ヤレまちたまへ。さとびと様《マ》。夫《レ》がまことに候や。テモおそろしきものがたり。そもみづからやうはたけは。四十路《よそじ》にあまる。おいの身のたと（三ウ）へ野にふしやまにふし此身はどくじやや。うはばみのゑばみになりてあればとて。いのちをおしむにやあらね共。是にもふしたる兄弟は。いまだとしはもゆかぬもの。ことにねがいの候て。うみ山《マ》こへてはる〴〵と。ながのたびぢをいたすもの。子供がふびんに候へばさと（四オ）人様のおなさけで。すのこのはしなと木部屋なと。それにいとい は候はぬ。我《レ》〳〵四人《ン》の者に。今宵《よひ》をあかさせたまわれと。なみだにくれてみだい様《マ》。うはたけ局《つぼね》ももろ共に。たのめば山おかごんとう太。してとつたりとよろこべと。おもてにそれといださずし。是はしたりたび（四ウ）のしう。あなたがたはたゞいまなんとおつじや（マヽ）つた。このあとのなを江にて。やどかすものなきゆへに。ぜひなく是《レ》にて一《チ》夜をあかすとおつしやつたじやござりませぬか。とう所ではたび人《ト》にやどかすことは。きつい御はつと。一《チ》人《ン》たり共。たび人《ト》にやどかして（五オ）あるならば。とう人《ン》はきよくじ。むかふ三《ン》げんりやうとなりは。七くはんもん。くはりやうを取《ル》と。地頭所《ぢとうしよ》よりきびしきおふれ。気《き》の毒《どく》ながらおやどの御むしん。かないませぬが。おまちなされ。ゆびおりかぞへて見れば。こよひはわしも。てうど大《イ》せつなるせんぞのたい（五ウ）や。人《ト》めをしのんで今宵《こよひ》一《チ》夜ごせうのお宿をいたしませう。わしが跡《ト》からござらしやれ。若《シ》も道《チ》にて人《ト》にあゐばとて。わしとつれのようにはなしなぞはけつしてごむよう。もしもあなたがたにやどかすことがしれるがさいご。此山《マ》おかがしらかくびをとらる、はなし。しづかに（六ウ）あとからきやしやれと。誠《ト》しやかにあざむけば。しう〴〵四人《ン》の方《タ》がたは。誠《ト》の情《なさけ》とこ、ろゑて。いのちのおやの里人《さと》《ト》様《マ》。ノウありがたやうれしやと。とるものさへもそこ〳〵に。かの山おかが跡《ト》にもついてしう〴〵は。すみかをさしていそがる、。後《のち》のあはれとしらつゆの。草《くさ》ふみ分《ケ》て行《ク》程《ト》に（六ウ）

薩摩千賀太夫　桝太夫　　京屋蝶二
薩摩若太夫　竹太夫　三　京屋粂七　横山町二丁目
薩摩浜太夫　三名太夫　弦　京屋栄二　和泉屋永吉版
君太夫　京屋三亀

せつきやうさいもん
安寿姫《あんじゅひめ》
三荘太夫《さんしやうたゆう》
對王丸《つしわうまる》
三　山岡住家《やまおかすみか》の段《だん》　上

（一オ）

若太夫直伝

やまおかすみかのだん

さればにやこれはまた。かくてはやまおか権藤太《ごんとう》。おのれがすみかになりぬれば。申たびの衆是レがわしがうちでござる。サア〳〵是レへとかどのとあけてうちへはいり。ばゞいまもどつた。これにござるたびのしうに。こよひ一チ夜。後《ご》せうのおやど（一ウ）をまいらする。ずいぶん御地《ち》そういたせやと。聞クより女房《にようほう》おどろいて。ヱイなさけない山おか殿。またもやじやけんがおこりしか。コレ〳〵申シたびのかた。やどかす事はなりませぬ。はやくどこぞへゆかしやれと。いふを山おか打チけして。是レはしたりはゝ。何ニいふやい。これなる（二オ）しうはみちのくより。つくしへおとふりなさるたびのしう。扇《あふき》かはしに野宿《のじゆく》しておいでなされ。此山おかをみかけ。どうぞこよひ一チ夜のやどかしてくれいとおつしやる。やどかす事はなりませぬとは。いふてみたがそなたがしつてのとふり。こよひはおれも大イ切《せつ》なる（二ウ）せんぞの待夜《たいや》。殊《こと》にいま迄のつみほろぼし。人目をしのんで。今宵《こよひ》一チ夜ごせうのお宿いたさんと。せつかくつれ申たが。それでもそなたはやどかす事はならぬかと。せなかたゝいてあやなせば。元トよりあさき女義の。誠トの事と心へて。其心にて有ならば。なにしにいな（三オ）やを申シませう。サア〳〵これへといふ儘《まゝ》に。たらいにぬるまをくみ来り。しう〴〵四人のかた〴〵に。しもをもすゝがせ。一ト間のうちへともないて。もとよりなさけの女房が。おちやたばこぼんもち来り。心一トつに。手一トつで。ほどなくせんぶをしつらいて。なにがな御地《ち》そういた（三ウ）さんとぞんじますれど。此様ゥにざい所の事に候得ば。誠にこれはてき合イと。よきにもすゝめ御地そうし。山おかたゆふ立チ出テて。コレばゝおりやはつたりとわすれた事が有ル。ひるまはまへもちをながしておいたが。夜明にとりがかゝるなら後生《ご》も。ぼだいもみなむやく。そしいまからおり（四オ）やはまへいてもちなはをはづしてこよう。そして今夜《こんや》は空合《そらあい》もわるいつい手に。船《ふね》も内チがはへ乗《のり》まはし。あすは大イ切ッなるせんぞの命日《めい》チ山はま共にりようをやすまん。おきやく方タもさだめしおつかれで御ざりませう。ゆるりとおやすみあそばせ。ばゞそなたもおきやくがた（四ウ）をおやすめ申たら。ちつともはやくやすみやれおりやはまへいてくると。わが家を出テて山おかは。道四五けんも行キけるが。何ニ思ひけん立チとゞまり。ハツァそれ〳〵世の中カのたとへにも七チ人ンの子はなすとも。女にはだをゆるすなと有リ。あとにてばゞめが四人ンのやつに。どのよ（五オ）うないれぢゑかおふもしれぬ。どれうちの様ゥ子を立チ聞かんと。とつてもどして山おかが。軒《のき》の下タに身をしのび。うちの様子を立チ聞クを。神《かみ》ならぬ身のゆめしらず。涙《なみた》なからに女房は。四人ンの衆ゥに打チむかひ。申たびのかた〴〵。さいぜんあなたがたのおいでのおりから。わた（五ウ）くしがやどかす事はなりませぬと。申ましたを。さだめしじやけんなばゞじやと思し召ませうが。これにはだん〳〵ようすの有リ事。ひととふりかたりお聞ヵせもふさねばわかりませぬ。わたくしおつと。山おかたゆふ権藤太《ごんとうた》。アリヤ若《わかい》ときから。人かどわかしのだいめい人ン。わうらいの（六オ）りよ人ンをたばかつて。かどわかし。なんぎをさする事かずしれず。たゝいま当直江《とうなを》がうらにて。一チ人ンたり共。たび人トにやどかす事のはつとになりし。もとのおこりはともうしますれば。わたくしおつと。山おかよりおこりし事なれども。近ン年ンはしだいニとしおいまして。さよふな事はやめ（六ウ）

薩摩千賀太夫　**桝太夫**　**京屋蝶二**
薩摩若太夫　**竹太夫**　**三**　**京屋粂七**
薩摩浜太夫　**三名太夫**　**弦**　**京屋栄二**
君太夫　**京屋三亀**

横山町二丁目
和泉屋永吉版

せつきやうさいもん
安寿姫《あんじゆひめ》
對王丸《つしわうまる》
三荘太夫《さんしやうたゆう》
三　山岡住家《やまおかすみか》の段《だん》　下

（一オ）

山おかすみかのだん　　若太夫直伝

山はまをかりくらしまして。朝夕《あさゆふ》のけむりのしろといたしますれど。みめうつくしきあなたがたを。四人ン迄テおつれもふせしゆへ。ふつと又いぜんのあくじもおこりしかと。思ひすぐしをいたしましてあのよふに申まして御ざります。かならず〳〵（一ウ）お気にさへられまするな。たびのかた〴〵がわたくしがかよふに申ましたら。あなたがたはさまでになさけ有ル心なら。其様なじやけんな者にいつ迄もつれそうておる事は有リそふもないものじやと。さだめし思し召も御ざりませうが。こゝがうき世に御ざります。もとよりじやけんの山おかゆへ。（二オ）とふから心を見かぎりて。けうはいとまのでうとらん。あすはりべつをいたさんと。思ひし事はどゞなれど。きるにきられぬあくゑんで。けう迄テつれそいおりますが。わるいおつとを持チまして。心のやすまるひまもなく。朝夕気がねをいたします。ばゞが心の其うちを。御すいりやうなし給はれと。（二ウ）涙《なみだ》なからのもの語《かたり》みだい所もうは竹も。扨テはさよふに候か。ほんにいとしい事なると。供《とも》に涙にくれ給ふ。女房よう〳〵涙をはらひ。申たびのかた〳〵。去リながらいまだはからはれませぬ。夫《おつと》山おかが心の内チ。明ゥ日チあなた方タを。おたゝせ申スは夜明ぬ内。若も夫ト山おかが。山路《じ》を行ヶと教《おしへ》ましたらば。はまじをお（三オ）出テ遊《あそば》せ。又タはまじを行ヶと申ましたらば。山路《じ》をお出テ遊せ。かならず〳〵此事をお忘《わすれ》れ遊ハすな。たびの方〳〵。さぞかしおつかれにてましまさん。ゆるりとおやすみ遊せと。四人ンの衆をやすませて。其身もなんどへ入リにける。軒《のき》の下タなる山おかはしぢうの様子を立チ聞キし。ためろういきをほつとつき。あんにたがわず（三ウ）ばゞめが入レ知恵《ぢへ》。がらりとぶちまけおつた。たとへ入レ知恵かへば迚《とて》。四人ンのやつらはあじろの魚《うを》。かごの鳥リ同《とう》前ン。ドレはまへいて船を仕立テ。夜明ヶぬ内チに引キずりださんと。と有ル我ヵ家を立チ出テて。船場《ば》をさしていそぎ行ク。かくて船場になりぬれば。手早く船を仕立られ。と有船を立出テて。我ヵ家をさしてとんで（四オ）もどる。程なく我ヵ家になりぬれば。かどのとたゝかばゞめがじやまひろぐはぢでう。ソレ〳〵うらから廻《まは》つて引キずりださんと。其身はせどへまはられて。そとからメりを引《しま》はづし。とをそろ〳〵と押《おし》明ヶて。何ンなく内チへ忍《しの》び入リ。さしあし。抜《ぬき》あし。忍《しの》ひあし。さぎが鰍《どでう》ふむあし取リで。ホツト一トいきつぎの方タ。納戸《なんと》の内チを覗《のぞい》て見て。ばゞめが入レ（四ウ）知恵《ぢへ》かつてあれば迚《とて》。アノどぶさつたざまを見ろ。ドレ此まに四人ンを引キずりださんと。あんどう提《さげ》からかみをそつと明ケ。申シたびのかた。サおめ覚《さま》されよと。呼《よび》おこされて。主従皆《しう〲みな》〱おめを覚サされて。みだい所はおき直リ。コレハ〱山おか殿ノ只今マはま方タよりもどられしか。イヤ私シはとふにもどり申して。一ト間でもはやばゝめとやらかしま（五オ）して御ざります。やらかしましたと申せばどうやらおかしいが。一トねいりやらかしました。枕に響《まくらひびく》明ケの鐘《かね》。夜明ケてあなた方をおたゝせ申。若《もし》も一チ夜のやどしたるがしれるかさいご。やぜん扇《あふき》が橋《はし》で申シ上ケる通ゥり。此山おかがしらがくびを取ラるゝ咄し。サアちつとも早ャくおしたくなされとせきたてられ。しからばさようにいたさ（五ウ）んと。御兄弟をはじめとし。たびのよふゐもそこ〱に。主従《しうじう》一ト間を出テ給ひ。是は〱山おか殿。思議《ふしき》[マヽ]な御縁《ゑん》で此様に。一チ夜のおやとのお情《なさけ》に預《あつ》かる。いつが世にかは此れいを。いたしませう。殊にやさしき御内室《ないしつ》。ちよつとおふて一チ禮《れい》。コレハしたりばゞめはひるの家職《かしよく》に身もつかれ。アレあのとふりぜんごしらざるたかいびき。（六オ）おこしてれいの。いとまごひのと。ひまどるうちには夜が明ケます。ばゞにはわしが申シ聞カせませうから。あなた方タはおしたくよくば。ちつとも早ャくお立チなされと。せき立られ。しからばよろしう頼《たのみ》ます。さらばに御ざる山おか殿。さらばにまします主《あるし》様マ。さらば〱と主従《しうじう》が。山おかうちを立チ出テて。たどりていそがせ給へ共（六ウ）

薩摩千賀太夫　桝太夫　京屋蝶二
薩摩若太夫　竹太夫　三　京屋粂八
薩摩浜太夫　谷太夫　弦　京屋三亀
君太夫　京屋粂七

よこ山町二丁目
いつみ屋永吉版

せつきやう祭文
三荘太夫《さんしやうたゆう》
安寿姫《あんじゆひめ》
對王丸《つしわうまる》
四　勾引《かどわかし》乃段《だん》　上

（一オ）

かどわかしのだん

若太夫直伝

さればにやこれは又。まだ夜をこめたる事なれば。あしまもしれぬしんのやみ。どちらへいたらよかろう。しう〲そこに立チどゞまり。行キなやみてぞおわしける。かゝる所へ山おかは。いきせききつてかけ来り。申シ旅《たひ》のかた〲（一ウ）あなたがたを。たゝせましたをあけ六つとおもひのほか。アリヤわたくしが一トときの時キのときちがひで。七つで御ざりました。くらさはくらしみちがしれいで。さぞ御なん義であろふとぞんじまして。よう〱おあとをしとふてまいりました。とてものことにわたくしが。夜（二オ）明ケる迄テみちあんないをいたしませう。あなたがたはつくしのはかたへお出テなさるには。山路《じ》をおいであそばすや。たゞしはまじをおいでなさるや。どちらをおいで遊ばすと。といかけられてみだい様。ハツトばかりにむねのうち。宵《よひ》にあるじの女房が。おしへられしはこゝならん。山路《じ》といふた（二ウ）がよかろうか。はまじといふたがよかろうか。いかがはせんととつおいつ。しばらく御しあんなされしが。よう〱思ひさだめられ。そんならどふぞ山マ岡殿。とても事にやまじをおしへて下され。是レはしたりめつそうな。つくしのはかたはやまじをおいでなさるなら。なん所ヨ有ルがなかにも親ヤ（三オ）ころばしには子ころばしお、かめざかにほうしなげ。まむしとうげおいはぎざか。なぞといふゑらいなん所ヨ。あなたがたのあしよはにて。十三里の山みち。思ひもよらぬ事。アレもやでろく〳〵むかふは見へませぬが。いぬゐにあたつてかすかに見ゆるが。つくしのはかた船《ふね》にて（三ウ）ゆけば四里とちつと。とても事のお情《なさけ》。わたくしがあなたがたを小船《こふね》に乗《のせ》ましてつくしのはかた迄テ。おくつてしんぜませう。わるい事は申シませぬ。サアちつともはやく。わしにつゞいてきやしやれと。まことしやかにいつわれば。御うんのすへはぜひもなや。まことの（四オ）事とみだい様。だん〳〵あつき御しんせつ。しからはよろしうたのみます。サア〳〵御ざれとさきに立チ。船ナ場《ば》をさしてつれて行ク。程なく船ばになりぬれば。サア〳〵おめし遊《あそ》ばせと。あゆみをわたし。なんなく四人を船に乗《のせ》。夜前ン扇《あふき》がはしより。わが家へおつれ中シ。時キちがひでお（四ウ）たゝせ申シ。ろく〳〵およるまもなく。さだめしおねむう御ざりませう。夜明る迄テは今マ一ト時キゆるりと是レにておやすみ遊ハせ。わしもともの間で一トねいりやらかしまして。湊《みなと》しらんで有ルならば。すぐに船をだしませう。サアあなたがた夜明ケ迄テゆるりと。おやすみ遊ハせ。（五オ）ドレひらとばきつてしんじようと。まづめかくしのとばをきり。山おかおのれもともの間で。かぢづかまくらにたぬきね入リをやらかせば。しう〴〵四人ンのかた〳〵は。たび〳〵のつかれもかさなれば。たがいにそこへより給ふ。みな一チどうにねいらるゝ。山おか夫レと見るゟリも（五ウ）

薩摩千賀太夫　桝太夫　京屋蝶二
薩摩若太夫　竹太夫　三　京屋粂八
よこ山町二丁目
いつみ屋永吉版
薩摩浜太夫　谷太夫　弦　京屋三亀
君太夫　京屋粂七

せつきやうさいもん
安寿姫《あんじゆひめ》
對王丸《つしわうまる》
三荘太夫《さんしやうたゆう》
四　勾引乃段《かどわかしのだん》　下

（一オ）

勾引段《かどわかしたん》　若太夫直伝

とばをまくり申シたびのかた。ゝ《ヱ》よくどぶさつた。どれ此間にそろ〳〵船ネをいださんと。まづ帆《ほ》じたくをなしいける。それはさておき山おかがやどにものこせし女房は。枕《まくら》にひゞくあけのかね。ふつとめざましお（一ウ）き直ヲり。今のはアリヤたしかにあけ六つ。見れば山おか殿もまだはまからもどられぬそうな。夜明ぬうちにたびのしうをたゝせましようと。なん戸を出テ一ト間を見て。ハツトおどろきて。さてはおつと山おかがつれいだせしとおぼへたり。ようすははまべといふまゝ（二オ）にそのまゝ。にはへとんでおり。かどの戸あけておいのあし。こけつまろびついつさんに。はまべをさしておつかけゆく。船いださんとする所へ。よう〳〵女房かけ付ケて。もやいにすがつて。チイこなさんノウこれ山おか殿。あんにたがわづ四人のしうをうる気じやの。若ィうち（二ウ）ならぜひもない。あすをもしれぬおいの身の。後生《こしやう》の道こそ願《ねが》わいで。かゝる工《たくみ》はなに事ぞ。うき世の中カのいとなみは。あぜのおちぼをひろう共。互《たがい》にそでつゆむすび合ィ。人トの軒《のき》ばにたてばとて。見すぎ世すぎはぜひがない。エイ情ない山おか殿。いかなる事のあれ（三オ）ば迚《とて》。うらせる事はなりませぬ。此船やらぬいださせぬと。もやいにすがり女房が。こけつまろびていそばたを。命《チ》かぎりに引《キ》とめる。山おか聞《イ》て。ヤイだまればゝおのれがとめだてした迚。そんならよそふといふようふな山おかたと思ふかい。おんなさかしくして。うしうりそこのふとは（三ウ）おのれがこと。とふでしかかつた此しごと。じやますなそこはなせ。いや〱はなさぬ。なにはなさぬ。はなさゞよいとかいおつとつて。こぎいだす。女房もやいに取《リ》すがり。命《チ》かぎりに引《キ》とめれど。女のひりきの悲《かな》しさは。其まゝうみへひきこまるゝ。じやけんなりける山おかが。ふ（四オ）かみになれば。いさいかまはずろをたてる。女《ヨ》ぼうもやいをたぐりよせ。船《ネ》まぢかくもなりぬればすでにこへをたてんとす。シヤめんどうなるおいほれと。やまがたなをぬきはなし。もやいをすつぱときりおとす。むざんなりけるによぼうは。そこのみくずとなりにける。（四ウ）山おかともの間からみなぞこをのぞいて見て。とばずにぐにんなつのむしとんで火にいるばゞめはそれと事かわり。とばずに水《ッ》へつぱいりあつたらいのちをぼうにふつたるばゝめがおふだはけ。さりながら此としつき迄《テ》。だきねをしたるふうふのあいでう。せめ（五オ）てすてねんぶつなと唱《とな》へてくれん。なむあみだ仏《ッ》〱。なむあみだ仏《ッ》〱。あくびのついでにもちつとまけて。なむあみだ仏《ッ》〱。じやまおつぱらつてさつはりとした。ドレこぎ出《タ》して。こがいの船《ネ》にうりわたさんと。ろづか持《ッ》手もしつかりと。早《ヤ》帆《ほ》をかけて。山岡が。沖《おき》をさしてこいで行《ク》（五ウ）

第二分冊

薩摩千賀太夫　桝太夫　京屋蝶二
薩摩若太夫　谷太夫　三　京屋粂七
薩摩浜太夫　竹太夫　弦　京屋三筋
君太夫　京屋粂八

よこ山町二丁目
和泉屋永吉版

せつきやうさいもん
三荘太夫《さんしやうたゆう》
安寿姫《あんじゆひめ》
對王丸《つしわうまる》
五　船離段《ふなわかれのだん》　上

（一オ）

ふねわかれのだん　若太夫直傳

さればにやこれはまた。ゐん寺《じ》の鐘《かね》にさそわれて。夜明《ヶ》からすがつげわたる。ごゝうのてんもはれ行《キ》て。夜はほの〲とあけければ。山おかよふゐのふなじるし。へさきにおし立《テ》こいで行《ク》。其時《キ》直《ヲ》江の湊《みなと》より。さどと。たんごの人《ト》かいは山おかゞふ（一ウ）ねの印《しるし》をみるよりも。あれこそ直《ヲ》江の山おかなり。いてかいとらんといふ儘に。互《たがい》に小船《ネ》を乗《リ》出《タ》し。うでにまかせてやつしゝ。山おか船へとこいでくる。なんなく船をこぎ寄《セ》て。いでおれかわん。われかうと。おうごへあげてあらそへば。山おか聞《イ》て。是《レ》はしたり二人《り》のわか者。こへがたかい。ね鳥《リ》（二オ）が立。しづかにしやれ。どふで二人《り》にうらねはならぬ。まづしろ者を見やれといふまゝに。とばをまくり。其ふるとりが二わに。わかとりが二わ。さどおのしが国《ニ》のさどがしまでは。古《ル》鳥《リ》でなければゆかぬ。おいぼれ二人は次郎おのしにうつてくりよう。又《タ》宮《ヤ》ざきおのしが国ニ（二ウ）のたんごでは。わかとりでなければゆかぬ。女《め》ろうにわつぱはみやざきおのしがほうへとやまおかゞいへば。さど丶。みやさきは。心へたりとよろこんでサア〳〵ねだんをしませうと。かの山おかゞさゆうのそでへ手を入レて。ゆびをつかんでねたんをす。山おかたゆううなづいて。スリヤ何ン（三オ）といふみやざき。おのしがほうはわかとりだけに四くはんづ丶八くはん。又さどおのしがほうはふるとりだけに二くはんづ丶、四くはん。コリヤ又あんまりなみたおしよう。四くはんに八くはんしめて十二くはんではよつぼどおれももとねがかけるが。ひさしぶりだまけてくりよう。ヲ丶そんなら（三ウ）しめてやれと。しやん〳〵と手を打ッて。四くはんに八くはんうけ取ッて。手ばやく山おか身の代《しろ》をいたごの下タへしまつをし。サア〳〵申たびの衆おめさまされよとよひおこされてしう〳〵は。みな〳〵御ンめをさまさる丶。申たびの衆あなたがたをおこしましたはべつでは御ざりませ（四オ）ん。是レにおります二人《り》のわか者。こちらのはさどがしまにかくれなきとがへふの次郎と申ます。またあちらのはたんごのみやざき四郎と申まして。二人《り》ながら此山岡か甥《おい》で御ざります。二人《り》の甥《おい》がふねこぎきたつて申ますには。おらがおち様《ご》がおきやくを。おく（四ウ）つてござつたが。としよりぼねでつくしのはかた迄テはあさには太義であろう。是レからおれがかはつておくろう。イヤ我がかはつておくろうと。地《ち》そうぶりのろんをいたす。ぢやによつて。惣方《そうほう》うらみのないよふに。あなたがたをおふたりづ丶。にそうの船に乗セわけまして。なが船ばりをしつ（五オ）かともやい。船あしかろけりや船がはやい。若ィやつらがうでいつぱいにおすならば。たばこのむまにやつくしのはかたへまいります。サァ御ようゐよくば。あなたがたはこちらの船。御兄弟は此船へと。二そうの船へ乗セわけながら。船ばりをしつかともやい。おのれが小船をわきにのけ。コレ〳〵申（五ウ）たびの方。さく夜扇キがはしより。我カ家へおつれ申まして。一チ夜のおやどをいたせしも。誠にたせうのゑんとやら。今マ又これ迄テおくりつ丶。二人《り》の甥《おい》に頼《たのみ》つ丶。おわかれ申山岡は。直ヲ江がうらへもどります。わかれとなればかなしうて。ほんに涙《なみだ》がこぼれます。たとへつくしへござる共。思ひ出ス日も（六オ）有ならば。直江がうらりやうしなる。山岡太夫権藤太《ごんとうた》おやぢめはまめでおるかやと。としにいちどのすて文か。びんぎ便《たより》をしてたもれ。わかれがつらい悲《かな》しいと。でもせぬ涙《なみだ》につばを付ケ。まつとなこうと山おかゞ。しやくり上ケてでもせぬ涙。はながじやまて。めのさきへ。とゞかぬ舌《した》めがうらめしいと。こちら向ひては（六ウ）

薩摩千賀太夫　桝太夫　京屋蝶二
薩摩若太夫　谷太夫　三　京屋粂七
薩摩浜太夫　竹太夫　弦　京屋三筋
君太夫　京屋粂八

せつきやう祭文
安寿姫《あんじうひめ》
對王丸《つしわうまる》
三荘太夫《さんしやうたゆう》
五　船離段《ふなわかれのだん》　下

横山町二丁目
和泉屋永吉版

（一オ）

ふねわかれのだん

若太夫直伝

べろりとしたを出ス。みだい所。これは〳〵山岡殿。わかれが悲《かな》しうのふてなんといたしませう。やどもとへもどられてあるならば。御内室へもよろしうつたへて下タされ。コレ兄弟山岡殿は。直江がうらへもとらしやると有ル。いとま乞《ごい》をもふしやいのふ。みだいの仰セに御兄ゥ弟（一ウ）うは竹ヶ局《つぼね》も諸共に。さすればもはや主《あるし》様。直ヲ江へもどらせ給ふとや。おなごりおしやと主従《しうぐ》が。涙にくれての暇乞《いとまごい》。おゝちやくもの、山岡はいつもわかれは同じこと。コレ〳〵二人《り》の若ィ者。きを付ヶておきやくをおくつてまいらせよ。しからばおわかれ申べし。さらば〳〵と山岡が。小船を乗リまはし。直ヲ江をさし（二オ）てこぎもどす。さどみやさきの船頭《ふなおさ》もうてに任《まか》せてろを立テて。沖《おき》の方タへこいで行ク。たんごのみやざきこへをかけ。コレさどいつ迄テこいだ迚はてしがない。なんともうこゝらでやらかそうじやないか。次郎聞ィてなるほど。みやざきがいふとふり。いつ迄テこいでも同しこと。そんならもうこゝらでやらかそうと。いふより（二ウ）はやくあい舫とけば。二そうの其船は。右キと左リへわかれける。みだいはハツトおどろいて。さどの次郎に取リ鎚。これ〳〵申船頭《ふなおさ》殿。アノ兄弟ィが乗ル船もわらはが乗リし此船も。一トつ湊《みなと》へ行クものを。なぜとうざいへこぎわける。あの船これへ。此船あれへとあせらるゝ。さどの次郎はこれを聞ィてかはいやおいぼれ。おのれ何ンにもしらぬな。（三オ）アレたつたいま直ヲ江がうらへもどつた。山岡太夫権藤《ごんとう》太。アリヤ人ト勾引《かどわかし》の大ィめい人。則《すなはち》山岡がもとゟリおのれら二人ンは此次郎が二貫ンづゝ四貫もんでかい取ッて。さどがしまへつれて行。マタあれなる兄弟のがき共は四くはんづゝ八貫でかい取ッて。たんごの国へつれて行。何にもしらぬおいぼれ。さどゝたんごへ行ク船がどうし（三ウ）て一トつにこがりやうと。そらうそふいてこいで行ク。みだいは直ヲしもおどろいて。さすれば直江のやまおかゞ。われ〳〵四人ンをたばかつて。二そうのふねへうりしとや。こは何ニとせんうは竹ヶへ。みだいさまよとばかりにて。わつとばかりにどうとふし。きやう気のごとくの御ンなげき。何ニ思ひけんみだい様マ。なみだ（四オ）の御ンかほふりあげて。コレふなおさ殿。うられ。かはるゝわれ〳〵は。さだまるぜんぜのごうゐんと。あきらめもいたそうが。あれなる二タ人《り》の兄ゥ弟に。こゝでわかれていつが世に。又おふ事はしれがたし。たゞ此上ェのなさけには。アノ兄弟か乗《の》る船と。わらはがのりし此船を。一トつ所。へこぎ寄セて。おや子一ッ世の（四ウ）いきわかれ。なごりをおしませ給はれ。船頭《ふなおさ》殿とありければ。次郎聞ィて。スリヤなんとぬかす。うられかはるゝわれ〳〵は。さだまるぜんぜのごうゐんと。あきらめもしようなる程。コリヤいゝあきらめ。さりながら。あれなる二タ人《り》の兄弟に。こゝでわかれていつか世に。又あふ事がしれぬ。此上ェのなさけ（五オ）には。あのふねと。此ふねをひとつところへこぎ寄セて。おや子いつせのなごりをおしませてくれ。ヲゝ其くらいなことは。またやすめをうつてくりう。ほへずとそこにまつてけつかれと。つゥ立あがり。そとがへふヤアイみやざき。其ふねかへせとろをおしきつてこいで行ク。なんなく船をこぎ（五ウ）寄セて。コレみやざきおのしが船をよびかへしたはべつではない。此おいぼれめらかぬかすには。うられかはるゝわれ〳〵は。さだまるぜんぜのごうゐんとあきらめもせうが。二人のがきめらにこゝでわかれていつが世に。又あふことがしれぬから。此上ェのなさけには。其船と。此船を。ひとつ所ロへこぎ寄セて。（六オ）おやこ一ッ世のいきわかれ。なごりをおしませてくれと。ひたすらの願《ねがひ》。其くらいな事をいとう次郎じやないが。おりや此としさ迄テおやこ一ッ世のいきわかれとやらを。みた事がねい。なんとみやざきおのしとおれとたばこでものみながら。こいつらが生《いき》わかれのあわれな所ロを。見ン物ッしようじやないか（六ウ）

薩摩千賀太夫　桝太夫　京屋蝶二
薩摩若太夫　谷太夫　三　京屋三亀
薩摩浜太夫　三名太夫　弦　京屋市蔵
君太夫　京屋粂七

よこ山町二丁目
和泉屋永吉版

せつきやうさいもん
安寿姫《あんじゆひめ》
三荘太夫《さんしやうたゆう》
對王丸《つしわうまる》
六　篋贈《かたみおくり》のだん

（一オ）

篋贈段《かたみおくりのだん》

薩摩若太夫直伝

さればにや是《レ》はまた。みやざき聞《ィ》てなるほど。コリヤおもしろかろう。そんならおのしとおれと。こいつらがいきわかれのしうたん。ゆるりとけんぶつしましようと。またもや船《ネ》をもやはれて。なさけをしらぬふなおさが。たばこのみつけ（一ウ）とものかたにおうあぐら。けむりを空《そら》にくゆらして。そらうそふいていたりける。もの、あわれはみだい様《マ》。うは竹《ケ》つぼねにいざなわれ。たんごの船《ネ》にのりうつり。御兄《ゥ》弟《ィ》のかた〴〵を。みぎとひたりに引《キ》寄《セ》て。せきくる涙《なみだ》をおしとゞめ。コレ兄弟たつたいま。直《ヲ》江がうらへもどつた。山おか太夫（二オ）ごんとう太。アリヤなさけのものと思ひしに。人《ト》かとわかしにてあつたといのふ。われ〳〵四人《ン》をたばかつて。二《タ》人《り》のしうにうりしと有《ル》。みづからやうは竹《ケ》は。さどがしま。そなたら二《タ》人《り》はたんごの国《ニ》へうりしとよ。さすれば是《レ》がいきわかれ。たとへいづくへいけばとて。とりのなくねはおなじ事。兄《ゥ》弟《ィ》なかよく（二ウ）むつまじくいかなる事のあればとて。たんりよな心をいたしやるな。死《し》はいつたんにしてとげやすし。しようはばんだいにしてうけがたし。いのちさいだに有《ル》ならば。またおふ事もあるべきぞ。弟《ト》にたんりよの有《ル》時《キ》は。はゝにかわつてあねのひめ。弟へいけんをいたすべし。姉にたんりよの有《ル》ならは。（三オ）としはゆかねどおとのわか。父上《ヱ》様《マ》になりかわり。あねへいけんをいたすべし。かならず〳〵兄弟よ。はゝが詞《ことば》をわするゝな。せめてはかたみをおくらんと。涙ながらにみだい様。守《まもり》ぶくろを取《リ》出し。コレ兄弟此守《リ》ぶくろのうちには。家《ヱ》だい〳〵の御《ン》守《リ》。きやらせんだんの地蔵尊《じぞうそん》。兄弟いづくへゆけばとて。はだみ（三ウ）はなさず。あさゆふずいぶんしん〴〵しや。兄弟が身の上《ヱ》にしぜんだいじの有《ル》時《キ》は。御身かわりに立《チ》給ふ。まつたきよじさいなんはすくわせ給ふ地蔵尊。是《レ》はあねへのかたみの品。此一《チ》くはんコリヤいわきのけいづ。弟へのかたみの品。是《レ》がなくては出《ッ》世はならぬ程に。かならず人手に（四オ）わたしやるな。かたみをおくれば御兄弟。はゝ上《ヱ》様《マ》やうは竹《ケ》にこゝでわかれてわれ〳〵が。たれをたよりにいたすべし。あの船頭《ふなおさ》に願《カ》ひつゝ。はゝ上様ともろ共に。さどへつれさせ給はれい。はなれはせじと取《リ》すがり。なけかせ給へばうは竹も。いかなる事のあればとて。としはもゆかざる御兄弟いづ（四ウ）くへはなしてあげらりやう。はなれはせじと。しうじうが。たがひにとりつきすがりつき。わつとは（マヽ）がりにこゑをあげ。きへいるばかりのおんなげき。めもあてられぬありさまを。みやざきそれと見るよりも。これさどなんだかおりやおかしなこゝろもちになつ（五オ）てきた。こんな事はながとく聞《キ》ものではない。モウいゝかげんにひきわけて。いかうじやあるまいか。次郎聞《ィ》てなるほどみやざきがいうとふり。いつまで聞《ィ》てもはてしがない。そんならもうひきわけてゆきませう。サアこい。うしようおいぼれめと。みだいどころとうは（五ウ）たけを。ゑりすじつかんで引たてる。

はなれはせじととりすがる。しつこいやつらといふままに。むりやむたいにひきわけて。手ばやくおのれが船《ネ》にのせ。もやいをといてつきはなせば。船はさゆふへわかれける。しうじうおや子のかた〲は。はゝ上さまい。うはたけいなふ。（六オ）けうだいよ。御兄弟と。こべりにすがりこへをあげ。よべどさけべとなさけなや。ふねはうきゝのことなれば。しだい〲にとうざかり。直江がうらのあさぎりに。しう〲おや子いまははや。すがたかたちもみへざれば。わつとばかりにこへをあげ。けうきのごとくの御《ン》嘆《なげ》き（六ウ）

薩摩千賀太夫　桝太夫　京屋市蔵
薩摩若太夫　谷太夫　三　京屋三亀
薩摩浜太夫　菊太夫　弦　京屋粂七
君太夫　京屋蝶二
よこ山町
和泉屋永吉版

せつきやうさいもん
安寿姫《あんじゅひめ》　三荘太夫《さんしやうたゆう》
對王丸《つしわうまる》
七　宇和竹恨段《うわたけうらみのだん》

（一オ）

うは竹恨《たけうらみ》のだん

薩摩若太夫直伝

さればにやこれはまた。何《ニ》思ひけんうは竹《ヶ》はいなおつて。みだいのまいへ両手をつき。申《シ》みだい様《マ》おもへば〱につくき直《ヲ》江の山《マ》おか。うは竹《ヶ》つく〲かんがへ見まするに。あなた様《マ》ともろ共に。さどがしまとやらへうられ行《キ》。さん（一ウ）代そうおんの御しゆじんの。あさゆふの御なん義を家来《けらい》の身としてうは竹《ヶ》が。みまするもほうぎにあらず。たゞ此上《ェ》はみづからに。ながのおいとまを給はれと。いうよりはやくうは竹《ヶ》は。うみへざんぶと身をなげる。みだいははつとおどろいて。ヱイなさけないうは竹《ヶ》よ。そなた（二オ）ばかりがしなずとも。なぜみづからおもつれざりし。ともにじゆすいとたちあがれば。次郎はあはてゝいだきとめ。どつこいそうはまいらぬ。たつたいま。やまおかゞもとより。二くはんづゝ四くはんに。かいたてのほや〱。一《ト》人《り》とびこまれて。二くはんのそんもふ。其上《ェ》また（二ウ）おのれにとびこまれてたまるものか。コリやこふしてはおかれぬ。とれひつくゝしてくりやうと。何《ン》のいとひもあらなはの。もやいをといて。たつか手こてにくゝしあげ。なか船《ナ》ばりにさるつなぎ。うでにまかせてろをたてゝ。さどがしまへとこいで行《ク》。それはさておき其時《キ》にはるかお（三オ）きよりみづけむり。さかなみ立《ッ》てあれいだし。くろくもしきりにまいさがり。しんどうらいでんはたゝがみ。雨《あめ》はしやぢくをなかしける。女《ナ》のいちねんおそろしや。かのうは竹《ヶ》がおんりやうは。はた尋《ひろ》あまりの大《イ》じやとたちまちあらわれて。九万《ン》九千《ン》のうろこに水《ッ》をいらゝけ（三ウ）て。角《つの》をか（マこ）ぼくとふりたてゝ。大《イ》の眼をいからして。げに紅《くれない》のしたをまき。逆《さか》まくなみをかきわけて。ういつ。しづんつ。しづんず。ういつ。直《ヲ》江へもどる山おかが跡《ト》をしとうて。かの大《イ》じやくもにまぎれてとんで行《ク》。其時《キ》山おか権藤大。直江間近《ちか》くなりけるが。跡《ト》ふりかへり見る㕝も。（四オ）うは竹《ヶ》大《イ》じやとゆめしらず。こはかなわじと言《ゥ》まゝに。いたごの下へもぐりこんで。よくげはみぢんもあらざりし。たとへ大《イ》じやにのまれても。此十二《ゥ》くはんははなさぬと。しつかとおさへくはばら〱まんさいらくと言まゝに。がんな〱〱ふるへて。うは竹《ヶ》大《イ》じやは大《イ》おんにおのれ（四ウ）につくき山おかめ。大ィ切ッなりし御しゆじんを。よくもたばかりうつたりし。おもいしらせん山岡と。聞クより山おかおどろいて。いたごの下タゟリく びを出シこれ〳〵申シうは竹ケ様マ大ィじや様。うつたがおはらが立ッならばまだ十二貫ンはこゝに有ル。取リかへしてしんじやうから。いのちはたすけて下タさ（五オ）れと。がな〳〵ふるへていたりしが。何ニかは以ッてたまるべき。山マおかのつたる其船ネを。きりり〳〵とまきこはし。なかなる山おかつかみ出し。ちうにに（マヽ）も引キ立テ。うは竹ケがずんだ〳〵に引キさいて。海のみくずとなしにけるは。こきびよくこそ見へにける。もとのおこりは直ヲ江にてやどをかさざる。う（五ウ）らみとて。直江千間あれわたる。誠トにちうやのわかちなし。千間の者共うちより。めいよふのはかせをもつてうらなはせ見るに。じゆ水なしたる局《つぼね》うは竹ケがおんれうと。ゑきのおもてにあらわるゝ。せめてたゝりをしづめんと。早々《そう〳〵》はまべにほこらをたて。うは竹ケ大ィ明神と。一ッ社のかみに（六オ）くはんてうす。むかしか今マにいたる迄テ。ほくろくとうはきたのはて。ゑちごの国ニ。直ヲ江千ンげんのちんじゆ。うは竹大ィ明神ンこれなりし人は一代。末《まつ》世に残るはうは竹ケ社《やしろ》なり。夫レは扨テおきこゝに又。ものゝあはれは御兄弟。かのみや崎《さき》が買取リて。はる〴〵たんごへいそがるゝ。程なくたんごに成リぬれば（六ウ）

薩摩栄喜太夫
薩摩若太夫
薩摩伊勢太夫

三弦　京屋粂吉
　　　京屋門蔵

横山町二丁目
和泉屋永吉

三しやうたいふ
安寿姫《あんじゆひめ》
對王丸《つしわうまる》

名号《なづけ》のだん

八　せつきやう上るり

（一オ）

なつけのだん

〽さるほどにこれは又。たんごのくにゆらのみなとにかくれなき。木津うらとみゆら三ケのしやうをかたどりて。三しやう太夫ひろ宗《むね》とて。五千げん一チのてうじやあり。三しやう太夫いかなるめぐみに候や。五人の子どもみなおのこ。惣《そう》れふ（二オ）太郎ひろよし。二男二郎ひろつぐ。三男三郎ひろはる。四郎ひろくに五郎ひろとき。いづれもおとらぬきやうだいの。なかにも三男三郎は。父《ちゝ》にまさりてごうあくふてきのものなれば。ゆら千げんの人〳〵が。にくまぬものこそなかりけり。御いたわしの御きやうだい。かゝる太夫にかい（二ウ）とられしよじのあはれをとゞめけり。三郎兄弟《きやうだい》をちゝのみまゑへめしつれる。太夫きやうたいをつく〳〵うちまもり。おことらきやうたいはみめうつくしきおいたち。なは何と申かたれきかんとありければ。ひめぎみそれときくよりも。こゝにてあんじゆつしわうと。なのらはちゝのなのちじよく。（三オ）いかゞはせんと思ひしが。りやうてをつき申上ますおしう様。そもわれ〳〵ともふするは。これゟはるかおくのもの。

やまがそだちのならひにて。あねは弟《おとゝ》をおととよぶ。弟はあねをあねとよび。定《さたま》るなとては候はず。あはれおしうのおなさけでよきなをお付《つけ》くださるべし。太夫きいて。〽コレおろかなりける（三ウ）きやうだいのやつら。およそ此どへしやうをゑて。そらをさはたるてうるい。又ちをはしる四足。むしこう〳〵にいたるまで。なのなきもの、あるべきや。さりながら。山家《が》そだちあねはあね。おと、はおととあるならば。わがやのかふうくにをなのれ。くになをかたどりてよきなをつけてゑさせん。（四オ）くにはいづくはやとくかたれとありければ。御いたはしのつしわう丸。くにもわすれて候と。いはんとせしがあねのひめ。やれまてしばしおとをとよ。くにはわすれて候へど。さとはしのぶのさと、おぼへたり。御しう様と申ける。太夫きいて何。くにはわすれしがさとはしのぶとや。すぐにしのぶをあねがなに付《つけ》（四ウ）てくれん又わつぱめはおのれがくにをわすれし故《ゆへ》。しのぶにつれそふわすれぐさ。しのぶとよんだらあねが事。わすれくさとよんだらわつぱおとれが事。兄弟《きやうだい》のやつら。明日よりあねははまにゆき三荷のしほくむやく。わつはは山に出て柴木《しば》を三荷こるかやく。きつと申わたしたぞ。三郎兄弟（五オ）に下しよくのたうぐわたせよと。いひすて、おくの一間に入にける。ハットこたへて三郎は。其まゝそこをたちあがり。大てんじやうへから〳〵とかけ上り。もちくるだうぐはなに〳〵ぞ。荷《に》なわにとかまおふこに荷《にない》をもちきたり。どつかとおろし。コレ。にないにおうこりやこれしのぶそちがはまにてしほくむ（五ウ）だうく荷なわにとかまこりやわつぱおどれが山でしばかるだうくたゞ今ち、上の申付兄弟にて山はまの六荷のやくもしも一荷にてもたらざればうぬらがくらふあわのめしじきどめするぞきやうだいとはつたといかつて三郎は一間をさしてぞ入にけるあとにのこりて御兄弟（六オ）たがひにかほを見あはせてさきだつものはなみだなりこれ〳〵いかに弟よそもわれ〳〵も世に有ばかゝるうきめは見まい物かく世におちてあさましや太夫ごときの手にわたりなれもなれざる下しよくわざついに見もせぬ此だうぐになひはどふしてかつぐやらうしほはとふしてくむものかそなた（六ウ）とてもさのごとく。しは木はどふしてかるものかかまはどふ手にもつものか。どふして下しよくがつとまらふ。のふあねうへ様弟と。なくゟ外《ほか》の事ぞなき。あねはなみだのかほを上ハアいつまでなげいてゐたとてもつきせぬ事。それ世のなかのたとへにも。人にひとおにあらざれば。明日にも成《なる》ならば（七オ）わしもはまぢにゆきしほくむ女中にちかづき。しほのくみやうおそはらん。そなたも山ぢにのぼり。山がつによなれ。しばのかりやうおそはりて。下しよくをたかひにいたして見ん。なにはともあれこよひをあかさんつしわう丸あねうゑ様と打《うち》つれて。柴木《しばき》べやへいそがれる。（七ウ）

九　せつきやう上るり

三しやうたいふ

安寿姫《あんじゆひめ》

對王丸《つしわうまる》

別離辻《わかれがつぢ》のたん

薩摩栄喜太夫
薩摩若太夫
薩摩伊勢太夫

三弦　京屋粂吉　京屋門蔵

横山町二丁目　和泉屋永吉

（一オ）

わかれがつぢのだん

〽さるほどに御きやうだい。なく〳〵その夜をあかされる。しの、めがらすともろ共に。たがいに御めさまされて。あさのそはんをしよくなしてさあらば下しよくに出ばやと。あねはにないをかたにかけ。おともだうくをかたにかけ。きやうだい（二オ）うちつれそれよりも。太夫が元をたちいで、山ぢとはまちにいそがれる道は露《つゆ》やらなみだやらたもとのかはくひまもなく。いそぐ道のべ今ははや。これも太夫のかまひなる。三のせきやをこへぬれは。山ぢとはまぢのわかれがつぢに成にける。なに思ひけんあねのひめ。にないをそこへ（二ウ）おろされて。なみだにくれていたりける。つくしわう丸はそばにより。申。あね上様何をなげかせたもふぞや。たよりに思ふあね上様そのやうになげかせ給ひわたくしはたれを便《たよ》りにいたすべき。あねうへさま。あんじゆはなみだのかほを上。これ弟若。あねがなげくはべつならぬ。むかふにたてしみちしるし。右は（三オ）はまみち左りは山ぢ。山はまのわかれがつぢ。思ひまはせば兄弟が。こきやうをいで、けふ迄も。かたときはなれぬきやうだい。しうめいなればぜひもなや。こ、でわかれて山とはま。そなた山ぢに登るなら。木の根や石《いし》につまづいてかならすけがばししやんなよ。のぼる山ぢのみちすがら。所〳〵の木（三ウ）のゑだに。心おぼへをいたしつ、。それをたよりにくたるへし。し、みちなぞにまよふまい。を山ふかくわけ入は。まつのこずへにあたる風。さとのかねとてきこへまい。とまりがらすがさはだ、ば。さとの七つと心へて。しば木は三荷にたらぬ共。山がつたちをもろ共に。そなたも太夫へもどるべし。これかわかれかつしわう丸。（四オ）なみだにくれておはします。つしわうまるはハア〳〵申あね上様。あなたとてもさのごとく。あの大かいでうしほをくませ給ふなら。いそうつなみの其おとでさとのかねとてきこへまい。つたへきくおきにてちどりがむらた、ば。由良の七つとおぼしめしたいふのもとへおかへりあれ。これがわかれにまし（四ウ）ますか。あね上様よしつわうまる。さらば〳〵とたちわかれ。またたちもどり。わかれがつらひかかなしやと。なみだにくれて御きやうだい。ていくはかつらかしらねども。はなれがたなき御ふせい。あねはなみだのかほを上。ハア、これはしたり。わかれといふてながきわかれにもあらぬ。たがひに（五オ）下しよくしまひなば。またも太夫へもどれば。ひとつにくらすきやうたい。わしもはまぢへゆくほどに。そなたも山ぢへのほるべし。さらば〳〵といひすて、。心つよくもあねのひめ。はまぢをさしてぞいそがれる。跡《あと》に残《のこ》りしつし王丸。ぜひもなく〳〵たゞ一人。心ほそくも山ぢをさしてぞのぼられる。（五ウ）

薩摩栄喜太夫
薩摩若太夫
薩摩伊勢太夫
三弦　京屋粂吉
　　　京屋門蔵
横山町二丁目
いつみや永吉

三しやう太夫　十　上
安寿《あんじゆ》
對王《つしわう》
柴くはんじん
さいもん

（一オ）

山賤しばくはんじんのだん

〽さるほどにこれは又。御いたはしやつしわう丸。あねにわかれてたゞひとり。山ぢをさしてのぼられる。すがたを物にたとへなば。二羽《わ》とつれたるおしとりの。つまにはなれしこゝちにて。のほる山ぢのみちすがら。（二オ）七つまがりて八とうげの。千本まつ山はやこゑて。いなゝくこまのくつかけや。これも山ぢにかくれなきゆら千げんの山がつの。やすみところとさだめたるやすみがしばにつきたまふ。やすみがしばのこなたには。しほ見のだいとなづけたる。（二ウ）小だかき所候ひししたはなにおふたんごの国。やふたがはまのあらいそなり。いそ打ッなみの其おとに。思はずもかけあがり。はるかにしたを見おろして。ハアツトおどろきあらおそろしの大かいよ。今うつなみがおなみかや。又うつなみがめなみかや。あね上様には情《なさけ》なや。（三オ）ならはぬ下しよくの事なれば。おなみめなみもわきまへず。うしほをくませたまふなら。あのうつなみにひかされて。もしや御身にけがなきや。いそうつなみのはま風で。嘸《さぞ》や御身もおさむからふ。つめたからふと若ヵ君は。わが身の事は思はいでたゞあねうへのこと斗。（三ウ）思ひすごしていたはしや其まゝそこにどうどふし。たゞさめ〳〵となげかれる。いかゞはしけんつしわうまるならはぬ山ぢのつかれにや。心のつかれかさなりて。ふしまろびたる其まゝに。しばをしとねのとことなし。になわを枕《まくら》になしたまひ。ついとろ〳〵とねいらるゝ。さても其（四オ）とき山ぢより。ゆら千げんの山がつは。てん手《で》にしば木をせおはれて深《み》山よりはゆらのみなとへもどりがけいつも休《やすみ》の休が柴《しば》。みな〳〵しば木おろされてこし打チかけ火打出してうちつけて。たばこのみつけよも山はなしになりけるが。中にも一人らう人たる山がつコレみな（四ウ）のしう。あれにねてゐるあのわつぱは。ありや此あいだ三しやう太夫が元にてかいとつたるきやうだいのおとのわつぱ。山ぢで三が柴《しば》かるやくときく。そのやくのしばもからず。あのやうにねてゐて。あのまゝ太夫へもとつて見やれ。じやけんのたいふ三郎が。ぶちちやう（五オ）ちやくはぢじやうなり。いまだにかよはきアノわつぱ。うちどこわるけりや一命のほどもしれぬ。それ此間わたりヵさとごうのむら。こくぶんじにてげんかいおしやうのせつほうに。人げんひとりたすければ。ぼさつのぎやうに入とあるなんとたばこのひまに柴《しば》木を（五ウ）

薩摩栄喜太夫
薩摩若太夫
薩摩伊勢太夫
三弦　京屋粂吉
　　　京屋門蔵
横山丁二丁目
いつみや永吉

三しやう太夫　十　下
安寿《あんじゆ》
對王《つしわう》
さいもん

柴くはんじん

（一オ）

かつてくはんじんいたそふじやあるまいか。なるほどさまでのくどくにさふらはゞ。おれもくはんじんいたそふ。われらもくはんじんいたそふと。かまとぎあわせ我も〳〵とたちあがり。あなたのさはやこのみねへ。わけいり〳〵わけのぼり。かる程に（二オ）こるほどに。あまたのひとの事なれば。みじんつもつて山とやら。なんなく三荷《か》にかりそろゑ。ふじでちよつくらちよつとたばねられ。わつぱのそばにつみかさね。わつぱおきよとゆりおこす。ゆりおこされてわかぎみは。はつとおどろき（二ウ）目をさまし。見ればあまたの山がつなり。こはそもいかにわたくしが。これにてねいるぶちやうほう。御めんなされともふすれば。ハアイヤなにもあやまる事はなひ。われ〳〵は今ゆらのみなとへもどりがけ。まい日やすむ此所。一ぷくのんて（三オ）ゆかんと。やすみしが見ればそなたは三荷のしばかるやくときく。そのやくめのしばもからず。此ま丶にて太夫へもどつて見やれ。じやけんの太夫三郎が。ふちちやうちやくはじぢやう。われ〳〵が物のなさけをわきまへて。それその（三ウ）しば三荷そなたへくはんじんいたす。はやとくたいふがもとへはこばれよわかぎみそれときくよりも。すりや此しば三荷わたくしにくださるとや。チヱ丶有かたふござります。さりながらせつかくしば木くださる共。いまた下しよくになれぬわたくし。たいふへはこぶ（四オ）ちからなし。とても事に此しば太夫のもとへおくりとゞけてくださるべし。山がつきいて。此わつぱはおぶはふといへはだからふといふ。しば木もろふてもはこぶ力《ちから》かないなる程もつとも。かふしておかばほとけ一たいつくり。かいげんせざればたましいいれぬのどふり。なんと（四ウ）みなのしうとても事のなさけ。此しばせめて太夫の三のせきやまではこぼふしやあるまいか。ア丶なるほど。おらもはし荷につけませふ。われらもはしに丶つけよふと。てん手《で》にはしに丶つけられて。れんじやくとつてまつかしよこれ（五オ）はなと。せなにおい。さあわつぱきたれといふま丶に。やすみがとうけ立上り。ゆらのみなとへいそがれる。おもに丶小付ヶといふことは。此ときよりかとおぼへたり。かつておぼへし山がつは。あなたちか道ぬけ道を。たどり〳〵といそがれて。ゆらのみなとへくだらる丶（五ウ）

（一オ）

薩摩栄喜太夫
薩摩若太夫
薩摩伊勢太夫
三弦　京屋粂吉
京屋門蔵
横山丁二丁目　いつみや永吉

三しやう太夫　十一
安寿《あんじゆ》
對王《つしわう》
さいもん　上

柴加増《しばかぞう》の段《たん》

しばかぞうのだん

〽さるほどにつしわうまる山がつたちともろともに。ゆらのみなとへくだらる丶。いそげば程なく今ははや。かくて太夫のかまへなる。三のせきやになりけれは。山がつはし荷《に》をおろし。もとの三がに（二オ）荷づくりて。これわつぱ此しばをさんしやう太夫の三のせきやまではこぶは何よりやすけれど。それではそなたのためにならぬ。それゆへかふしておくほどに。これから一どにならずは二度《と》二度《と》にならすは三どになと。ちからにまか（二ウ）せてはこばれよ。あすも又けふのとふげにまつてゐよ。下しよくになれるそれまではわれ〳〵がまいにち〳〵。そなたに三荷のしばくはんじんいたす。ついそのうちにならおふより。なれろはげすのやく。あしたとうげであいませふ（三オ）わつぱさらばといひすて丶。みな打《うち》つれてわがや〳〵にいそがれる。あとにのこりしつしわうまる。山がつのうしろすがたに手をあはせ。チヱ丶ありがたいゑんもゆかりもなきわれに。まいにち〳〵三荷《が》づ丶下しよくになれるそれまではしば木（三ウ）くはんじんくださるとや。わすれはおかぬ山がつがた。いつの世にかはこの御おん。おくらん物といふまゝに。さあらばしば木はこはんと。そのしばに手をかけて。持《もた》んとすれどなさけなや。しば木はおもし身はかるし。一わのしばさへもてずして。（四オ）しば木にすがつてわかぎみは。なくよりほかの事ぞなし。そのとき三郎は兄弟《きやうだい》山はまへ。下しよくに出。もどりの（一オ）おそきはいかゞぞと。わがやをいでゝ三のせきやへいそぎくる。かくてせきやになりければ。なきいるわつぱがそば（四ウ）ちかく。ゑりくびつかんでこれわつぱ。おのれらきやうだいもどりのおそきゆへ出むかつてよふす見れば。しば木は三荷にかりそろひ。そのしばにすがつてほへづら。しさいあらんちゝのまへゑつれゆかん。さあこいわつぱといふまゝにゆん（五オ）での小わきにかいこんで。めてにてしば木ひつさげて。三のせきやのかたよりも。ちゝのみまいへつれてゆく。かくてわがやになりぬれば。まづひろにはへしば木とともにおろされて。ちゝうへさま〱とよぶこゑに。三しやう太夫（五ウ）

薩摩栄喜太夫　三　京屋粂吉
薩摩若太夫　　弦　京屋門蔵　横山丁二丁目
薩摩伊勢太夫　　　　　　　　いつみや永吉

三しやう太夫　十一
安寿《あんじゅ》
對王《つしわう》

柴加増《しばかぞう》の段《たん》

さいもん　下

（一オ）

身はつたんの大どてら。かみこのひうちのだてばおり。ほうろくづきんかむられて。たゞしづ〱とたちいでゝ。詞何ごとなるぞハアゝ申ちゝうゑさま。かいとつたるきやうだいのやつら。山ぢとはまよりあまりもとりのおそきゆゑ。わたくしが（二オ）出むかつて候ところ三のせきやにわつぱめが。しば木は三荷にかりそろゑ。しば木にすがつてほへづら。しさいあらんとつれまいり候。ちゝうへ様此わつぱ。けさまでもしば木はどうしてかるものかかまはどう手にもつものと。めそ〱（二ウ）ほなき（マヽ）しとは大きなそうい。わつぱがかつたるしばを御らん候へ。ちゝうへ様とさしいだす。三しやう太夫しば木を手にとりためつすがめつ。うちまもり。アゝなるほど三郎か申とふり。かまの切レ口荷《に》つくりやう。あつぱれしはかりの名人《めいしん》（三オ）此やうなしばかりは。たんこたじまにやありやせまい。とほめれは三郎なんとちゝうゑさま。ほめたばかりじやすみますまい。わつはしにときのほうびがありそふな物。なるほどほうびがなくてかなふまい。此やうなしばかりに（三ウ）二荷三荷はむやく。めうにちゟほうひとして。七荷のかぞう申つける。十荷づゝかれ。もしも十荷のしば一荷にてもたらさればうぬらかくらふあわのめし。じきとめするぞわつはしと。はつたといかつてひろ宗は（四オ）おくのひとまに入にける。あとにのこりて三郎は。これわつは此三郎ようしやうよりおやかうしんにつかゑても。ついにいちどほうびもらつた事はねへ。それにおのれはきのふかきやうきて。ちゝうゑに。（四ウ）ほうびもらふといふ事は。いやはやめうがにかなつたわつはしと。いひすてつぎにぞいりにける。あと見おくりてわかきみは。おもへはしやけんのおしうさま。三荷のしばさへやう〱と。人トのなさけてもらつたしば。七荷のかぞふ（五オ）おもへば〱かいひつかる。十荷のしばかどふ山がつにもらはれふ。

なしやと。しばらくなげいていたりしが。なにはともあれはまぢへいそき。あね上さまのおめにかゝり。此事おはなし申さんと。なく〳〵そこを立上り。はまぢをさしていそがれる。（五ウ）

薩摩千賀太夫　桝太夫　京屋蝶二
薩摩若太夫　春太夫　三　京屋忠二
薩摩浜太夫　竹太夫　弦　京屋三亀　よこ山町二丁目
君太夫　京屋粂七　いつみや永吉版

せつきやうさいもん
安寿姫《あんじゆひめ》
對王丸《つしわうまる》
三荘太夫《さんしやうたゆう》
十二　治郎詫言段《ぢろうわびのたん》　上

（一オ）

薩摩若太夫直伝

治郎《じらう》わびの段

さればにやこれはまた。かゝるむかふの方ゟ《リ》も。物のあわれは安じゆひめ。浜《はま》女郎らの情《なさけ》にて。うしほのくはんじんうけ給ひ。三《ン》荷の下しよくをつとめられ。にないをかたにかけられて。太夫をさしてもどりくる。わかぎみ（一ウ）それと見るよりも。其まゝそばへはしり行《キ》あね上《ヱ》様《マ》とばかりにて。さきだつものはなみだなり。姫ぎみはつとおどろいて。是《レ》はしたり。弟そなたはもはや下しよくを勤《つとめ》。姉がむかひにきてたもりしか。ハツアもつべきものは兄弟と。わかぎみ聞《ィ》て申《シ》姉上《ヱ》様《マ》。わ（二オ）たくしはあなたのおむかひにまいりましたのではござりませぬ。さいぜんおわかれ申《シ》。山《マ》路《じ》へのぼり。山《マ》がつたちの情《なさけ》にて。しば木のくはんじんをうけて。おしうへもどり。おしう様《マ》のおほめにあづかり。かようなしばこり。名人《めいじん》に。二荷《か》や。三荷はむやく。ほうびとして。（二ウ）明《ゥ》日より七荷のかぞうを申《シ》付《ケ》る。十《ッ》荷づゝ。十荷のしば木の其内《チ》が一《チ》把《わ》なり共たりざればこれ此鎌《かま》でわが首《くび》をかきおとすとのおしうのおふせ。しよせん十《ッ》荷の下しよくはつとまらぬ。すぐに其ばでしようがいと。存《シ》ましたが。まいちど姉上様《マ》に御めに（三オ）かゝり。此よしをかたりおきかせ申《シ》。其のち生《ゥ》がいいたさんと。これまでたづねまいりしときくよりハツトあねの姫《ひめ》さてはさように候か。そもみづからもはまべにて。しづのめたちのなさけにて。うしほのくはんじんもらいつゝ。三《ン》荷の下しよくをつとめしが。たゆふ（三ウ）へもどつてあるならば。そなたともにみづからも。七《チ》荷のかぞうはぢでう也。それ〳〵さいぜんはま路《じ》にて。しづのめたちのうはさを聞《ケ》は。三しやう太夫。五人《ン》子供の有《ル》中《カ》に。二男《じ》の次郎ひろつく様《マ》は。情もふかきおかたと有。なにはともあれおしうへもどり。其（四オ）ひろつく様をおたのみ申《シ》て。もとの三《ン》荷におわひをいたしてもらわん。かなへばよし。もしもかなわぬ其ときは。そなた斗《リ》はころしはせぬ。あねももろ共。あの大《ィ》かいへ身をなげて。そこのみくづ。何《ニ》は共有《レ》。おしうへもとり。其ひろつく様をおたのみ（四ウ）もふさん其うちは。マアまちたまへとありければハツトこたへてつしわう丸。あなたのおふせに任《まか》せんと。になひを中《カ》に寄《セ》られて。跡《ト》さきになひにむつましく。とあるはま路《じ》の方《タ》よりも。太夫をさしてもどらるゝ。ほどなく太夫になりぬれば。になひをかしこへおろされて。（五オ）兄弟うちつれそれよりも。二男《ン》の次郎廣《ひろ》つぐのへやをぞ。さしていそがるゝ。かくてへやにもなりぬれば。両手をつかへ申《シ》。廣つく様。われ〳〵兄《ゥ》弟《ィ》二人《ン》のもの。あなた様を。おみかけ申て。一《ト》つのお願《ねがひ》がござります。おきゝとゞけて下さりませうや。廣つぐきいて（五ウ）（以下次号）

〈資料翻刻〉

説経祭文「三庄太夫」（二）

荒木　繁

〈前回の解説の訂正〉

前回の解説で、この翻刻の底本とした和泉屋永吉版（森屋治兵衛との共版を含む）は吉田屋小吉版と同じ本文で、同一の板木を用いたのだろうと書いたが、これは大ざっぱに見たための速断であった。今回の分の翻刻に当って、くわしく調べてみると、少なからぬ異同がある段があり、また底本とした山本所蔵本にも欠陥があることがわかった。

（一）底本の和泉屋版の十八段「焼鉄段《やきがねのだん》」は、上下とも他の段と字体が異っており、別人の板下によるものである。この段は、句点がやたらと多く、奇妙なところに付けられていたり、コトバ、フシ、ノリヂなどの節づけや庵点が付されている点でも、他の段と異った特色を持っている。冒頭も「さればにや」ではなく、「さるほどに」となっている。吉田屋版の方は字体も他の段と共通で、句点もふつうの付け方がしてあり、冒頭も他の段と同様「さればにや」で始まっている。ただし、その他の点では一方が仮名なのをこちらは漢字にしている程度で、本文の違いはない。

（二）和泉屋版の二十一段目「水盃の段」下で、安寿姫が厨子王丸を逃がした後の箇所は、吉田屋版では安寿がそれまで秘めていた死の覚悟を独白しつつ嘆いていると、姉弟の帰りが遅いと三郎がやって来るくだりが、詳しく書かれている。丁数で言うと和泉屋版より二丁分多くなっている。和泉屋版でも意味がとおらないわけではないが、吉田屋版の方がずっとよくなっている。

（三）これは和泉屋版というより、山本所蔵本そのものの欠陥かと思われるが、二十五段「聖誓文神おろし乃段」上の三丁目には、同じ段の下の三丁目が重複して綴じられている。これは製本の際の綴じ違いであろうが、そのため上の三丁目は欠丁と同じ結果となっている。

（四）和泉屋版三十段「国順検乃段」上は五丁分なのに、吉田屋版では六丁となっている。これは、終りの方は和泉屋版も吉田屋版も同文であるが、前半は吉田屋版の方が詳しいためである。

以上の点を踏まえて、今回の翻刻に当たっては、（二）、（三）に関しては、凡例で示すように、底本の不備な点を吉田屋本で補ったり、訂正をした。（一）、（四）については底本のままとした。

〈凡例〉

翻刻の方針は前回の凡例と同じであるが、他に次のような操作をした。

一、二十一段目「水盃の段」下の一七ページ下段一六行目の「きへいるばかりの御ン嘆《なげ》き」の右下に＊印をつけたが、そこからが吉田屋版が詳しい本文を持っているので、段末に〔　〕で括って吉田屋版の本文を参考に掲げた。

二、二十五段目「聖誓文神おろし乃段」上の三丁目の欠丁分を吉田屋版の本文で補った。

薩摩千賀太夫　　桝太夫　　京屋蝶二
薩摩若太夫　　春太夫　三　京屋忠二　　よこ山町二丁目
薩摩浜太夫　　竹太夫　弦　京屋三亀　　いつみ屋永吉版
　　　　　　　君太夫　　　京屋粂七

せつきやうさいもん
安寿姫《あんじゆひめ》　三荘太夫《さんしやうたゆう》
對王丸《つしわうまる》

十二　治良詫言段《じろうわびのたん》　下

（一オ）

次郎わびのだん　　　　薩摩若太夫直伝

あらたまつた兄弟。此廣《ひろ》つぐにねがひとは。なにごとなり。ハイべつの義ではござりませぬ。是《レ》なる弟こんてう。山《マ》路《じ》へのぼり。三《ン》荷の柴《しば》木をこつて。お主様《しうマ》へもどり。ましたとは申すれど。誠《ト》は由良千《ン》げんの。山《マ》がつ達《たち》の情《なさけ》のくは（一ウ）んじんをうけて。おしうへもどり。お主様《マ》のおほめにあづかり。ほふびとして。七《チ》荷の加増《そう》をおふせ付《ケ》られしと有《ル》。いまだに下しよくになれませぬ。われ〳〵兄弟。なにとぞ。下しよくになれます迄《テ》。もとの三《ン》荷におわひをなされて下《タ》さりませ。次郎は聞《ィ》て是《レ》はしたり兄弟。（二オ）我《カ》父《チ》上《ヱ》は人と。ちかひ。いつたん口外《こうくわゐ》へおふせ出されたこと。ひくことのおきらいなる気せう。かなわぬ事とは思ひ共。せつかく我《レ》をたのむとあらば。かなわぬまでも。ひととふりはねごうてゐさせん。しばらく夫《レ》にとい丶つ丶立《ッ》て。父の居間へといそぎ行《ク》。申父上さま廣つぐ（二ウ）あなたへ一《ト》つのおねがひがあつて上りましたが。何《ン》とおき丶とゞけて下《タ》さりませうや。太夫は聞《ィ》てあらたまつたるひろつぐがねがひ。ソリヤなにごとなる。イヤべつの義ではごさりませぬ。かい取ましたる兄《ウ》弟《イ》。おと丶のわつぱ。こん朝《てう》山《マ》路《じ》へのぼり。三《ン》荷のしば木をこつてもどり。（三オ）あなた様《マ》のおほめにあづかり。明《ウ》日《チ》より御ほうびとして。七《チ》荷のかぞうを仰付《おうせケ》られしと有《ル》。いまだ下しよくになれませぬ兄弟。何卒《とぞ》下しよくになれる迄《テ》。もとの三《ン》荷にわびしてくれいと。われをもつてひたすらのねがひ。いまだ下しよくになれませぬ兄弟。なにとぞ（三ウ）下しよくになれます迄《テ》。もとの三《ン》荷におゆるしなされてはいかゞに候。太夫は聞《ィ》てだまれひろつぐ。此廣宗《ひろむね》にむまれ付《ィ》て。いつたんはからそとへ出したこと。ひくことがきらひ。かなはぬことゝは思ひ共。たま〳〵其ほうがねがひ。まさかむにもなるまい。下しよくになれるまで。もとの（四オ）三荷にゆるしてつかわす。さりながら山《マ》はまともに。三荷の下しよくの其うちが。ちつとなり共かけるなら。兄弟はいふにおよばぬ。おや子とてよふしやはない。其ほうとてもきつと。きうめいをもふし付るがそれがつてんが。（マヽ）こ丶ろへましてござります。しからばおやすみ遊《あそ》《ハ》せと。（四ウ）父の一《ト》間を立《チ》出《テ》て。其身はへやへもどられて。よろこべ兄弟。よもやかのうまいと思ひしが。きやうは父上《ヱ》様《マ》もよつぼど。虫《シ》のいどころがよかつたと見へて。もとの三《ン》荷におゆるしなさると有《ル》。明《ウ》日《チ》よりたかくはいはれぬことながら。たとへくはんじんうけてなと。山《マ》はま共に（五オ）三荷づ丶。しゆつせいいたしてつとめよと。なさけのことばに御兄弟。たゞ手をあはせてふしおがみ。それが誠《ト》にましますや。神《ミ》かほとけかしらね共。おなさけふかき廣《ひろ》つぐ様《マ》。御おんのほどはわすれじと。よろこびいさみ。御兄弟はよきにおれいをのべられて。ひがしの小べやへもどらる丶（五ウ）

薩摩千賀太夫　桝太夫　京屋蝶二
薩摩若太夫　春太夫　三　京屋粂七　横山町二丁目
薩摩浜太夫　竹太夫　弦　京屋市蔵　いつみ屋永吉版
君太夫　京屋三亀

せつきやう祭文
安寿姫《あんじゆひめ》
對王丸《つしわうまる》
三荘太夫《さんしやうたゆう》

十三　三郎柴觸《しばぶれ》の段《だん》

（一オ）

三郎柴觸《しばふれ》の段　　薩摩若太夫直伝

さればにやこれはまた。かゝる折《リ》しも。ごう悪《あく》ふてきの三郎は。しぢうの様《ゥ》子を立《チ》聞し。コリヤきゝ捨《すて》にはなるまいと。ちゝのひと間へはしり行《キ》。申ちゝうへ様。三郎たゞいまあれにてうけたまはれば。今《ン》日わつぱしめが。やま（一ウ）路《じ》よりこつてもどりし。アノしば木。ありや由良せんげんの山《マ》がつめらが。よつてたかつてのなさけのくはんじんと有《ル》。わが家からいだすものが。山がつめらにしば木のくはんじんをうけるなら。ひにんか。こつじき。はつちぼふずか。ものもらい。とりもなをさず。父上《ェ》様《マ》が其おこ（二オ）ぢきのおかしら様《マ》。あなたのちじよくじやござりませぬか。それになんぞや。あに者人《ト》のねがひにあればとて。もとの三《ン》荷におゆるしなされて。つかわされたる父上様の。御しよぞん。日ごろとそうひいたす。三郎いちゐんがつてんがまいらぬ。此義はいかに（二ウ）太夫聞《ィ》てはつたといかり。其義にあらば。三郎こよひ。だしぬけに。ゆら千《ン》げんをふれながしてこい。明《ゥ》日《チ》よりわが家からいだす兄弟に。山《マ》にてしば木のくはんじんと。又はまにてうしほのくはんじんをいたすものゝあるならば。とうにんはきよくじ。むかふさん（三オ）げん両《ゥ》となりは七《チ》貫《ン》もんづゝくはりやうを取《ル》とふれながしてこい。ハハこゝろへまして候と。父の一《ト》間をたちあがり。どりや〳〵ふれてきませうと。しりひつからげ。てぬぐひとつてはちまきし。なげしにかけたるさびやりを。はづしてこわきにかいこんで。むまやをさ（三ウ）してぞとんでゆく。なんなくむまやになりぬれば。おのれがてなれしくりげむま。どうなはといてひきいだし。くらおくひまもめんどうと。しめかみつがん《（マヽ）》でゆらりとのり。とあるむまやをのりいだし。由良せんげんへととんでゆく。かくてはかしこになりぬれ（四オ）ば。ところ〴〵にむまをとめ。とうからんものはおとにもきけ。ちかくばよつてめにもみよ。われをたれとかおもふらん。三しやうたゆふわかだんな。ひそうむす子。おやこう〳〵とよばれたる。さんなん三郎ひろはるなり。明《ゥ》日《チ》よりも。わが家からいだす。ふたりのきやう（四ウ）だいに。やまにてしば木のくはんじんと。またはまにてうしほのくはんじんを。ゐたすものあるならば。とうにんはきよじ《（マヽ）》。むかふさんけんりやうとなり七《チ》くはんもんづゝきつとくはりやうを。ぶつたくると。ひとのものとてゐんりよなく。でんぢでんぱた。ふみ（五オ）あらし。由良せんげんのむらないを。かみからしもまでふれまはる。かの三郎がいきおいは。ゐかなるてんまやくじんも。おそれぬものこそなかりける。なんなくわがやへのりもどし。むまはむまやへのりすてゝ。ゐきせききつて。ちゝのみまいへかけきたり。（五ウ）もふしちゝうへさま。おふせにまかせまして。由良せんげんを。かみからしもまで。いつけんものこらず。ふれながしてまいりまして。ござりますから。あれではみやうにちゟ。やまはまともに。くはんじんをいたすものとては。

たゞのひとりもござりますまい。山《マ》（六オ）はまともにくはんじんのないときは。きやうだいのやつらはあたりまいだ。ちつとよけいなしごとだが。おらがあにきのじんろくどのがうきめにおふのも心がら。こつちはたかみで見《ン》物《ッ》してやらう。夫《レ》がおいらはたのしみと。悦《コ》びいさむ三郎は。もの、邪見《しやけん》としられける（六ウ）

薩摩千賀太夫　桝太夫　京屋蝶二
薩摩若太夫　歳太夫　三　京屋忠二　横山町二丁目
薩摩浜太夫　竹太夫　弦　京屋三亀　和泉屋永吉版
君太夫　京屋粂七

せつきやうさいもん
三荘太夫《さんしやうたゆう》
安寿姫《あんじゆひめ》
對王丸《つしわうまる》

十四　二ノ柴刈段《しばかりのだん》　上

（一オ）

柴刈《しばかり》のたん

薩摩若太夫直伝

さればにやこれはまた。もの、あわれは御きやうだい。三郎ふれしはゆめしらず。あすの下しよくがたいせつと。たがいに其夜はねもやらず。うつら〳〵とくらせしが。はやしの、めのあけがらす。たがいにふし（一ウ）戸をいでられて。あさのそはんをした、めて。あねは荷《に》なひをかたにかけ。弟もどうくをだつ《(マヽ)》さへて。とあるひがしの小へやより。山路《じ》とはま路へいそがる、。三《ン》のせき屋もはやこへて。わかれがつぢになりぬれば。あねは荷なひをおろされ（二オ）て。コレ弟さくやからもいふとうり。きやうの三《ン》荷がつとまらぬ其ときは。なさけもふかきひろつぐ様《マ》の御《ン》身の御なん義。あねはこれよりはま路《じ》へいそぎ。しづのめ達《たち》の下《タ》るをまち。うしほのくはんじんをうけて。おしうへもどらん。そなたも山（二ウ）路へのぼり。山《マ》がつたちの。のぼるをまち。しば木のくはんじんをうけて。おしうへもどりやいのう。おと、。ハツアさよふならばあねうへさま。もはやおわかれもふすべし。これがわかれかあねうへさま。さらばに。ござるおとのわか。こ、でわかれて。きやう（三オ）だいが。のちあふこと、はしりながら。わかれとなればかなしやと。たがいにかほを見やあせて。しばらくなみだにくれけるが。かくてもはてじと御きやうだい。よう〳〵こ、ろをとりなおし。あねは荷なひをかたにかけ。さらば〳〵とたちあがり。はま路《じ》をさしていそ（三ウ）がる、。おと、もどうくをたづさへて。なく〳〵山《マ》路《じ》へのぼらる、。のぼる山路の道《チ》のべは。七《ナ》つまがりか。八とうげの。ゐななくこまのくつかけや。せんぼんまつ山。はやすぎて。これも山路にかくれなき。やすみがとうげになりぬれば。其身は木の根《ね》（四オ）にこしをかけ。山がつたちのきたるなら。しば木のくはんじんうけばやと。ふもとのかたを御らんじて。いまやまかつかきたるかと。まちあこがれておわしける。それはさておき由良せんげんの山かつは。あさ山。でがけにさそいやい。われも〳〵とうちつ（四ウ）れて。山《マ》路《じ》をさして。のぼりくる。やすみかとうげになりぬれば。わかぎみそれと見るよりも。こしをこゞめて。もみでをし。これは〳〵山がつかた。おはやかりしと出《テ》むかへば。やまがつきいて。これわつぱ。そなたはあのきようもきのふのように。これにてしば（五オ）木のくはんじんを。うきやうとまつてゞあらうが。夜ぜんそなたのしゆじん。三《ン》なんの三郎どの。由良せんげんをふれながすには明日より。わが家からいだす兄《ゥ》弟に。山にてしば木のくはんじんと。また浜にて潮《うしほ》のくはんじんをいたす者の有《ル》ならば。（五ウ）

薩摩千賀太夫　桝太夫　京屋蝶二
薩摩若太夫　歳太夫　三　京屋忠二　横山町二丁目
薩摩浜太夫　竹太夫　弦　京屋三亀　和泉屋永吉版
君太夫　京屋粂七

せつきやうさいもん
安寿姫《あんじゆひめ》
對王丸《つしわうまる》
三荘太夫《さんしやうたゆう》

十四　二ノ柴刈段《しばかりのだん》　下

（一オ）

しばかりのだん

薩摩若太夫直伝

当人ンはきよくじ。むかふさんげんりやうどなりは。くはりやうを七チくはんもんつゞ取ルと。ぎ(マヽ)びしく夜ぜんふれなかせば。ふびんながらもきようよりしては。しば木のくはんじんはなりませぬ。わしらがくはんじん（一ウ）をせぬときは。さだめしそなたがこまるであらう。なんとみなのしう。たとへくはんじんはせずとも。せめてしば木のこりやふでもおしへてやらふじやあるまいか。みな〳〵。ヲ、それ〳〵そんならせめて。しばのこりよふでも。おしへてやりましやう。コレ（二オ）見やしやれ。これこふかまをみぎの手にしっかともつて。ひだりの手で。しば木をおさへ。ひく手をあげて。これこのおりにこるならば。二荷や三荷はついこれるよ。ならおふよりなれろは。げすのわざとやら。なかずとせいだして。しば木をこつて（二ウ）見やしやれと。いゝすてみな〳〵打チつれておく山さしていそぎゆく。あとにものこるわかぎみは。山がつたちにすてられて。たゞぼうぜんとおわせしが。さきだつ物はなみだなり。ハテがつてんのゆかぬ。たとへくはんじんうけてなりとも。三ン荷の下（三オ）しよくをつとめたなら。おしうのそんにもなるまいに。いかなればとて三郎どの。由良せんげんをふれながす。おもへば〳〵じやけんのおしう。きやうの三ン荷が。つとまらぬ其ときは。なさけもふかき。ひろつぐさまの御身の御なん義。ぜひな（三ウ）い事。山マがつたちのおしゑにまかせ。我カ手でしば木をこらばやと。なく〳〵鎌《かま》をたづさへて。ひだりでしば木をおさへられ。ひとかま。ふたかまこられしが。ならわぬ下しよくのことなれば。かまもつ手と。てもさだまらず。木の根にかまをきりかける。（四オ）かまはすべると見へけるが。ひだりの小ゆびへきりかける。かまなげすて。小ゆびをしつかとおさへられ。チ、なさけなひ。山がつたちのおしへにまかせ。せめてはわが手で。しば木をこらんとなせば。ならはぬ下しよくの悲しさは。しば木をこら（四ウ）いで此様に。ひだりのゆびをきりかけるしよせんわが手で下しよくはつとまらぬ。ひろつぐ様マへの申シわけ。これにてしようがいいたさんと。すでにこうよとなしけるが。イ、ヤまてしばし。いま山がつの申スには。山はまともにくはんじんを留ると有レば。姉上ェ様マも今マ頃は。は（五オ）ま路《じ》の方タにごなん義なされましまさんなにはとも有レはま路へいそぎ。あね上ェ様マに御目にかゝりそののちしようがいいたさん。さあらばはま路へいそがんと。つゞれをさいて小指をしつかといわへられ。下職《しよく》の道ウ具をたづさへて。はま路をさして尋《たづね》ゆく（五ウ）

薩摩千賀太夫　桝太夫　京屋松五郎　馬喰町二丁メ
薩摩若太夫　谷太夫　三　京屋粂七　版　森屋治兵衛
薩摩浜太夫　竹太夫　弦　京屋蝶二　元　横山町二丁メ
君太夫　京屋沢吉　和泉屋永吉

せつきやうさいもん
安寿姫《あんじゆひめ》　三庄太夫《さんしやうだゆふ》

十五　汐汲《しほくみ》の段《だん》

（一オ）

しほくみのたん　　　若太夫直伝

さればにやこれはまた。いたわしの姉《あね》の姫。ようだのはまになりぬれば。其身はいわをにこしをかけ。はま女郎の来《きた》るなら。うしほのくはんじんうけはやと。くかぢの方をうちまもり。今マしづの女がきたるかと。まちあこがれておはしけ（一ウ）る。か丶るおりしもゆら千ンげんの賤《しつ》の女は。てんでにないをかたにかけ。はまじをさして下リくる。ひめぎみそれと見るよりも。こしをこ丶めてもみ手をし。これは〳〵女郎たちおはやかりしと出テむかゐば。みな〳〵きいてコレしのぶどの。そなたはあのきのふのやうに。これにてうしほのくはんじんをうき（二オ）ようとこれにまつてゞあらうが。やぜんそなたのしゆじん三男ンの三郎どの。ゆら千ンげんをふれながすには。明《めう》日からわが家より出タす二タ人の兄弟に。山にてしばきのくはんじんと又はまにてうしほのくはんじんをいたすものあるならは。とう人ンはきよくしむかふさんげん両どなりは。七（二ウ）くはんもんづゞのかりやうを取ルときびしく夜前ふれながせば。思ひながらもけうよりしては。うしほのくはんじんはなりませぬ。さりながらわしらがくはんじんをせぬときは。さだめしそなたがこまるであらう。なんとみなのしう。たとへくはんじんはせずとも。せめてうしほのくみようをおしゐ（三オ）てやろうじや有ルまいか。みな〳〵聞ィて。お丶それ〳〵わしらがくはんじんをせぬときは。さだめしこまるであろう。そんならうしほのくみよふをおしゐてやりませう。アレ見やしやれいまくるなみが。あれが男《お》なみ。あの男浪がぐつとひいて又くる女浪《めなみ》。アノめなみとおなみのうちまを見て。コレ此（三ウ）おりにになひをおろして。くむならば二荷《か》や三荷はついくめる。ならおふよりなれろは賤《げす》のはざとやら。い丶すてみな〳〵賤《しづ》の女は。てんでにうしほをくみあげてわが家のかたへといそぎ行ク。あとにも残るあねの姫。はま女郎に捨《すて》られて。た（四オ）だほうぜんといたりしが。さきだつものは涙《なみだ》なり。はてかつてんのゆかぬ。たとへくはんじんうけてなりとも。三荷の下《け》しよくをつとめたなら。おしうのごそんにもなるまいに。いかなればとて。三郎どの。ゆら千ンげんをふれながす。きやうの三荷がつとまらぬそのときは。なさけもふか（四ウ）きひろつぐ様のおん身のごなんぎ。ぜひないことしづの女たちのおしゐにまかせ。わが手でうしほをくまばやと荷ないをかたにかけられて。其身はいそへおりけるが。ならわぬ下しよくのかなしさは。女《め》なみおなみもわきまへず。にないをおろしてくまんとす。どつと打くるあら浪に（五オ）おけもお丶こもまきとられ。いのちから〴〵にげあかり。あまりのことにひめ君はなくもなかれずこへをあげ。なみもせう有ものならば。にないをきしへ打チよせよ。お丶こもせう有ルものならばきしへも寄リてたもやいと。とゞかぬこともこへかぎり。いふてはそこにふしまろび。身もうく斗リのおんなげき

薩摩千賀太夫　桝太夫　京屋沢吉　馬喰町二丁目
薩摩若太夫　谷太夫　三　京屋蝶二　版　森屋治兵衛
薩摩浜太夫　竹太夫　弦　京屋粂七　元　横山町二丁目
君太夫　京屋松五郎　和泉屋永吉

せつきやうさいもん
安寿姫《あんじゆひめ》　三庄太夫《さんせうだゆう》

十六　浜難儀《はまなんぎ》乃段　上

（一オ）

はまなんぎのだん　若太夫直伝

されはにやこれはまた。か丶るところゑ山ﾏ路《じ》よりもの丶あはれは弟の若《わか》よう〳〵尋来《たづね》りしが。あねのすかたを見るよりも。其ま丶そばへはしりゆき。あね上ｪ様ﾏとばかりにて。なくよりほかのことぞなし。ひめ君ハツト（一ウ）おどろいて。そなたはもはや山路の下しよくをつとめしか。わかぎみ聞ｨてなみだをはらい。これはしたりあね上様ﾏ。なにしにわたくしが山路の下しよくをつとめませう。おはかれもふし山路へのぼり。山がつたちの情《なさけ》のくはんじんをうけんとおもひしに。夜《や》ぜん（二オ）三郎殿ゆら千げんをふれながせしゆへ。くはんじんいたすものもなし。さりなから山がつたちのおしゑにまかせ我ｶ手でしば木をこらんといたせば。ならはぬ下しよくのかなしさは。柴《しば》きはこらいで此よふに。ひだりのこゆびにきりかける。しよせんわがてゞ（二ウ）下しよくはつとまらぬ。ひろつぐ様へのもふしわけ。すぐに山路にてしようがいとぞんしましたが。山はまともにくはんじんをとめるとあれば。あねうへさまにもはま路《じ》にて。さだめし御なんぎをなされてましまさん。はま路ゑいそぎあねうへ様におんめに（三オ）か丶り。そののちせうがいいたさんと。これ迄ﾃたづねまいりしと。きくよりひめ君おどろいて。そなたもさようか。みづからもはま女郎のきたるなら。うしほのくはんじんうけばやと。三郎どのゆら千ﾝげんをふれながせしゆへ。くはんじんいたすものもなく。みづからもし（三ウ）づのめたちのおしゑにまかせ。我手でうしほをくまんとすれば。ならわぬ下しよくのかなしさは。うちくるなみにおけもお丶こもまきとられ。しよせん下しよくはつとまらぬ。ひろつぐさまへのもふしわけ。そなた斗ﾘはころしはせぬ。あねももろとも此大ｨかいゑ（四オ）身をなげて。ひろつぐ様ゑのもうしわけ。さりながらつね〴〵は丶上様のおつしやるには。そなたのおもざしはつくしにまします。父上ｪ様ににたとある。またみづからがおもざしは。は丶うへ様ににたとあれば。わしはそなたを父上様じやとおもふて。先ｷだつ此身のふかう（四ウ）せき。かげながらのおいとまごい。そなたもわしをは丶上様じやとおもふて。かげながらのおいとまごい。まづ〳〵これへといなおらせ。その身はすなぢへ手をついて。おとのおもざしうちながめ。父上様へわれ〳〵が先ｷだつこの身のふかうせき。おゆるしなされてたまは（五オ）れい。父上様とありければ。わかぎみいなおり手をついて。あねのおもざし打まもり。は丶上様へわれ〳〵がさきだつ此身のふかうせき。おゆるしなされてたまわれと。たがいにかほを見やわせて。しばらくなげきおわせしが。ひとめにか丶らぬ其うちと（五ウ）

薩摩千賀太夫　桝太夫　京屋沢吉　馬喰町二丁目
薩摩若太夫　谷太夫　三　京屋蝶二　版　森屋治兵衛
薩摩浜太夫　竹太夫　弦　京屋粂七　元　横山町二丁目
君太夫　京屋松五郎　和泉屋永吉

せつきやうさいもん

安寿姫《あんじゆひめ》　三庄太夫《さんせうたゆう》

十六　浜難儀《はまなんぎ》のたん　下

（一オ）

はまなんぎのだん　若太夫直伝

はまの小いしをひろいとり。たもとよすそよふところと。いれて手に手を取かはし。こだかきいわへのぼられて。にしに。むかい手をあはせ。なむうやさいほうみだによらい。ひがうのさいごのわれ〳〵を。らいせはたすけたまはれい。なむ（一ウ）あみだぶつ。みだぶつと。とのふる六字《じ》ともろともに。すでにこうよと見へけるが。いせの小はぎはかけきたり。やれまたれよとおしとゞめ。かくあらんとしるゆゑに。あとをしたいあれにて。ようすはのこらず聞《キ》ました。この大《ィ》かいへ身をなげんとおもうはさら〳〵むりとはおもはねど。（二オ）花ならつぼみの二人《り》のしう。しはいつたんにしてとけやすし。せうはばんだいにして受《うけ》がたし。およばずながらもみつからが。そなたしうにかたりきかすることのある。まづ〳〵これへと兄《ゥ》弟を。はるかのくがへつれきたり。みぎとひだりにひきよせて。これ二人《り》のしう。みづ（二ウ）からがものをかたらばようもきいてくだされ。みづからとてももとこのくにのものならず。いせのくにはあきやまいちもんのひめなりしが。しさいありてろうにんなし。ろめいのたねにつきはて。父上《ヱ》さまは夜《よ》な〳〵せつしやうきんだんの。（三オ）二《タ》見がうらへしのび出《テ》。かくしてうを、取《リ》。うりしろなしてあさゆふのけむりのしろとする。てんにくちいわがものいふ世のならい。いつしかぢとうへもれきこへ。父上《ヱ》様はからめとられて。うみのみく（三ウ）ず。そののちみづからは。ついにはすまきにされて。いまのさんせうだゆふゑかいとられて。もなれもなれざるげげのわざ。けうはいちめいをすてん。あすはいちめいをすてんと。おもひしこともたび〳〵なれど。こゝろでこゝろをとりなをし。月《キ》（四オ）日をおくるそのうちに。ならおゝよりなれろはげすのわざとやら。いつしか下しよくもてなれ。こゝろにすまぬことながら。いつぞやよりアノ三郎がねやのしのびづま。さりながらたよりつたなきいせの小はぎ。いまよりしてはふたりのしうを（四ウ）じつのいもうと弟とおもうほどに。誠の姉をもつたとおもふて。たよりになつて下され。又そなたしうが下しよくになれる迄は。いつまでもおしうはよきにとりなさんと。なさけのことばに御兄弟。両手をあはせふしおがみ。夫が誠にましますや。命のおやの小はぎ様。（五オ）けうよりしてはわれ〳〵がしんしつしん身のあね上様。しつのいもうと弟と。おめかけなされてたまわれと。うれし涙にくれたまへば。小はぎもなのめによろこんで。さあらばお主へもどらんと三人かたくもけう弟のけいやくなしてそれよりも。たゆふをさしてもどりける。（五ウ）

薩摩千賀太夫　桝太夫　京屋蝶二　横山町二丁目
薩摩若太夫　谷太夫　三　京屋沢吉　和泉屋永吉版
薩摩浜太夫　竹太夫　弦　京屋粂七
君太夫　京屋松五郎

せつきやうさいもん

安寿姫《あんじゆひめ》　三庄太夫《さんしやうだゆう》

十七　対王丸《つしわうまる》　加羅歳乃段《からとしだん》

（一オ）

からとしのだん　　若太夫直伝

さればにやこれはまた。かくて太夫になりぬれば。小はぎ殿。毎《まい》日下しよくをとりなして。月日をおくらせ給ひしが。ほどなく。今はとしのくれ。はやごくげつは。大晦日《つごもり》になりぬるが。元より邪《じや》けんの太夫殿。かの三郎を召され。いかに三郎。買《かい》取たる。兄《けう》弟のやつら。あけては父が恋しい。くれては母がなつかしいと。たゞべ（一ウ）そく／＼と。ほないて斗リけつかる。うれいなやつら。一チ夜《や》明ヶれば。ことぶきいわう。正月ッ元ン日ッ。あのよふなうれいなやつらを。家内《かない》へおかば。年中のふきつのたね。三が日が其内は。何も用のないやつら。三の関《せき》屋のあばら小屋へ。ぼいこんで。ゆ水しよくじをたやし。くたばらば。くたばりしだい。からどしをとらせておけ。ハヽ心へまして候と。しりひつからげて。いつさんに。東《ひがし》の小屋へと（二オ）んでゆき。サアこいうせうと。兄弟を。弓手《ゆんて》馬《め》手に引立て。三の関屋へ引ずりゆく。何なくかしこになりぬれは。あばら小屋へどつかと引すへ。おのれらは。あけては父《ちゝ》がなつかしい。くれては。はゝがこいしいと。べそく／＼ほないてけつかる。うれいなやつ。一夜明れは寿《ことふき》いわう正月元日。うぬらがようなうれいやつらを。家内におかば。一年中のふきつのたね。三か（二ウ）日チが其内チは。何ニも用ゥのないやつら。此あばら小屋へぼい込《こん》でゆ水ッしよくもつをさしとゞめ。くたばらば。くたばりしだい。からとしをとらせておけと。父《ちゝ》上ェ様の申シ付ヶ。此三郎なぞは。一チ夜《や》明ヶれはさしあたつてのとし男。半時《かたとき》ひまのねいからだ。それに何ンぞやおのれらは三ンが日チが其間。此あばら小屋にて。ゆ水しよくじをたやされて。からどしとるなぞといふ事は。（三オ）イヤハヤめうかにかなつたさるまつめら。ゆるりとからとしとりおれと。いゝすてかどの戸さしかため。外《そと》よりしつかと。しまりをし。我ヵ家をさしてもどりける。跡《あと》にも残《のこ》る御兄弟《ごけうたい》互に顔《かほ》を見やあせて。さきだつものは涙なり。安寿《あんじゆ》涙のかほを上ヶ。そも兄弟か古郷《こけう》では。かく正月ッのくる時キは。身にも穢《けがれ》の有ルものは。べつ屋でとしはとらず（マヽ）。べつ火《くは》をもつて（三ウ）さんどのしよくじはいたすと有ル。夫レに何ンぞや。我／＼兄弟《けうたい》身にも穢のなきものを。此あばら屋へぼいこめて。食物《しよくもつ》さしとゞめ。からとしとらすと言ゥ事は。丹後《たんご》の国ニのならいかや。由良《ゆら》の湊《みなと》のならいかい。たゞしはお主の家ふうかや。ノウ弟《おと／＼》と有レければ。若君涙のかほを上ヶ。思へばじやげんなお主様ノウ姉《あね》上ェと御兄弟。なく／＼其夜をくらさるゝ。すでに其夜（四オ）も明ヶけるが。いとゞ涙の顔を上ヶ。あはれ我レ／＼兄弟も。御代《みよ》がけんごてさかへなは。けふ正月ッの元ン日ッと。しのぶの御殿《ごてん》のおくの間であやや。にしきを着《き》かざりて。姫君《ひめきみ》様よ。若君と。お乳《ち》や乳人《めのと》にかしづかれ。はま弓《ゆみ》。手鞠《てまり》のもて遊《あそ》び。女ろう《しやう》局《つほね》をあいてとし。百首《しゆ》のうたをも取ルべきに。かく代《よ》に落《おち》て。あのような。邪見《じやけん》の太夫に買取《かいとら》れ。食《しよく》なす物も。食なさ（四ウ）す。からとしとると言ふ事は。何ヵ成ルこれは先生《さきじやう》のむくいか。つみか。かなしやと。御身を恨世《うらみ》をうらみ。泣〳〵くらす元ン日ッも明ヶれば。正月ッ二ッ日なり。夫レは捨《す》おき三郎は。當年ン中ゥの殺生初《せつしやうはじめ》。とし神《かみ》さまへの。さげうをと。また父《ちゝ》上ヱの酒ヶの肴にいたさんと。雪のふるのもいといなく。もち竿《ざほ》を引提《ひつさけ》。三ンの関屋の。小やぶへはいり。小とりさしていたりしが。あばらや小屋にて。兄ゥ弟ィ（五オ）が何ニか私言《さゝやく》はなしごへ。合点《がてん》行ヵぬと三郎がかべにみゝ付ヶ。立チ聞クとは御兄弟《こけうたい》。神ならぬ身の夢《ゆめ》しらず。コレ弟去《おとゝきよ》くれはまじにて。賤《しづ》の女《め》達のうはさを聞ヶば。正月ッ十六日は。太夫が家ヱの家《か》ふうにて。山マ浜の下しよく初《はじめ》と有ル。其十六日。其方《そなた》はやまじの下しよくに出テたなら。やまじより。都《みやこ》へ落《おち》て。出世おしてたもやいノウ弟。若君聞イて。これはしたり。姉《あね》上ヱ様。夫レよの中ヵのたとへにも。女子はうじのふても（五ウ）玉マのこしに乗《のる》と有ル。姉上様マと申シまするは。うじもけいづも備《そな》わりし。五十ゥ四郡《ぐん》の姫君様。おちて出世《しゆつ》がなるならば。あなたか都《みやこ》へおちて。出世をあそばせ。イヤ〳〵それはそなたが心へたがい。みづからは。いわきの家ヱのそうりやうと。生《うま》るゝかほうは有リながら。有ルにかいない。女ナ子の身の上ヱ。そなたは弟《おとゝ》に生《うまれ》て。けいづのそなわるつしわう丸。そなたが都へおちてたも。イヱ〳〵姉（六オ）上様。あなたがみやこへお落あそばせ。イヤ弟そなたかと《（マヽ）》。しばらくたがいに落よ落まいのあらそい。はてやらず。三郎それと聞クよりも。鳥《とり》さしどころじやござないと。もち竿《ざほ》がらりと。投捨《なけすて》て。かどの戸はつしとけやぶつて。あはら小屋へすつと入リ。ゑりすじ摑《つか》んで。ヤア〳〵おのれらは〳〵はつはる早〳〵。欠落《かけおち》の相談《そうたん》。聞《きゝ》のがしにならぬ。父《ちゝ》の御前《みまへ》へつれ行キ。此事申シ上ケる（六ウ）

せつきやう浄瑠璃　十八　上

三庄太夫《さんしやうだゆふ》
安寿姫《あんじゆひめ》　焼鉄段《やきがねのだん》
対王丸《つしわうまる》

薩摩伊勢太夫　薩摩若太夫　薩摩近太夫
薩摩兼太夫　同　高太夫　同　音太夫　薩摩浜太夫
三弦　京屋粂吉　同　吉治

横山町二丁目　版元「泉」

（一オ）

焼鉄の段

〽さるほどにこれはまた。ごうあくふてきの。三郎は。サアこいうせふと。きやうだいを。ゆんでとめてに。わしづかみさんの。せきやのかたよりも。わが家をさしてつれきたりひろにはへ。どつかとひきすへ。一ト間にむかひ〽《コトバ》父上《ちゝうへ》様と。よぶこゑに（一ウ）三庄太夫しづ〳〵と。立出〽《コトバ》あはたゞしい。三郎なにことなるイヤ何ことどころじや。ござりませぬ。今日は正月二日の。せつしやうはじめとしてかみへ。さけうを。ふたつには父うへの。さけのさかなに。いたさんと三のせきやの。小やぶへは。いり小鳥をさして。おりましたらあばらごや。にて。きやうだいのやつらが何か（二オ）つべこべ。はなしこゑ。がてんゆかぬとかべに。みゝたち。きゝ。いたせはあねに。おちよおとゝ。におちよとはるそう〳〵かけおち。そふだんきゝのがしに。ならぬゆ〽ゑ。ひきづりまいて《（マヽ）》候が。このぎは。いかゞはからいませふな太夫きいて。そのぎにあらは。三郎いづくへ。かけおちいたすとも。たんごのくにゆらの。みなと。（二ウ）三しやうだゆふ。がふだい。のけらいと。いふたしかな目しるし。そいつらがしやつひたいへ。やきがねをあてゝやれなるほど。ちゝうへさまの。おもひつき。やきがねがよふ。ござりませふどれ。あてゝくれふと〽《ノリヂ》その。身は一《ト》間へ。はしりゆき大きなる。やのねを。もちきたり。はんどひばちへ。さしくべて。（三オ）おこりありける。そのうゑへかた。ずみしこたまさらいこみにはへおろして三郎が。うちわをとり。おんどりあがつて。あをきけるほのふ。さかんと。おこりしが。矢《や》のねは。まつかにやけければ。〽《詞》申父うへさまあねの。めろさいからさきへ。あてませふか。おとゝのわつぱしからさきへあてませふか。いかゞいたしませふな。大夫（三ウ）きいてそれ世の中の。たとへに。も一ツニツまさばあにあね三ッ四ッ。まさば。おやとうやまへと。あるなんでも。ものことはじゆんがいゝあねの。めろさいからあてゝやれ。ハゝこゝろへまして候と〽《フシ》かのひめぎみの。くろかみをつかんでくる〳〵まきつけて。ひざのしたに。かいこんでめてにてやきがねおつとつて。すでに（四オ）あてんとなしければ。わかぎみはつと。おどろいて。やきがねもつ手に。とりすがりこれ〳〵申。三郎さま。それ世のなかの。たとへにもほんにおなごは。一《チ》にみめ二にかみ。かたちと申するに。そのおそろしいやきがねを。あねうへさまの身《（マヽ）》ひたいへ。むざんとあてさせ給ふなら。うまれも（四ウ）つかぬ。かたわものあてぃで。かなわぬものならば。わつぱがひたいへいくつなと。おあてなされて。あねうへを。おゆるしなされてくださりませ〽《コトバ》三郎きいてだまれ。わつぱしめい〳〵にひたいへあてるがいゑのしるしのやきがねあねの額《ひたい》へあてるのがうぬがつらぢうやいたとてあねの（五オ）しるしになるものかじやまひろぐなわつぱしめと。〽《フシ》はつたとそこにけとばして。まつかにやけたるやきがねをひたいへきつかり。十もんじ。ちけむりはつと。たちけるが。わつとひとこゑさけびつゝ。そのまゝきぜつと。見へにける（五ウ）

薩摩伊勢太夫　薩摩兼太夫　三　京屋粂吉　版元　泉
薩摩若太夫　同　高太夫
薩摩近太夫　同　音太夫　弦　同　吉治　横山町
薩摩浜太夫　二丁目

三庄太夫《さんしやうだゆふ》
安寿姫《あんじゆひめ》　焼鉄段《やきがねのだん》　十八
対王丸《つしわうまる》

せつきやうじやうるり　下

（一オ）

〽若君。それと見るより。もまだようせうのあどなさは。こはかなわじとやおもいけん。そのまゝたつて。にげんとす。三郎手ばやく。ゑりすぢつかんで。ひきもどし。〽ヤアおのれたつたいま。なんとぬかした。あてぃでかなわぬ。やきがねなら。わつぱが。ひたいへ。いくつなと。おあて（一ウ）なされて。あねうへを。おゆるしなされてたまはれと。ぬかしたではないかそのしたの。ねもかわかぬに。あねにあてるを見るよりも。にげんといたす口《くち》ににやわぬ。ひきやうなわつぱしもとはと。いへばおのれら。がかけおちそふだん。からおこつて。あてる。このやきがねきうでさへ。かわきり三ッは。（二オ）こらへにくい。あつかろうがしんぼういたせ。わつぱしめと。〽《ノリヂ》もとどりつかんで。ひきよせて。ひざのしたへかいこんで。すでにあてんと。なしければ〽《ぼだいじ》ひめぎみよう〳〵。こゝろづき。三郎がそばへはいよりて。

やきがねもつ手に。とりすがり是《これ》〳〵申三郎さま。それ世のなかの。たとへにも殿御《とのご》の（二ウ）この。むがむかふきずあたへをだしてももとめよと申ますれど。〽《コトバ》それは。太刀やかたな。でうけしほまれきず。それと。これとは。ことかはりひきやうに。うけしやき。がねきずよしそれ。とてもいと。はねどその。おそろしい。やきがねを。むざんとあてさせ。給ふなら。何一命《なにいちめい》の。たまる（三オ）べき。あていでかなはぬ。ものならばわら。はがひたいへ。いくつなと。おあてなされて。おとうと。をおゆるしなされて。くたさりませ。〽《コトバ》三郎きいてあざわらひ。いやはや。おのれらは。きやうだいとて。おなじもんくをほゑ。やあがるめい〳〵にひたいへあてるがいゝのしるしの（三ウ）やきがねわつぱがひたいへあてるのをうぬがつらぢうやいたとてわつぱがしるしになるものかじやまひろぐなめろさいめと〽はつたとそこにけとばしてまつかにやけたるやきかねを額《ひたい》へきつかり十もんじちけむりはつと。たちけるが。わつと。ひとこゑあげ給ひ。そのまゝきぜつと。（四オ）見へに。ける〽詞太夫それと。みるよりもりやう手を。あげてでかした。三郎よくあてた。それでこそ三しやうだゆふが。ふだいのけらい。西《にし》はきうしうさつまがた。みなみはきのぢ。くまのうらひがしは。まつまへ。ゑぞおろしや。きたはかゞ。のと。さどがしま。いづくへかけおちいたすとも。（四ウ）よもかゝゑるものは。あるまいさりながら。けふは。正月二日。やきがねきずの。ついたなまちの。たれる。やつらかないゑ。おかばとしとく神へ。のおそれ。十六日の下しよく。はじめまで。はなにもよふのないやつら。（五オ）よふだかはまゑつれゆき。まつのきぶねを。ひきかぶせくたばらばく。たばりしだい。からどしをとらせておけ。〽ハ、こゝろゑまして候と。かのきやうだいを。ひきたてゝはまべをさして。ひきづりゆく（五ウ）

薩摩千賀太夫　桝太夫　京屋沢吉　横山町二丁目
薩摩若太夫　谷太夫　三　京屋蝶二　和泉屋永吉版
薩摩浜太夫　竹太夫　弦　京屋粂七
君太夫　京屋松五郎

せつきやうさいもん
安寿《あんじゆ》
対王《つしわう》
三庄太夫《さんしやうだゆう》

十九　船伏《ふねぶせ》乃段《だん》

（一オ）

船伏《ふねふせ》のだん　　若太夫直伝

さればにやこれはまた。かくては浜《はま》べになりぬれば。其まゝすな地《じ》に引《キ》すへて。そばに有《リ》おう。松の木船を引手かぶせ。上《ェ》には。そだをつみかさね。ゆるりとからどしとりおれと。言《イ》捨《すて》我《カ》家へもどりける。あとにも残《コ》る御兄弟《けうだい》。たがいにかほを。見あわ（一ウ）せて。泣《なく》よりほかの事ぞなし。それは扨《テ》おきこゝにまた。三《ン》せうたゆふ五人《ン》子供の有中《カ》に。二男《じなん》の次郎ひろつぐは。元《ト》より情《なさけ》ふかければ。兄弟二《タ》人《リ》の者共が。かゝるなんぎと聞《ク》よりも。いせの小ばき（マヽ）をひそかにまねぎ。いかにとよ。小はき。聞《ケ》ば兄弟の者共。父上様の御ふけうをこうむり。ひたいにやきがねを（二オ）あて。其上《ェ》。ようだがはまへ連行《キ》。まつのき船《ふね》をかむせ。十六日まで。からどしをとらすと有《ル》。其まゝすておくものならば。なに一《チ》命《めい》のたまるべき。たちまちがつしはじでう。たゞ此上《ェ》は其ほうとこゝろをあはせ。夜《よ》はにまぎれ。しよくじをはこんで。ゑさせん。はや〳〵よういを仕れと。仰に。ハツト小はぎ女《じよ》は。（二ウ）それがまことにましますや。しからばおふせにまかせんと。よろこび下モへさがられて。なさけのしよくじをしつらいて。かの廣つぐにわたしける。廣っぐしよくもつうけとつて。其夜をはじめ。まい夜〳〵。はまべにおわするきやうだいに。情のしよくじおくられて。いのちをつなぎ。おく事は夢（三オ）にもしらぬたゆふ殿。ほどなく正月なかばなる。十六日になりぬれば。かの三郎を召され。ヤイ三郎。ようだがはまに。からどしをとらせておく。兄弟のやつら。よもやいのちは有まい。命がなくは。大かいへなげこんで。そこのみくず。せんにひとつ命《いのち》が有は。連来れ。山はまの。下しよくにいださん（三ウ）早とく浜辺へいて。様子を見てこい三郎。心へまして候と。父が御前《み》をすつと立。しりひつからげて三郎は。はまべをさしてとんで行。なんなく二人の兄弟をわが家をさして連来《つれきた》りまづ広《ひろ》庭へ引すへ。モウシ父上様よもや命は有まいと存。大かいへ投こんて。そこのみくずと思ひの外。あんにそういの此達者《たつしや》。こい（四オ）つらにやきがねあてたは二日のあさ。けふで丁《てう》ど十五日。ゆ水しよくもつをさしとゞめ。此様に達者なところを見れば。なんと父上様。下のやつらにまい曰〳〵。三どつゝくはせるはいかいむだかとおぼへたり。たゆふ聞て。なるほど三郎が言とふり。しものやつらも。あしたから。にじきでよからふ。（四ウ）何ニは共あれ。いのち有ルがめでたい。けうは我カ家の下しよくはじめ。いつものとふり。山はまへいだしてやれ。心へましてござります。コレ兄弟のやつら。けうは我カ家の下しよくはじめ。いつものとふり。わつはつしめは山路へのぼり。三荷のしばきをこるがやく。女郎めは。はま路へくだり。三荷のうしほをくむ（五オ）がやく。サアきり〳〵やまはま。下しよくにうせおれと。いゝすてゝ三郎ゆかんとす。何思ひけん姫君は。三郎がすそに取縋《すがり》。ヤレまち給ひお主様。しのぶがひとつの御願《ねがい》。何とぞ今日はみづからを。弟といつ所《しよ》に山路の下しよくにおだしなされてくださりませ。兄弟もろ共山路へのぼり。三（五ウ）荷つゝ。六かのしば木こりまして。お主様へもどりましよう。どうぞ山路《じ》の下しよくに。おだしなされて下さりませ。三郎聞てだまれ女郎。由良《ゆら》が湊《みなと》では女を山へ出すこと。家のちじよくかなはぬこと。ナント父上様さようじやござりませぬか。なるほど三郎がいうとふり家のちじよく。さりながらたま〳〵（六オ）女郎が願《ねがい》。まさかむにもなるまい。其義に有ラば。女郎めをわつぱにしたてゝ。やまじの下しよくに出してやれ。心へまして候と。大刃《は》のかみ剃《そり》持来り。むざん成かや姫君の。黒かみを。わづか残してふつと切て草たばね。サア〳〵山路へうせおれと。おいたされて御兄弟。涙《なみた》ながらに夫々も。下しよくのどふくたづさへて。やまじをさしていそがるゝ。（六ウ）

薩摩千賀太夫　桝太夫　京屋沢吉　横山町二丁目
薩摩若太夫　谷太夫　三　京屋粂七　和泉屋永吉版
薩摩浜太夫　竹太夫　弦　京屋粂八
君太夫　京屋蝶二

せつきやうさいもん
安寿姫《あんじゆひめ》
対王丸《つしわうまる》　三庄太夫《さんしやうだゆう》

二十　兄弟《けうだい》道行《みちゆき》乃段《だん》

（一オ）

道行《みちゆき》のだん　若太夫直伝

さればにやこれはまた。いとゞ其日はかきくもり。道チは雪《ゆき》やら。みぞれやら。御ン身もこゞへ御兄弟《けうだい》。あゆむとすれどはかとらず。三ンの関屋《せき》の中ヵ並木《なみ》。やう〳〵こへて。いつもわかれをおしまるゝ。わかれがつじになりぬれば。何思ひけん弟《おと》のわか（一ウ）わつとばかりのこへをあげ。たゞさめ〴〵となげかるゝ。ひめ君ミはつとおどろいて。これはしたり弟《おと〳〵》そなたは何ニを其ノようになげいて。みづからはたれをたよりに。けうの下しよくをいとなまん。悲《かな》しい事が有ルならば。みづからにもかたり聞ヵせてたもやいのふ。若ヵ君ミきいて涙をはらい。是レはしたり。姉うへ（二オ）様マ。わたくしが歎《なげ》きまするはへつならず。それ世の中ヵのたとへにも。ほんに女子は一チにみめ。二にかみかたちと申シまするに。其いちのみめへは。やきがねをあてられ。いまもいまとて其様ゥに。いのちがわりの黒《くろ》かみも。アノ三郎に切リとられ。二タつにまげて。草《くさ》たばね。御ン身につゞれ山マがはんてん。山はばき（二ウ）なはをしごきの帯《おび》になし。下しよくのどうぐをかたにかけ。山マ路《じ》へのぼるあねうへ様マの御姿《すがた》が。いかにおゝちなさればとて。五十四ぐんの姫君といはれませうか姉上様。そればつかりが悲《かな》しうぞんじます。あんじゆは聞ィて。おゝよういふてたもりやつた。弟《おとゝ》さりながら。みめかみかたち。夫レは兄弟が世に有ル時キの事。かく（三オ）兄弟が世におちて。みめかみかたちもいらばこそ。いつもわしははまじ。そなたは山じ。是レがわかれか姉上ェ様マ。これがわかれか弟と。わかれをおしむわかれが辻《つじ》。けうはみづからが願《ねが》ひによつて。そなたといつ所《しよ》に。山じへのぼるか嬉《うれ》しいぞよ。弟かつてをしつたよふに。きげん直《なを》して姉を山じへ。つれてたもやいのふ弟。ハツア（三ウ）さようならば姉上様。これよりさきはいたつてなん所に候へば。此道筋《みちすじ》をこなたへと。なく〳〵姉の手を取リて。とあるわかれが辻《つじ》よりも。白雪《しらゆき》ふみわけはる〴〵と。山じをさしてのぼらるゝ。七つまがりや。やとうげの。いなゝくこまのくつかけや。千ン本ン松ッ山早こへて。これも山じにかくれなき。やすみが峠《とうげ》になり（四オ）ぬれば。これにつかれをやすめんと互に木の根《ね》にこしをかけ。しばらくやすらへおはせしが。安ン寿心《じゆこゝろ》におぼすには。何ニかにつけても弟《おと〳〵》を。けうこそ都《みやこ》へおとさんと。おぼしめされて姫君は。ハツアそれ〳〵せめて兄弟がはだみはなさずしん〴〵なす。きやらだせんの地蔵尊《そん》。これにてはいし兄弟が。守《まもり》ぶくろのうちよりも。ぢぞうぼさつを取リいだし。つもりししらゆきかきのけて。木の根にうやまいたてまつり。たゞいつしんに手をあはせ。なむうい。いわきのおんまもり。きやらだせんの地蔵そん。あわれみありて。兄弟が身のゆくすへをよ（五オ）き様に。守らせ給へといつしんに。しばらくはいしおわせしが。それ〳〵おもひいだせしことがある。いつぞやはゝうへさまに。おわかれもうせし其時キに。はゝうへ様のおふせには。兄弟いづくへゆけばとて。このぢぞうそんは。はだみはなさずしん〳〵せよ。きやうだいが身のうへに。しぜん（五ウ）だいじのあるときは。身がはりにたゝせたもふ。まつた。きよじさいなんは。すくわせたもうと。はゝうへさまのおふせ。さまでにたつときぢぞうそんにあるならば。二ッ日のあさ。きやうだいがひたいに。このようにやきがねをあてらるゝほどのだいな（六オ）んを。なぜにすくわせたまわらぬ。けさもけさとてこのように。いのちがわりのくろかみまで。きらるゝほどの大ィなんを。よそに見給ふ地蔵尊《じぞうそん》。かく世におつれば兄弟をもはや。見かぎりたまいしか。思へば〳〵うらめしの。ぢ蔵尊と。姉の姫。お恨《うらみ》もうせばアラふしぎのしだい也（六ウ）

薩摩千賀太夫　桝太夫　京屋沢吉
薩摩若太夫　谷太夫　三　京屋蝶二　横山町二丁目
薩摩浜太夫　竹太夫　弦　京屋粂七　和泉屋永吉版
君太夫　京屋松五郎

せつきやう祭文
安寿姫《あんじゆひめ》
対王丸《つしわうまる》

三庄太夫《さんしやうだゆう》

廿一　水盃段《みづさかづきのだん》　上

（一オ）

水さかずきのだん　　若太夫直伝

さればにやこれはまた。地蔵《ぢそう》ぼさつの御額《みひたい》なる。ひやくこうよりも。こんじきの光《ひかり》をはつすと見へけるが。つしわう丸のひたいのやきかねきつきへて。地蔵ぼさつの御額《みひた》へ。たゝれい〱とあらわれしは。りやくのほどこそ有リか（一ウ）たや。姫君はつとおどろいて。コレ〱弟たゞみづからが。ぢぞうほさつをおうらみ申せば。ふしぎや。御《み》ひたいのひやくこうより。こんじきのひかりをはつすとおもひしが。そなたの額《ひたい》のやきがねきづ。あとなくきゑて。ぢぞうぼさつの御額へ。やきがねきづを。たゞれい〱と。すくはせた（二オ）もふ。かほどにたつとき地蔵《ぢぞう》そんを。おうらみ申ゥせし兄弟を。おゆるしなされて下タされませ。なむきやらだせんの蔵尊《そん》。それ〱兄弟がひたいに。やきがねきつあるがなかに。そなたにかぎつて。やきがねきづをすくはせ給ふは。そなたをこれよりみやこへおとし。しゆつせをさせ（二ウ）よとの。地蔵ぼさつの御つげならん。そなたは是より。あねに心をのこさずに。都《みやこ》へおちて。出世をしてたもやいのふ弟。わかぎみ聞て。これはしたりあね上様。おちてしゆつ《（マヽ）》が成ならば。あなたがみやこへおゝちあそばせ。いや〱それはそなたか心へたがい。いつぞやもいふて（三オ）きかするとふり。みづからは。いわ木の家のそうりやうと。うまるゝかほうはありながら。有にかゐなき女子の身の上ェ。そなたは弟に生ても。けいづのそなわるつしわう丸。そなたがみやこへおちてたもやいのふ。イエ〱あね上様あなたがお落《おち》あそばせ。これはしたりおと〱。さ（三ウ）いぜんから。あねが此様に事をわけ。みやこゐおちよとももふすのに。そなたはあねの言ことをそむきやるか。いつぞやゐちごの国直江のかいせうにて。母上様におわかれもふせしそのときに。母上様のおゝせには。もしも弟にたんりよのあるならは。母にかはつて此あねに。（四オ）そなたへいけんをいたせと。おつしやつたをよもや。そなたはわすれはしまいの。あねの言ことをそむき。みやこへおちざるものならば。母なきのちは姉が母じや。はゝ上様に成かはつて。七生までのかんどうじや。これより太夫へもどるとも。かならず〱。あねをもつたとおもやるな。弟（四オ）をもつたとおもはぬ。あかのたにんのつしわう丸。さらばというて立《た、》んとす。若ぎみハツトおどろいて。やれまち給ひあね上様。さまでの事にあるならば。なるほどみやこへおちませう。かんどうゆるさせたまわれと。手をすりなけば。姫君は。そんならそなたは。みやこへおちてた（五オ）もりやるか。チヽうれしいぞや。あねの言ことを聞わけて。みやこへおちる。そなたをなんのマア。あねがかんどうをいたしませう。そんならそなたは。これよりみやこへおちて。しゆつせをしてたもいのふ。それ〱せめてそなたがかどいてを。いわうて。わかれのさかづきと。思へとこゝ（五ウ）は山中で。酒さかづきもあらざれは。木のはをとりのさかづきに。ゆき水しぼつて酒となし。水さかづきにてわかれんと。あねは木の葉をひろわれて。コレ弟此盃《さかつき》もまことは。あねがはじめてさすがみちなれど。そなたはこれよりみやこへおちて。出世をねがう身の（六オ）上。そなたがめでとうさかづきを。はじめてあねへさしてたも。わしがいつこんでさかづきをあづかり。そなたがしゆつせをして。あねがかたへ。こし乗《のり》ものをつらせて。むかひに来る其時は。めでたく私かまたはじめてそなたにさす程に。まづそなたがはじめて。姉へさしてたもやいノウ（六ウ）

薩摩千賀太夫　桝太夫　京屋沢吉
薩摩若太夫　谷太夫　三　京屋蝶二　横山町二丁目
薩摩浜太夫　竹太夫　弦　京屋粂七　和泉屋永吉版
君太夫　京屋蝶三

せつきやう祭文

安寿姫《あんじゆひめ》　三荘太夫《さんしやうだゆう》
対王丸《つしわうまる》

廿一　水盃《みづさかづき》乃だん　下

（一オ）

水盃《みづさかづき》のだん　若太夫直伝

さよふならばあね上ェ様。御詞《ことば》にまかせまして。さかつきをはじめますると。つしわう丸なく〳〵木《こ》の葉を手に取レば。姫君もろ手で雪《ゆき》を寄《よせ》。雪水しほれば。弟の若。なみ〳〵受ケて一トつほし。あねの安寿《あんじゆ》へ。はゝかりながらとさす。姫（一ウ）君木《こ》の葉を手に取レば。若君もろ手て雪《ゆき》をよせ。雪水ッしぼればあねの姫。なみ〳〵受ケて其まゝに。ぐつとほしたる雪水は。誠《まこと》五たいへねつてつのとふるが。思ひの血《ち》の涙。其まゝ木の葉をなげ捨《すて》。是で兄弟がわかれの盃《さかづき》はすみましたが。そなたに言ィきかする事の有ル。ひ（二オ）よつとあとから。おつ手のかゝるまいものでもない。たとへおつ手がかゝるとも。かならず〳〵。たんりよな心をいだしやるな。死《し》はいつたんにしてとげやすし。生《しやう》はばんだいにしてうけがたし。もしもおつ手がかゝるなら。人ざとを尋《たづね》。てらをきゝ。てらが有ルならかけいつて。住持《ぢうじ》によしをかたるなら。出ッ家は（二ウ）五かいをたもつ身の上ェ。其身をかくまいくれる程に。かならず〳〵たんりよな心をいたしやるよ（マヽ）。これなる守《まもり》ぶくろのうちなる。した玉づくりの一チくはんは。いわきのけいづ。これがのふては出ッ世はならぬ程に。かならず人ト手にわたしやるな。きやらだせんの地蔵《じぞう》ぼさつも。かたみにおく（三オ）るほとに。あさゆふ。ずいぶん。しん〴〵しや。またおち人トのならひにて。わらんずをさかさにはき。のほりしあとは。くたりと見せ。くだりしあとは。のぼりと見せるか。落人《おちうと》のならひと有ル。姉もともどもてつどふて。したくをさせんと姉の姫。きやらだせんの地蔵尊《ぢぞうそん》。おしいただいて。守《まもり》ぶく（三ウ）ろへおさめられ。ゑりにもかけさせて。手づからわらんずぬかせられ。さかさにはかせ。つへをひだりの手にもたせ。そんならみやこへおちてたも。これがわかれかおとのわか。姉上様マへおさらばと。一トあしあゆみてふりかへり。二タあしあゆみて見かへりて。ほうがく知れぬ山マ中カ（四オ）を。ふりつむ雪をふみわけて。はる〴〵みやこへおちてゆく。あとにものこるあねのひめ。こらへ〳〵しためなみた。いちどにわつとこへをあげ。そのまゝそこにどうとふし。きへいるばかり御ン歎《なげ》き。＊かゝるなげきのおりからに。つきにはむらくも。花ナにはあらしのたとへあり（四ウ）こうあくふてきの三郎は。ふりつむしらゆきふみわけて。山マ路《じ》をさしてぞとんでくるなんなくとうげになりぬれば。

ずか〳〵とそはへゆき。ゑりすじつかんでひつたて。ヤア女郎《めろう》おのれがねがひにまかせ。わつぱと供に。山じの下しよくに。でず《（マヽ）》余りもと（五オ）りのおそきゆへ。三郎是迄《テ》いで向《コ》ふ。見れば。おのれは。やくめのしばき一《ッ》本《ン》こりもせず。荷なはにすがつて其ほへづら。見れば弟のわつぱが見へぬ。わっぱしめをいかゞいたして候と。とはれてハット姫君は。がな〳〵ふるゑて手をついて。申三郎様弟はさいぜん。（五ウ）あとのとふげでわかれましたが。いまだにこれへはまいりませぬが。もしやおしう様へ。もどりはいたしませぬか。三郎聞てぬかしたりめらう。あとのとふげでわかれても。下しよくのどふぐがこゝに二人前。何《ン》ぼ。此木こり名《ィ》人《ン》でも。から手で下しよくが（六オ）なるものか。おのれがほへなく其涙。もはや弟のわつぱしめを。どちらへかにかして。嬉《うれ》し涙と見てとつた。何《ン》とちがいはあるまい。どふでこゝではぬかすまい。父《ちち》の御前《みまい》でせんぎをする。おれといつしよにうせおれと。やせたる小がいなひつゝかみ。わか家をさして引ずりゆく（六ウ）〔＊やう〳〵涙の顔を上《ケ》。コレ弟《ト》そなたを是よりみやこへおとし。どうして（四ウ）姉《あね》がいきてゐられふと思ふ。じやけんの太夫三郎に。せめころさるゝは。わしやかねてのかくごじやはいのう。コレ弟《ト》それじやによつてたつた今。そなたの手づからついでもらつてのんだ水盃《みづさかづき》ありやまつごの水と思ふて。のんだはい（五オ）のう。コレ弟《ト》今にせめころさるゝ姉《あね》じやぞよ。コレ今生《こんじやう》の暇《いとま》ごひ。ま一度《ど》こちらふりむいて。顔見せてたもつし王と。見おくり〳〵のび上《カ》り。身もうく斗《リ》の御《ン》なげき。かゝるあはれのおりからに。月にむらくも。はなにあらしのかたき（五ウ）やく。ごうあくふてきの三郎は兄弟もどりのおそいのは。合点《がてん》の行《カ》ぬ事なると。ゆきのふるをもいとひなく。尻《しり》ひつからげ。わがやを出ていつさんに。山ぢをさしてぞとんで行。三のせきやも打すぎて。山はまわかれがつぢこへて（六オ）なゝつまがりや八《や》とうげの。いなゝくこまのくつかけや。千ぼんまつ山ふりつむしらゆきふみわけて。とうげをさしてぞ。とんでゆく。なんなくとうげになりぬれば。ひめがなげきを見るよりも。づか〳〵とそばに（六ウ）よりヤイめらう。おのれが願《ねが》ひに任《まか》せ。わつぱと。ともに山ぢの下《げ》しよくに出す所。あまりもどりのおそきゆへ。合点《がてん》ゆかぬと三郎これまで出むかふ。見ればおのれ。やくめのしばきもこらず。めそ〳〵ほないてけつかる。（七オ）見ればおとのわつぱか見へぬ。わつぱしめはいかゞひろいだ。めらうめと。とひつめられてひめぎみは。わな〳〵ふるへ手をつかへ。申《シ》三郎さま。弟《ト》はさいぜんみちすがら。あねといつしよに山ぢへのぼるはいやじや。はづかしいと申《シ》まし（七ウ）て。あとのとうげでわかれましたが。いまだこれへは見へませぬ。もしおしうさまへもどりはいたしませぬか。だまれめらう。あとのとうげでわかれても。下しよくのだうぐと。かまになはが二人《り》まへ。おのれがほなく其なみだ。（八オ）もはや弟《ト》のわつぱをどちらへかにがし。うれしなみだと見て取《ッ》た。何《ン》とちげいはあるまへ。どうでこゝではほざくまい。父《ちち》の御前《みまへ》でせんぎする。サアこいうせうと姫君《ひめぎみ》の。やせたる小がいなわしづかみ。とあるとうげのかたよりも。わがやをさして引《キ》ずりゆく（八ウ）〕

薩摩千賀太夫　桝太夫　京屋蝶二
薩摩若太夫　谷太夫　三　京屋粂八　横山町二丁目
薩摩浜太夫　竹太夫　弦　京屋松二　版元　和泉屋永吉
君太夫　京屋忠二

せつきやうさいもん

安寿姫《あんじゆひめ》　三荘太夫《さんせうたゆう》

二十二　炮熬罪科段《ほうろくざいくはのだん》　上

（一オ）

ほうろくざいくはのだん　若太夫直伝

さればにやこれはまた。なんなく我《カ》家になりぬれば。まづひめ君《ミ》をひろにはへどつかと引《キ》すへ。一《ト》間にむかい。申父上《ヱ》様《マ》とよぶこへに。さんしやうたゆふしづ〳〵と立《チ》出《テ》。いつも〳〵ぎやうさんなる三郎がよびごへ。見れば女郎めをつれ（一ウ）来《タ》り何ニ事なる。イヤなに事どころじやござりませぬ，女郎めがもはや。弟のわつはしめをやたいとうげからどちらへか。にがしましてござります。それゆへ引《キ》ずりまいつて候が。此義はいかゞはからいませうな。たゆうは聞《イ》て其義にあらば。三郎おぬしが力《ラ》まかせに。うつて〳〵うちす（二オ）へて。わつぱがゆくへをはくぜうさせよ。ハハこゝろへまして候と。有《リ》おふしの竹《ケ》五六《ツ》ほん。何《ン》のいといもあらなはで元《ト》からうら迄《テ》きりりとまき付《ケ》て。ところ〴〵にいぼいわい。水《ツ》にひたして持《チ》来り。サア〳〵女郎め。わつぱがゆくへをまつすぐにぬかせ〳〵といふまゝに。せなかには（二ウ）たてよこ十もんじ。りゆう〳〵はつしと打なやす。あらいたわしのひめ君は。うたる、しないのしたよりも。さもくるしげのこへをあげ。これ〳〵もふし三郎様。しつてさいだにおるならば。かほどのうきめを見んよりも。なにしにゆくへを包ませう。おゆるしなされて下さりませ。三郎聞て（三オ）だまれ女郎。しつてさいだに有ならば。かほどのうきめを見んよりも。なにしにゆくへを包ませう。しらぬ事はぜひがねへ。おゆるしなされて下さりませ。コレそんならいゝはとたゝくをやめる三郎ならす。いま一打としないをふりあげれば。たゆふは聞てヤレまて三郎うつなたゝく（三ウ）なやめにしろ。おぬしがせうきは手ぬるい〳〵。なか〳〵其女郎。しないぐらいじやはくぜうはいたすまい。水せめ火ぜめぶり〳〵ごうもん。ごくいのひみつがほうろくざいくはの。てつきうあぶり。ひせめにかけてほざかせよ。心へまして候と。しないをがらりとなげ出し。山がたなを引提《ひつさげ》（四オ）て。せどなる山へととんで行雪にたをみしから竹を。一でうあまりに切つもり。ゑだをはらつて持来り。かのひめ君をゆもし一つはたにに（マヽ）し二本のたけ其上に。あをにねかし両手両そくくゝし付。くはにて雪をかきのけて。大地をやけんにほりあげて。かたずみ四五（四ウ）俵《ひよう》こぐちを切て。ぶちまけて。八《ツ》方《ウ》よりもおきをいれ。大《イ》なるうちはをおつ取《リ》て。おんどりあかつてあおたてる。なにかはもつてたまるべき。ほのふはさかんとおこりける。三郎手ばやくさゆうへ三《ン》尺《じやく》あまりのだいをなし。ほのふの上《ヱ》にひめ君を。てつきうなりになげわたし。サア〳〵女郎め（五オ）わつぱがゆくへをまつすぐに。ぬかせ〳〵と三郎があおきたてゝぞせめければ。あらいたわしのあんじゆひめ。コレ〳〵もふしおしう様。此身は粉《こ》となれはいとなれ。いかなるせめにあへばとて。しらぬ事はぜひがない。三郎様と有《リ》ければ。三郎おゝきにはらを立《チ》。につくき女郎がよまいごとなり（五ウ）

薩摩千賀太夫　桝太夫　京屋蝶二
薩摩若太夫　竹太夫　三　京屋粂七　横山町二丁目
薩摩浜太夫　春太夫　弦　京屋粂吉　和泉屋永吉版
君太夫　京屋忠二

せつきやうさいもん
安寿姫《あんじゆひめ》　三荘太夫《さんしやうたゆふ》

廿二　炮熬罪科乃段《ほうろくざいくは》　下

（一オ）

ほうろくざいくはのだん　若太夫直伝

はくぜうさせいでおくべきかと。またもや。すみを二三ン俵《ひょう》。こぐちを切ッてぶちまけて。おんどりあかつて。あをきたてる。もの、あわれはあんじゆひめ。なにかはもつてたまるべき。今マはそう身のいろかわり。くるしき御ンこへ（一ウ）あげ給へ。コレ〳〵いかに弟よ。じやけんのおや子が手にかゝり。姉はたゞいまさいごなり。あねがうきめの其うちに。いちりもとふくおちてたも。ヱイくるしやのたいがたやと。さけぶこはねもうはがれて。おしむべきには身のさかり。おしまるゝべきはとしのころ。十ゥ六才をいちごとし。かの三郎（二オ）が手にかゝり。いつくはのけふりときへ給ふ。三郎それと見るよりも。申父上ェ様マ女郎めもはやこねましてござります。たゆふは聞ィて。ナニ三郎女郎めがこねた。なさけない事いたしたと。大ゥごへあげてなげかるゝ。三郎きいてこれはしたり。父上様。女郎のいつひきや二疋。せめころして（二ウ）あればとて。大ゥごへあけておなきなさる。ひごろのお心とは。そういいたす。父上様此義はいかに候と。たゆふは聞ィて。なみだをはらい。ばかをいふな。三郎おりや其女郎めがくたばつたがかなしくてなくのでない。きよねんのくれに。兄弟《けうだい》のやつらを。みやざきが元ゟ（三オ）十七くはんで買《かい》取リ。けふが日迄テ十七もんが仕《し》事もせぬに。わつはは山マからにげる。あねをば。てめへがせめころす。どふやらかうやら。十七貫ンをぼうにふつた。これがなかずにいらりやうか。ヤレかなしやとたゆふ殿。おゝぐちあいて。なげかるゝ。三郎聞ィてなるほど。父上様のお歎《なげ》き。御もつと（三ウ）もでござります。さりながら。なげいたとてかへらぬこと。女郎がなきからはいかゞいたしませうな。イヤまて三郎のべのおくりをするならば。投込《なげこみ》にやつても。にしゆや。五百はかゝる。ほんの夫レがいれぶつじとやらでよけいな仕《し》事。きやうは正月十六日。地ごくのかまのふたもあく（四オ）といふて。世間ンでは手のうち。くはんじんを出タすと言ゥ。たゆふ廣宗《ひろむね》うまれついて。じひ善言《ぜんごん》きついきらい。せどのたかやぶへ打チ捨て。やせたるいぬのはらをこやしてやるならば。さい日チの功《く》どくであらう。うらのたかやぶへ捨てしまへ。心へましたと三郎が。かのひめ君のなきからを。（四ウ）かまいのやぶへ打チ捨て。父のみまいへかけもどり。申父上様。おふせにまかせ。女郎がなきからはかまいのやぶへ打捨ましたが。これからおつ手にかゝつて。わつぱしめをひつとらへてまいらん。此義はいかに候。たゆふはなゝめによろこんで。なる程おつてにかゝらんと。太郎次郎四郎五郎みな〳〵（五オ）子供等《ともら》おつての用意《よふゐ》をつかまつれと。父の仰にぜひもなく。太郎。次郎も其時に。おつ手の用いをいたしける。四郎。五郎。三郎は悦《よろこ》びいさんで仕《し》たくをす。三せうたゆふ。六尺ぼうをつへとなし。雪のふるおもいといなく。子供等《ともら》来タれとおや子六人ン打チ連《つれ》て。由良《ゆら》が湊《みなと》を立チ出て山路《じ》をさしておつ欠行《かけゆく》（五ウ）

薩摩千賀太夫　桝太夫　京屋長二
薩摩若太夫　春太夫　三　京屋松五郎　横山町二丁目
薩摩浜太夫　三保太夫　弦　京屋粂七　和泉屋永吉版
君太夫　京屋忠二

三しやうたいふ

対王丸《つしわうまる》　国分寺段《こくぶんじのだん》

廿三　せつきやうさいもん　上

（一オ）

国ふん寺のたん

若太夫直伝

さればにやこれは又。のぼる山路《じ》の道のべに。わかれが辻《つじ》をはやすぎて。七つまがりやとうげのいなゝくこまのくつかけや。千本まつ山六人ンか。わつぱ〳〵とよばわつてとうげをさしてのぼりゆく。なかにも三ン男《なん》三郎ひろはるは。あんまりかけて何ニか木（一ウ）の根にけつまづいて。おゝきになまづめけはなして。おゝいたい。いたいにきをとられ。わつぱをがらりと打チわすれ。かつぱ〳〵とよばわりゆく。谺《こだま》にひゞく山びこの。はるかのふもとで。若君《わかぎみ》は其こいほのかにみゝにとめ。はつとばかりにおどろいて。アレ〳〵聞コゑる人ごいはまさしくおつてのものならん。とらへられては一チ大事いかゞはせんと（二オ）思ひしが。ハツアそれ〳〵姉《あね》上ェのおしゑに任《まかせ》つゝ人ざとを尋。てらを聞《きゝ》寺があるならかけいつて。此身をかくまいもらわんと。ふりつむしらゆきふみわけて。ふもとをさしていそがるゝ。かゝるむかうのかたよりも。はくはつたりしらうじんが。わづかのしば木をせおわれて。はとうの杖に身をもたれ。とうげをさしてのぼ（二ウ）りくる。わかぎみそれと見るよりも。ものとはばやとはしりゆき。イヤおまちぐ《（マヽ）》たされ御らうしん。此行クさきにてらは御ざりませぬか。らうじんこたへて。有ル共〳〵此行クさきに。わたりが崎《さき》ごうの村といふに。貧寺《ひんじ》なれ共国分ン寺といふて。一ッか寺有リ其国分寺へ是より七八丁といゝ捨て。とうげをさしてのぼりける。わかぎ（三オ）みそれと聞よりも。さあらば其寺をたづねんと。とある山路《じ》を足シばやに。わたりが崎へといそがるゝ。夫レは扨置《さておき》こゝにまた。わたりが崎はこうの村。かの国ク分寺のひじり殿。ほんどうのゑんさきへ。立出てにはのけしきをたゞつくん〳〵と打チながめ。世の中のたとへのとふり。びんぼう人のにるかゆはめしになるとは。ハテよふいうた（三ウ）ものじやぐそうも。去年ンのくれから此さい日斗リはかきいれにして。いて。けさもはた天ンがいのやりくりくめん。ゑんま様へはかづの供物《くもつ》をそなへ。さんけいの人をまつに。おりわるい此大ゥゆき。さんけい迚テはたゞの一人《り》もこづこれでは愚僧《ぐそう》もおゝきにくはんぜうがちかい。いかゞいたしてよからうぞと。小くびかたげていたりしが。かゝる所へ若君は（四オ）よふ〳〵尋きたりしが。大イもんさきを見るよりも。これが教《おしへ》の国分《こくぶん》寺。さあらばかくまいもらわんと。としはの行ぬあどなさは。杖笠《つえかさ》わらんず大もんさきへぬぎ捨て。其身は寺へとんでいり。ひしりのそばへはしり行。これ〳〵もふしひしり様。跡より追手《おつて》のかゝるもの。何ニとぞ衣のお情に。此身をかくまい給はれい。おひしり様と有リければ（四ウ）ひじりは聞てきもをつぶし。人を介《たすけ》るは出家のやく。ずいぶんかくもふてやりませうが。当寺《し》はいたつて貧寺じや。それ其様にどこもかしこも。ぶつこはれて。屋根なぞもめくれしだい。あばらすどうの国分寺。ひるねてそらが見ゆるなり。どこでもかくす所がなひ。思ひ付たるひじり殿。寺だい〳〵つたわりし経もん（五オ）

つゞらを取出し。なかなる経もんぶちまけて。きうくつながらしばしの間。是へといふてかのわかぎみをしのばせて。たてなはよこなはぢうもんじしつとからげ。はしごをいつきよくもちきたり。きやくでんの。にめんたるきへかけられて。つゞらをせおいひじり殿。とつかははしごをのぼられて。たる木にしつかとくゝしつけ。おり（五ウ）てはしごをかた付て。大もん小もんをしめられてまづ。本堂へたちかゑり。御本尊《そん》のみまいへざし給い。いらたか珠数《じゆず》をおしもんで。こいたからかにひじりどの。まからはんにやはらみたしんぎやう。くはんぜおんぼさつと。御きようよんでいたりしが。太夫おや子の六人ははちだいとうげのかたよりも。わつぱかつぱとよばわつて（六オ）わたりが崎へとおつかける。わたりが崎はごうの村。かの国分寺の大もんさきをとふりすぎんとなしけるが。三男三郎立とまり。アヽおまちあそばせ父上様モウさきへゆくにはおよびませぬ。わつはがゆくへがしれまして御ざります。たゆふは聞て。シテまた三郎わつはしめはどこにけつかる。アレ御らんあそばせ。国分寺の大もんさきに（六ウ）

廿三　せつきやうさいもん　下

対王丸《つしわうまる》　国分寺段《こくぶんじのたん》

三しやうたいふ

薩摩千賀太夫　枡太夫　京屋長二
薩摩若太夫　箴太夫　三　京屋粂八
薩摩浜太夫　三保太夫　弦　京屋松五郎
君太夫　京屋忠二

横山町二丁目
和泉屋永吉版

（一オ）

国分寺のたん　若太夫直伝

わが家のめしるしついたる小わらずがぬき捨て有ル。ことにけふは正月十六日大ィさい日。たとへばゆきがふれば迚《とて》。だんぽうからゑんままいり。はかまいりもこようのに。日頃いけよくのふかい。アノ国分寺のづくにう。夫《それ》に大もん小もんをしめおくは。とう寺にわつぱがかくれている（一ウ）と覚へたり。ナント父上様此義はいかに。なる程三郎どうでもかゝりむすこはおぬしにきまつた。じよさいのないところにきのつくやつ。そんなら此寺をせんぎいたさんと。おや子六人夫レよりも。かの国分寺の大ィもんをすととん〳〵とぞ打たゝく。ひじりはハツトおとろいて。ソリヤこそ追手がきたぞかし。なんでもこんなときはそらつん（二オ）ぼうがよからうと。なをしもじゆずをおしもんで。こいたからかにひじり殿。まからはんにやはらみたしんぎよう。くはんぜへおんぼうさつと。御経《けう》よんでいたりしが。おやこはおふきにはらをたち。につくきひじりがそらつんぼう。たゝきやぶれといゝまゝに。すでにこうよとなしければ。ひじりはおゝきにおどろいて。こんりうなしてアノ大もんまる（二ウ）一年もたゝざるに打こはされてなるものか。ドリヤ〳〵とかめてかいさんと。こは〳〵ながらほんどうより。大もんまぢかくいできたり。もんのすきまからそつとのぞいて見て。アヽしれましたわい。さいぜんから此大もんさきをすととんとん〳〵。とんがらしなぞと。たゝかつしやるはたれかと思へばほんに。愚そうじやなけれ共。ひじりとからい。三せうだゆふおや（マヽ）のかた〴〵（三オ）何の御よふとやらかせば。三郎聞て。イヤわれ〳〵おやこ是へきたるは別義にあらず。とう寺にわつはがかくまい有であらう。ハヤとく其わつはを出してわたされよ。ひじりはハツト思へ共さわらぬていにて。其よふなものをかくまいなぞいたしたおぼへけつして御ざらぬが。シテ又なんぞたしかなせうこでもあつての事で（三ウ）御さるかな。ヤアだまれおひじり我〳〵おやこ六人はちだいとうげのしらゆきを。ふみわけし足あと。しとうてきて見れば。此大もんさきにわがいへのめ印《じるし》付たる小わらんずがぬぎ捨て有ル是かたしかなせうこだ。ひじりは聞て。スリヤ此大もんさきにめ印の付たる。小わらんずぬき捨て有ゆへ夫がたしかなせうこじやといはしやるのか。またしや（四オ）れやにた事もあればあるもの。それ〳〵去年のはるのことであつたが。此大もんさきに。馬のくつのこあたらしいのが。かたかたおちていたら。はる〴〵と上州の方から。はくらうたちが五六人。馬はこぬかとたづねてきた。こんなことのまちがいが。けうこう国分寺の大もんさきへ。馬のくつや。小わらんず捨べからずと。札でもたてず（四ウ）ばなりますまい三郎殿と有ければ。たゆふをはじめ三郎おゝきにはらをたち。につくきひじりがそらことぞ。此もんあけざるものならば。たゝきやぶれといふまゝに。すでにこうよとなしければ。さしものひじりも。もてあましぜひなく大もんあけければ。六人どか〳〵みだれいり。手ばやく三郎おひじりの。ゑりすぢつかんでひつたて（五オ）てまづほんどうへつれきたり。とつかと引すへ。ヤイおひじりはやくわつぱをたせばよし。たつてしらぬとちんずるなら。ひつくゝして。ゆらがみなとへつれ行て。うきめを見せてもわつはをださせにやおかぬ。サアひつくゝしてゆらがみなとへつれよふか。たゞしはわつぱをだしてわたすのか。二つに一つのへんとうは。なんと〳〵と有ければ（五ウ）ひじりはすこしもおどろかず。おろかのことの三郎殿。たとへ此身になはうたれ。いかなるうきめにあへば迚。しらざるわつはかださりやうか。三郎殿と有ければ。三郎聞てスリヤなんといはるゝ。たとへ此身になはうたれいかなるうきめにあへばとて。しらざるわつはがだされぬ。そんならいゝはといふて。ゆらがみなとへ立かいるおやこに（六オ）あらず。此うへはとう寺を家さがしいたすが此義はいかに。ひじりは聞て心の内に思ふには。たとへ家さがしをいたす共。よもや。にめんたる木につるし有かはごに気はつくまいと心へ。此うへは家さがしなりと。なに成と御かつてしだい。そんなら家さがしいたさんと。おやこ六人手わけをして。てら家さがしをぞはじめける。（六ウ）

薩摩千賀太夫　桝太夫　京屋長二
薩摩若太夫　春太夫　三　京屋松五郎　横山町二丁目
薩摩浜太夫　三保太夫　弦　京屋粂七　和泉屋永吉版
君太夫　京屋三亀

せつきやうさいもん
対王丸《つしわうまる》　三庄太夫《さんしやうたゆう》

廿四　寺譏段《てらさがしのだん》

（一オ）

寺さがしのだん　若太夫直伝

さればにやこれはまた。なかにも三郎ひろはるは。まづほんとうの御ほん尊様のゆんでめで。あなたこなたとさがせ共。さらにわつはの見へざれは。サテ〳〵ふしぎのわつはしめと。だいどこさしてとんで行。はやだいとこに成ぬれば。大黒ばしらのまんなかに。おゝきなふしあなを（一ウ）めつけだし。此ふしあなが。がてんゆかぬといふまゝに。人さしゆびとなかゆびを。二ほんつこみかきまはす。はい取リぐもめがにろつとでる。おのれにやようはござないと。さて夫よりもだいどこのはこと名がつきや何ニならん。わんばこぜんばこはしばこほくち箱。ねづみいらずの引キだしや。めしびつ迄もかきまはし。残る（二オ）かたなくたづぬれど。さらに有リかもしれざれば。ぢぞうどうへとみだれ行。ぢぞうどうになりぬれば。こくらい所に石のぢぞう笠をかぶつて立ている。三郎わつはと心へて。しつかととらへて見あれば。石のぢぞうか一ッぱいくつたとはらをたち。にぎりこぶしをふりあげて。ぢぞうのあたまをはりたをす其時（二ウ）ぢぞうのもふすには。コレ〳〵もふし三郎様。わたしはしん迄いしだから。いくらくらあされてもいたくない。お手はいたみはいたさぬかと。いわれて三郎あきれはて。世の中ヵのたとへにもぢぞうのかほもさんどなでればはらをたつといふのに。にぎりこぶしをふり上て。二ッ三ッくらはしても。はらもたゝざるばかぢぞう。おのれによふはござないと。ぢぞう（三オ）どうを立チいでゝ。ゑんまどうをたづねられ。しゆらうどうへととんで行ク。しゆらうどうになりぬれば。のきの下タにおゝきな。くまんばちのすをめつけだし。なんでもこいつは。わつぱがあたまとこゝろて（マヽ）。はかばそうぢのたけぼうきを尋《たづね》いだして持チきり［ママ］。やたらに下タからつゝけばはちはおゝきにはらをたち。皆ナ一チどうにとんでゝ三郎め（三ウ）かけてさゝんとす。さゝれちやならぬとにげいだす。はちはしきりにおいきたる。いかゞはしけん三郎は。あをのけさまにすべつてころぶと見へけるが。なかにも一トつのくまんばちかの三郎がうちまたへ。はいると見へたるが。おきん玉なぞちよいとさす。さゝれて其時三郎は。いたい共いはず。かいゝ共いはずたゞべそ〳〵とないている。三（四オ）しやうだゆふはかけきたり。ヤイ三郎おぬしははちにおきんたまをさゝれたな。はちにさゝれたにははくそがくすりといふまゝに。六十ねんらいためたるはくそをしこたまとつてつけてやる。やれ〳〵おそろしやどくちう見ているうちにおぬしがおきんたまがはちふくべのようにはれあがつた。（四ウ）そのよふにきんたまがでつかくなつては。もふゆらがみなとへはもどられまい。さりながらきんたまのでつかくなつたも。もつけてうほう。おゝかたことしのくれあたりは。ごゐのたまさきしんでんのほうから。百両の持《じ》さんで三郎を。きんたまのそみのよめがくる。てめへもよろこべと。いへ（五オ）はそのとき三郎は。ア、これはしたりちゝうへ。ぢぐちどころじや御ざりませぬ。ひり〳〵ひりついてこたへられませぬ。まだたづねのこしたはあれほんどうのゑんの下。たゆふは聞てなるほど。ぢよさいのない所にきのつくやつ。ゑんの下へおれがはいつて。わつばしめをたづねださんと。たゆふ殿。ど（五ウ）このくににおびとく〳〵と。ゑつ中のどしふん一トつのまるはだかで。いぬのもぐつた。あなよりも。むりむたいにもぐりこめば。あとから三郎おなじくはだかでもぐりこむ。おやももぐれば子ももぐるとは此ときはしめて。うたいだす。あなたこなたへはいまはれど。さらにわつぱも見へざれば。くものすだらけなあたまにて。（六オ）元トのあなからはいいだす。ひじりは夫レと見るよりも。ちやを五つ六つぼんにのせて。持末り。当寺はいたつて貧ゆへ去年ンのくれにはろく〳〵すゝはきもいたさぬに。はつはるそう〳〵ゆらの湊《みなと》から。おやこ六人にて。すゝはきの。手伝《つたい》そしてマアゑんの下迄のそうじ。おゝきにおせはお茶でもあがれとさしいだす。三郎は盆《ぼん》も茶わんもなげいだし。（六ウ）

薩摩千賀太夫　桝太夫　京屋沢吉
薩摩若太夫　谷太夫　三　京屋蝶二
竹太夫　弦　京屋粂七
薩摩浜太夫　君太夫　京屋粂八

横山町二丁目
和泉屋永吉版

せつきやうさいもん
安寿姫《あんじゆひめ》　三荘太夫《さんしやうたゆう》
対王丸《つしわうまる》

廿五　聖誓文神《ひぢりせいもんかみ》おろしの段　上

（一オ）

神おろしのたん　若太夫直伝

さればにやこれはまた。われ〳〵親子六人《ン》残《のこ》るとこなく。寺家《てらや》さがしをなす。わつぱが有《リ》家《か》がしれぬ。当寺は元《ト》より真言宗《んごんしう》。ひみつの法をもつて。わつぱしめをむね三《ン》寸《ン》が其うちに。かくまいおくとおぼへたり。誠かくまはざるもの（一ウ）ならば。家（マヽ）〳〵おや子が目とふりにて。だいせいもんをたてられよと。いわれてハット聖殿《ひじり》。心のうちにおぼすには。げんざいかくまいおきながら。大《イ》せいもんをたてるなら。もうかうかいをやぶるなり。さはさりながらあの若《わか》を。むざんといだしてわたすなら。せつしようかいをやぶる（二オ）なり。いかがはせんと。とつおいつ。しばらく御《ご》しあんなされしが。心につく〳〵思ふには。三しやうたゆふおや子のもの共は。由良《ゆら》がみなとでそだちしまゝのわがまゝ物。大《イ》せいもんをたてよと。申《シ》たとて。よもや大《イ》誓文のいくたてはしるまい。さあらばそらせいもんをたて。此ばをあざ（二ウ）〔むき。由良がみなとへかゑさんと。おもてを上いかにも。大誓文をたてませう。それにててうもんあれよと。ちりをむずんで（マヽ）身を清め。御本尊みまいへさし給ひ。いらたかしゆずをおしもんでこへたからかにひちり殿。そも〳〵愚僧と申るは。元此国のものならず。たんし（三オ）うはひがみの郡。安部の善司が惣領なり。ようせうにて。父母におくれ。父母けうようの其為に。とし七才にて出家をし。はりまの国はしよしや山にわけのぼり。数のおんけうくんどくす。其けう〳〵のばつとうをこうむる共。わつぱにおいてはしらざりしと。（三ウ）〕そら誓文《せいもん》をたてらるゝ。三郎聞て打わらいほんのそれはだんなたましの。ときくらいせいもん。此三郎其ようなせいもんは聞たくない。誠のせいもんと申るは。大日本六十余州《しう》大小のじんぎ。神おろしが聞たい。サア誠のせいもんをたてるか。わつはをいだしてわたす（四オ）のか。たゞしはひつくゝして。由良《ゆら》がみなとへつれようか。三つに一つのへんとうはなんと〳〵とありけれは。ひぢりは直しもおどろいて。いまたてたりしせいもんさへ。よにもものうく思ひしに。大誓文をたる（マヽ）なら。もうこうかいをやふるなり。さはさりながらあのわかを。むざんと出して（四ウ）わたすなら。せつしようかいをやぶるなり。もうこうかいもやぶられぬ。せつしようかいもやぶられぬ。いかゞはせんと。とつおいつ。しばらく御思案《ごしあん》なされしが。心につく〴〵思ふには。それ〳〵そのいにしへ。ひゑい山《ン》ほつしよう坊《ぼう》は。らいしづめのために。みかどへめされ。しゝいでんにて。（五オ）ほつしよう坊。兼《かね》てかんしよう〳〵のたゝりとしろしめさるゝゆへ。らいしづめのていにもてなし。心のうちにて。時平《しへい》が一《チ》ぞくをてうぶく有《リ》しと有《ル》。ほつしよう坊さへ。しんよりおこつてもうこうかいをやぶらせ給ふ。これを思へば我《レ》大誓文をたてる共。人《ン》間《けん》一《チ》人《ン》たすけるなら（五ウ）

薩摩千賀太夫　桝太夫　京屋沢吉
薩摩若太夫　谷太夫　三　京屋蝶二　横山町二丁目
薩摩浜太夫　竹太夫　弦　京屋粂七　和泉屋永吉版
君太夫　京屋粂八

せつきやうさいもん
安寿姫《あんじゆひめ》　三荘太夫《さんしやうたゆう》
対王丸《つしわうまる》

廿五　聖誓文神《ひぢりせいもんかみ》おろしの段　下

（一オ）

神おろしのたん　　若太夫直伝

もうこうにて。もうこうにあらず。さあらば大せいもんをたてんと。思ひさだめ。おもてをあげ。ぜひにおよばぬ三郎殿。大せいもんをたてませう。しばらくゆふよあれよと。いゝつゝゆどのさがられて。身をせう〴〵にきよめら（一ウ）れ。ころもの袖《テ》を玉だすき。はや本《ン》どうへ立出《テ》て。まづ御本《ン》尊《そん》へみあかしてんじ。こうをくみ。さてそれよりもごまだん上《ウ》へ直られて。大《イ》なるしやくぜうふりたてゝ。こへたからかに。そも〳〵かみはほんでん。しもがたいしやく。しみづ四大の天王にて。ゑんまほう王。五どうめう（二オ）かん。げかいが地《ち》までもあきらに。てらさせたもふはいせの国。わたらいの郡《こほり》山《マ》田の里《ト》にちんざします。ひよみが天《ン》照大神宮なり。百二十まつしやのおかみに。いづれにおろかはあらね共。なかにもたつとき御《ン》がみは。あめのみやには。かせのみや。つきよみ（二ウ）ひよみの御《ン》尊《みこと》。あまのいわとが。こんたい両部。大《イ》日《チ》によらい。あさまがたけには。福一《チ》満《まん》こくうぞう。一《チ》のみやにはつばきのみやう神。きいの国には日の前《イ》明神。しまの国には。いさはのめうじん。河内《かはち》に。平岡《ひらおか》大明神。いづみに大《ウ》鳥《リ》だいめうじん。摂津《せっつ》にすみよし（三オ）大明神。山《マ》しろの国《ニ》かもが下。上の大明神。みのになんぐん大めうじん。あふみにたてべ大明神。おわりにあつたの大めうじん。三かはの国にとがの明神。とふ〳〵みにはことまち明神。するがにせんげん大明神。大《イ》日《ッ》本《ン》は六十六国《ニ》の御《ン》神をのこらず。おろし奉らば。なか〳〵き（三ウ）うにははてやらず。あまたの神《ミ》のまん所《ところ》。いつもの国の大《ウ》社《やしろ》。そうじて神《ミ》の御《ン》かづが。九万八千七《チ》社《しや》なり。仏《ほとけ》のかつが一《チ》万三千余仏《よふつ》なり。しんばつ仏《ふつ》ばつ。こうむる共。わつはにおいてはしらざりしと。大誓文をそたてらるゝ。太郎。次郎。の兄弟は。申《シ》父上様。お聖殿《ひぢり》があのように。大誓文（四オ）をたてらるゝ上《ヱ》は。もはや由良《ゆら》が湊《みなと》へおかへり。なされてはいかゞに候。太夫は聞《イ》て。なる程そち達《たち》がいふとふり。もはや湊へもどらんと。親子六人まづ本《ン》とうを立《チ》あがり。くりきやく殿《ン》にさしかゝる。ごうあくふてきの三郎が。二面《めん》たるきのつゝらを見付《ケ》。かてんの行《カ》ぬあのかはご。引《キ》ずりおろしてみま（四ウ）せうと。はしごをいつきよく持《チ》来り。二面たるきにかけられて。すでにこうよと見へけるが。ひぢりはハツトおどろいて。其まゝそこへかけ来り。三郎足《あし》に取リすがり。あれは寺《ラ》だい〳〵つたわる。ふるきけうもんでござる。あのまゝおいて下《タ》されと。とめれば。はつたとけとばして。から〳〵と欠上《かけ》《カ》り山《マ》刀《かたな》（五オ）をぬきはなし。切《リ》落《おと》さんとふり上《ケ》れば。あゝらふしぎの次第也。つゞらのうちより。こんぢきの光《ひかり》をはつすと見へけるが。かの三郎が両《りやう》がんに。きり吹《ふき》かゝり。めもくらみ。まつさかさまにおつこちて。おゝきにおけつをうたれける。親子は皆〳〵。驚《おどろ》ひて。彼《かの》三郎を介抱《かいほう》し。と有《ル》御寺《みてら》を打《チ》連て。ゆらの湊へもどりける（五ウ）

薩摩千賀太夫　桝太夫
薩摩若太夫　伊久太夫
薩摩浜太夫　竹太夫
　　　　　　君太夫

三弦　京屋蝶二　京屋粂八　京屋粂七　京屋粂吉

横山町二丁目
和泉屋永吉版

せつきやうさいもん

対王丸《つしわうまる》　三荘太夫《さんしやうたゆう》

廿六　ひぢり道行《みちゆき》の段　上

（一オ）

若太夫直伝

ひぢり
つし王　道行《みちゆき》のだん

さればにやこれはまた。跡《あと》にも残《のこ》るひぢり殿つゞらを。おろしからげしなはをときほぐし。たびのわかよとありければ。わかぎみ其儘《まゝ》立チ出て。命《いのち》のおやのひぢりさま。いかい御《ご》くらうかけました。御《ご》おんはわすれはいたさぬと。両手《りやうて》を（一ウ）ついてのたまへば。ひぢりはきいて。今マ太夫親子《おやこ》。わがせいもんにおそれをなし。ゆらがみなとへたちかへらんとなすときに。ごうあくふてきの三郎。つゞらを見つけ。はしごをもちきたり。かけ上カらんとするゆへ。われあしにすがつて。とめるに。われをけとばしかけあがり。山がたなをぬき（二オ）はなし。きりおとさんとなしければ。ふしぎやつゞらの内より。ひかりをはなすと見へけるが。かの三郎が両眼《りやうがん》にきりふきかゝり。まつさかさまにおち。おそれをなしておや子。ゆらがみなとへもどりしが。そなたはなんぞ有リがたき。まもりにてもしよぢなせしや。何《なに》をかくしませう。有リがたきまもりと（二ウ）申シまするハ。是《これ》なる地蔵《ぢぞう》そんにて候と。まもりぶくろの。中より地蔵《ぢぞう》ぼさつをとり出タし。御覧《ごらん》あそばせとさし出タす。ひぢりとつて。おしひらき。こりやこれまさしく。きやらだせんの地蔵尊《ぢぞうそん》。さすれば此ぢぞうそんの。御《ご》りやくにて有リけるや。はゝア。有リがたやたふとや。此上ェ共に此地蔵尊《ぢぞうそん》は。（三オ）ずいぶんあさゆふ。しん〴〵あれ。シテまづさいぜんより見れば見るほど。いやしからざる身の。おいたち。何国《いづく》のものにて。いかなるしさいの候て。あとよりおつてがかゝり。当寺《とうじ》へはかけこまれし。さだめしこれにはしさいぞ。あらんつゝまずかくさず。かたられよと。とはれて其ときわかぎみは。しゞうの（三ウ）の（マヽ）やうす物がたり。おうしう五十四ぐんのあるじ。岩木《いわき》のはんぐはんまさうぢの一ッ子つし王丸ありとしと。申スものにて候と。きくよりひぢりはおどろいて。かのわかぎみの御ン手をとつて。上座《ざ》にうやまひひぢりどの。しばらくうやまひ居《ゐ》たりしが。やゝ。あつておもてをあげ。さては（四オ）さやうにましますや。誠《まこと》に世《よ》のせいすいとは申シながら。太夫ごときひつぷ下《げ》らうの手にわたり。なれもならはぬげすのわざ。さぞ御無念《ごむねん》にましまさん。さりながら。三荘《しやう》太夫おや子のものどもは。一チ門ンひろき者に候へば。当寺《とうじ》にながゐを遊《あそ》ばすなら。ふたゝび夜《よ》（四ウ）あけて。おつての来《きた》るは治定《ぢぢやう》。迚《とて》もの事に。愚僧《ぐそう》あなた様を。夜にまぎれ。都《みやこ》のかた迄おくり出してまいらせん。なれ共。人トめをしのぶ旅《たび》のそら。御《ご》きうくつにはござりませうが。やはり是《これ》なるかはごへと。いぜんのつゞらへ忍《しの》ばせて。たてなは横《よこ》なは十もんじ。れんじやく付ケてひぢりどの。（五オ）旅《たび》の用意《やうゐ》をなし給ひ。連《れん》じやくとつてかたにかけ。まだ夜《よ》をこめてひぢり殿《どの》。御寺《みてら》を出てはる〴〵と。都《みやこ》をさしていそがるゝ。ゆくも山みちもどるのも。また行クさきも山の中。ゆくのきとは是《これ》とかや。いそげは程《ほど》なく今ははや。夜はほの〴〵と明《あけ》ければ。ひぢりは。かたへにつゞらを。おろ（五ウ）されて。たてなは横《よこ》なは解《とき》ほぐし若《わか》ぎみをいだし。嘸御《さぞご》きうくつでござりましたろう。御寺《みてら》を出てはるかの道《みち》へだてまして候へば。もはやおつての気遣《きづか》いはござりませぬ。ちとこれよりあなた様もおひろい遊《あそ》ばせ。アレ四方《よも》山々《やま〳〵》の雪《ゆき》げしきを御《ご》らんあそばせ。はるか向《むこ》ふに見ゑまするは。（六オ）其いにしへ頼光朝臣《らいくわうあそん》。つな。きんとき。すへたけ。定光《さだみつ》。保昌《ほうしやう》。五人ンの臣《しん》を召連《めしつれ》。たいぢられたるしゆてんどうじが住家《すみか》千ン丈《でう》がたけ。おにがでう。こなたへおつるあのたきは。血《ち》しほのたきと申スなり。たが。そとはぎを御《ご》らんぜよわかぎみさまと手をとりて。みやこをさしていそがる丶（六ウ）

せつきやうさいもん
対王丸《つしわうまる》　三荘太夫《さんしやうたゆう》

廿六　ひぢり道行《みちゆき》の段　下

薩摩千賀太夫　桝太夫　京屋蝶二
薩摩若太夫　伊久太夫　三　京屋粂八
薩摩浜太夫　竹太夫　弦　京屋粂七
君太夫　京屋粂吉
横山町二丁目
いづみや永吉板

（一オ）

ひぢり
つし王　道行《みちゆき》のだん　若太夫直伝

たどらせ給へばやう〳〵と。是《これ》も都《みやこ》に隠《かくれ》なき。はや七条《でう》にあらたなる。しゆじやかの社《やしろ》につき給ふ。ひぢりは立休《たちやす》らひ。申シ若君《わかぎみ》様。あなた様は御存知《ごぞんじ》有ルまいが。是《これ》は七条《でう》しゆじやかごんげんと申奉り。人トの行《ゆく》すへ。武運出世《ぶうんしゆつせ》を守らせ給ふ御神《おんかみ》。あなた（一ウ）さまも。此ごんげんをお祈《いのり》なされ。御出世《ごしゆつせ》あつて。しかるべし。愚僧《ぐそう》も又。まそつとあなた様につきそひまして。御ン身の行《ゆく》すへを。見とゞけ度《たう》は候へど。もはやみてらへ戻《もど》らねばならぬ。我《わが》身のうへ。お名残《なごり》おしうは候へど。もはやおわかれ申さんと。きくよりわかぎみおどろいて。たよりのあなたにすてられて。此身は（二オ）なんとなりませう。みてらへもどらせ給ふなら。ともにつれさせたまわれと。ころものそでにとりすがり。きゑいるばかりのおんなげき。ひぢりもあはれと思へども。こ丶ろよはくてかなはじと。せきくるなみだをおしとゞめ。是《これ》はしたりわかぎみ様とした事が。あなたさまを。みてらへ（二ウ）つれてもどりますくらいなら。はる〴〵。これ迄おくりいだしはつかまつらぬ。あなた様。みてらに長居《ながゐ》をあそばしては。御ン身のためにならざるゆへ。はる〴〵これまでおくり出しましてござります。愚僧《ぐそう》おわかれ申シ。みてらへ戻るもべつならず。御寺《みてら》へもどつて有ルならば。（三オ）一チ日チもはやく。御ン身の御出世《ごしゆつせ》あるやうに。七日があいだ。祈祷《きとう》のごまをたいてまいらせん。また。きとうのごまたきおわつて有ルならば。ゆらがみなとへたづね行キ。あねうへあんじゆの姫《ひめ》様に。おんめにか丶りあなた様のおん身のうへ。つ丶がなき事を。かたり。おきかせ申シ。姉上《あねうへ》様に（三ウ）こあんきいたさせまいらせん。いつもわかれはおなじ事。さりながら。愚僧《ぐそう》あなたさまに。又あふまで。せめてはこれをかたみにと。ころものかたそで糸《いと》をぬき。わかぎみさまにわたされて。しからばおわかれもふすべし。さらばにましますおさらばと。こ丶ろつよくもひぢりどの。（四オ）しゆじやかの社をたちのいて。わが古寺《ふるてら》へと戻らる丶。あとにものこるわか君《ぎみ》は。たよりのひぢりに。すてられて。たゞぼうぜんといたりしが。やう〳〵こ丶ろをとりなをし。はつあそれ。なげいたとてせんなき事。さあらばひぢりのおしゑにまかせ。此身のしゆつせをねがはんと。（四ウ）うがい手水《てうず》で身をきよめ。八つのきだはしあがられて。しらせのわにぐち。うちならし。たゞいつしんに手をあはせ。なむういしゆじやか大ごんげん。こいねがわくはく〳〵あはれみありて。それがしを。御代《みよ》にもいださせたびたまゑ。なむういしゆじやかごんげんと。ふかくも（五オ）しゆくぐはんこめけるが。物《もの》のあはれは対王丸《つしわうまる》。露命《ろめい》のたねもあらざれば。めされし一ト重《ゑ》も売《うり》はらひ。ひるはしゆじやかのもんぜんで。やしろもふでの人ト〳〵の。そでやたもとにすがられて。慈悲者《じひしや》がたからこい受《うけ》て。こつじき非《ひ》人ンとなりさがり。むなしくつきひをおくらる丶（五ウ）

薩摩千賀太夫　桝太夫
薩摩若太夫　高太夫
薩摩浜太夫　妻太夫
君太夫
三弦　京屋粂吉　京屋竹二　京屋粂七　京屋長二
横山町二丁目　和泉屋永吉板

せつきやうさいもん
三荘太夫《さんしやうだゆう》
安寿姫《あんしゆひめ》
対王丸《つしわうまる》
廿七　骨拾段《こつひろゐのだん》　上

（一オ）

骨拾《こつひろ》ひの段《だん》　若太夫直伝

さればにや是《これ》は又。程なく御寺《みてら》に成リぬれば。旅《たび》の疲《つかれ》も厭《いとわ》ずし。祈禱《きとう》のごまをたき始《はじめ》。対王君《つしわうぎみ》の御出世《ごしゆつせ》を丹誠《たんせい》こらして祈《いの》らる丶。なんなく七日焚終《たきおはり》。翌《あくる》其日に成リぬれば。ソレ〳〵朱《しゆ》じやかの社《やしろ》にて対王君にお別《わか》れ申ス其時キに。祈禱《きとう》のごま。たき（一ウ）終《おはり》て有ルならば。すぐにゆらが湊《みなと》へいて姉上《あねうへ》安寿《あんじゆ》の姫《ひめ》様に御目にか丶り。あなた様の御身の上ヱ。恙《つゝが》なく都迄おくり出して候と語《かたり》お聞カせ申。御安気《あんき》いたさせ参らせんと。いふて別《わか》れし事も有レば。けふは今からゆらが湊《みなと》へ行キませう。イヤ〳〵めつたに此ま丶ゆらが湊《みなと》へは行カれまい。もしも太夫親子のもの共に。見とがめ（二オ）られて有ルならば。愚僧《ぐそう》をとらへ又〳〵いか成ルなんだいを。申かけんもしれがたしハテよき手段《しゆだん》が有リそふな物。ヲ丶それ〳〵久しぶりにてゆら千間《せんげん》。勧化《くはんげ》がてらに参らんと。俄《にはか》に用意《やうゐ》なし給ひ。げばこをせおひほとけ御めんのあじろがさ。六はらしゆじやうを杖《つゑ》となし。わたりが里《さと》を立チ出て湊《みなと》をさして急《いそが》る丶。野越《のこへ》（二ウ）山越里《こへさと》をこへ。急《いそ》げば漸今《やう〳〵》ははや。ゆらが湊《みなと》に隠《かくれ》れなき。三庄太夫が構《かまい》なる。さんのせきやに成リぬれば。聖《ひぢり》は小影《こかげ》にた丶ずみて。さらいづくに姫君おはすやと。太夫が構《かまい》あなたこなたをうかゞへど。さらに姿《すがた》も見へざるは。さすれば最早《もはや》姫君は浜路《はまぢ》の下職《しよく》に出られしか。いかゞなされて候と（三オ）良《やゝ》しばらくもうかゞへど。さらに姿《すがた》も見へざれば見とがめられぬ其内と。ぜひなくひぢりさんのせきやを立チ退《のい》て。ゆら千げんの家《いえ》〳〵をわたりが里《さと》はごうの村《むら》。国分寺本堂建立《こくぶんじほんどうこんりう》と。光明真言読誦《くわうめうしんごんとくじゆ》なし。勧化《くわんけ》をいたし通らる丶。夫レは扨置キこ丶に又。兼《かね》て国分寺《こくふんじ》のお聖《ひぢり》を（三ウ）きへなす。年《とし》よられし妹脊《いもせ》の者《もの》ぢ丶は山へ出《で》がけの事。アレば丶けふの寒《さむ》さもおいとひなく。国分寺《こくぶんじ》のお聖《ひぢり》様がくはんけにござらしやつた。今に是へござつたなら。何がな茶《ちや》のこなとを進《しん》ぜてよからん。おりや山へいてくると。山路《ぢ》をさして登行《のぼり》ク。程なく来る聖《ひぢり》殿。かどにて御きやう（四オ）読誦《どくじゆ》なす。老女《ろうじよ》は夫レと見るゟも。先《まづ》たくはつを参らせて。是は〳〵お聖《ひぢり》様。けふの寒《さむ》きもお厭《いとひ》なく。ようこそ勧化《くわんけ》にお廻り遊す。嘸《さぞ》かしお寒《さむ》ふござりませう。幸《さいわひ》山茶の出《で》ばなもできました。先〳〵是へと聞イて聖《ひぢり》。そんならじぎなくお茶《ちや》の馳走《ちそう》に成リませうと。げばこをおろしてゐろりのはた。（四ウ）老女《らうじよ》は手早くほたさしくべて。山茶《ちや》の出ばなをくんでだし。何か茶《ちや》のこを出されて。よきに御馳走《ちそう》申ける。聖《ひぢり》は斜《なゝめ》に悦《よろこ》んで四方《よも》山 咄《ばなし》に成リければ。コレ老母《らうぼ》ちとそなたに尋たい事がござる。日外《いつぞや》正月十六日の事であつたが。聞ィて下され。三庄太夫親子六人ン我カ寺へ押込《おしこみ》。わつぱがかけ込《こみ》かくまひ（五オ）有ルで有ラふ。出せといふて種々様々《じゆ〴〵さま〴〵》の難《なん》だいを申かける。元ゟ愚僧《ぐそう》しらぬ事故。しらぬといへど得心《とくしん》せず。寺家《や》さがしをいたし。其上ヱ愚僧《ぐそう》に大誓文《せいもん》を立テさせ。其誓文《せいもん》に恐《おそれ》をなし。親子ゆらが湊《みなと》へ戻《もど》られしが。其わつぱとやらが行ク衛《ゑ》はしれましてござるかな。老女《らうじよ》は聞ィてはら〳〵と涙をこぼし。お聞遊せお聖《ひぢり》様。（五ウ）其わつばが行衛《ゑ》はしれませぬが。夫レに付キまして哀《あわれ》なお咄《はなし》がござります。其わつぱに信夫《しのぶ》と申まして一ト人《り》の姉《あね》がござりましたが。年《とし》は十六夫レは〳〵みめ美《うつく》しき生得《うまれつき》でござりましたが。アノ三郎殿が山路《ぢ》より連戻《つれもど》り。弟《おとゝ》をいづくへ逃《にが》したと。いろ〳〵と責《せめ》ますれど。わつばが行ク衛《ゑ》を白状《はくじやう》いたさぬと申まして。ほうろくの（六オ）罪《ざい》とやら申まする。火《ひ》責にかけて責ころしましてござりますと。聞クゟ聖《ひぢり》驚《おどろ》いてせきくる涙をおしかくし。スリヤ三郎殿其信夫《しのぶ》を火責《ひぜめ》にかけて責殺《せめころ》したや。チヱ、情ない事をいたしてござる。〳〵《シテ》其信夫《しのぶ》が亡骸《なきから》はいづれの寺へのべのおくりをいたしてござるな。おきゝ遊せ。ほうむる事は扨置ィて。構《かまい》のやぶへ打捨《すて》て。（六ウ）とびや烏《からす》。痩《やせ》たる犬《いぬ》のはらをこやしてやるならば。祭日《さいにち》の功徳《くどく》じやと申まして。亡骸《なきから》は構《かまい》のやぶへ打捨《すて》ましたげにござります。あなた様もお出家《しゆつけ》の事なれば。御寺《みてら》へおかへりなされたなら。せめて一ッぺんの御回向《ごゑかう》をなされて遣《つかは(マヽ)》はさりませ。聖《ひぢり》は聞ィてなをしもせきくる涙を呑込《のみこみ》。かへす〴〵もうゐ（七オ）無常《むじやう》の咄《はなし》を聞キました。今は愚僧《ぐそう》も勧化《くはんけ》を止《やめ》て。直《すぐ》に是から寺へ戻《どど》り。ゑんも所縁《ゆかり》もなけれ共。早々《さう〳〵》一ッ遍《ぺん》の回向《ゑかう》をしませう。いつもながら寄リまして。いかい馳走《ちそう》に成リます。ぢゝの戻《もと》られたらよう伝《つた》へて下されと。心そゞろに聖《ひぢり》殿。げばこをせおひ門《かど》にて御経《きやう》そこ〳〵に。ゆらが湊《みなと》を立出て。わたりが里《さと》へと急《いそが》るゝ（七ウ）

薩摩千賀太夫　桝太夫　京屋粂吉
薩摩若太夫　高太夫　三　同　竹二　横山町　一《(マヽ)》丁目
薩摩浜太夫　妻太夫　弦　同　粂七　和泉屋永吉板
君太夫　京屋長二

せつけう祭文
安寿姫《あんじゆひめ》　三荘太夫《さんしやうたゆう》
対王丸《つしわうまる》

廿七　骨拾段《こつひろいのだん》　下

（一オ）

骨《こつ》ひろひのだん　若太夫直伝

かくて御寺《みてら》に成リぬれば。先《まづ》御本尊《ごほんぞん》へ御《み》あかしてんじ香《かう》をくみ。安寿《あんじゆ》の姫《ひめ》の御戒名《ごかいめう》安寿院信夫《あんじゆいんしのぶ》だいし。貞《てい》けん二年ン正月十六日とかきしるし。御本尊御前《みまえ》に直《なを》し暫《しばらく》御回向《ごゑかう》遊《あそば》され。〳〵《ソレ》さい前ン老女《らうじよ》の物語《ものがたり》。亡骸《なきから》は構《かまい》の藪《やぶ》へすてしと有ル。こよい暗《くら》き社《こそ》（一ウ）幸《さいわひ》。ゆらが湊《みなと》へ忍《しの》び行キ。姫君《ひめぎみ》の亡骸《なきから》をひろひ持来り。火葬《くわさう》の煙《けむり》となし御ン骨《こつ》は器《うつわ》に納《おさめ》置キ。対王君《つしわうぎみ》都《みやこ》にて御出世《ごしゆつせ》遊《あそば》され。我カ寺《てら》へ尋来らせ給ふ其時キ。若君様への申訳《わけ》。さあらばこよいくらきを幸《さいわひ》に太夫が構《かまい》へ忍《しの》ばんと。其日のくるゝを待居《まちゐ》ける。程なく其日も入リ相ィの無常《むじやう》の鐘《かね》を告《つげ》しらせ。かい〳〵敷《しく》も（二オ）用意《やうゐ》なし。ゆたんふろしきせおはれて。ゆらが湊《みなと》へ急《いそが》る、やよい峠《とうげ》の細道《ほそみち》を。心強《づよ》くも聖《ひぢり》殿足《あし》に任《まかせ》て急《いそが》る丶。急《いそ》げは程なく今ははや。ゆらが湊にかくれなき。三庄太夫か構《かまい》の薮《やぶ》に成リぬれば。くね垣《かき》やぶり漸《やう〱》忍《しの》び入リけるが。めざすもしれぬ真《しん》の闇《やみ》。あなたこなたと尋ぬれど。広《ひろ》き構《かまい》のやぶなれば（二ウ）更に有リかも知レざりしが何やら足《あし》にさはる物取リ上ケ見れば。姫君様の御首《かうべ》かしこに腕《かいな》足豁《あばら》さんをみだせしごとく也ハツア誰レ有ラふ奥州《おうしう》五十四郡《ぐん》の主《あるじ》。岩城判官《はんくはん》政氏公《まさうぢこう》の姫君。安寿の姫の身のなる果《はて》。誠《まこと》に世の盛衰《せいすい》とは申ながら。太夫ごときひつぷ下郎の手にかゝり。非業《ひごう》の御さいごをお遂《とげ》なされ。剰《あまつさへ》亡骸《なきから》は鳥畜《てうちく》るいの（三オ）餌《えば》と成リ。嘸御残念《さぞござんねん》にましまさん去《さり》ながら。若君様は愚僧《ぐそう》おかくまひ申危《あやう》きお命《いのち》をかくまひ助《たすけ》。其後《のち》都迄おくり出して候へば。頓《やが》て若君様にも部で御出世ましまさん。あなた様の亡骸《なきから》は愚僧御寺《ぐそうみてら》へ御供《とも》いたし。こよいの内に火葬《くはさう》の煙《けむり》と仕リ。白骨《はつこつ》は器《うつは》に納置キ。もしも若君様都にて御出世遊され。我寺へ尋来らせ（三ウ）給ふ其時キには。若君様へ御対面《ごたいめん》を遊せ。其後《のち》御骨《こつ》はきいの国高野山《かうやさん》へ持チ行キ骨堂《こつどう》に納《おさめ》ん。必々《かならず〱》しゆらの巷《ちまた》に迷《まよは》せ給ふな。未来《みらい》は永々《えい〱》成仏《せうぶつ》遊せと生《いき》たる人トに打チ向カひ。物いふごとく演《のべ》られて残らず亡骸集《なきからあつめ》られ。ゆたんに包《つゝみ》せおはれて漸《やう〱》やぶを立チ出て。二タ足《あし》三足歩《あゆみ》しが。頻《しきり》にあたりは物すごく後《うしろ》の薮《やぶ》の内ゟも。（四オ）お聖《ひぢり》様とよぶこへに。聖《ひぢり》はハツト驚《おどろ》いてハテ合点《がてん》の行カぬ今お聖《ひぢり》様とよばゝりしは。慥《たしか》に女子《おなご》のこへハテ合点《がてん》の行カぬ何者《もの》なると。見やる向カふの薮《やぶ》の内。一トつのしん火《くわ》上カりしが。安寿の姫の御姿《みすがた》は。たゞあり〱と顕《あらは》れてさもくるしげのこはねにて。申お聖《ひぢり》様。私はあなたのお情《なさけ》にて危《あやう》き命を助《たすか》り。都へおくり出されし対王丸（四ウ）が姉《あね》。安寿《あんじゆ》の姫《ひめ》にて候が。いか成ル前世《ぜんぜ》の業因《こういん》やら。邪見《じやけん》の親子が手にかゝり。非業《ひごう》のさいごを遂《とげ》。亡骸《なきから》は此所に捨《すて》られ。鳥畜《とりちく》るいの食《じき》と成リ誠《まこと》にめいどの苦《くる》しみは。たとへていはん方タもなし。去《さり》ながら弟《おとゝ》をかくまひ下され。危《あやう》命を助《たすけ》。都までおくり下され。今又我カ亡骸《なきから》をひろひ上ケ。火葬《くはさう》のけふりとなし。（五オ）白骨《はつこつ》はすへ〲高野山《かうやさん》骨堂《どう》におさめんとの仰《おふせ》。余《あま》りの事の嬉《うれ》しさに。せめてお礼を申さんと。ゑん王にしばしのお暇《いとま》給はつて是迄顕《あらは》れ参りしが。最早《もはや》めいどの方タにては。かへれ戻《もど》れとしゆらのたいこの頻《しきり》也。お名残《なごり》おしうは候へど最早《もはや》めいどへ戻《もど》ります。さらばにましますお聖《ひぢり》様。お名残《なごり》おしやと斗リにて。もへ立ツ炎《ほのほ》と諸共《もろとも》に。（五ウ）姿《すかた》は消《きへ》て失《うせ》給ふ。聖《ひぢり》は夫レと見るゟも。定《さだま》る定業《じやうごう》来りつゝ。此世《よ》をさりし者《もの》だにも。四十九日が其内は魂魄《こんぱく》此土《ど》を離《はな》れずし。中宇《う》を迷《まよ》ふと有リけるに。邪見《じやけん》の親子が手にかゝり。非業《ひごう》の御さいご遊され。御亡骸《なきから》は此竹薮《たけやぶ》へすてられて。鳥畜類《てうちくるい》の餌《えば》と成リ。嘸御無念《さぞごむねん》にてましまさん。及《およば》ずながらも聖《ひぢり》めが。御ぼだいとふて（六オ）参らせん。早《はや》く成仏《ぜうぶつ》遊せと暫《しばらく》御経読誦《きやうどくしゆ》なし。と有ル所を足早《あしばや》にわたりが里《さと》へと急《いそ》がる丶。程なく御寺《みてら》に成リぬれば。其夜の内に亡骸《なきから》を。火葬《くはさう》の煙《けふり》と仕リ。あくる其日に成リぬれば。竹木のはしにて御骨《こつ》を残《のこ》らず器《うつは》へ納《おさめ》られ。御戒名《かいめう》と諸共《もろとも》に御本尊御前《ごほんぞんみまえ》へ飾《かざり》置キ。朝暮《てうぼ》の御回向怠《ごゑかうおこた》らず。お聖《ひぢり》殿の有リ様は。其身のめうりとしられける（六ウ）

薩摩千賀太夫　桝太夫　京屋粂吉　馬喰町二丁目
薩摩若太夫　竹太夫　三　京屋忠二　森屋治兵衛
薩摩浜太夫　深太夫　弦　京屋粂八　横山町二丁目
君太夫　京屋蝶二　和泉屋永吉

せつきやうさいもん
梅津院《むめづのゐん》　三荘太夫《さんしやうたゆう》

廿八　朱雀詣段《しゆしやかもふでのだん》　上

（一オ）

若太夫直伝

朱雀詣《しゆじやかもふで》のだん

さればにや是はまた。かゝる折《おり》からこゝにまだ（マヽ）。是もみやご（マヽ）にかくれなぎ（マヽ）。梅津《むめづ》のいん大納言廣《だいなごんひろ》たゞ卿と申スるは。御ン身にふそくはあらねども。いかなる事にやいもせのなか。すゑのよづぎ（マヽ）のあらざれば。あさゆういもせの御なげき。ある夜枕《よまくら》（一ウ）のむつ言《ごと》に。これ〳〵申シつま上様《うへ》。此どに女子と生《むま》れきて。子をもたざりし其女。しゝで（マヽ）めいどへ行時《ゆくとき》はむまづめじごくへおぢ（マヽ）ゆきて。くはしやくのせめにおふとかや。よしそれとてもいど（マヽ）はねど。末《すい》のよづぎ（マヽ）のなきときは。梅津《むめづ》の家《いへ》は一だいぎり。思《おも》ひばかなしやと。涙《なみだ》にくれての物がたり。ひろたゞ（二オ）きやうきこしめされ。もつともなるみだいがなげぎそうれみかはのくにやはぎの長者《ちやうじや》ひでかつは。おど（マヽ）にきこへしうどく人ン。さりながらすへの世《よ》づきのなき事をかなしみ。ほうらい寺《じ》みねのやくしへだいぐはんをかけ。男《なん》子かなはず女子壱人さづかり二代さかいしためしあり。われは三川のくに（二ウ）ほうらいじみねのやくしへははるかの道をへだてゞ候へば。思ひながらもかのふまじなれ共。とうしよ七でうしゆじやかごんげんは。人トの行《ゆく》すへぶうんしゆつせをまむらせ給ふ。御ン神とつたへ聞我《きくわれ》も是ゟ七でうしゆじやかごんげんへきせいをかけ。男子《なんし》成リ共女子成と。すへのよつぎを（三オ）さづからんおもひたつ日が吉日と。にはかにとも人トもふしつけ。まだしのゝめのころなるが。おんのりものにめされつ。むめずのやかだをたちいてゞ（マヽ）しゆじやかのやしろへいそがるゝ。いそかせたまへばいまははや。これもみやこにかくれなき。はや七でふ（三ウ）にあらたなる。しゆじやかのやしろにつきたもふ。もんぜんよりも大なごんおんのり物よりおりたちて。おんくつめされしづ〳〵と。まづはやしろへあかれて（マヽ）いかにとよみなのもの。われはとうしやに大イぐはんあつて今日より七日あいたのつやをいたす。その（四オ）ほうたちはやかたへもどり。まんづる七日のあけがたには。むかいののりものかゝせよと。おゝせにはつと御きんじよしよし。なにかのようすはしらねども。しうめいなれば。おんをうけしみなとうぜいをひきつれて。梅津の御でんへもとりける（四ウ）

薩摩千賀太夫　桝太夫　京屋粂吉　馬喰町二丁目
薩摩若太夫　三保太夫　三　京屋忠二　板　森屋治兵衛
薩摩浜太夫　伊久太夫　弦　京屋粂八　元　横山町二丁目
君太夫　京屋蝶二　和泉屋永吉

せつきやういもん
梅津院《むめづのゐん》　三荘太夫《さんしやうたゆう》
対王丸《つしわうまる》

廿八　朱雀拾揚段《しゆじやかひろいあげのだん》　下

（一オ）

ひろいあげのだん　若太夫直伝

去レばにや是は又。跡《あと》にものこる大納言《だいなごん》。廣忠卿《ひろたゞけう》と申スるは心しづかに立上カり。しらせのわに口打《うち》ならし。たゞ一心《いつしん》にてを合《あは》せ。なむうひしゆじやかの大イごんげんこいねがはくはねがはくば。憐《あわれ》みあつてそれがしに。男子成共女子《なんしなりともにょし》なりとも。（一ウ）世《よ》つぎをさづけてたび給ひ。なむういしゆじやかのごんげんと。一チ夜《や》ならず二夜三ン夜七日七夜が其間だん食《じき》なして祈共《いのれども》。なんのしさいもながり（マヽ）しが。まんずる七日の明方タに。いかゞしけん廣忠卿《ひろたゞけう》様迄に心願《しんぐはん》こめけるが。しきりにまどろみ給へける。ア、ラふしぎのしだい也。にはかにしやだんもの（二オ）すごく。たれ人トあつて神前《しんぜん》のかぎとる者《もの》もなかりしが。みずしのとびらさゆうへひらくと見へけるが。かたじけなくも大ごんげん。かりにお名《な》など御ン身をげんじまどろみゐけるが。大納言ひろたゞ卿《けう》の枕《まくら》のもとへたゞすご〳〵と。らいりん有リぜんざい〳〵むめず大なごん。ひろたゞ卿御身すへ（二ウ）のよづぎのなき事をなけき。ごんげんをふかくもゐのるかずもあまたの人ンげん子だねなれば梅津《むめず》いもせの其なかへ。さづくる子種《こだね》のあらざりし。去《さり》ながら。今日下《きやうげ》こうの道《みち》すがら。五でう松原のほどり（マヽ）へいそぐなら。年《とし》の頃《ころ》十二三ン成ルしよう人ン身はいやしけれ共ひろへあけても（三オ）戻《もど》るなら。適《あつぱれ》梅津の世つきとならん。はや〳〵其しやう人をひろへあげてやかたへもどり。家《いへ》の代《よ》つぎにいださ（マヽ）れよ。廣忠卿《ひろたゞけう》ゆめ〳〵うたがふ事なかれ。我《われ》をたれとか思ふらん。すなはち当《とう》しや七でうしゆじやかごんげんなり。誠《まこと》のすがた是見よと。神《しん》ちよくあらたにしめされて。神（三ウ）はしやだんへあがるゝ（マヽ）。おもはず梅津大納言。ふつと御《おん》めをさまされて。さては今《いま》のはごんげん様にてましますや。あら有リがたき御告《つけ》と悦《よろこび》おはする折《おり》からに申シ付ある事なれば。梅づの殿ゟ御迎《むかへ》。廣忠卿《ひろたゞけう》は心《こゝろ》しづかにそれゟも下向《げかう》のわに口打《ぐちうち》ならし。らいはいなして社《やしろ》を下《さが》り御乗物《のりもの》にめされつゞ（マヽ）。しゆじや（四オ）かの社《やしろ》を立チのいて。五条《でう》のなみ木へいそがるゝ。はや松原《まつばら》になりぬれば。のり物さゆうのとを明ケていづくに小人ン有ル事と。ゆんでとめでに廣忠卿《ひろたゞけう》。御ン目をくばりおはせしが。もの、哀《あはれ》はつし王丸《おうまる》。松のしげみを宿《やど》となし。御ン身にまどうは菰莚《こもむしろ》。ぜんごもしらぬねいりばなひろ忠卿《たゞけう》遙《はるか》に御らんじて。あれ〳〵向《むこ》ふの松（四ウ）のしげみにふしおる小人ン我尋《われたつね》るしさいあれば。只今《たゞいま》是へ召《めし》つれよと。仰《おうせ》にはつと御きん所《じよ》が。ハアかしこまつて候と。其儘《そのまゝ》かしこへ走リ行《ゆく》。かの若君《わかぎみ》を何《なん》のいといもあらげなく。と有ル所《ところ》をひつ立テて。のり物間《ま》ぢかくつれきたる。廣忠卿《ひろたゞけう》はかのつし王をつく〴〵と御らんじて。心にうなづき是ぞごん（マヽ）の御ン告《つげ》有し家《いへ》の世《よ》づぎに疑《うたがい》なしと。（五オ）思召《おぼしめ》され。是へと言《いふ》てあいこしの乗物《のりもの》左右《さゆう》の戸を〆られ。はやとくやかたへ急《いそぐ》べし。はつと答《こたい》てお瀧酌《ろくしやく》。おらがおだんなきまくれだ。おら此年迄かごかき。あまたの殿《との》様かついたが。こじきをかづぐは今《いま》が初《はつ》と互《たがい》にぶつくさゝやけど。主《しゆう》めいなればぜひも無《なく》。五条《でう》の松原《まつばら》かき上ケて梅《むめ》ずのやかたへいそがるゝ（五ウ）

薩摩千賀太夫　桝太夫　京屋粂吉
薩摩若太夫　竹太夫　三　京屋忠二　横山町二丁目
薩摩浜太夫　伊久太夫　弦　京屋三亀　和泉屋永吉板
君太夫　京屋粂七

せつきやうさいもん

対王丸《つしわうまる》　三荘太夫《さんしやうたゆう》

廿九　参内段《さんだいのだん》

（一オ）

対王丸参内《つしわうまるさんだい》の段《だん》

若太夫直伝

さればにや是《これ》は又。ほどなく館《やかた》になりぬれば。御ンのり物は。先《まづ》げんくはんへ横《よこ》付ケの。かのわか君《ぎみ》を女郎《ぢよらう》たちに申付ケ。ゆどのへさげて身をしやう〴〵に清《きよ》められ。扨《さて》夫レよりも若君《わかぎみ》を。みだい所に引キ合ハせ。めでたくしんしの御ンかため。はや御《ご》しゆ（一ウ）ゑんも相ィすめばひろたゞ卿《きやう》は其ときに。何ニはとも有レ。帝《みかど》へ上カり。世継《よつぎ》の願ィをそうもんせんと。御ンしやうぞくを改《あらため》て。わづかの供人《とも》ト召つれて梅津《むめづ》の館《やかた》を立チ出て。帝《みかど》をさして上カらるゝ。かくて帝になりぬれば。世《よ》つぎのねがひつぶさにそうもんなしければ。有リがたくも帝のせんじ。かたじけなくも（二オ）しゆじやかごんげんの御ン告《つげ》に任《まか》せ。ひろひ上ケたる世継《よつぎ》とあらば。さう〳〵さい上吉日をゑらみ。どう〳〵なしてさんだいつかまつれと。せんしにハツと。ひろたゞきやう。ハ、かしこまり奉りまして候と。御ンうけなし。館《やかた》をさしてさがらるゝ。やかたになればひろたゞきやう。にはかに御用意《ごやうゐ》なし給ふ。まことに御《ご》てんは（二ウ）御こんさつ。ほどなくさいじやう吉日になれば。対王丸《つしわうまる》のしやうぞくは。ひときはめだちてはなやかに。ひろたゞきやうも御ンしやうぞくをさはやかに。御きんじゆくつとりはじめとし。どうぜいぎやうれつはなやかに。梅津《むめづ》の御てんをたち出て。みかどをさしてあがらるゝ。かくて（三オ）みかどになりぬれば。おんみすはるかに見わたせば。九条《くでう》くはんばくはじめとし。一チ条前《でうさきの》大なごん。其ほかあまた公卿《くぎやう》たち。下くはん人ンにいたるまで。日夜《や》しゆつしの隙《ひま》もなく。みかどをしゆごしたてまつるは。ゆゝしかりけるしだいなり。つゝしんでひろたゞきやうちよく（三ウ）めいにまかせ。よつぎをどう〳〵つかまって候と。そうもんなせば。あまたなみゐるきやうたち。梅津《むめづ》どのにはこはいかに。家《いへ》の世継《よつぎ》にこまればとて。うけたまはれば此あいだ迄。らくちうらくぐはいそてごひをいたしてあるきしわつぱしを。われひろひあげ。家《いえ》の世《よ》つぎは（四オ）なに事。きん中ウのけがれ。われ〳〵がとうせきはかなはぬ。こじきの座《ざ》が高《たか》いさがりおれと。はるかのばつざにおいさげる。ひろたゞきやうも。其ときにおもなきていにておはせしが。おいさげられたるわかぎみはむねんのはがみをかみならし。是《これ》にてけいづを出《いだ》さんや。（四ウ）いかゞはせんととつおいつ。しばらく御《ご》しあんなされしが。やう〳〵思ひさだめられ。ハツア夫レよの中のたとへにも。うみのおやより育《そだて》のおやが大おんと有ル。さあらば是レにてけいづを出し。梅津《むめづ》のちぢよくをすゝがんと。まもりぶくろのうちよりも。しだたまづくりの（五オ）一チくはんを取リ出し。扇子《せんす》をひらきのせられて。目はちぶんにさしあげ。おめずおくぜずはぢらへず。父《ちち》ひろたゞのおんまいへ。けいづをなをし。もとのばつざへさがられて。両手《りやうて》をつき。いかにとよちゝうへ様。それにもなをし候は。恐《おそ》れながらそれがしが。家のけいづにそふらへば。（五ウ）何ニとぞ宜《よろ》しく御ひろう願ィ奉ると。申上ケればあまたなみゐる公卿《くぎやう》たち。なんとかた〴〵こじきも。けいづの有ル物でござるか。ヤレおかしやと。どつとかへして打チわらふ。ひろたゞきやうは其時《とき》にけいづのまき物取リ上ケてくはんばくどのへさしあげ。何ニとぞ帝《みかど》へ宜《よろ》しく願ィ奉りますと。（六オ）申上ケればくはんばくどの。其よしをみかどゑ。そうもんなせば。みすないより帝《みかど》のせんじ。なにくはんばく家《いえ》のけいづと有ルならば。夫レにて披見《ひけん》いたしてよからんと。せんじに。ハツと。くはんばくどの。しだたまづくりの一チくはんを取リ上ケ。うや〳〵しくもおしいたゞき。くれないの紐《ひも》をとき。おし（六ウ）ひらき。なに〳〵けいづのまき。人ン皇《わう》五十代桓武天皇《くわんむてんわう》第五の皇子《わうじ》。一ツ品《ぽん》しきぶ卿。岩城《いわき》のかつら原《ばら》しん王《わう》のこういん。おうしう五十四ぐんのあるじ。

はん官《ぐはん》まさうぢ一ッ子。対王丸《つしわうまる》有としと。よみ上ケ給へば其時キあまたの公卿《くけう》。てんでに顔《かほ》を見合ハせて。さつてもふしぎのおこじき様と。（七オ）冠《かんむり》かたげて平伏《へいふく》す。忝《かたじけ》なくも。みすはなかばにまき上カり。遙《はるか》にゑい覧《らん》ましまして。さては其ほうは。まさ氏か一ッ子。対王《つしわう》にて有リけるや。父《ちゝ》まさ氏は。しさい有ッて。つくしへるざい申付ケる。ながく〳〵のるらう嘸《さぞ》かしかんなんにて有リつらん。去《さり》ながら。此たび梅津《むめづ》ひろたゞにひろひ上ケられ。かく参内《さんだい》をいたすこと。（七ウ）誠《まこと》につきざる三ン世《ぜ》のゑん。今日《こんにち》ゟ梅津《むめづ》大なごんひろたゞが。世継《よつぎ》となさんと。帝《みかど》のおながれてうだいし。夫レより父《ちゝ》の本領《ほんりやう》たる。五十四ぐんあんどのすみつき。給はれば。梅津《むめづ》しんしの人ト〴〵は。あら有リがたき仕合セと。御ンよろこびのかぎりなし。なに思ひけん若《わか》ぎみは。五十四ぐんにひきかへて。さどと（八オ）たんごをねがはるゝ。帝《みかど》は其よしきこしめし。望《のぞみ》にまかせゑさせんと。又〳〵さどとたんご二ケこくを。くだし置《おか》れて有リければ。梅津《むめづ》しんしのかた〴〵は。めうがにかなひし仕合セと。歓《よろこ》びいさみ。帝《みかど》へお暇《いとま》申上ケ。くはんばく殿《どの》をはじめとし。並《なみ》ゐるあまたの公卿達《くきやうたち》へ。礼義《れいぎ》をたゞし。館《やかた》をさして下《さが》りける

（八ウ）

薩摩千賀太夫　桝太夫　京屋蝶二　馬喰町二丁目
薩摩若太夫　高太夫　三　京屋忠二　森屋治兵衛板
薩摩浜太夫　竹太夫　弦　京屋三亀　横山町二丁目
君太夫　京屋粂七　和泉屋永吉板

せつきやうさいもん

対王丸　三荘太夫《さんしやうたゆう》

三十　国順検乃段《くにしゆんけんだん》　上

（一オ）

若太夫直伝

対王丸国順検の段《つしわうまるくにじゆんけんだん》

さればにやこれはまた。館《やかた》になれば若《わか》ぎみは。佐渡《さど》が嶋《しま》より丹後《たんご》の国《くに》への御《ご》じゆんけん。人ト場《ば》の手あてをいたすやら。梅津《むめづ》の御《ご》てんは大《おう》さはぎ。対王君《つしわうぎみ》は梅津《むめづ》小太郎ありとしと。御改名《ごかいめい》を遊《あそば》され。まづぜん日にさきぶれ。（一ウ）やどわりやく人ンは梅津《むめづ》の館《やかた》を立チ出て。北陸道《ほくろくどう》へいそがるゝ。ゑちごの国《くに》にかくれなき。なをゑがうらへ御本陣《ごほんぢん》を申付ケ。さて又直江《なをゑ》が浦《うら》よりさどが嶋《しま》へ。御渡海《ごとかい》の。御船《みふね》の用意《やうゐ》も申付ケ。夫レよりさきぶれやく人ンは。さどが嶋《しま》へおしわたり。そとがゑふ次郎がかたへ御本陣《ごほんぢん》を申つけ。（二オ）まつた松がさきのはまばたへ御船上カり。仮《かり》の御《ご》てんをたてさする。其ときそとがゑふの次郎。家内《かない》のさうぢつかまつり。御国主《おこくしゆ》様の御ンつきを。今やおそしと待居《まちゐ》ける。それはさて置《おき》こゝにまた。物《もの》のあはれをとゞめしは。岩城《いわき》のはん官《ぐわん》まさうぢの。みだい。むらじの（二ウ）御ンかたは。さどの次郎にかいとられ。粟《あわ》のはたけにおいだされ。なるこのつなをひかへられ。とりもしやう有ル物ならばおはずと立テよ粟《あわ》の鳥。鳴子《なるこ》もし

やう有ル物《もの》ならば。ひかずと。なれやなるこ竹《だけ》。あんじゆ恋《こひ》しやほやれほう。対王恋《つしわうこひ》しやほやれほうと。いふてはそこに伏《ふし》まろび。つい(三オ)には両眼泣《りやうがんなき》つぶし。物うき月日をおくらる丶。か丶るおりしもこ丶にまた。そとがゑふの童《わらんべ》は。てらこもどりの道《みち》くさに。さうしや手ほんをか丶へられ。のら道あぜみち打連《うちつれ》て。はつたん畑《ばたけ》へとんで行キ。なんなく畑《はたけ》に成リぬれば。かのわらごやのそばに行キ。コレば丶あ殿。なんといつものとをり。(三ウ)けふもうたをうたふてきかせぬか。〳〵《サア》うたが所望《しよもう》じゃ〳〵と。言ハれてぜひなくみだいさま。涙《なみだ》ながらに立チ上カりなるこの綱《つな》を手にふれて。鳥《とり》もしやう有ル物ならば。おはずと立テよあはのとり。なるこもしやう有ルものならば。引《ひか》ずとなれやなるこ竹《だけ》。あんじゆ恋《こひ》しやほやれほう。対王《つしわう》(四オ)こひしやほやれほうと。うたはせ給へばわらんべは。そりやこそなぶれといふ侭《ま丶》に。つちくれ取ッて打付ケる。みだいはハツとおどろいて。ヱイ頬《つら》にくいむら子供《こども》。そこ退《のく》まいと言ウま丶に。そば成ル竹杖《たけづゑ》ふり上ケて。うたんとすれば村子供《むらこども》。そりやこそにげよといふ侭《ま丶》に。我も〳〵と打つれて(四ウ)そとがゑふへとにげて行ク。跡《あと》にも残《のこ》るみだいさま。ハテがてんの行カぬけふにかぎつて子どもらが。あんじゆがきた。対王《つしわう》が尋てきたといふて。みづからに思ひをさせる。さく夜《や》はこれなるわら小屋《ごや》にて。とろ〳〵とまどろむゆめに。我子対王《わがこつしわう》がりつぱな侍《さむらい》に成ッて尋《たづね》てきたると見る。(五オ)ゆめにはさかさ。よき事見ればあしきことの。きたると有ル。けふ子供《こども》らかみづからを。なぶるをしらせのさく夜《や》のゆめにて有リけるや。ハツア。是《これ》に付ケてもあんじゆや対王《つしわう》は。どこにどうして居《ゐ》る事ぞ。思へば〳〵かなしやと。涙の隙《ひま》にもなるこの綱《つな》。引ィては小鳥《ことり》をおはれける(五ウ)

薩摩千賀太夫　桝太夫　京屋蝶二
薩摩若太夫　高太夫　三　京屋忠二　横山町二丁目
薩摩浜太夫　竹太夫　弦　京屋三亀　和泉屋永吉板
君太夫　京屋粂七

せつきやうさいもん

対王丸　三荘太夫《さんしやうたゆう》

三十　国順検乃段《くにしゆんけんだん》　下

(一オ)

対王丸国順検の段《つしわうまるくにじゆんけんだん》

若太夫直伝

さればにやこれは又。梅津《むめづ》小太郎有リとしは。あまたのどうぜい行《ぎやう》れつそろへ。梅津のでんをまかり立チ。北陸道《ほくろくどう》へいそがる丶北《ほく》ろくどうのきたのはて。越後《ゑちご》の国《くに》にかくれなき。直江《なをへ》が浦《うら》へ御《ご》とうちやく。はやほんぢんへ(一ウ)入ラせられ。ありとしぎみはしゆくやく人ンをめされ。いかにしゆくやく人ン。とうしよに山おか太夫ごんとう太《だ》と申ス者《もの》の候はん。いかゞいたして候と。御ンたづねにしゆくやく人ン。ハツと。おもてを上ケ。おそれながら申上ケます。其山おか太夫と申シまするは。さいつころ(二オ)おくがたより筑紫《つくし》へとをりまする。主従《しうぐ》四人ンのたびの女ナ子をかどわかし。すなはち此なを江の海上《かいしやう》にて。二タ人《り》づ丶さど丶。たんごへうりわけまする。佐渡《さど》へうられし二タ人《り》の老母《らうぼ》。一チ人ンは大海《かい》へ身《み》をなげまして候が。女の一チ念《ねん》おそろしや。たちまち大じやと成リ。かの(二ウ)山おかを引キさき。うみのみくづとつかまつり。もとのおこりは。なを江がうらにて。やどをかさざるうらみと有ッて。とう所《しよ》千げんをあれわたりまする事。ちう夜《や》のわかち候はず。あまりの事のふしぎと。千げんのもの共打よりまして。めいよのはかせをもって占《うらな》はせ（三オ）見まするに。入水《じゆすい》なしたるつぼねうばたけが。おんれうとゑきのおもてに出まする故《ゆへ》。せめてたゝりをしづめんと。さう〱はまべにほこらを立テ。うば竹《たけ》大明神《めうじん》と。一ッ社《しや》のかみにかんぜういたし。当所《とうしよ》千間《げん》の鎮守《ちんじゆ》にまつり奉つて候と。申シ上ケれば対王君《つしわうぎみ》。扨《さて》はさやうに候か。其義《ぎ》に有ラば（三ウ）ぜひにおよばぬ。さりながら。明《めう》あさ出立《しゆつたつ》の折《おり》からは。其社《やしろ》へさんけいいたさん。其おりからは其ほう共。たいぎながらあんないつかまつれ。ハヽ。こかしこまり奉りまして候と。首尾《しゆび》よく御前《ごぜん》を下カりける。程《ほど》なく其夜《よ》も明《あけ》ければ。有リとし君《ぎみ》はなを江の本陣《ほんぢん》お立チ有リ。宿役《しゆくやく》人ンが案内《あんない》にて。（四オ）うば竹ケやしろへ御《ご》さんけい。心しづかにふし拝《おが》み。夫レより御船《みふね》にめされつゝ。都合船《つごうふね》かず十三ざう。ゑちごのなを江を出船《しゆつせん》し。さどが嶋《しま》へと急《いそが》るゝ。おいてに任《まかせ》て行ク程に。さどが嶋にかくれなき。松か崎《さき》へ御着船《ごちやくせん》。かりの御殿《ごてん》へ入ラせられ。御きうそくの其内に。おい〱とも船着船《ぶねちやくせん》す（四ウ）

薩摩千賀太夫　桝太夫　　京屋粂吉　馬喰町二丁目
薩摩若太夫　高太夫　三　京屋忠二　森屋治兵衛
薩摩浜太夫　竹太夫　弦　京屋粂七　横山町二丁目
君太夫　　京屋蝶二　和泉屋永吉

せつきやうさいもん
対王丸《つしわうまる》　三荘太夫《さんしやうたゆう》

丗一　母対面《はゝたいめん》乃段《だん》　上

（一オ）

対王丸母対面《つしわうまるはゝたいめん》の段《だん》

若太夫直伝

さればにやこれはまた。有リとし君は御ンしやうぞくをあらためて。さあらばこれよりそとがゑふ次郎が方タへいそがんと。御馬《むま》にめされどうぜいぎやうれつふり立テて。したに〱のこへ高く浜辺《はまべ》の御殿《ごてん》を立チ出テて。そとが（一ウ）ゑふへといそがるゝ。いそがせ給ふみちすがら。すでになはてにさしかゝる。こゝにあはれはみたいさま。我カ子にあふともつゆしらず。なるこのつなをひかへられ。とりもしやうあるものならば。おはずと立テよあはのとり。なるこもしやうあるものならば。ひかずと（二オ）なれやなるこだけ。あんじゆこひしやほやれほう。つしわうこひしやほやれほうと。うたはせ給ふ御ンこへが風《かぜ》の最寄《もより》かしらねども。はるかこなたのわうくはんで。わかぎみはるかに耳《みゝ》にとめ。どうぜいしばしと御馬《むま》をとゞめ。御きんじゆをめされ。むら役《やく》人ンを（二ウ）これへと有ル。御きんじゆかしこまって候と。むら役《やく》人ンをよび立ッる。ところのやく人ン。おこくしゆさまの御ンめしと聞ィてハッと。お請《うけ》をいたし。はかま羽織《はをり》をちやくなし。はだしでそこへかけきたり。大地《ぢ》へかうべをすりつける。有リとし君《ぎみ》御らんじてコレむらやく人ン。（三オ）只今これにてうけたまはれば。遙《はるか》あなたのかたにて女《によ》せうのこへとして。面白《おもしろ》そうなつらねごと。あれはいかなるものにて候。おふせにハッと。むら役《やく》人ンおもてをあげ。おそれながらおこくしゆさまへ申上ケます。あれは今ン日おこくしゆさまの。御本ぢん（三ウ）を仕リまする。そとがゑふの次郎。さいつころ何国《いづく》よりかは。二人の老母《らうぼ》をかいとりましたるところ。一人ンは大海《かい》へ身をなげまする。今一人ンはわが子にこがれ。ついに両眼《りやうがん》をなきつぶしまする。目が見へぬばゝ。家《か》内ィへおいてせんなき事と。次郎則《すなはち》。（四オ）しよぢなす。八ッたんのあはのはたけへおひいだし。なるこのつなをひかせ。あはほをついばみまする。小とりをおはせおきまするやうにござります。有リとしぎみしゞうをきいてむねにくぎ。さてはさやうにありけるや。其義《ぎ》にあらばさだめしおもしろからん。（四ウ）それがし是《これ》より。其あはのはたけとやらへまいり。今一おう承《うけたまは》らん。其ほうあんない仕ッれと。馬上ゥをおり立チ。どうぜいはみなそこにのこし。御きんじゆしよしにざうり取リ。むら役《やく》人ンがあんないで。あはのはたけへお立チ寄リ。なんなくはたけに成リぬれば。しやうぎを直《なを》させ（五オ）か丶らる丶。村役《むらやく》人ンはかけぬいて。かのわらごやのそばに行キ。コレば丶あ殿。そなたもさだめしうはさを聞ィてしつてゞあらう。此たひ此国《くに》はくにがへ有ッて。今ン日チ都《みやこ》よりお国主《こくしゆ》さまの御ンつき。たゞ今まつがさきのかり御てんより。そとがゐふへのおとをり。あれなるわうくはん（五ウ）にて。そなたがうたふ其あはの小とりのうたがおみ丶にとまり。今一おう御しよもうとある。そなたはめかいは見へまいが。はるかあなたにはお国主《こくしゆ》様の御出遊《あそ》ばす。随分《ずいぶん》そさうのないやうに。ねんを入レてうたはしやれ。思へば〳〵こなさんは。みやうがにかなひし事なると。いはれて（六オ）其時《とき》みだい様。涙《なみだ》の御ン顔《かほ》ふり上ケて。これはしたり村《むら》人トがた。ぶてうほうなるめくらば丶が申まするつらね事。なにしに都《みやこ》のおとの様。おみ丶にとまろうやうがない。此義《ぎ》斗リはどうぞおゆるしなされて下さりませ。これはしたり大ィ切《せつ》なるお国主《こくしゆ》様の御所望《しよもう》に。うたをうたはいで済《すま》ふと思はつしやるか（六オ）

薩摩千賀太夫　桝太夫　京屋粂吉　馬喰丁二丁目
薩摩若太夫　高太夫　三　京屋忠二　板　森屋治兵衛
薩摩浜太夫　竹太夫　弦　京屋粂八　元　横山町二丁目
君太夫　京屋蝶二　和泉屋永吉

せつきやう祭文
対王丸《つしわうまる》　三荘太夫《さんしやうたゆう》

卅一　母対面段《はゝたいめんのだん》　下

（一オ）

対王丸母対面《つしわうまるはゝたいめん》の段《だん》

若太夫直伝

よし〳〵うたをうたはぬ物《もの》ならば。次郎殿をこれへよんできて。お国主《こくしゆ》様の御しよもうに。うたをうたはぬといふて。ゐらひめにあはしてくれう。ドレそとがゐふへひとはしりと。行カんとすればみだいさま。ヤレまち給へむら人トがた。（一ウ）さまでの事に有ルならば。ぜひにおよばぬうたふておきかせ申ませう。それにて御ン聞キあそばせと。なるこのつなを手に取リて。とりもしやうあるものならば。おはずとたてよあはのとり。なるこもしやうあるものならば。引カずとなれよなるこだけ。あんじゆこひしやほやれ（二オ）ほう。つしわうこひしときくよりも。若《わか》ぎみハツと。おどろいて。しやうぎをはなれはしり行キ。母上《はゝうへ》様にてましますや。つし王丸にて候ぞ。御ンなつかしやと取リすがる。みだいはハツと。おどろいて。ヱイつらにくいむらこども。国主《こくしゆ》のしよもうといつはりて。又もやわらはをなぶるのか。思ひしら（二ウ）せんわらんべと。そばなる竹《たけ》づゑふりあげて。むざんなるかや若君《わかぎみ》をてう〳〵はつしと打《うち》た丶く。あらいたはしのわかぎみは。うたる、つゑの下タよりも。さてはあさゆふわらんべが。われがきたとて母上《はゝうへ》をなぶるとこそはおぼへたり。われは誠《まこと》のつし王と。いへ共両眼《りやうがん》見へざれば。いかゞはせんと（三オ）思ひしが。思ひ付ィたるまもりぶくろをはづされて。母上《はゝうへ》様のひたいへおしあて一ッ心《しん》に。きやらだせんのちざうそん。母上様の御りやうがん。なにとぞこれにて見ひらかせ。おやこのたいめんさせたまへ。なむうゐいはきの御ンまもり。きやらだせんのぢざうそんと。たゞいつしんに（三ウ）ねんじしが。あゝらふしぎのしだいなり。まもりぶくろのうちよりも。こんじきのひかりをはつすと見へけるが。両《りやう》がんはつと見ひらけば。おやこは顔《かほ》を見あはせて。さては我カ子のつし王か。ヱイなつかしのつし王よ。母上《はゝうへ》様とばかりにて。おや子は手に手をとりかわし。（四オ）かほとおもてを見あはせて。うれしなみだにくれけるが。がてんゆかねばみだい様。なみだの御ンかほふり上ケて。がてんのゆかぬつし王丸。うはさをきけば此国《くに》ばかりにあらす。まつたたんごの国《くに》おうしう。三が国《こく》をりやうすとある。あまりといへばがてんのゆかぬそなたの（四ウ）しゆつ世《せ》。あねのあんじゆはいかゞいたして候。はやとくやうすをきかせよと。おふせにハツと。わかぎみは。しゞうのやうすをものがたり。まづ母上《はゝうへ》を御のり物《もの》にめさせまし。御きんじゆしよしが御ともし。とあるあはのはたけより。はまべの御てんへおくりける。あとにも（五オ）残《のこ》る有リとし君《ぎみ》。むら役人《やく》ンをちかくめされ。コレ。村役人《むらやく》ンそれがし是より。そとがゐふ次郎がかたへ参る共。此場《ば》のやうすはけつしてさたなし。きつと申付ケたると。あはの畑《はたけ》を立チ出て。御馬《むま》に召《めさ》れ。さはらぬていにて若君《わかぎみ》は。同《どう》ぜい行《ぎやう》れつ揃《そろ》へつゝ。下《した》に〳〵のこへ高《たか》く。そとがゐふへと急《いそが》るゝ（五ウ）

薩摩千賀太夫　桝太夫　京屋粂吉　馬喰丁二丁目
薩摩若太夫　高太夫　三　京屋忠二　板　森屋治兵衛
薩摩浜太夫　竹太夫　弦　京屋粂八　元　横山町二丁目
君太夫　京屋蝶二　和泉屋永吉

せつきやうさいもん

対王丸　三荘太夫《さんしやうたゆう》

卅二　そとがゐふ次郎　仕置段《しおきのだん》

（一オ）

そとがゐふ次郎仕置《しをき》の段《だん》　若太夫直伝

さればにや是《これ》は又。そとがゐふになりぬれば。次郎が方《かた》へ入ラせられ。次郎を御前《ごぜん》へ召サれ。なんぢが方《かた》にいづくよりかかいとりし二人の老母《らうぼ》あらん。いかゞいたして候と。仰《おうせ》に次郎ハツと。面《おもて》を上ケ。恐《おそれ》ながら申シ上ケます。買《かい》取リまし（一ウ）たる二人ンの老母《らうぼ》。一チ人ンは大海《かい》へ身をなげまして候が。今一チ人ンは我カ子にこがれ両眼《りやうがん》を泣《なき》つぶしましたるゆへ。あはばたけへ追出《おひだ》しまして。なるこのつなを引カせ。粟穂《あはほ》をついばみまする小鳥《ことり》をおはせ置キまするやうにござります。若君《わかぎみ》きこしめされ。其なるこのつなを引ィて（二オ）居《お》るめくらばゝに。尋《たづ》るしさい候へば。只今是《たゞいまこれ》へ召シつれよ。ハ、かしこまつて候と。其まゝ御前《ごぜん》を下カりつゝ。あまた下部《しもべ》に申シ付ケ。畑《はたけ》へ迎《むか》ひにはしらする。もはやばゝめは見へざれば。下部ばみな《（マこ）》〳〵かけ戻《もど》り。其よし次郎に申シける。次郎は其よし聞クより。心ならねど其よしをお国主《こくしゆ》様へ（二ウ）言《ごん》上す。対王君《つしわうぎみ》はつたと怒《いかり》。おろかなりける次郎右衛門。儕《おのれ》我カ面躰《めんてい》を見忘《わすれ》つらん。さいつころ越後《ゑちご》の国《くに》なを江が浦《うら》の海《かい》上にて。山岡《おか》太夫がもとゟたんごの国へうられたる兄弟。おとゝは某《それがし》なり。母上《うへ》様をよくも非道《ひだう》になしたると。聞ケゟより次郎驚《おどろ》いて。コハかなはじと立チ上カり逃《にげ》んとなせば（三オ）申付ケ有ル事なれば。弓手馬手《ゆんでめて》ゟ若侍《わかざむらい》。取ッたやらぬと言儘《いふまゝ》に。高ッカ手小手にいましめしは。こきみよくこそ見へにける。有リとし君《ぎみ》につこと笑《わらひ》。儕《おのれ》言ン語《ご》にぜつせし大悪《あく》人ン。一ッ国《こく》のものへの見せしめ早々《さう〳〵》松が崎浜辺《さきはまべ》にて。逆磔《さかさばりつけ》に行《おこな》はん。先それ迄は仮《かり》の獄屋《ごくや》へ押込《おしこめ》。糾明《きうめい》のいたさせよ。早《はや》とく（三ウ）なは付キひつ立テよと。仰《おふせ》にハツと。若侍《わかざむらい》次郎を引キ立テかりの獄屋《ごくや》へ押込《おしこめ》る。有リとし君《ぎみ》も次郎が方《かた》をおたち有リ。浜辺《はまべ》の御殿《ごてん》へ入ラせられ。村役《むらやく》人ンを召サれつゝ。松が崎《さき》の浜辺《はまべ》へは仕置場《しおきば》申付ケらるゝ。村役人ンは御ンうけしあまたの人足《そく》すけごうの。松が崎《さき》の浜《はま》ばたへ青竹矢来《あをだけやらい》を結廻《ゆひまは》し。つくぼうさつ又袖《そで》がらみ（四オ）あたりもきらめくぬきみの鑓《やり》。逆磔《さかさばりつけ》の柱《はしら》の用意《やうゐ》も仕リ。程なく其日に成リぬれば。みな一ッ国《こく》の人ト〴〵は。けふぞ次郎が仕置《しをき》なり。我レも〳〵と見物《けんぶつ》は松が崎《さき》の浜《はま》ばたに。人トで山つく斗リ也。次郎が刑罰《けいばつ》有ル事を。今やおそしと待居《まちゐ》ける。待間《まつま》も程なくかりの獄屋《ごくや》のかたよりも。次郎を出し引キ来る。ものゝ（四ウ）哀《あはれ》はそとがゐふ。今を我カ身のさいごぞと。色あをざめてかな〳〵と。羊《ひつじ》の歩《あゆ》み隙行駒《ひまゆくこま》。矢来《やらい》の内に成リぬれば。何ンのいとひも有ラばこそ。いましめの縄解《なわとき》ほぐし。用意《やうゐ》の柱《はしら》の其上ヱへあをにねかし。両手両足《そく》くゝし付ケ。柱をおし立テてねぢめをきめると見へけるが。血気盛《けつきさかん》の若侍《わかざむらい》大ヲ身の鑓《やり》をたづさへて（五オ）左右《さゆう》ゟも見せ鑓《やり》を出すよと見へしが左リより。エイヤツと突《つき》出す。抜《ぬけ》ば右《みぎ》ゟ突《つき》出す。あら情《なさけ》なやそとがゐは。七ッ転《てん》八ッ倒《たう》仕リ。くるしむ事の限《かぎり》なし。たがいちがいに突鑓《つくやり》を。かぞへて見れば三十二本と覚へける。とゞめの鑓が三本にて。さしもにごうぎのそとがゐふ。あしたの露《つゆ》ときへにける。対王君《つしわうぎみ》（五ウ）けいごの者《もの》に申付ケ。なきからは一ッ国《こく》のものへの見せしめ。其まゝ二夜《や》三ン日が間タさらさすべしと申付ケられ。浜辺《はまべ》の御殿《ごてん》へかへらるゝ。いかにとよ母上ヱ様。某《それがし》は是《これ》よりたんごの国《くに》へおしわたり。三庄太夫親子のやつばらを召捕《めしとり》。重《おも》きけいばつにおこなはん。あなた様は是《これ》より御船《ふね》にて。都梅津《みやこむめづ》の館《やかた》へ（六オ）入ラせられて然《しか》るべし。御台所《みだいどころ》。其義《ぎ》にあらば自《みづから》は都《みやこ》梅津で待受《まちうけ》んと。俄《にはか》に御用意《ごやうゐ》遊ばされ。あまたの人トに敬《うやまは》れ。御船《ふね》にめされ母上ヱは。さどが嶋《しま》ゟはる〴〵と。都をさして急《いそが》るゝ。跡《あと》にも残《のこ》る若君《わかぎみ》は国《くに》の仕置《しおき》を申付ケ。奉行《ぶぎやう》を残し夫ゟ御船《みふね》にめされつゝ。さどが嶋《しま》を出船《しゆつせん》し。たんご（六ウ）の国《くに》へと急《いそが》るゝ。扨又たんごに隠《かくれ》なき。わたりが里《さと》はごうの村《むら》。庄屋《しやうや》が方《かた》へ都《みやこ》ゟ。先《さき》ぶれ役《やく》人ン罷《まかり》こし。近々《きん〳〵》我カ君梅津《きみむめづ》小太郎様。さどが嶋《しま》より此国へ御順検《じゆんけん》。当所国分寺《とうしよこくぶんじ》と申スがあらん。此度《たび》しさい有ッて御本陣《ごほんぢん》を申シ付ケる間タ。さう〳〵住僧《ぢうそう》へ申シわたし。御本陣《ごほんぢん》の用意《やうゐ》をいたして（七オ）しかるべしと。申シわたせば庄屋杢《しやうやもく》左衛門。ハ、いさいかしこまり奉りましてござります。遠路《ゑんろ》のお先《さき》ぶれ御苦労千万《ごくらうせんばん》に存《ぞんし》ます。先々《まづ〴〵》あれへと役《やく》人ンを客間《きやくま》に通《とう》し。いろ〳〵もてなし御ちさうし。何はとも有レ此事をお聖《ひぢり》様にしらせんと。年寄《としより》百姓組頭《せうくみがしら》。連《つれ》て庄屋が先《さき》キに立チ。御寺《みてら》をさして急《いそ》ぎ行ク（七ウ）

薩摩千賀太夫　桝太夫　京屋粂吉　馬喰丁二丁目
薩摩若太夫　高太夫　三　京屋忠二　板　森屋治兵衛
薩摩浜太夫　竹太夫　弦　京屋粂八　元　横山町二丁目
君太夫　京屋蝶二　和泉屋永吉
せつきやうさいもん
対王《つしわう》　三荘太夫《さんしやうたゆう》

卅三　国分寺聖欠落乃段《こくぶんじひぢりかけおちだん》　上

(一オ)

国分寺聖欠落《こくぶんじひぢりかけおち》の段《だん》

若太夫直伝

されば にや是《これ》は又。かくて御寺《みてら》になりぬれば。まづおひぢりにたいめんし。右《みぎ》のしたいを物《もの》がたる。ひぢりは大きに。おどろいて。たんごの国《くに》と申スるは。小国《しやうこく》とは言いながら。御朱印地《ごしゆいんち》たいちとうも有ル中に。かく見ぐるしい我《わが》てらへ。御本陣《ごほんぢん》を申シつかるといふ事は。(一ウ)一チゐん合点《がてん》の行カぬ事ではござらぬか。庄屋《しやうや》はきいて。なるほど御もつともではござりますれど。しさいあつて申付ケる御本陣《ごほんぢん》と有レば。ぜひにおよばぬ。たゞ此上は当寺《とうじ》をこそくりぶしんでもやらかして。御本陣《ごほんぢん》をつとめるゟ外《ほか》の事はござりますまい。何ンにもいたせ一チゐんがてんの(二オ)行カぬ事でござる。何ニぶん此上各《おの〳〵》宜《よろ》しう頼《たの》みます。こゝろゐましたかならずおあんじ遊《あそば》すな。さう〳〵こそくりぶしんにかゝらんと。俄《にわか》にむら内さはき立テ。きんざいきんごうむら〳〵の諸職《しよしよく》人ンをこめられ。あばらすどうの国分寺《こくぶんじ》。こそくりぶしんをはじめける。あまたの人トの事なれば。(二ウ)ざんじにふしんもでき上カり。残《のこ》るとこなく用意《やうゐ》をし。みなむらないのもの共は。国主《こくしゆ》のとうちやく有ル事を。今やおそしとまちゐける。又もや来《きた》るおさきぶれ。いよ〳〵明日午《めうにちむま》の刻《こく》。お国主《こくしゆ》様の御ン着《つき》と。きくよりひぢりふつと思ひ出す。それ〳〵日外《いつぞや》正月十六日。我寺《わがてら》へかけこみ。あやふき命《いのち》を(三オ)かくまいたすけ。都《みやこ》まで送《おくり》いだせしアノわつぱ。ありやおうしう五十四ぐんの主《あるじ》。岩城《いはき》のはん官《ぐはん》まさ氏《うぢ》の。わすれがたみの対王丸《つしわうまる》。父《ちゝ》は帝《みかど》の御かんきをかふむりて。筑紫《つくし》はかたへるざいと有ル。帝《みかど》の御かんきをかふむりたる。大せつなるるざい人ンの小せがれを。かくまふのみならず。(三ウ)都《みやこ》までおくりいだせしは我カおちど。このたびのお国主《こくしゆ》様あばらすどうの此寺《てら》を。ゐりにゐりて申付ケる御本陣《ごほんぢん》と有レば。きつとおとがめにきはまつた。さすれはなか〳〵。こふして寺《てら》にはゐられぬ。さあらばこよいてらかけおちをいたさうと。大きな気《き》どりちがいなり。からかさ(四オ)一ツぽんせたらおふて。すみなれ給ふ国分寺《こくぶんじ》。いづくを夫レとあてもなく。寺《てら》かけおちをいたしける。すでに夜《よ》もあけければ。けふお国主《こくしゆ》の御つきと。わたりがさとは大さはぎ。ほどなく其日も午《むま》のこく。有リとしぎみははや国分寺へ御とうちやく。御きんじゆをめされ。当所《とうしよ》の役《やく》人ンをこれへと有ル。御きんじゆかしこまり(四ウ)奉りまして候と。次《つぎ》に立チて。むらやく人ンをよび立テる。庄屋杢《しようやもく》左衛門。お国主《こくしゆ》様の御ン召《めし》ときいて。ハツと。御ン受なし。はかまはをりをちやくなしばつ座《ざ》にきたつてかうべをたゝみにすり付ケる。有リとし君《ぎみ》コレむら役《やく》人ン。とうぢのぢうそう見へぬかいかゞいたして候。仰《おふせ》にハツと面《おもて》を上ケ。恐《おそれ》ながら申上ケます。(五オ)住僧義《ぢうそうぎ》は先《さき》だつて。当寺《とうじ》へ御本陣《ごほんぢん》の御ンききぶれを承り。かく見ぐるしい我カ寺へ。御国主《こくしゆ》様より御本陣を申付カるといふことは。一チゐんがてんの行カぬとあんじおりましてござりますが。さく日。いよ〳〵明日午《めうにちむま》のこくには。お国主様の御至着《ごとうちやく》と承り。夜前《やぜん》どちらへか。寺出《てらしゆつ》ぽん仕リましてござります(五ウ)

薩摩千賀太夫　桝太夫　京屋粂吉　馬喰丁二丁目
薩摩若太夫　高太夫　三　京屋忠二　板　森屋治兵衛
薩摩浜太夫　竹太夫　弦　京屋粂八　元　横山町二丁目
君太夫　京屋蝶二　和泉屋永吉

せつきやう祭文
対王《つしわう》　三荘太夫《さんしやうたゆう》

卅三　国分寺聖欠落乃段《こくぶんじひぢりかけおちだん》　下

（一オ）

国分寺聖欠落《こくぶんじひぢりかけおち》の段《だん》　若太夫直伝

対王君《つしわうぎみ》きこしめされ。だまれ村役人《むらやく》ン。このたび当寺《とうじ》へほんぢん申付ケるは。しさい有ッて申付ケる本陣《ほんぢん》。それに住僧《ぢうそう》しゆつぽんいたしたといふて。すむべきと思ふかやい。たゞいまたづねいだしてつれきたれ。只今連《ただいまつれ》きたら（一ウ）ぬならば。村内《むらない》において役義《やくぎ》をいたすものどもは。残《のこ》らずきよくじに申付ケるぞ。はや〳〵たづね出して召《めし》つれよと。きびしきおふせにむらやく人ン。ハヽかしこまり奉りましてござりますと御ン受なし御ぜんを下り。年寄《としより》百せうくみがしら。其よしきくよりおどろいて。（二オ）ひぢりがおつてをかけようと。わたりが里はごうの村《むら》。十五以上六十以下の。きん玉《たま》ついたるものどもを残《のこ》らずみてらへよびあつめ。ひぢりがおつてをいひ付ケる。みなむらないのものどもは五人ン八人ン十人ンと。もより〳〵で手分《てわけ》をし。八方十方おつてにかゝる。中にも八人ン一トくみは。（二ウ）みなみの山ぢへいそぎ行ク。其時《とき》ゑんかいひぢりどの。出家《しゆつけ》の身として大たんな。となりむらの源五兵衛おばゝがすみかにて一チ夜《や》をあかし。日頃《ごろ》のなごりをおしみつゝ。なんどにかくれゐたりしが。おばゝは夫レと見るよりも。ひぢりにはやくもしらせける。ひぢりきくよりはねおきて。コハ。（三オ）かなはじと。越中《ゑつちゆう》どしふん一トつの丸はだかで。其まゝせどからやぶをぬけ。うしろの山へとにげて行ク。やう〳〵山へ登《のぼり》しが遙《はるか》に跡《あと》を見るよりも。コハかなわじと。大きなほら穴《あな》見付ケだし。むりやむたいにもぐりこんで。お尻をひよいとだしてゐる。あたまかくして尻《しり》かくさずとは。此おひぢりより初《はじま》りし。（三ウ）かゝる所へ八人ンは。山手をさしてぞおつかけくる。かのほらあなのこなたをば。通《とを》りすぎんとなしけるが。中なるひとりが立チとまり。アヽコレみなのしうまたつしやれ。なんだかアレ向《むか》ふの洞穴《ほらあな》に。おけつがひよいと出て居《ゐ》る。なるほどうこんもめんのゑつ中ふんどし。ソレ引キずり出せと。いふより八人ンはしり行キ。（四オ）おけつをとらへて引キ出す。そりやこそおひぢりじや。コレおひぢり様。おらが村《むら》はゑらいさうどう。只《たゞ》今お国主《こくしゆ》様おつき有ッて。村役人ンをお召《めし》遊ハす。何ンの御用《ごよう》かと庄屋《しやうや》どの。御前《ごぜん》へ出て様子《やうす》をうけ給はれば。当寺《とうじ》のぢうそう見へぬが。いかゞいたしたとおつしやるゆへ。夜前《やぜん》どちらへか。（四ウ）しゆつぽんつかまつりましたと申あげたるところ。イヤハヤおこくしゆさまもつてのほかの御りつふく。このたび当寺《とうじ》へほんぢん申付ケる事。しさい有ッてのほんぢん。それにしゆつぽんいたしたといふて。すむべきと思ふか。たゞいまたづねいだしてつれきたれ。只《たゞ》いまつれ（五オ）きたらぬ物《もの》ならば。むら内《ない》において。役義《やくぎ》をいたす者《もの》どもは。のこらずしよくじ。イヤ。しよくじではなかつた。きよく事《じ》と。ゑらいさうどうでござる。サア〳〵おひぢり様。なはにかゝってよかろうと。高手《たつかて》こてにくゝし上ケ。とある山路《ぢ》のかたよりも。わたりが里《さと》へつれきたる（五ウ）

薩摩千賀太夫　桝太夫　京屋粂吉　馬喰丁二丁目
薩摩若太夫　高太夫　三　京屋忠二　板　森屋治兵衛
薩摩浜太夫　竹太夫　弦　京屋粂八　元　横山町二丁目
君太夫　京屋蝶二　和泉屋永吉

せつ経祭文

対王丸《つしわうまる》

三荘太夫《さんしやうたゆう》

丗四　安寿姫骨対面乃段《あんじゆひめこつたいめんだん》

（一オ）

安寿姫骨対面《あんじゆひめこつたいめん》の段《だん》

若太夫直伝

さればにや是《これ》はまた。いそげはほどなく今ははや。わたりがさと。ごうのむら。国分寺《こくぶんじ》に成リぬれば。ひぢりのなはつき庄屋杢《しやうやもく》左衛門にわたす。有リとし君《ぎみ》きこしめされ。其義《ぎ》に（一ウ）あらば。くるしうない。なはつきこれへと有ル。かしこまり奉りましてござりますと。御前《ごぜん》を下《さが》り。ひぢりのなはつき引キ立テて。こくしゆの御前へ召《めし》つれる。かくて御前になりぬれば。ひぢりは我身《わがみ》のあやまりに。さしうつむいて居《ゐ》たりしが。対《つし》わうぎみ御きんしゆに打向《うちむか》ひ。いかにとよみなの者《もの》。某《それかし》（二オ）住僧《ぢうそう》に。密々《みつ〳〵》にて尋《たづぬ》るしさいの候へば。其方《そのほう》たちはしばらく次《つぎ》へ立ッてよからん。仰《おふせ》にハツト御近習《きんじゆ》しよし。はるかのつぎへさがらるゝ。跡《あと》にも残《のこ》る若君《わかぎみ》は。ひぢりのいましめときほぐし。命《いのち》のおやの。おひぢり様。まづはけんごで此上へもなき大けいと。仰《おふせ》にひぢりはおどろいて。がてんゆかねば。お（二ウ）こくしゆの。御ン顔《かほ》ながめ居《ゐ》たりしが。有リとしぎみ。是《これ》におぼへ候ラはんと。懐《くわい》中より衣《ころも》のかたそで取り出し。是《これ》を見られよと。出せばひぢり手に取リて。つく〴〵とうち詠《ながめ》。こりやこれいつぞや七条《でう》しゆじやかごんげんの社《やしろ》にて。対王君《つしわうぎみ》におわかれもふせし（三オ）其時《とき》に。ぐそうがかたみにおくりし衣《ころも》のかた袖《そで》。扨《さて》はあなた様は対王君《つしわうぎみ》にてましますかと。其侭《まゝ》おそばへかけ行キて。誠《まこと》におはやきお出世《しゆつせ》と。御ン手を取リて。たがいに顔《かほ》を見合《あはせ》て。しばらく涙《なみだ》にくれ給ふ。ひぢりは漸《やう〳〵》涙《なみだ》をはらひ。承《うけたまは》りますれば。さどたんご。まつたおうしう。三が国を領《りやう》（三ウ）させ給ふと有ル。余《あま》りと申せば合点《がてん》の行カぬ御ン身の御出世《ごしゆつせ》。さだめし是《これ》にはしさいぞましまさん。若君《わかぎみ》様。有リとし君きこし召《めさ》れ。なるほどふしんな。御もつとも。一トとをり物がたらん。いつぞや七でうしゆじやかの社《やしろ》にておわかれ申シ。露命《ろめい》のたねにつき果《はて》。こつじき非人《ひ》ンと迄なりさがり。月日を（四オ）おくりしが。梅津《むめづ》大なごんひろたゞ卿《きやう》に。ひろひ上ケられ。帝《みかど》へさんだいなし家《いえ》のけいづを出し。ちゝの本領《ほんりやう》おう州《しう》五十四ぐんの御ン墨《すみ》付キを頂《てう》だいす。五十四郡《ぐん》に引キかへて。さど。たんごの二ケ国《こく》を願《ねが》ふ。りん言《げん》は汗《あせ》のごとく。出て再戻《ふたゝびもど》らざると有リて。奥州《おうしう》五十四ぐんは。其侭《まゝ》やはり下タし置《おか》れ。さどたんごの二か国《こく》は。（四ウ）馬《むま》の飼料場《かひりやうば》にゐさせよと有ッて。又々さどたんご。二か国《こく》の御ン墨《すみ》付キを給はり。三が国《こく》の主《あるじ》と成《なり》。梅津《むめづ》小太郎有リとしと改名《かいめい》いたし。さどが嶋《しま》より此国《くに》への順見《じゆんけん》。しさいはあらましかくの通《とをり》に候が。おひぢり殿《どの》にお尋《たづね》申スは別《べつ》ならず。姉上《あねうへ》安寿《あんじゆ》の姫《ひめ》様には。いまだ三庄《しやう》太夫がもとにおはするやと。仰《おふせ》にひぢり（五オ）せきくる涙《なみだ》の顔《かほ》を上ケ。是《これ》はしたり若君《わかぎみ》様とした事が。何ニしに姉《あね》上ェ様が三庄太夫がもとにござ遊《あそば》さふ。ぐそうとく〴〵姉上様は。当時《とうじ》へおかくまい申シ置《おき》まして候。只今《たゞいま》是へお供《とも》いたさん。しばらく是にましませと。ひぢりは御前《ごぜん》立チ上カり。いはいだなへ走《はしり》行キ。安寿《あんじゆ》の姫《ひめ》の御ンこつうつは。ゐはいをば。（五ウ）弓手《ゆんで》と馬手《めて》にたづさへて。しづ

〳〵そこに持《もち》きたり。うや〳〵敷《しく》も対王君《つしわうぎみ》の御前《ごぜん》へなをし。太夫おやこか手にかゝり。ひごうのさいごとげ給ひ。なきからかまいのやぶよりもひろひきたり。其夜《よ》の内《うち》に火《くは》さうにし。骨器《こつうつわ》へ納置《おさめおき》。御かい名《めう》と諸共《もろとも》に。こん日迄朝暮《てうぼ》の御回向《ゑかう》（六オ）おこたらずと。しゞうのやうすこまやかに。申シ上ケケれば若君《わかぎみ》は。わつと斗リにこへを上ケ。御ン骨《こつ》ゐはいを取リ上ケケて。扨《さて》はさやうに候かと。或《あるい》はいかり。或《あるい》は歎《なげき》まこと狂気《きやうき》のごとくなり。ひぢりも今はたまりかね。こらへ〳〵しため涙《なみだ》。わつと斗リにこへを上ケ。其侭《まゝ》御前《ごぜん》へ打《うち》伏て身もうく斗リに泣《なき》しづむ（六ウ）

薩摩千賀太夫　桝太夫
薩摩若太夫　高太夫　三味線　京屋粂吉　京屋松五郎
薩摩浜太夫　竹太夫　　　　　京屋粂八　京屋蝶二
　　　　　　君太夫
せつきやうさいもん　馬喰二丁目
板元　森谷治兵衛　横山町二丁目　和泉屋永吉

対王丸《つしわうまる》　三荘太夫《さんしやうたゆう》

卅五　太夫親子呼揚段《たゆうおやこよびあけのだん》　上

（一オ）

太夫親子呼上《たゆうおやこよびあげ》の段《だん》　若太夫直伝

さればにやこれはまた。ひぢりはやう〳〵。涙《なみだ》おしとゞめ。其御ン歎《なげき》御もつともには候が。余《あま》りにお歎《なげき》遊ばしては。かへつて姉上《あねうへ》様みらいの為《ため》ならず。たゞ此上ヱはあなたのてづより。一ッ遍《へん》の御回向《ごゑかう》あらば。くさばのかげより。さぞかしあつくも（一ウ）御受《うけ》遊ばさん。先々《まづ〳〵》姉上《あねうへ》様へ手向の御ゑかう遊ばせと。御ン骨《こつ》ゐはいをひぢり殿。御本尊御前《ほんぞんみまい》へかざられて。香花《かうげ》とうめうかゞやかし。用意《やうゐ》をなしておはしける。御ンいたはしの若君《わかぎみ》は。涙《なみだ》のお顔《かほ》ふり上ケて。はるかの次《つぎ》にうち向《むか》ひ。みな〳〵これへとのたまへば。ハツと。答《こたへ》て御近習《ごきんじゆ》（二オ）しよし。みな〳〵御前《ごぜん》へ出きたり。何ンの御用《やう》と手を突《つけ》ば。いかにとよみなのもの。其方《ほう》たちに。ものがたるは今日《けふ》が初《はつ》。我レ一ッたん世《よ》に落《おち》。姉上《あねうへ》もろ共。たんこの国《くに》ゆらが湊《みなと》。三庄太夫廣宗《ひろむね》と申ス邪見《じやけん》の家《いへ》にかい取ラれ。なれもならはぬ下々《げゞ》のわざ。けふは一チ命《めい》をすてん。あすは一チ命《めい》をすてんと。思ひし事は（二ウ）度々《たびゞ》なれど。母上《はゝうへ》様の御教訓《けうくん》を守《まも》り。月日をおくる其内に。姉上《あねうへ》様のお情《なさけ》にて。山路《ぢ》より都《みやこ》へおちる其折《おり》から。跡《あと》よりおつてがかゝる。当寺《とうじ》を見かけ欠入《かけ》リ住僧《ぢうそう》の情《なさけ》にて。あやふき所をかくまいたすけ。夜《よ》にまぎれ都《みやこ》へおくりいださるゝ。又都《みやこ》にて露命《ろめい》の種《たね》につきはて。乞食《こつじき》（三オ）非《ひ》人ンと迄成リ下りし所《ところ》。梅津大納言廣忠卿《むめづだいなごんひろたゞけう》に拾《ひろひ》上ケられ。三が国《こく》の主《あるじ》と成リて。さどが嶋《しま》より此国《くに》への順《じゆん》けん。なれ共情《なさけ》なきは。太夫がもとに残《のこ》し置イたる姉上《あねうへ》様。邪見《じやけん》成ル太夫親子《おやこ》のやつばら。弟《おとゝ》を山からにがしたる其咎迚《とがとて》。姉上《あねうへ》様を責《せめ》なやまし。剰《あまつさへ》ほうろく罪科《ざいくは》の火責《ひぜめ》にかけて責殺《せめころ》し。また其（三ウ）上ヱに亡骸《なきから》を。構《かまい》のやぶへ打捨《うちすて》。とびや烏《からす》。犬《いぬ》のゑばにならせ給ふを。住僧《ぢうそう》の情《なさけ》にて。よはに紛《まぎ》れ。太夫が構《かまい》へ忍び。亡骸《なきから》を残《のこ》らずひろひ持来《もちきた》り。火葬《くはさう》の煙《けむり》となし。御ン骨《こつ》はあの通り器《うつは》におさめ。御戒名《ごかいめう》と諸《もろ》共に。御本尊御前《ごほんぞんみまい》へかざり置キ。朝暮《てうぼ》の御回向《ゑかう》おこたらずと。只《たゞ》今住僧《ぢうさう》の物語《ものがたり》。たゞ此上ヱは（四オ）太夫親子《おやこ》のやつばらを。当寺《とうじ》へよび上ケつみをたゞし。重《おも》き仕置《しおき》に行《おこな》はん。則《すなはち》此庭前《ていぜん》をしらすとさだめん。早《はや》く其用意《ようゐ》をいたしてよからん。なれ共三庄太夫五人の子供《こども》有ル中に。惣領《そうりやう》太郎廣《ひろ》よし。是《これ》はつみも報《むくひ》も有ラざる愚者《おろかもの》。又次男《じなん》の次郎廣次《ひろつぐ》。これは至《いた》つて情深《なさけふか》きものなれば。是は取リ立テ恩賞《おんしやう》をおこ（四ウ）なひ。召仕《めしつかは》ん。三庄太夫三男《なん》の三郎。四郎。五郎此四人ンのやつばらは。からめ取ッて糾明《きうめい》を申シ付ケ。村役人《むらやくにん》を重《おも》き仕置《しをき》に行《おこな》はん。何ニはとも有レ太夫がもとへ使《つかい》を立テん。村役人《むらやくにん》を是《これ》へと有ル。ハツと。答《こたへ》て御近習《ごきんじゆ》しよし。村役人《むらやくにん》を呼立テる。ハツとこたへて杢《もく》左衛門。末座《ばつざ》に来《きたり》て平伏《へいふく》す。有リとし君《ぎみ》。コレ村役人《むらやくにん》。たいぎながら其ほうたちは。（五オ）ゆらが湊《みなと》三庄太夫がもとへ急《いさ》ぎ行キ。親子《おやこ》六人ン家内残《かないのこ》らず。まつたゆら千間《せんげん》にて主《あるじ》たるべき者共《ものども》を。残《のこ》らず召連《めしつれ》。たゞ今国分寺《こくぶんじ》へ参《まい》るべしと。申シわたしてきたれ。早《はや》とく急《いそ》いでよからんと。仰《おうせ》にハツと。村役人《むらやくにん》。御ン受《うけ》なして夫レよりも。とし寄《より》百性《しやう》くみがしら。同道《どう〳〵》なして杢左衛門。太夫がもとへ急《いそ》ぎ行キ。右の趣《おもむき》申シわたして戻《もど》りける（五ウ）

薩摩千賀太夫　桝太夫　京屋粂吉　馬喰町二丁目
薩摩若太夫　高太夫　三　京屋松五郎　板　森屋治兵衛
薩摩浜太夫　竹太夫　味　京屋粂八　元　横山町二丁目
君太夫　線　京屋蝶二　和泉屋永吉

せつきやうさいもん

対王丸　三荘太夫《さんしやうたゆう》

卅五　太夫親子呼揚段《たゆうおやこよびあけのだん》　下

（一オ）

太夫親子呼上《たゆうおやこよびあけ》の段《だん》

若太夫直伝

有リとしぎみは其時《とき》に。姉上《あねうへ》様の御ン骨位牌《こつゐはい》に打向《むか》ひ。しばらく御回向《ごゑかう》あそばされ。太夫親子《おやこ》のきたるのを。今やおそしとまち居《ゐ》ける。それは扨置《おき》三庄太夫廣宗《ひろむね》は。親子六人家内《かない》は残《のこ》らず。由良《ゆら》千げんの其内にて。あるじたるべき（一ウ）もの共を。残《のこ》らずあつめ打つれて。ゆらが湊《みなと》をたちのいて。わたりが里《さと》へといそぎくる。はや国分寺《こくぶんじ》になりぬれば。かの杢《もく》左衛門が取リ次キにて。お国主《こくしゆ》様へ申シ上ケる。対王君《つしわうぎみ》きこし召《めさ》れ。其義《ぎ》にあらば。千げんのもの共は跡《あと》に残《のこ》し。太夫親子家内《おやこかない》のもの斗リ。しらすへよび入レよ。畏《かしこまつ》て候と。（二オ）御ぜんをさがり。三庄太夫に其よし申シわたしける。太夫かしこまりたてまつりまして候と。由良《ゆら》せんげんのものどもをみなあとにのこし。親子《おやこ》六人ン家《か》内残《のこ》らず引キつれて。きり戸《ど》のうちに入リけるが。間もなくそれより白砂《しらす》なり。はるかにむかふを見てあれば。しとねの上ヱに御ン国《こく》主。（二ウ）あまたの御きんじゆ諸《しよ》さむらい。とうまちくゐとなみ居《ゐ》ける。さて又しらすのまはりには。けいごのさむらい数《す》十人ン。はかまの股《も、》立チ高く取リ。こぶしをにぎりひかへゐる。太夫親《おや》子のもの共は。大地《ぢ》にかうべをすり付ケる。有リとし君《ぎみ》ははるかに御らん有リて。由良《ゆら》の湊《みなと》。三庄太夫（三オ）廣宗《ひろむね》とは其ほうが事か。仰《おほせ》にハツと太夫面《おもて》を上ケ。ヘイおそれながら国主《こくしゆ》様へ申シ上ケます。たんごの国《くに》きづの庄。うらとみの庄。ゆらの庄。三がの庄をしはい仕リます。三庄太夫廣宗《ひろむね》と申シまするは。下《げ》せつが事でござります。是《これ》なるは五人ンのせがれ。惣領《そうりやう》は太郎廣義《ひろよし》。次男《じなん》が（三ウ）次郎廣次《ひろつぐ》。三男三郎廣玄《はる》。これはわたくしがかゝりむすこでござります。つぎが四郎廣時《ひろとき》五郎廣国《ひろくに》。あとはみな下モのやつらでござります。有リとしぎみきこしめされ。いかに太夫親子《おやこ》のもの共。其ほうたちは我面躰《わがめんてい》に。見おぼへの候や。仰《おほせ》に太夫。おそれながら。はる〴〵（四オ）都《みやこ》より御至着《ごとうちやく》の。お国主《こくしゆ》様のお面《おもて》を。見おぼへませうやうがござりませぬ。なるほど見わすれつらんもむりならず。正月十六日に山路《ぢ》より欠落《かけおち》なしたる。わすれぐさは某《それがし》なり。よくも姉上《あねうへ》様を。非道《ひどう》に火責《ひぜめ》になしたると。仰《おほせ》にハツと。親子《おやこ》の者《もの》。コハかなはじと立チ上カり。迯《にげ》んとするを（四ウ）けいごのもの。太夫。三郎。四郎。五郎の四人ンをば。高手《たつか》小手にいましめしは。小ッきみよくこそ見へにける。太郎。次郎の兄弟《けうだい》は。其儘《まゝ》御前《ごぜん》へ召《めさ》れつゝ。佐渡とたんごの奉行《ぶぎやう》しよく。扨《さて》又いせの小はぎどの。是《これ》も御前《ごぜん》へ召給ひ。改名《かいめい》なして安寿姫《あんじゆひめ》。都《みやこ》よりも御用意《ごようゐ》の。姉上様の召物《めしもの》は。いせの（五オ）小はぎに下タさるゝ。小はぎはなのめによろこんで。有リがた涙《なみだ》にくれ給ふ。太夫親子《おやこ》のなは付キは。はや引キ立ッてかりのごくやへおしこめて。糾明《きゆめい》とこそしられける。有リとし君《ぎみ》はゆら千間《せんけん》のもの共に打むかわせ給ひ。七か年《ねん》が其内。作取《つくりどり》の無年貢《むねんぐ》を申付ケる。みな千間《せんけん》の者共《ものども》は悦《よろこ》びいさんで戻《もど》リ行ク（五ウ）

薩摩千賀太夫　桝太夫　京屋粂吉　馬喰町二丁目
薩摩若太夫　高太夫　三　京屋忠二　板　森屋治兵衛
薩摩浜太夫　竹太夫　味　京屋粂八　元　横山町二丁目
君太夫　線　京屋蝶二　和泉屋永吉

せつきやうさいもん
対王丸《つしわうまる》　三荘太夫《さんしやうたゆう》

卅六　大尾　親子鋸挽段《おやこのこぎりびきのたん》

（一オ）

若太夫直伝

親子鋸挽《おやこのこぎりびき》の段《だん》

さればにや是《これ》はまた。有リとし君《きみ》は御きんじゆしよしに打向カひ。何《なに》はとも有レ此上ヱは。さう〱太夫親子のやつばらを。重《おも》き仕《し》置キに行《おこな》ハん。仕置キの場所《ばしよ》はやよいとうげ。やすみがだい。先ッ太夫廣宗《ひろむね》をはのこぎりびきに。三郎は（一ウ）牛《うし》ざき。四郎。五郎の兄弟《けうだい》は。あらみだめしのなぶりごろし。仕置キ場《ば》申付ケられよと。仰にハツと御きんじゆが。村役人ンをよび出し。やよい峠《とうげ》へ仕置場《ば》申わたしける。村役《むらやく》人ンは御ン受《うけ》し。また〱村内《むらない》さはぎ立チ。きんざい近郷《きんごう》むら〱へ人ン足《そく》手あてすけごうにて。餘多《あまた》の竹木《ちくぼく》やよい（二オ）峠《とうげ》へ付ケ出し。さんじき二だんにかけさせて。先《まづ》正面《めん》に穴《あな》をほり。卅五間ンに十五けん二重《ぢう》にやらいを結《ゆひ》廻し。つくぼうさつまたそでがらみ。あたりもきらめくぬき身の鑓《やり》。扨又さんじきうしろには。二疋《ひき》の牛《うし》をつながせて。はや定《ぢやうしづ(マヽ)》日に成リぬれば。みな一ッ国《こく》の人ト〲は。親子が仕置キに（二ウ）あふ事を。我も〱と見物《けんぶつ》の。やよい峠《とうげ》と申するは。人トで山つく斗リなり。先《まづ》上ヱなるさんじきには。一段《だん》高く安寿《あんじゆ》の姫《ひめ》の御ンゐはい香《かう》花燈明《とうめう》かゞやかす。夫レより御国主《おこくしゆ》有リとしぎみ。こなたのかたにいせの小はぎ。改名《かいめい》なして安寿姫《あんじゆひめ》。弓手馬手《ゆんでめて》には御きんじゆしよし（三オ）扨又下タなるさんじきには。さどとたんごの奉行しよく。其外餘多《あまた》の諸侍列《しよさむらいれつ》を乱《みだ》さず並居《なみゐ》ける。かくてこなたの方タよりも。太夫親子《おやこ》の縄《なわ》つきを。矢来《やらい》の内へ引キきたる。其とき親子のもの共は。色あをざめてかな〱と。歩《あゆ》む足間《あしま》もさだまらず。さんじき下タへ引キすへる。有リとしぎみ（三ウ）いかにとよけいごの者。用意《やうゐ》がよくば鋸挽《のこぎりびき》に行《おこな》へと仰にハツと。廣宗《ひろむね》を其まゝ引キ立テほつたる穴《あな》へ乳《ちゝ》ゟ下タを埋《うめ》られて。乳ゟ上ヱをいだし置キ。すでにかうよと見へけるが。有リとし君《きみ》。いかに三郎なんぢ父のくびを挽《ひき》おとす気はないか。父の首《くび》をひきおとして有ルならば。遁《のがれ》（四オ）がたなき一命《めい》をたすけ。刀《かたな》にかけてほうびを取ラせん。此義はいかに三郎と聞ィて。ハゝかしこまつて候と。悪《あく》に上ヱ見ぬふてき者。父のそばへ走《はしり》行キ。お国主《こくしゆ》様の仰なり。大ィなる竹鋸《たけのこぎり》をたづさへて。父のくびへおしあて丶。かた足肩《あしかた》にふんがけて。ずるり〳〵と三郎が。（四ウ）泣《なき》さけぶをもいとひなく。なんなくころりとひきおとし。けいごの者にわたしける。有リとし君《ぎみ》は高らかにあつぱれでかした。ソレ三郎にほうびの品をゑさせよと。仰にハツと。こなたより二疋《ひき》の牛をひき来り。物をもいはず三郎を。かしこへどうと引キたをし。左右《さゆう》の足《あし》を二ひきの（五オ）牛《うし》にく丶し付ケ。六尺ぼうにておひまはす。牛は大ヲきにおどろいて。あなたこなたと、迯《にげ》はしる。あらなさけなや三郎は。目口はなより血《ち》を出し。くるしむ事の限《かぎり》なし。なをしも棒《ぼう》をふり上ケて頻《しきり》に牛を打チければ。牛はおどろき右キと左リへかけ出す。むざんなるかや三郎は。（五ウ）おけつのわれめからみり〳〵と。二タつにさけてぞ失にける。四郎五郎の両人ンは。けいごのもの共打寄《より》て。あらみだめしのなぶりぎり。目もあてられぬ風情《ふぜい》なり。有リとし君《ぎみ》。なきからは一ツ国《こく》のもの共への見せしめ。二夜《や》三日チが間タさらさすべしと。仰わたされ。夫より御寺《みてら》へ（六オ）引キ取リて。きやらだせんの地蔵尊《ぢざうそん》を国分《こくぶん》寺へ納《おさめ》られ。安寿《あんじゆ》の姫《ひめ》の御ゐはい料《りやう》と仕リ。七百石の御朱印《しゆいん》を下されて。夫レゟ都《みやこ》へのぼられて梅津《むめづ》の御殿《ごてん》へ入ラせられ。母上ヱ様の御供《とも》し。五十四ぐんへ引キ移リ梅津の家《いえ》も諸《もろ》共に。めで度栄《たくさかへ》給ひしは。昔《むかし》が今に至るまで。かんぜぬ者こそなかりける（六ウ）

大尾

五、「三庄太夫」関係資料

編集部

書名	著者	発行所	刊行年
近世日本芸能記　説経節の研究	黒木勘蔵	青磁社	一九四三刊
語り物の系譜　説経	佐々木八郎	講談社	一九四七刊
定本　柳田国男集　第七巻―物語と語り物―	柳田国男	筑摩書房	一九六二刊
和辻哲郎全集　第一六巻―説経節とその正本―	和辻哲郎	岩波書店	一九六三刊
説経正本集　第一	横山重　編	角川書店	一九六八刊
語り物（舞・説経・古浄瑠璃）の研究	室木弥太郎	風間書房	一九七〇刊
東洋文庫243　説経節「山椒太夫」	荒木繁・山本吉左右　編註	平凡社	一九七三刊
さんせう太夫考（正・続）	岩崎武夫	平凡社	一九七三刊
下人論　―Ⅱ説経節『山椒太夫』の成立―	安野真幸	日本エディタースクール出版	一九八七刊
山椒太夫読例	清水克彦	世界思想社	一九九一刊
説経祭文「三庄太夫」（若太夫正本）	荒木繁　翻刻解題	和光大学人文学部紀要	一九九二刊
山椒太夫伝説の研究	酒向伸行（御影史学会研究会）	名著出版	一九九二刊
説経節の世界　―説経「さんせう太夫」の位相―	藤掛和美	ペリカン社	一九九三刊
漂泊の中世　―「さんせう太夫」論―	鳥居明雄	ペリカン社	一九九四刊
新潮日本古典集成　説経節「さんせう太夫」	室木弥太郎	新潮社	一九九七刊
婆相天	能の会（永島忠侈復曲）	サン・プリント社	一九九九刊
岩波新日本古典文学大系　古浄瑠璃・説経集「さんせう太夫」	坂口弘之・信多純一　校注	岩波書店	一九九九刊
京都発見四　丹後の鬼・カモの神	梅原猛	新潮社	二〇〇二刊
白い国の詩　―「さんせう太夫」―	岩崎武夫	東電広報九月号	二〇〇三刊

前掲以外の「三庄太夫」関係資料

【芸能】（浄瑠璃）「山椒太夫恋慕湊」紀海音、「由良湊千軒長者」近松半二ほか、「三荘太夫五人嬢」竹田出雲作
「山桝太夫―山桝太夫栄枯盛衰物語」梅暮里谷峨
（瞽女唄）「山椒太夫―船別れの段―」杉本キクイほか唄三味線演奏
（説経節）「さんせう太夫」説経与七郎正本、「せつきやうさんせう太夫」佐渡七太夫正本
「さんせう太夫」山本九兵衛版、「山庄大輔」佐渡七太夫豊孝正本、「三庄太夫」薩摩若太夫正本

【文学】「山椒太夫」森鷗外、「説経節を読む」水上勉、「五説経」水上勉・横山光子共著

【地方史・伝承】「岩城実記」、「岩城実伝記」、「佐渡伝承と風土」磯部欣三、「安寿塚の歴史」新潟県畑野町史
「安寿と厨子王ゆかりの地を訪ねて」遠藤拓二、「安寿と厨子王伝説」黒沢賢一、「安寿と厨子王」菊池智
「安寿姫と厨子王」小林金次郎、「由良山椒太夫伝説」由良の歴史をさぐる会・由良観光協会
「山庄畧由来」米屋甚平版

あとがき

『説経節研究　歴史資料編』を刊行してからほぼ一年半、『説経節研究　物語編―三庄太夫―』刊行の運びとなりました。

今回まとめた「三庄太夫」を含む、八王子に残る古い説経節台本を読み始めたのは、もう十八年ほど前にさかのぼります。説経節の会の初期に、薩摩派説経節の三味線を三線譜に記載する上で大きな功績を残した赤羽英子さん（京屋波、名誉会員）の自宅で、会員有志が集まって読み始めたのがきっかけです。その後、メンバーも増え、研究部として読み継いできました。太夫が耳で覚え筆写した台本なので、聞き間違い、書き間違いも多くあって、判読にはしばしば頭を悩ませ、時に洒落に気付いて大笑いをする、そんな苦しくも楽しい作業でした。こうして読んできたテキストから「三庄太夫」だけを選び、読み直し、語句の確定などの作業を経て、ここに漸く刊行するに至りました。

わたしたちが受け継いできた薩摩派説経節には、四十八節とも言われている「節《ふし》」があります。この本の翻刻の詞章にも○や△などの「節」が付けられています。「節」の付いた詞章は、舞台で演奏することを可能にしてくれます。

八王子には、まだまだ多くの台本が残されています。説経節の会は、これからも本という形で、そして舞台で、薩摩派説経節を現代に蘇らせていく、その歩みを着実に続けてまいります。

東京都指定無形文化財保持団体
説経節の会　会長　坂田宏之

『説経節研究』編集委員（五十音順）
安藤俊次、坂田宏之、野尻尚子、保戸塚時久、
水口禮三、宮川孝之、山本博布、よこやま光子

カバー写真
上・安寿を祀るお堂（丹後由良）　撮影　宮川孝之
中・山庄太夫屋敷跡（丹後由良）　撮影　宮川孝之
下・安寿・つし王供養塔（直江津）　撮影　よこやま光子

説経節研究　物語編「三庄太夫」

発行日　二〇一七年三月三一日
編集　説経節の会
連絡先　事務局　園部誠児
郵便番号　一九三―〇八二一
東京都八王子市川町一二八―一五八
電話　〇四二―六五一―二九二八
発行　株式会社　せりか書房
郵便番号　一一二―〇〇一一
東京都文京区千石一―二九―一二
電話　〇三―五九四〇―四七〇〇
印刷製本　信毎書籍印刷株式会社
定価二〇〇〇円

平成二八年度八王子市市民企画事業補助金交付事業